凤歌

田雪琴 高丽莎 著

敦煌文艺出版社

图书在版编目（CIP）数据

凤歌 / 田雪琴，高丽莎著. -- 兰州 : 敦煌文艺出版社，2022.12
ISBN 978-7-5468-2266-2

Ⅰ. ①凤… Ⅱ. ①田… ②高… Ⅲ. ①长篇小说－中国－当代 Ⅳ. ①I247.5

中国版本图书馆CIP数据核字（2022）第226315号

凤歌
田雪琴　高丽莎　著

责任编辑：王倩
装帧设计：魏婕

敦煌文艺出版社出版、发行

地址：（730030）兰州市城关区曹家巷1号新闻出版大厦
邮箱：dunhuangwenyi1958@126.com
0931-2131373（编辑部）
0931-2131387（发行部）

兰州银声印务有限公司印刷

开本　710毫米×1020毫米　1/16　印张 17.5　插页 1　字数 250 千
2023 年 12 月第 1 版　2023 年 12 月第 1 次印刷

ISBN 978-7-5468-2266-2
定价：68.00元

如发现印装质量问题，影响阅读，请与印刷厂联系调换。
本书所有内容经作者同意授权，并许可使用。
未经同意，不得以任何形式复制转载。

得意文章从心起

李世仁

土地是生灵的家园，尤其是智者的人类，把土地视为唯一。

长篇小说《凤歌》讲的是 20 世纪八九十年代，岷山深处老陈一家的变迁史。

作者田雪琴，毕业于 20 世纪 80 年代初的一所林业学校，曾是自然保护区的一员，与我是同事。有一年春节，县上组织文艺汇演，单位参演的节目中就有田雪琴的独唱《北国之春》，赢得了全场掌声，虽然不久她远走河西，但给我留下的印象深烙于心。

后来才知，她在业务上成绩不俗，工作之余亦对文学产生了浓厚兴趣，常有诗歌、短篇小说、游记见诸报端，赞美家乡，歌颂祖国山川。

对一个远嫁他乡的女子来说，家乡永远供在心灵的祭坛上。她把童年的记忆，对家乡、亲人以及家乡所有人的爱恋写进文学作品里，比如散文《永远的山村》、中篇小说《山道弯弯》，字里行间，流露出对家乡的钟情、对故土的不舍，无限深情地怀念生养她的这片热土。这还不够，她又将一切思乡之苦，浓缩在一部书里，这便有了长篇小说《凤歌》。

《凤歌》主要讲述了在鸟语花香的家乡，农民日出而作日落而息的生活画卷。虽说农耕生活是平淡无奇的，但艰辛始终伴随着她的父老乡亲，她用手中的笔复活了自己 22 岁以前的山村记忆。

巴尔扎克曾经说过，小说被认为是一个民族的秘史。不难看出，《凤歌》，是一部家族秘史。作者在农村长大，有深厚的生活积累，所以写平常人的生活、家族的变迁得心应手，娓娓道来，给人一种身临其境的感觉。小说中出现的老陈一家，既有作者父亲、母亲、姐妹、兄弟的影子，也有作者本人成长的轨迹。也可以这样说，《凤歌》还是一部个人心灵成长史。

故事以插叙倒叙的手法，围绕小雪从婆家出走展开，剥笋似的展现了老陈一家人为生活而忙碌、为改变家庭命运而奋斗的历程，也描写了小凤村演绎着几千年传下来的生活习惯，按祖辈言传身教的"规矩"而生活。到了20世纪末，那些旧习惯、旧思想仍左右着人们的行为，却很难捆绑住年轻一代向往自由奔向美好的心。春明作为新一代乡村青年代表，带领贫穷落后的小凤村迈向了有水有电的新时代。

活的文字，才是有生命力的文字。小说还有一大特点，就是优美的语句层出不穷，如"远处看是那种淡淡的蓝，若隐若现地罩在早已变得五彩斑斓的山间，如一位身着五色裙的睡美人，上面又罩了一层如梦如幻的轻纱"；再如"春明有些羞怯地斜着看了一眼小雪，小雪在他的脸上扫了一眼，不冷不热的，像只萤火虫似的倏忽间便失去了光彩"。这些语言既有江南烟雨的朦胧诗意，又有契合景物、环境的勃勃生命力，让它们将饱满的籽种根植于人物身上，人物即刻有血肉、有情感、有思想。

对人物精神世界的关照，是衡量一部小说质量的良心杆秤。这部小说，用大量笔墨描写了小凤村的民俗活动，既掘出了人物精神世界贫瘠的原因，又展现了陇南一带丰富多彩的民俗画面。

农村是一个广阔的天地，农村生活是精彩纷呈的。20世纪八九十年代的农村充满了改革开放初期的矛盾，却不影响它一步一步向和谐美满迈进的步伐。小说告诉人们，命运掌握在自己手里，只要有自信、有理想，不断奋进，好日子才会向你招手。

粗浅体会，祝贺《凤歌》出版。

目 录
Contents

引子 / 001

第一章　小雪出走 / 004

第二章　播　种 / 009

第三章　春　游 / 020

第四章　天　旱 / 031

第五章　进老林采药 / 039

第六章　爱的花骨朵 / 052

第七章　换　届 / 064

第八章　春明的心事 / 074

第九章　古今对照 / 088

第十章　小雪出嫁 / 099

第十一章　送　礼 / 120

第十二章　上当受骗 / 130

第十三章　技术员上山 / 140

第十四章　小丫带信 / 157

第十五章　指桑骂槐 / 169

第十六章　车间操练 / 180

第十七章　老陈受伤 / 193

第十八章　老陈的矛盾性格 / 207

第十九章　巧珍反省 / 214

第二十章　水渠修通 / 223

第二十一章　小雪回家 / 233

第二十二章　过大年 / 245

第二十三章　唱灯戏 / 257

尾　声 / 268

引 子

小凤村因面对凤凰山而得名，凤凰山是丹阳河里最有名的一座山，因这座山有一个与凤凰有关的美丽传说而声名远播。小凤村，村子不大，就三十来户人家，双檐瓦房，紧挨着散落在向阳的山坡上。据陈家家谱记载，在明朝末年一个陈姓的一品武官因犯了事举家来阴山县躲藏，隐姓埋名，后因其剿匪有功，朝廷把东起田家山、西至丹阳河的地方赏赐给了他。他看见此地山清水秀、林木茂密，便建房垦地，定居下来。他的两个儿子，一个住到小凤村，一个住到小沟村。小凤村在半山腰，小沟村在山下的沟溪旁边，两个村子遥相呼应。他们生儿育女，繁衍生息，经过几百年的发展就形成了现在的小凤村和小沟村。两个村均是陈姓人家，敬奉着同一个祖先。小凤村处在半山腰，人畜饮水一直靠村子最高处的一眼水泉维持。小沟村地处沟溪边，水源充足，取水方便，只是居住空间狭窄些，抬起头就见高耸的山峰，犹如被扣在锅底一样。

小凤村到底沾了多少凤凰山的灵气无从得知，但村里出了不少人才，是远近闻名的状元村。小沟村则不然，村民多在地里刨食吃。有人说小沟人占便宜吃亏，都是那股溪沟水造成的。可那溪水既清冽又甘甜，为啥就不养人呢？真是让人百思不得其解。

小凤村东头有一南北走向的石崖陡坎，高高隆起约五十米，呈卧龙状。龙头在村子的最上边，龙尾在村子的下面。首尾部都有一平台，各长了一棵大皂角树。据村里老人讲，这两棵树是当年地仙（即道士）专门栽植的，目的是压住这条黑龙的邪气，保佑村里人平安顺遂。村西边有一眼泉，人称"水泉。"据说它就是最早在此落脚开山种地的先人找到的生命泉。村里原先人少,这眼泉出水丰盈,把全村人畜的饮水问题都解决了。可自从20世纪70年代以来,全村总人口急剧增长,这眼泉水却迅速衰竭,像老妇人干瘪的乳房突然没有了乳汁,流水泉成了滴水泉,养活不了全村人。村里开始闹水荒,村里人不得不去小沟村背水。这背水一趟,去时走下坡路,来时爬上坡路,累个半死。到了80年代,水泉在全村人渴盼中竟然完全干涸了。迫于无奈,小凤村的人在本村与小沟村中间的庙湾里挖了一个大水坑,砌上半人高的石墙,水坑渐渐渗出水来,就成了水泉。这庙湾里的水泉水量充沛,养活小凤村不成问题。虽然解决了吃水问题,但是背水爬坡还是很辛苦。

小凤村后面有一片保存完好的林子,长着枫香树、铁橡树等,是种类繁多的次生林。这片林子之所以保存下来,得益于村子里古老的习俗——不能砍护村林。经过几百年无数次山洪和泥石流的洗礼与考验,小凤村岿然不动,全凭村背后这片林子阻挡。所以,守护村林,成了小凤村人世世代代的承诺。

村头那棵两三人才能合抱的老皂角树,像一个倔强的老哨兵,春来婆娑一片,秋来皂角满树。无论严寒酷暑,它都守护着这个小村庄。其实,皂角树算不得村里最老的树,最老的树是一棵树皮龟裂且四个人才能合围的老柿子树。不知它生存了几百年,从雪花记事起,它就那么老。它粗大的树枝曾被她的爷爷锯过,但是新长出来的枝条更加茂盛。后来,雪花的爷爷就安息在柿子树旁。每年秋天柿子挂满枝头,雪花的母亲便用柿子酿一大缸柿子酒。甘美无比的柿子酒就成了她家接待亲邻的佳酿。那柿子树、柿子酒和那醉得血红的革质树叶一起,成了雪花家美好的回忆。

小凤村中心有个几步见方的大台子,台子上有几块已经被岁月磨得光滑的石头,它们是村民落座的天然椅子。据老人们讲,这里曾经有一对威严的石狮子蹲着,可惜现在已经不复存在了。

村子南面的山突兀峻拔，犹如一只迎风展翅的凤凰，所以叫凤凰山。凤凰山满山都是苍翠的树木，山顶有一座翘檐飞角的庙宇，附近的人常来这里许愿还愿。由于小凤村人不出门抬头就能望见此山，村里人也称其为"对门子"。

东面云遮雾绕似墨黛一般的远山，是小凤村和小沟村人砍柴火的柴山，也是他们采药的药山。这里地处秦岭南麓，气候温和湿润，漫山植物春夏苍翠欲滴，秋季则如色彩斑斓的屏风。后来学植物学的雪花才知道，家乡人当烧柴用的黄栌就是北京有名的香山红叶。山上奇花异草遍布，天麻、猪苓、当归、大黄等都是名贵的中药材。

小凤村所在的山峁上有一个高高的石嘴，那石嘴像一只大鹰一样立着，人称其为鹰嘴石。每当夜晚一轮明月含羞地从那黑乎乎的鹰嘴石背上升起来时，小凤村仿佛置于如幻如梦一般的仙境。

从村里朝下走去六七里山路下到沟底，再沿着那条日夜轻歌曼舞的溪水，在两山夹峙的沟缝里走出去八九里路，便到了奔腾清澈的丹阳河。河边有小凤村家家户户离不开的水磨坊。水磨坊下面，木匠用木头做成的直径两米的大木轮子，经高处奔涌而下的水流冲击而不停地旋转，通过轮心的一根大木轴带动木楼上的石磨盘转动起来。石磨盘上放着粮食，中间有个磨眼，不一会儿，那石磨便把磨面人用手喂进嘴里的粮食，磨成了细细绵绵的面粉，沿磨盘在干净的木楼板上吐成一个白花花的面粉圈。人们扫起来放进箩里，在木架上来回晃动，便把糠和面粉分开了。水磨坊昼夜不分，勤劳的山里人为了节省时间，常常夜里磨面。磨坊的夜晚，哗哗哗的水声让人睡意绵绵。为了赶走瞌睡虫，人们一边坐在磨扇旁添放粮食，一边唱山歌，水声、歌声在缭绕夜雾中格外清亮缠绵。

小凤村向西走十多里的下山路，便到了河坝公路，再向西走五里路便到了丹阳街。

第一章　小雪出走

1

正月，小凤村那条隆起的石塄坎上几株毛桃花开得分外妖娆，给春寒料峭的山村里平添些俏丽。

正月十八的傍晚，老陈家发生了一件大事。

在外面的老陈一回到家，见婆娘莲子正惆怅满腹地在灶房里做饭，坐在一旁的新女婿李发生脸上堆着一层厚厚的阴云，见老陈进去了，也没站起来迎接，只把屁股动了动，又把头低了下去。老陈脸上洋溢着一脸生气和活力，见发生一个人来了，便问道："你咋一个人来了，小雪呢？"发生抬起他那张已严重扭曲的脸，嗓音已变得粗哑，说道："正月十五那天，我到亲戚家浪（方言，玩）去了，我的父母在地里忙，小雪给邻居说她回小凤村了。我们一家人都没在意，今天我不放心小雪的病才找来的，结果回家一问，我妈才说小雪根本就没回来过。"老陈听了这话脸上的笑容慢慢消失了。"啥，你说啥？"他一脸惊愕地吼道。

此时厅房里的空气似乎凝结成了一块冰，不流动了。过了好一会儿，老陈像安慰发生又像自言自语："这事情先别急，明天我们分头到她姑家、她舅家打问一下，若没有了再说吧。"李发生没说一句话，抬起头用深潭一般的眼睛望了望岳父，见岳父一脸忧虑，他又垂下了头。老陈强打起精神劝李发生道："男子汉大丈夫，就是天塌下来先得吃饭，吃饱了才有力气找人。"

当夜睡下,老陈两口子几乎一夜没合眼。莲子唉声叹气了一夜,女人哟,到底心胸狭小些,遇上碗口大的事情就放不下来。老陈睡在炕沿边,嘴里一直噙着空烟嘴子吧嗒吧嗒地吸着,像那雨过天晴时屋檐下滴漏的雨滴,重重敲击在莲子烦躁不安的心上。人在烦躁的时候,时间像一头慢慢爬着陡坡的蜗牛。这一夜,陈家老两口似乎爬了时间筑成的十架山,又累又急。

第二天天未亮,一家人起来快快吃过早饭,发生和莲子分头到亲戚家去找。一个来回得五六个小时,他俩都没找到人,但又带着期许火急火燎地往家里赶。

等莲子从河坝娘家杨之沟跟跟跄跄地赶回家时,李发生一个人木呆呆地坐在她家台子上发愣,老陈和两个上学的儿子还没回到家。两人互相看看对方的脸色,不用问心里全明白了——小雪真的走了,走远了。莲子很想呼天抢地哭一场,可女婿在,她努力稳住因气愤而微微发颤的身体,打开房门,把火笼里的火点着,让女婿进来烤火。她这个当岳母的见女婿缩在那里一动不动,心里蓦然可怜起这个新女婿来。是的,此时此刻,最痛苦的人应是他,人财两空呀,谁能受得了!莲子只得打起精神站起来,去冰凉的灶房里点火烧饭。无论发生多大的事情,人都得吃饭。

饭快做熟时,老陈和两个小儿子回来了。老陈扫了一眼李发生那阴云密布的脸即刻明白了一切。这个骚门神女子为何不顾老陈家的脸面而逃走呢?今天他在地里干活一刻不停地在想这个问题。他虽给莲子和李发生忙不迭地宽慰着,可心里滚着滔滔怒火和失望。饭熟了,儿子宝平和贵平欢呼雀跃地去端碗了,三个大人谁都没有心思吃饭。莲子盛了一碗饭端给女婿李发生,发生却把饭碗递给老陈,老陈把碗又放到桌子上。这个饭碗被传着走了一圈后,最后又回到了桌子上。

老陈坐在那里不吃饭,两个儿子一看父亲阴沉着脸也不敢吃了。老陈知道他不吃饭,会影响大家的情绪,所以他一横心端起了碗,一口口吃起饭来。吃了几口，见女婿还没端碗没动筷子，老陈便装出一种轻松的口气劝道："娃，吃吧，吃吧，天塌不下来。人啊，一辈子就这样，七死八活地总要折腾几次呢。"李发生只得端起了碗慢腾腾地挑了两筷子黄豆面又放下了碗。老陈两口子再也没劝女婿，他们很理解女婿娃心里的痛楚，让他还是安安静静地坐一会儿。

老陈在吃饭的时候，脑中忽然闪出一个念头：莫非这小雪去找她的姐姐雪花了？这很有可能，因为初五那天，老婆莲子去看小雪，小雪说她和姐姐雪花有啥约定。他没说一句话，脑子里飞快地推理着，脸上的折皱也舒展了一些。他这么想的时候，就像在漆黑的夜里，一束亮光突然间射到了他的心间，眼前亮堂了许多。有了线索，他也平静了下来，想好了安慰女婿的法子。

吃完饭，莲子收拾碗筷去刷锅洗碗了，老陈慢腾腾把烟袋取出来，捏了一撮烟丝压到烟嘴里，再把烟嘴放到火笼里点燃，喂到嘴里吧嗒了几口。看了一眼愁眉紧锁的李发生，他才慢慢开口问了他今天去小雪姑妈家的情况。原来李发生急燎燎地赶到小雪姑妈家，人家的门锁得邦邦紧，他又一路打听姑妈家的自留地里，才算找到姑妈。等他说了情况，姑妈叹了一口气说："这死女子真是一条牛，真的走了！她才不到我这来呢，是我硬把她介绍给你家的……"

老陈从嘴里取出烟嘴来，磕掉烟灰，抬起头看了一眼女婿，说："娃，你听我一句话，明天你先回去吧，这两天都是忙人。现在这事情已经发生了，咋办呢？你要是碰上胡搅蛮缠的娘家人，完全可以说，人是从你们李家走的，我们娘家人得问你们要人哩。发生，我们能说这个话吗？"李发生听了此话，浑身一个激灵，迟疑着低声答道："你能说，能说这话。""真的，要是别的人家定要问个长短呢，现在看你娃也可怜，我就不说那个话了。人说不成亲戚是两家，成了亲戚是一家么。一家人就要有福同享有难同当，小雪出走了，我们两家继续找，不要互相埋怨才好。"老陈的一席话让李发生的心内生出了些许感动，一腔怒火和怨气也淡了不少，毕竟老丈人还是愿意找人的。他慢慢抬起了头，眼睛里有了些许亮光，开口答道："爸，今天有你这句话，我心里也踏实了。我明天就回去，再找找看，等有了消息我就通知你。"老陈答应李发生，他会给远在河西的大女儿雪花发一封电报，问问小雪去她那里了没有。

当晚，老陈两口子睡下，老陈详细询问了莲子看望小雪时的情景。莲子说："雪花给小雪带了封信，谁知道她说了些啥，我也没看。"老陈听了大声推断道："这就对了，雪儿不是一直对小雪出嫁的事情心存愧疚吗？唉！人长大心也大了，读下书的雪儿难保不做出这种事情。"莲子一听老汉的话，惊怯怯地道："这咋办？我养的这两个女子都糊涂了！"老陈嘱咐道："你先不要一惊一乍的，等问清楚了再说，不然让李家人还说是我们私下把小雪弄走了。"

2

李发生像一个被掏空了的皮囊一样轻飘飘地从山上跟跟跄跄地走了下来，他几乎是流着无声的泪从小凤村跌跌撞撞地回到吕梁坪的。他连着两天没睡好觉，脸色青黄，像发霉的黄米馒头一样骇人。他一回到家，就躺倒了。父母一看儿子不成人样，尤其发生妈妈心疼不已，哭天抹泪地叫唤起来："老天爷呀，我上辈子到底造了啥孽，做了啥对不起人的事了，现在要遭受这种报应呢？丢人呀，花钱出力好不容易娶个儿媳妇来，一进门就生病。我把人家上顿下顿地侍候，想方设法地做好吃喝，像祖宗一样供着，谁知这没良心的屁股一拍走了。老天爷呀，你就可怜可怜我们吧……"发生妈的满腔愤怒化作各种污言秽语像从背篓里倒出来一般。邻居们也闻声赶来，小雪出走的消息似一块巨石砸破了吕梁坪村的平静。

发生妈哭完骂完叹口气，强打精神起来给丈夫儿子做饭。家里发生了变故，气氛陡然冷清。发生睡到床上不起来，老李呢，瘫坐在椅子上闷声抽旱烟。这家里自小雪嫁过来，热闹了不少；这小雪一走，说实在的她真有些舍不得。唉，人呀，真是个怪物！

吕梁坪人一时间炸开了锅，大多数人对李家人表示同情，个别人在背后幸灾乐祸，还有一小部分人当面表示同情背后着实讥笑。人说纸里包不住火，世上没有不透风的墙。不过几天，丹阳河两岸已经把小雪出走的消息传得沸沸扬扬，甚至传到小凤村来了。

老陈两口子一直没露一点声色。邻居们见了他们开玩笑道："小雪出嫁了也没回门，这当了河坝人就把我们山里人给忘了。"老陈赶紧笑道："她哪能呀，她一直生病，不然早回来了。"有一天巧珍见了老陈神神秘秘地说："我听见河坝人说小雪不见了。"老陈听了平静地笑道："没有的事，你可能听错了吧。"巧珍脸上显出惊异的神色，道："我听得千真万确，是我那吕梁坪的亲戚说的。她说发生妈坐在地上又哭又骂，现在全村人都知道了。"老陈听了不慌不忙地说："你先别乱说，等我们问一下雪花，说不定这女子跑到她姐跟前去了。"

莲子到底是女人家心小些，在外面装作若无其事的样子，一回到家就抹眼泪，哭骂道："唉！我的这祖宗不知跑到哪里野去了。人说出门门槛低，进门门槛高，她有啥脸再回来呢！这闲话都快把脚绊倒了！"老陈一听骂道："快把你的嘴封住，我听得心烦，让我清静一下。"莲子赶紧闭了嘴巴。她知道老陈的脾气，他一生气，九头牛都抵不过。

莲子溜到灶房里悄悄淌眼抹泪，嘴里叨叨："这小祖宗，你跑到天南海北，免不了的柴米油盐，一样过日子。你不爱李发生，可我们看这李发生宽容又大度，哪一点不如你？你走了，一了百了，可我们咋向李家人赔这些钱呢？我们还有啥脸面在这人世上活呢？人会说我家养的女子没教养……"

第二章 播 种

1

一个冬天过去，长尾巴的松鼠在核桃树和地头之间跳跃奔跑着，像一个个小精灵给沉睡着的土地带来些许活力，让寂静的山野有了一点生气。这里的春天来得早，正月初山坡上最先露出妩媚笑脸的是毛桃花，接着是灿然吐金的迎春花，它们满腔热情地给寒冷沉睡的山区带来了一份喜悦和期冀。二月里，山坡上狠劲地刮着风，早上在炕头就能听到风扯破嗓子吼叫着，那风啸声有时排山倒海般刮过山林，仿佛一把老篦子狠狠划过山林蓬乱的头，拔得它们整个身子都颤抖。难怪这里人要把二月里的风叫作"摆跳风"了。当然，二月里的大风也把树木花草吼醒了，树梢冒出稀疏的毛茸茸的芽，地头上也长了好些野小蒜，还有猪能吃的野草。二月底，风也和气了许多，花草树木都现出了一派蒸蒸日上的景象，包括那些早早起来就唱歌的鸟儿。

三月里的小凤村像是落下了一片美丽的云霞，杏花、桃花、苹果花、梨花等次第开放。最后开花的核桃树，村子里弥漫着一股浓烈的核桃花的丹宁香味。田野上的布谷鸟好像它比农人还心急似的，把每一个准备播种的村人催得火烧火燎的。

清明前后点瓜种豆，是这里祖辈传下来的老规矩。为了能尽快把种子播到地里，莲子带话让在城里上班的宝贵请了两天假回来帮忙。

莲子和宝贵、老陈又全力以赴地操持下种的事务，雪花刚从学校毕业分配到千里之外的河西市农业局工作，啥事都别想指望她。小雪始终不知去向，雪花说她根本没见过小雪，还把父母亲责备了一顿。村里有人认为小雪离开家的时候好好儿的，为啥就在李家站不住呢？也有人说，一个女娃娃就应该规规矩矩，纵然有一万个理由，一出走就是失礼了。总之，人的嘴是扁的，说黑的说白的，翻来覆去都由人说呢。老陈老两口也不想去辩白，他们想，女娃娃在外面最害怕就是上当受骗走岔路，当父母的哪个愿意把女娃娃放出去闯天下呢？可眼下他们再惆怅，把自己的肺腑五脏愁成个黑蛋蛋，也是白搭。李家人曾扬言要老陈家把彩礼一并还清呢……

　　唉，愁肠事太多了，日子再难还得天天赶着往前过。这些天老陈病恹恹的，莲子只让他放放牛打打下手，这个家的重担历来都是莲子挑的，她能指望谁呢？几个孩子，雪花一心念书，帮不了家里；小雪能替她干点杂活了，可她走远了；目前，就宝贵还能当劳力使唤。这些年，莲子从没睡过一天懒瞌睡。这天鸡叫第二遍，莲子就起身了，她轻手轻脚地走出了睡房门，望望东方的山脊已显出一抹淡青色的白，鹰嘴石那黑黢黢的剪影立在那道乳白色的晨曦里非常显眼。莲子先去牛圈，当她把苞谷秆丢进圈里，那头本来卧着打瞌睡的老黄牛听到她放草的声音也慢腾腾站了起来，那头小黑牛早就一骨碌翻身立起来，睁着那双灵活好奇的眼睛望着她。常言道，人无横财不富，马无夜草不肥。喂牲口重在晚上喂草。蒙蒙晨雾中，莲子又背起水桶去庙背后的水泉背水。她是个急性子，一边快步走着，一边想着自家种苞谷和黄豆的种子已经簸好，今天先种杜家桥，那块地平展。农家粪肥早在二月里她就背到地里了，洋芋也在二月里就栽到了门跟前的自留地里，那紫色粗壮的洋芋芽已经争先恐后地钻出了土，苗子都出齐了。

　　丁零哐啷，一阵水桶中马勺与水的打架声响，莲子已经背回一趟水了。走到台子上，想起小雪，她叹了一口气，进到灶房里，把水倒进水缸里，走到睡房门大声叫道："宝贵，你起来，赶快把牛的杠头收拾一下，不然耕地时又不顺当。"她一边用大嗓门喊叫着，一边在院里抱了一捆柴走进灶房准备生火炕馍。

　　天已大亮，早起的人都开始忙碌起来。布谷鸟立在高高的椿树上，张开清越的大嗓门唱了起来："布谷，布谷，布谷……"山鸣谷应，撕开了清晨山区或浓或淡的雾气。

　　莲子是小个子，剪着齐耳短发，麦子色的皮肤，瘦削的脸上一对亮亮的小眼睛。她泼辣能干，平时干活穿着一身旧衣裳，衣服上打着补丁。吃罢早饭，她在布口袋里装上四个苞谷面馍馍，再备上一暖水瓶开水让老陈提上，这是他们三人的午饭。宝贵肩上扛着杠头，吆着牛在前头走。莲子背上半口袋种子，跟在后面。经过一个冬季的休整，牛儿在春日温暖的阳光里舒展开筋骨，哞哞地欢叫着。小黑牛跟在母亲身边蹦跳撒欢。驴子打着响鼻，扯着破嗓子吼出春日的骚动。山野里所有的花草树木都慷慨地奉献出春天特有的清香，青草每天都在疯长，春夜里似乎也能听到它们叭叭拔节生长的声音。

　　该播种了！土地永远是那么无私，那么慷慨，经过一冬的休养，精精神神地任凭农人耕耘。这里的山坡地有两种土质，一种是带有黏性的棕黄土，一种是栗钙土。莲子家先播种的是那块黄土地。地上已经长出了一丛丛鲜嫩的苦菜、野小蒜等，远看上去像是在黄色地毯上绣了一簇簇绿色的花儿。每每一两只麻雀或画眉从山野头顶高唱着飞过，春天是这么令人欣喜。这里的人每年到秋天把庄稼收完，都要把所有的土地翻耕一遍，到了来年就可直接撒种入土了。这里的人种庄稼有两种方式：点种和撒种。苞谷和黄豆多种在山坡地，人们为了方便大都撒种。莲子左手拿了个盆子，右手撒苞谷种子，走两步撒一把。她撒种起来丝毫不输男人。因老陈在外面工作，她早就练就了一副铁打的臂膀，男人干的活也难不倒她。山地里的苞谷一般都是一米以上的株距，撒得稠了还得拔掉，庄稼太稠密就长不好。她沿着地边的平行线迈着均匀的步子边撒边叮嘱撒黄豆种子的宝贵："你撒稠些，撒黄豆可不能像撒苞谷，一把撒一大块。"正由于苞谷种子难撒,莲子才让宝贵撒黄豆。娘俩撒完了一块地,宝贵就架上耕牛开始耕,莲子撒完了苞谷又接着撒黄豆。播种时只浅浅犁一遍,把种子翻到土里就行了。这耕埋种子对于宝贵来说,早已能驾轻就熟,一个山里的庄稼汉,首先要过的关口就是耕地。想当初,宝贵十二三岁学耕地时,也着实费了些工夫才学会的。开始他把杠头扶不正,手上的力气不是用得太重就是太轻。牛儿也不听他调遣,一会儿上一会儿下的,他死活把牛调不到垄沟里。啥都是熟能生巧,耕地这活只要学会了也不难。他现在耕起地来手扶杠头,挥洒自如,像玩一件轻松的把戏似的。他已经进城当工人一年了,城里生活对于他一个山里娃来说是陌生的也是全新的,他竭尽全力去适应。想起这些来,他不由得精神振奋,耕地这活计对他来说不会马上告别,但会渐渐减少。看着听话的牛儿默默沿着直溜溜的垄沟向前走,闻着山野里清新的空气,听着鸟儿嘹亮的歌唱声,他情不自禁地唱起当地山歌《十杯酒》:

一杯子的酒给郎斟,姐问的小郎几时生?
小郎生在元宵会,哎咳哟,姐在廊下闹哟花灯。
二杯子酒望香台,我给情郎哥挂招牌。
上摆桌子下搭凳,小郎吃酒提壶来。
三杯子酒进花园,进了花园转三圈。
插花娘子戴花姐,柳荫树下配姻缘。
……
九杯酒菊花黄,情郎同妹进绣房。
二人说了知心话,石板搭桥地久长。
十杯酒郎要回,四面八方有人围。
你要回了回屎去,手持钢刀谁怕谁。

他宽厚的嗓门韵味十足地唱着,牛儿也高兴得哞哞应和着。在歌声、鸟声和牛哞声的大合唱中，他手扶犁铧轻松地翻出一垄垄橙黄油润的地。宝贵长着中等个子，微胖身材，四方脸，挺拔的鼻梁，一对炯炯有神的三角眼，只是有一颗门牙是龅牙，嘴巴微微凸起。那青春蓬勃的脸堆着纯真的笑意。老陈和莲子一直以来因为小雪的出走而心情郁闷，听了宝贵的一曲山歌，他们脸上露出了微微的笑意。

莲子撒完种，与老陈一起收拾犁铧触不到的地边角落，用锄头掩埋那些裸露在上的种子。还有一些草根也得挖出来，免得影响种子发芽生长。老陈手里不出活，所以到了地里，莲子就安排他收拾地边角落，他也默认了。

2

老陈中等身材，大眼睛，浓眉毛，鼻梁挺拔，胡子刮得很干净，头发永远向后背着，嘴里常噙着一个黑红色翘起的烟嘴。年过后，他本来有好多打算的，可小雪的事情着实令他烦恼。他去年病退回家了，自己又是个药罐子，让本不宽裕的家更穷了。加上前几年为了修房以及供雪花念书，家里欠了一屁股债，光靠山坡坡上的庄稼，一辈子也还不清欠账。家中娃娃大小五个，老大宝贵进城当了工人，能养活自己了；老二雪花农校毕业分到外地工作，能养活自己，但补贴不了家里；老四宝平，十五岁了，上初中；老五贵平，十三岁，在上初中。最让他心痛的是老三小雪，早早辍学回家帮家里干活，现在还不知去向了。他隐隐感到那李家人不会善罢甘休的，关键还是钱的问题。山上的地都是靠天滋养，老天爷发慈悲下雨多的年份收成就好些；天旱了不下雨，收上一把把粮食还不够一家人填饱肚皮，哪有余粮粜出去卖钱呢。进林子采药吧，他那瘦身板哪里吃得消。这要怪还得怪他的父母，千求万盼才生了他这个独苗子，像心肝儿一样护着他，让他从小进私塾读书，很少干农活，也很少进林子采药。他长大后虽然也干农活，但出工不出活，谁都嫌他。他虽然吃的是公家饭，可那一点工资还不够塞牙缝。他又生了五个病娃娃，常年靠预支工资和借债勉强过日子。人穷志就短，人欠债了总是矮三分，他走到哪儿都是长吁短叹的，没个好精神。

一天，他正在街上走路，碰到了县林业局的熟人老王，闲谈了几句，人家便给他出了个主意，说现在政策放宽了，大力提倡种草种树呢，说不定种些树苗子能卖钱，山上的地，下苗子正合适。老陈半信半疑地回到宝贵的宿舍，一屁股躺在躺椅上吧嗒吧嗒地抽了几锅子旱烟，边抽边在心里盘算育树苗子的事情。记得，有一年他去省委党校调查案子，那院子里栽的一株株柏树，像墨绿色的宝塔一样，更像一个个雄赳赳的军人。他看得高兴就采了上面的种子包回来，撒到自家院子里还真长出来了。现在他家大门前那棵绿伞似的柏树就是他从兰州采种育出的。一说起树苗子，老陈心中燃起了希望。树苗子可不像别的东西，它确实是个实实在在有生命力的，即便不能马上变现钱，长在地里看风景也行呀。这几年改革开放，全国各地都在搞经济建设，想法子发家致富，这育苗子也不费工，体力上他也能接受。阴山县最有名的特产是"纹党"，可小凤村的土地偏偏长不出好党参，三四年才长指头粗一点。他的思绪随着嘴里喷出的一缕缕长长的烟雾飘忽不定。最后他下决心似的，猛吸一口烟嘴子，啐一口苦苦的口水，叭的一声把烟嘴子扔在桌上，冲出一句话："嘿，这次我要把他老王拽着不放，让他帮我在县林业局联系一些树种子。"

老陈心里一直记挂着这事，回家后与家人商量。莲子第一个反对："我们祖辈都没有种过树苗子，种活不种活尚且不说，要是卖不出去，只能当柴火烧了。"老陈一听火了："你干这也怕做那也怕，干脆缩在老鼠洞里算了。与其坐着等死，还不如折腾一下，大不了买个教训。"他终于把莲子的口堵住了。宝贵呢，他进城当了工人，把那种庄稼的事懒得操心了。

老陈这次进城找人办事，不能空着两把手去。他这山里人没啥好东西拿得出手，只好用报纸包了一块腊肉装进挎包里，带着去城里。他找到老王说了自己的打算，老王很支持他的想法。老王身材精瘦高挑，黄皮肤，长方脸，一双眼睛似笑非笑。他说老陈来得正是时候，再迟一点恐怕就没树种了。他说着就让手下给老陈弄了百多十斤树种子。老陈笑着问他种子多少钱，老王先让他拿去种，卖了钱再说。事情没想到这么顺利，老陈没费多少劲就要来了五十斤侧柏种子、三十斤洋槐种子。他的脸上洋溢着满足的笑容。两天后的一个傍晚，见老陈和宝贵各背着一袋子树种从望凤坡慢慢走过来，莲子赶紧迎了过去。

老陈马上行动，先做种子发芽试验。他让莲子在锅里烧了三十度左右的温水，自己则取了一碗侧柏种子和一碗洋槐种子，拿了一个簸箕把种子倒进去，把秕粒、杂质和空壳簸出去。他把簸好的种子放入盆里，再把温水倒进去泡上。为了保温，他把装了种子的盆子放进大锅里，再加上温水。莲子看着老陈的操作笑道："这不就是生豆芽菜的一套吗？谁不会！"老陈说："你别小看，这是人家林业专家给我传授的技术，别人想学还学不来。看起来跟生豆芽子差不多，但关键是把握好火候，不能太烫，要不然就把种子烫死了。"

一天后，种子几乎全露白了。他便把宝平吆喝上去地里，先把地里的大土坷垃砸碎，再把旯旮里的硬土用尖镢挖一挖，最后把地里的石头拣掉。在中午歇气的时候，一脸汗水的老陈说："按林业专家的说法，要做垄哩，我们时间这么紧，就算了。何况做了垄无非是为了浇水，我们这里靠天吃饭，水是老天爷浇的。"下午他们又去了望凤坡的地里挖塄坎，那些土坷垃一块块撂在地里，像戈壁滩上的石头一样排成队等他们，父子俩甩开膀子干。虽然地里有些潮气，大土块却是又干又硬，打起来把人的手腕震得麻麻的。不一会儿，黄豆大的汗珠子从他们脸上扑簌簌地流下。老陈到底是有病的人，个把钟头过去，他就气喘吁吁地蹲在地边擦起了汗水。宝平还是个孩子，他虽然经常干活，但到底没耐力，坚持不了多久，也站下歇气。

老陈望望落到西山上的太阳，道："唉，天爷这两天下场透雨就好了，地太干了，一脚踩下去扑轰轰的，全是灰，种子种下去怕是抽了水分，发啥芽！"

父子俩直干到傍晚时分才把那块地弄好。当夜，老天竟悄没声息地下起了小雨，第二天地皮子湿漉漉的，空气中有一股泥土的清香。老陈深深地吸了两口湿润的空气，脸上有了喜色。莲子道："好呀，老天爷睁眼睛了，我们正准备下种呢，就下了一场毛毛雨。今天我们也发个狠，一下子全种上算了。"种子基本都露了白，装到口袋里背到地里，莲子撒种，老陈扶犁耕，宝平撒粪肥。莲子再三给老陈交代浅浅地犁一下就行了，深了种子就难出来。老陈手扶杠头犁到地边时，抬起杠头使劲把杠头往回一拉，回了一声："儿……儿……儿，回来了。"这里的人回牛声很有意思，就像在唱一首山歌似的。他低回婉转的回牛声在山坡上久久回荡着，树上的鸟儿都停止了鸣唱。

按老陈新学来的说法，土壤应该用硫酸亚铁消消毒再种，可现在没有硫酸亚铁，只好先种上了。莲子笑了："这还是新鲜事，我只听过医院里消毒的，还没听说给土地消毒的。""你没听过的事情多了。你没坐过飞机世上就没有飞机了？"老陈反驳道。莲子又道："你说给土不消毒，苗子就生啥病。我只听说人和牲畜生病的，没听说树苗子还生病的。"老陈道："我也不知道，还是听老王说的。立枯病的症状很奇怪，树苗子立着就从中间断了，发起病来厉害得很，苗子大片大片就枯死了。""哎呀，那还得等土里消了毒才下种吗？"老陈道："老王说了，现在还没有硫酸亚铁，让我们先下种，以后等苗木出齐了，再把硫酸亚铁弄来，用喷雾器给苗子多打打，预防一下就行了。"

3

莲子在坡上干了一天活，回家时又背了一捆柴，回到家累得身子骨散了架一般。别家的男人寒冬腊月去柴山砍柴再背回家，把一年的柴火给自家女人预备下。莲子没这个福，老陈常年在外面工作，即便是坐月子，她也得自己上山砍柴背柴。现在虽说老陈办了病退回家了，可一天都是病恹恹的，砍柴背柴也指望不上他。莲子虽说生性豪爽，但艰辛的生活把她压得喘不过气来，难免要抱怨老陈几句。可老陈向来嘴上不饶人，莲子根本占不上便宜，只能叹自己的命太苦。

老陈家育了一些树苗子，树苗子是新事物，能不能以后卖上钱还是个未知数。莲子准备到岭上的地里再育些纹党秧子。阴山县地处秦岭南麓，气候温暖湿润，小凤村属于阳坡，光照充足，土层深厚，只是党参必须种在高山处杜家桥的地里才能生长。莲子把细小的党参种子撒到整平的地里，再用铁锨拍实。今春下种，明年春天，等党参苗秧子长大些，就可以移栽了。

纹党生长要注意经常清除杂草，防止人畜践踏。移栽可春栽或秋栽，春栽时间为第二年三月，当土壤解冻，纹党幼苗开始萌芽，将秧苗轻挖出土，整理扎成小把，以便搬运和移栽，春栽成活率高，但须根多。

这里山区的纹党长得慢，三四年才采挖一次。在采收前先割去地上茎藤，然后用尖镢进行采挖。采挖时要小心慎重，整根挖出，切忌伤根，以免影响品级与售价。

将挖好的党参当日用清水冲洗干净，洗净后用细麻绳串起来，每串三米长，悬挂在向阳、通风、避雨的屋檐下，当晾晒至不易折断时，用手搓或木板压几次，使皮部与木质部贴紧，使其充实饱满。当完全阴干后，即可分等级背到丹阳街出售。

4

三月里，连着下了两场毛毛雨，小凤村周围的山山岭岭一下子都变得绿葱葱的，像在清溪里洗过一样，随处都散发出一股山野独有的清香。春天的花草树木和庄稼都蓬勃着一种旺盛的生命力，老陈家的侧柏苗子在春天百鸟的歌唱声中终于钻出了土面，给田地披了一层嫩绿的轻纱。老陈自从办了病退手续后，就成了一个自由人，在山上过着日出而作日落而息的日子。说一千道一万，最让他放不下心的还是出走的小雪，一个女娃娃出门在外最怕的是碰上坏人。他心里很自责，悔不该为了钱把小雪嫁给李发生。不过他知道愁也是白愁，木已成舟，一切都随她娃的命去吧。这么一想，他心里便平顺多了。早上起床后，他几步踱到地里看苗苗。他蹲下来用手轻轻抚摸着那像针一样细且贴在土皮上的小苗苗，像抚摸刚落地的娃娃的小脸蛋。远处看还有个绿苗子，可到跟前一看，只是贴在土皮上的一个个纤弱的毛毛影子，手一碰，都有消失的危险，老陈害怕得缩回了手。他走在地边，这里看看那儿摸摸，没看到有什么立枯病的征兆。想起老王交代他的话，幼苗刚出土就要准备喷药，不然就有发生病害的危险，他在心里面嘀咕："这么嫩的苗苗喷那硫酸亚铁干啥，把苗子毒死了咋办？这些苗苗可经不起一点化学药物的腐蚀呀！"

正在他侥幸之余，突然看到前面的一片苗子好像不对劲。那一片片的小苗苗，其中十分之一的苗子好好立在那儿，头却枯干了，这是咋回事，这莫非就是那立枯病吗？他东看看西瞧瞧，地里的苗木不同程度都有这种现象，好像得了一个病。"真不得了，"老陈慌里慌张跑回来对莲子说道，"不得了，种下的苗子感染病了，今天我们啥也别做了，全部到地里打药去。哎呀，幸亏我前两天进城把这啥药给弄来了，不然这时候再进城里去弄药怕就来不及了！"

老陈把那一块块灰绿色石头疙瘩样的硫酸亚铁放到石板上，用石头砸碎，按一比二百的比例化到喷雾器桶里去。硫酸亚铁有一股浓烈的刺鼻气味，他用一根棍子用力搅拌着，使药充分溶化于水。不一会儿，水就浑浊了。老陈是个非常认真仔细的人，所以打药的事情就成了莲子的。他则把牛赶到坡上，上坡地锄草去了。走之前，他再三嘱咐莲子一桶水只能放一两药，放多了会把苗子毒死了。

莲子背了一桶药水来到地里,一边打药,一边看着那些枯干的苗子心疼得直咂嘴。药水从高压喷头喷出,如雨雾般喷到侧柏苗上。在一股浓烈的硫酸亚铁气味中,树苗贪婪地吮吸着,仿佛喝乳汁的婴儿一般享受。一桶药水打完了,又取一桶药水再打。中午,莲子为了省时间只吃了几口馍馍,这会儿喷完了药,她顿觉饥肠辘辘。

隔了一星期,老陈家又给苗子喷了第二遍药,还给苗子得的那种病起了个更明白的名字叫"站着死"。半个月后,又给喷了第三次药。侧柏苗这种站着就死的怪病,基本上控制住了。老陈到地里查看了两遍,苗子长高长大了些,颜色也变得深了。只是今年春天一直没下过透雨,苗子长得干瘪瘪的,不壮实。他又看了半天,再没发现有苗子站着就枯死的现象,脸上绽放出笑容。他早上去地里转了一圈后对莲子说:"哎呀,开始老王说了我还不以为意,没想到真是这样子,从他的话上来了。这么个怪病,把我可吓坏了,现今到底把它给压下去了,还是要相信科学呢,蛮干是不行的。"莲子笑道:"看把你高兴的,你光口上说说罢了,还不是啥都从我的手上过呢,把人累个死不下,到时候票子拿到手里才算哩。"老陈故意嗔道:"哼,我才不信那个邪!我偏要叫它们长得黑澄澄的,到时候卖了把账还了。小凤村人不是等着看我的笑话哩嘛,说我不会当家活人,让女子念书。他们现在也看到了,我们的雪花吃上了公家饭,当上了城里人。"莲子笑道:"真拿你没办法,说苗子的事情呢,又扯到女子身上了!谁不知道小凤村人的女子走出去个个都是挑头的人,看把你能的。"

第三章　春　游

1

唉，关于小雪出走的根源说起来话就长了。

去年正月里，有一件大事要决断，这件事困扰着老陈老两口。有天晚上，耀宗来老陈家聊天，送走他，老陈返身坐在厅房火笼边，一锅子又一锅子地闷头抽起老旱烟。直到火笼里的柴疙瘩烧尽了，他才到睡房里的热炕上躺下。夜已经很深了，阵阵寒气袭来，此时静谧的山村夜晚出奇安静，没有夜鸟的交谈声，没有狗的吠声，没有虫子的和鸣声，老陈连自己的呼吸声都能听见。原来国家有个新政策，工人到了一定年纪，若有病可以办病退手续，一个子女可顶替其上班。老陈有胃溃疡病，这谁都知道，自己若病退，让小雪顶班，一举两得。老陈在炕上翻来覆去烙饼子一样就是睡不着，莲子一想就明白了，知道今晚耀宗来说了啥话。睡到炕上后，在莲子的催问下老陈才开了口："还不是为这顶班的麻烦事，你养的瓜老子到处跟人诉苦，说我们把他亏下了，竟扬言跟我抹脖子换脑壳呢。这不，今晚上耀宗来当说客了。耀宗说的那些道理我几十岁的人还有啥不懂，只是这个家太缺劳力了，好不容易把这瓜老子养得浑身上下都是力气，能背能拿了，让他进城当城里人，咋能让我们老两口在山坡坡上受苦！这农活上我又不在行，我是心疼你，他走了把你可苦坏了！可这三番五次地有人来说，我们把顶班的事不传儿子传女子，这事确实让人作难呢。"

原来宝贵为顶班的事心烦意乱的，家中的活儿也没心干，先一天晚上跑到耀宗家串门去，把那疙疙瘩瘩的心事说了一番。耀宗也知道他弯弯肠子里的那些心事，他笑望着宝贵道："从你妈的角度考虑，她肯定不想让你走，原因是她的重担子只有你能替。可对你爸爸来说，这个问题就要全面考虑了。说实话，一个女子哪怕再有本事，一出嫁就是人家的人了。所以你爸爸在外面工作了一场，挣下的这点好事，无论如何应该传儿不传女，真不知他是咋想的！"耀宗的一席话，让宝贵听得茅塞顿开。他本来脑子就简单，只要别人一激，就更加不知高低了。此时他脸涨得通红，一掌拍在桌子上叫起来："这回我爸爸不把班顶给我，我就跟他抹脖子换脑壳！"这话把耀宗和他老婆桂香怔住了，耀宗一把拉住宝贵道："宝贵，你可千万别胡来，我今天随便说了几句，你可别寻无常。你听我一句劝，等你爸爸一回家，我就把这个利害关系给他点一下，他是个明白人。"

出了耀宗家，宝贵也没闲着，又去了几个要好的玩伴家一顿诉苦，把自己寻死觅活的心事也齐齐地说了，逼得他们都答应给他当说客。

莲子听了老汉的话叹息道："唉，我这两天也在想这个事呢。咱把这宝贵强留在家里，他就像跳圈的羯牛娃子，胡跳弹呢。前两天他给巧珍家挖了一天粪，就是不给自家挖，你拿他有啥办法？他那么大了，总不能捞起棒子打一顿么。可我们已经把话说出去了，让小雪顶班去呢，现在又让宝贵去，小雪能答应吗？"老两口权衡来权衡去，唉声叹气一晚上，就是睡不着。尤其老陈，他最心疼女子。大女子雪花从小多病，他带着她访遍了阴山县两江八河里有名的医生。没想到这个病女子争气，从小喜爱读书，他又全力供着她上学。二女子小雪因家里缺劳力中途辍学回家干活，这件事成了他这个当老子的一块心病，不免要常常自责，并一直想办法弥补。两个女子从小长大，他这个当老子的从来没骂过，更没打过。有时莲子叨唠她们两句，他听见了不但要制止她，还要把当娘的责备一顿。人都笑他，惯女子没下数。

如今又遇到这顶班的事，他心里也有自己的想法：若把宝贵顶出去，家中没一个精壮劳力，重活累活小雪还真靠不住；若把小雪顶出去，过两年这女子一嫁人，还真打了空水漂。老两口把利害在心头的秤上十遍八遍地过了下，最后下了决心，还是把宝贵顶上去，让小雪留在家里。

　　早上老陈在进城前宣布了这一重大决定，宝贵脸上现出了久违的笑容，高兴得背上背夹子，拿上大砍刀出门去砍柴了。莲子望着宝贵的背影叹道："你看，心病还需心药治。现在不用我安顿，他自己就找着干活去了。"小雪听了一下子哭了，道："到底还是你们的儿子要紧，把儿子当成个金宝卵，你们就别要我了……"她跑到自己的屋里把门一关睡了。老陈看着眼前的情景，心一横转身走出门去。走到大门口，他又悄悄嘱咐莲子，好好开导小雪。

　　接连下来的几天，宝贵天天高高兴兴地出门砍柴去，晚上则结结实实背一捆柴进门。他告诉母亲，赶在上班前，要好好给家里砍些柴。莲子见宝贵如此卖力，又想到整天阴着一张脸啥也不干的小雪，不免心酸起来。

　　这几年，老陈家可谓芝麻开花节节高：前两年修了五间新房子，接着雪花考上了农业学校，现在宝贵又要顶替父亲进城当工人，在别人眼里这都是做梦都羡慕的事情，可她知道这个家里谁付出更多。想当初，刚要修房子，两个女子必须有一个辍学回家干活。大女子雪花从小学到高中都是班上的尖子生，小雪一直成绩平平。经过一夜的思想斗争，老两口决定牺牲小雪。她清楚地记得小雪从上学的丹阳街回家的样子，娃娃的眼泪噙了一眼眶，稚嫩的脸上带着一股隐隐的倔强。她来不及问小雪，这女子眼泪就扑簌簌掉了下来。小雪的命好苦，她学习上刚有了进步，自己也有了考取高中的信心，正准备冲刺呢，却被硬拉回来了。她希望的幼芽还没出土就被生生掐断了，残酷啊，生活早早就在小雪面前露出了本来的面目。莲子记得很清楚，她还安慰小雪："娃，你就别哭了，我和你爸爸要是有别的法子也不会让你走这一步的，等把这一关过了，你再去读书也不迟。"

想到这里,莲子的脚步不由自主地迈向了小雪住的房子。

小雪一听见她母亲进来了,她大睁着的眼睛马上闭住了,调整好呼吸,假装熟睡的样子。见小雪仍睡着,莲子便一屁股坐到炕沿边劝道:"我的娃,你起来,你不能一条道走到黑。要是有两个名额,我就叫你和你哥哥都去。唉,娃,谁让你生来是个女子呢?这老祖辈都讲究传男不传女。实际上我和你爸爸心里都偏向你,可宝贵到处扬言要跟你爸爸换脑壳呢,我们才改变了主意。我的娃,你想念书了,不行再念去吧……"莲子好一阵安慰,小雪终于在莲子的死拉硬拽下坐了起来。

2

山里人的农活一茬套一茬,这样没做完,那样又等着呢。播种全部结束,玉米长大了,还得给它们除草。山里的庄稼虽说种得粗糙些,但也得精心侍弄,洋芋、苞谷、黄豆等都得除两遍草,并且中途要施些化肥才能长得壮实些。老陈虽说能力有限,但天天听着莲子念耳朵经,操心是免不了的。至于小雪,她这一走,老陈反而对她没有太重的负罪感了。李家人也没来骚扰,两家一直僵持着。恰在此时,老陈的老朋友老徐带口信来,让老陈去一趟他家里。

老徐是老陈多年前的老同事,两人一直以兄弟相称。老徐高个子,瘦削的脸胡子拉碴的,一双细长的眼睛很有精神。老徐急急地把老陈找来也无大事,只是想把老陈叫到阴山县有名的天池去转转。他说现在正是山花烂漫的时候,山上的雪化了也不冷,正有看头呢。老陈喝着主人沏的碧口绿茶,不禁赞道:"好茶,好茶,这颜色看着让人舒服呀。"老徐边喝茶边慢悠悠道:"哎呀,春播那两天一个人恨不得分成两个人来用,现在春播结束了,也该歇一下了。兄弟,人啊啥时候心口子才能满,除非眼睛一闭腿一蹬才能歇下哩。趁现在还能走动,咱们也出去转转。"老陈笑道:"既来之，则安之，听老哥安排。"

他们先搭了去武都的班车，出县城向北，翻过那一盘盘九九八十一道拐的高楼山。下到山底下时，老徐和老陈下车了，朝东边沟里开始步行。他们一路不停地越沟爬山，一前一后不着边际地闲谈着。走累了，说累了，他们就席地而坐，拿出包里蘸了辣酱的馍馍大吃大嚼起来。他们走路渴了，碰到清澈见底的洋汤河，喝一气，再慢慢上路。直到傍晚时分才走到天魏山下的一个小村庄，到老徐的亲戚杨家投宿去了。

山里人都很热情，远方来了客人简直要倾其所有来招待，都不足以表达主人盛情似的。晚饭后，女主人取下厅房木杆上挂的腊肉放在火上燎毛，准备连夜煮腊肉，第二天早上好好招呼客人吃一顿。男主人和两个娃娃睁着乌黑明亮的眼睛望着老陈老徐哥俩。说起天池，男主人老杨的话匣子一下子打开了。老杨是个憨厚的庄稼人，黑红色的圆脸上长着一双和善的眼睛，他侃侃而谈起来："这天池还有个故事呢，你们听说过吗？"见老陈和老徐摇头，他接着眉飞色舞地说起来，"相传唐朝天宝年间，天魏山的林荫深处住着两位孤寡老人，人称邱家爷、邱家婆。他们以看管一座水磨为生，静静地过着悠闲的生活。有一天晚上，月明风清，一位秀才打扮的人来到家里。邱老汉起身让座，二人攀谈了起来。客人上知天文，下知地理，又精通医术，二老好不喜欢。此后秀才每晚都来，两个老人都是盛情款待。时间长了，邱老汉问起客人姓甚名谁，为啥事来此山中，客人只是笑笑并不回答。问了多次才说他是岐山人，姓蹇，不愿为官，来此山中采药。一天晚上，客人又来了，突然对邱家老汉郑重相告道：'有个要紧事要给你们说，明天你俩快快离开这里，搬到高山顶上去住，因这里要发大水，不安全。'二老开始并不信，但又禁不住客人的认真劝说，便答应搬走。第二天，二老搬到一个小山包上住下，晚上忽然天昏地暗，乌云翻滚，雷电大作，棍子样粗的雨柱冲向地面，好像天要塌了似的。二老缩在屋里，时时向外张望，不一会儿，只见沟里的山水波涛汹涌，雷电中射出两道耀眼的光柱,照得满山通亮。这可怕的景象,一下子吓死了邱家老两口。次日风定云散,天魏山下积水成湖,邱家二老的磨坊也沉入湖底,后来人们把这池水叫作'天池'。原来那位姓蹇的歧山人,名叫雷保,正逢安禄山造反之时,皇帝带杨贵妃出逃,向川中避难。这一行人要通过广元剑门阁,当时任广元节度使的雷保因愁烦接驾花费太大,劳民伤财,便连夜挂印出逃了。他无官一身轻,沿着白龙江逆流而上,到了洋汤河谷的天魏山下,定居此地。他终日穿行于丛林茅舍间,为人治病,采药救人。"听完后,老陈道:"原来是这样。我原来在一中上班时听老师说过,明朝一个姓肖的本县官员曾写过一首赞天池的诗呢,我记不大清了,好像有一句是'日临清濑常浮鲤,云护深潭疑隐龙'。"说毕,大家又闲谈了一阵子,早安歇了。

第二天早饭毕,老陈和老徐便出发了,到天池还有好远的路要走。好在爬山对老陈他们来说是轻车熟路。他们走过峡谷对峙的暗门口,走过长满马桑丛的放马坡,路过飞琼溅玉的五指洞,途经青草依依的牧马场,最后翻越长满大箭竹、大叶栎、小叶栎等灌木的骑马梁,眼前一亮,只见天空澄明如洗,此时朝霞在东方的天际染红了一片,一望无边的蓝莹莹的湖水一下子呈现在他们面前了。他们没说一句话,都屏住呼吸静静地观望着,生怕弄出响动,惊动了这位在大山深处沉睡的美女。亮丽的霞光射在湖面上,给藏在深山里静如处子的天池水抹了一层淡淡的油彩,化了一圈淡妆,披了一件彩衣似的。湖水在霞光里微微动了动,伸了个懒腰,睁开了她美丽的双目,似乎才从沉沉的梦境里醒过来。

老徐和老陈坐在山梁上远远看了半天,才从山梁上慢慢下来走到湖水岸边,找了块石头坐下来。山里晨风过处,一池湖水漾起粼粼波光,耀金闪银,似天仙穿的曳地裙裾上镶嵌着密密麻麻的宝石和珍珠在闪亮。面对躺在深山心脏里宽阔无边、清澈明净的春水,不管是谁见了,都觉得神奇不已。老陈是个富于幻想的人,再加上有些文化的底子,他贪婪地望着眼前的这一切,把平日里的烦恼事一下子都忘掉了。人啊,就像那拉磨子的驴,不到咽气的那一天是不会卸磨的。

鸟儿在婉转地歌唱，水面上一群野鸭倏忽掠过，岸边一丛丛杜鹃树开出美丽的白花，还有黄色的蔷薇、白色的荚蒾等夹杂在葱葱郁郁的桦树、槭树、红豆杉、华山松等树木中，形成一道绮丽的美景。湖边的树木长得格外茂盛，像绣在湖边的一圈绿色的花边，围着中间那澄净的湖面。弯弯曲曲的水岸边，树木在水中形成的倒影一下子增加了水的层次感。这湖春水像一块巨大温润的碧玉躺在深山中，与远处白雪覆顶的天魏山遥遥相对，似一对痴痴相望的恋人。老陈忍不住赞叹，老徐也讲了一个传说，天魏山与天池本来就是一对相互恋慕的情人，偷偷来这里幽会。玉皇大帝发现了他们的秘密，便派太白金星前来催逼。他们刚刚相聚还没说几句温存的话，又要分离，一夜间男子就急白了头发，岿然不动了。他紧紧把情人抱在怀中，女子掰不开情郎的双手，这才发现他已经变成了一座大山把她拥在怀中。女子感动得泪如泉涌，那泪水就变成了一池碧水，形成了今天的天池。太白金星见状只好叹息而去。

听着老徐讲的传说，老陈望着直指云霄的天魏山披着一头银发稳稳坐在岸边，守着明媚姣好的天池，思绪万千。这时，突然起风了，天边一大朵黑云压过来，湖水一下子变了脸，不断地翻涌着，异常躁动。老徐道："走吧，看样子要下雨了，别把我们困在这里，那就麻烦了。"说话间，雨就来了，密密的雨线缝合起了天空和湖面。老陈本不想就这么快地走开，可水火无情，他不得不跟天池告别了。老哥俩赶紧朝山上一破败的寺庙跑去。等进了庙里，他俩被淋成了落汤鸡，浑身都湿透了。他们找了些干柴火，点着烤火。衣服还没烤干，太阳又出来了，远处青翠的山顶，那一朵一朵的白云快速流动着，像一群被赶的大绵羊在山顶狂奔着。

他们哥俩便一路踏着草丛中露水闪闪的山路，说说笑笑地下山了。走远了，老陈仍然一步一回头地望一眼那天池水，老徐便嘲笑他："你看你那样子，比看一个女人还要紧呀。"老陈道："老哥，你就别说了，我这把老骨头来这里恐怕是第一次也是最后一次了，你就让我多看看吧。"

3

巧珍曾经是村里挑头的女人。她不但身材高挑，而且模样俊俏，一双明亮的丹凤眼，见谁都捧着盈盈的笑容。巧珍以她的善解人意和聪明能干赢得全村人的赞扬。一个女人家，她不但人长得美，而且茶饭针线也做得好，还把家打理得井井有条的。就是一点，她和婆婆福香不和睦，吵起架来谁也不让谁。村里的老人们背地里常说她们婆媳虽然都长得俊，性格也像，但都是不饶人的。不是冤家不聚头。

巧珍年轻时，村里的男人都爱往她家跑，她屁股后面追着一长串爱慕者。遗憾的是，她男人根全偏偏是个相貌平平的人，个头不高，一看就是个老实疙瘩，不会哄女人开心。所以她与耀宗私底下的那点事，村里人和根全本人似乎都很理解，从没人当面揭穿过，唯有福香心里气不过，就指桑骂槐地骂几句。常言说："捉贼要捉赃，捉奸要捉双。"你没有看见人家两个在床上的好戏，只能干瞅着。再说家丑不可外扬，福香再傻，这个道理还是懂的，所以她也不好对外声张，只能嗓子眼儿上噎着一口唾沫，跟媳妇子找碴儿出口气罢了。

春天的人瞌睡多，尤其这几天地里忙，巧珍一睡下就成了死猪。当巧珍在鸟儿的啼唱声中醒来才知道自己做了一个梦，她躺在炕上想着梦里的事羞红了脸。她赶紧望了根全一眼，结果根全的枕头空着，老实勤劳的根全赶早上山背草去了。这两天她不舒服，今天在家准备歇一天，昨天已经和根全说了。她又躺在热被窝里独自想着梦里的情景和年轻时那段往事，不禁脸上如火烧。那时，耀宗是大队支书，村里的队长都听他的。他为了跟她私会，常常打发老实的根全去远处林缘边的地里"勘蓭房"。勘蓭房，就是山里人秋夜去林子边的地里看粮食的草棚子，里边有土炕。秋天苞谷、黄豆、荞快成熟时，林中的老熊、野猪晚上就成群结队出来糟蹋粮食。这勘庵房的人夜里架上火，不时地大声吆喝吓跑野物；要是吆喝声赶不跑野物，就把背来的土枪端上，朝野物方向放上两枪。

有天傍晚，巧珍让根全早早吃了饭，去四方岭勘庵房。她洗了碗筷，把猪草切了放入桶里，用洗碗水烫了，撒了一碗面麸子拌匀，倒进猪圈的槽里。毛色发亮的黑猪早就饿得趴在圈门口叫唤，一见她提着猪食桶开圈门，急吼吼地围过来。喂完猪，巧珍在大铁锅里添上水，放了一把大米和一把艾叶，把水烧热了，舀到大木盆里，端到自己睡房里，准备洗身子。她背着根全在丹阳街上买了一块香皂，只等和耀宗私会时，才舍得拿出来。

洗完擦干身子，贴身穿了她最满意的花棉线衫，换上干净的床单，取出柜子里的新被子和花枕巾铺好，巧珍坐在炕上借着煤油灯光边纳鞋底边等耀宗。夜深了，她抬头望一眼外面，整个院子笼罩在巨大的黑帐篷里，静得出奇，连狗和夜鸟都进入了沉沉的梦境之中。她知道，苦了一天的邻居肯定也睡了，耀宗该来了。

这时，耀宗果然蹑手蹑脚地走进了她家的院子，走到台子上又迟疑地四下里望了望，听了听周围的动静。白日里高唱着的蝉儿睡着了，黑黢黢的夜里除了爱唱夜歌的蛐蛐高声合唱外，没有一点响动。只有她能听出他在做什么，甚至连他的呼吸声都听得一清二楚。他轻轻推开了她家睡房的门，门是虚掩着的，他进去后熟门熟路地用门闩插紧了房门。黑洞洞的房间里，巧珍被高大结实的耀宗老鹰抓小鸡似的抱起来又摔到炕上。他们好长时间没幽会了，他急不可耐地剥掉了她身上的衣裤……他浓浓的热情、热烈的拥抱、粗重的呼吸使她渐渐感到自己变成了一团轻飘飘的野棉花，飘了起来。她抱紧了他，他和她一块儿飘呀飘，飘呀飘，相拥飞到了云端……好一会儿，他们终于回到了地面，紧紧相拥在一起不愿分开。

她对根全就从没有过如此娇羞的女儿情怀，只是奉父母之命成了一家人而已。生性懦弱、老实的根全，对她的任性胡为似乎什么都不知道，又好像啥也明白。作为丈夫，他对她太骄纵了。他要是狠狠发一通脾气，跟她吵一架，几天不理她，她也许会收敛些。那几年她每每煮上腊肉炒回锅肉捞米饭，砸上洋芋糍粑，做上荞凉粉，都要请耀宗来家里，再温壶酒，让根全陪耀宗喝。当然，耀宗利用手中的权力也没少帮她家，在生产队里，她和根全干的都是轻松活。她知道村里的婆娘常常在背地里戳她的脊梁骨，但她是个明白人，做了好吃的总要端上一碗给邻居尝；谁家中有事，她跑得飞快帮谁家。人心换人心，所以，她们在当面从没让她难堪过。也许根全手里的那根线放得太长了，内心的愧疚和自责始终拽着她，所以，她把家里安排得妥妥帖帖的，尽量不让根全受累，不让女儿受穷。

记得那是九月里的一天，巧珍把一锅洋芋蒸熟，准备砸糍粑。他们一家人围坐在一起，趁热剥洋芋皮。她怕大家手被烫伤，就舀了一碗凉水放在桌子上，剥一下，手指在凉水里蘸一下，这样剥起皮来也快。盆子里堆满了一个个白白的洋芋蛋，待洋芋晾冷后，根全将其倒入砸糍粑的石槽里，开始用木槌来回搓。搓了好一阵，洋芋蛋快成泥团状时，他便高高举起槌子开始砸。"咣、咣、咣……"这种特殊的脆响，让全村里的人都知道她家在砸糍粑，连对面凤凰山上也听得一清二楚。巧珍打发美娥去请耀宗来她家吃糍粑，根全没表示反对，也没表示赞同。家里的一切安排，他都听巧珍的。他只是一个默默干活的骆驼，说他是聋子的耳朵——摆设也不为过，平时巧珍指挥到哪儿，他干到哪儿。根全在砸，巧珍便担起了"按浆水"的任务。

巧珍在小锅里倒入油，烧热，先把蒜末、辣椒面分别放在两个小碗里用油泼了，再在油锅里放入辣子面和三碗酸菜炒，炒出香味，倒入三马勺水烧开，再放上花椒、盐、葱花，酸汤就炝好了。

耀宗满面春风地来了，看到根全正用勺子把砸好的糍粑从槽里往出铲，就道："根全，你已把糍粑砸好了，本来要帮你砸几下，你看我又白吃了。"憨厚的根全答道："你是客，哪能让你砸。你先坐，马上就好。"笑盈盈的巧珍从屋里迎出来了，她脸上的笑容像那艳丽的毛桃花。耀宗最着迷她的，就是她那勾人的笑容和无人能比的厨艺，只可惜她嫁给了老实巴交的根全。他正暗自胡思乱想时，巧珍已舀了一碗洋芋糍粑端到他面前："吃吧，时间长了没砸过糍粑吃，今天多砸了些，让你过来也尝尝。"

耀宗夹了一筷子糍粑送到嘴里，道："香，真香，这味道也只有你……们能做出来。"巧珍又打发美娥："去，用大碗给你大大（当地人习惯把婶娘姑妈叫大大）家端去一碗，我们常吃人家的香果呢，有了好饭也不能忘了人家。"美娥用大青花瓷碗端了满满一碗，下土坎来到莲子家。莲子家的饭还没熟，她正准备下面条，看着美娥端来的糍粑，说："你妈真是菩萨心肠，做上好吃的，总忘不了我。我们的饭快熟了，你等等，也端上一碗回家，你妈她最爱吃我擀下的面。""不了，今天我们把肚子腾空了吃糍粑呢，等你们做上好的了，再叫我们吃吧。"美娥边说边走出院子。村里相好的邻居间一直如此，谁家做了好吃的，总不忘记给邻居端上一碗。虽说一碗饭吃不饱肚子，可两家增长的那份情谊早已超过了一碗饭的容量。

洋芋糍粑是阴山县人最爱吃的小吃之一，只是做起来比较麻烦，农忙时节谁还有闲心做那麻烦吃的呢？

巧珍面对耀宗的老婆桂香总感到心虚，所以，她一般不去耀宗家串门，而且尽量避免与桂香单独接触。一个村子，抬头不见低头见，有时在路上碰面了，她只好勉强打个招呼快快走过去。桂香对她也是爱理不理的。巧珍曾经无数次幻想桂香找她麻烦，连回击的话她都想好了："你有本事管好自己的男人，少来跟我找麻烦！"还好，长方脸、小眼睛的桂香从来没有找过她。

唉，还想那些干啥？她和耀宗的感情就像露水，早晨太阳一出来马上就蒸发了。自从包产到户后，耀宗也从支书的位子上下来了，各种各的庄稼，他俩的感情明显淡了。她知道耀宗也许有了别的猎物，她老了，可身板结实的耀宗还没老，年轻妇女更吸引他。

第四章 天 旱

1

唉，今年又是个春旱年，村里人天天盼下雨，早晨起来头一件事就是看天气。眼看快到农历五月了，天爷就是不下一滴雨，它好像跟这里的人作对似的。村子后面高高的山梁上，种下的玉米、黄豆等一个个勾肩搭背地贴在硬土皮上，就是抬不起头伸不直腰来。村里被干旱的焦躁笼罩着，树木的颜色已从深绿转为灰色了，树叶子蔫不拉几的，没一点精神。这靠天吃饭的山坡坡，没有雨水的滋润，草木都软塌塌的。山上的黄土地整个板结成一块块钢硬的铁板，地皮上都横七竖八裂开了一道道大口子。玉米苗的叶片全卷成了一个个小筒子；一块块山麦子灰头土脸的，像那老阿婆头上一把枯干花白的长头发，该到抽穗的节气了，可它们被干渴折磨得连活下去的勇气都没有；黄豆的幼苗还没展示一下青春的光彩，就过早地耷拉下了脑袋。村里人天天查看庄稼的情况，一片唏嘘声。常言万物生长靠太阳，但没有雨水的滋润，什么都不可能存活。

老陈病退回家，本想轰轰烈烈大干一场，给窘迫的家庭经济带来一丝活转的气息。没想到他育的树苗子刚把立枯病杀下去，结果又遇到了大旱年。真是一波未平一波又起。他天天查看，眼看苗子趴在土皮上奄奄一息了，他一发急就动员全家人到水泉背水来浇树苗子。莲子背了一天水，才浇了一小块地的苗子，舀一勺水泼到干渴异常的地里，就像倒入一块干燥的海绵中，几秒钟就全干了。老陈看着哀叹道："这咋办？靠背水饮苗子，就像把一把米撒到大海中一样。"但是现在只能救一棵算一棵吧。想想宝贵刚当上工人，领那三十元的工资还不够他自己花，雪花的工资也很低，家里根本指望不上。他站在苗子地边独自哀叹。

"今年我们这里干成了这样，眼看夏庄稼要颗粒无收了，给我们一滴雨都不下。唉，老天爷，今年这年舍，让我们都喝西北风去吗？"莲子肩上搂着一把锄头，见了巧珍又哀叹起来。巧珍回道："就是，这老天爷真不教人活了，再晒下去，今年就没收成了。"莲子边叹气边向山坡地的方向走去，巧珍望着莲子的背影，道："本身天干，庄稼叶子干得都卷起来了，你倒勤快，这一锄草，把地里仅有的一点潮气都晾干了。"

莲子走到地里，看满山遍野的苞谷林子，苞谷叶子都反转卷了起来，一片片像是烧焦的羊胡子草似的，有气无力地耷拉着。莲子俯下身子用锄头使劲挖着板结的地，要在平时，凭她干活的麻利劲，半天下来还不锄一大坨，今天把吃奶的劲儿都出上了，才锄了簸箕大的地方。有的地方土块太硬，有的地方则又像灰堆，锄头一搭上，满面尘土扑了她一脸。

晚饭后，几个人都不约而同踱到"大门口"上扯闲话。宗太爷长方脸上长着山羊胡子，嘴里噙着长长的烟锅子坐在一块磨得光滑的石头上一直没吭声。听大家七嘴八舌地说天旱的事情，他猛然从嘴里吐出一口口水子，朗声道："这样再等下去，今年恐怕连黄豆面的影子都见不上，没了黄豆面这饭咋做？还不把人想死。"耀宗问："你说，老神仙，啥办法灵验，能把雨祈下来？听说后山里的人也祈雨了，可连一滴雨都没下。""还不是用老办法祈雨，心诚则灵么，只要我们把该想的办法都想到，该跑的路都跑到，到时候老天爷还不下雨那就怪不着我们了。老天爷想让我们遭饥荒也没办法，这里过上十年八年总要遇个大旱年呢。"

宗太爷的提议，耀宗、老陈等人一拍即合，都同意祈雨。此时此刻，村里人再也想不出更好的法子了。

2

当天晚上耀宗一声吼,把村里的男人们都召到大门口来商议祈雨的事。由于祈雨作法是庄重的事情,女人身上不干净会冲撞了神灵,所以不能参加。这次男人们出奇一致,都同意明天一早去白崖顶的庙里祈雨。这次事发突然,来不及去丹阳街买香表,所以耀宗叮嘱大家自备,最后宗太爷又嘱咐了一句:"你们把原来攮旱魃的东西都拿上,把火枪也背上。"

第二天,天刚蒙蒙亮,队长耀宗坚定洪亮的声音已经在村子上空回旋着:"大家快走噢,太阳出来就迟了。"村里的男人都像出窝的鸟儿一样,一人背了一个白布袋吭哧吭哧地往岭上爬去。老陈匆忙吃完了洋芋拌面饭,急急地追赶大部队。宗太爷捋着长长的胡子,如履平地。耀宗扛了一杆旗子,端公林背着里面装着法器的背篼,两人往山上慢慢挪着步。老陈常年在外工作,加上有胃病,爬起坡来上气不接下气的。他跟春明正好搭个伴,一路上有个谈闲说话的人,爬起坡来也不显吃力了。春明道:"老爸爸,村里的老辈子吆喝着到蒲爷庙祈雨呢,我看也是闲的。我本来今天不想来,可在这个节骨眼儿上,人家又说我们年轻人不顺服了。"老陈道:"就是,我对这些装神弄鬼的事情从来也不信。这蒲爷据说是个军人,在这岭上驻防,人称蒲营长,对周围这几个村子的百姓做过好事,有贡献。他死了后,我们小凤村、小沟村、蒲子村的百姓联合修了这座庙,当神来敬拜。一个人嘛,能有多大的能耐?下雨是老天爷管的事呀!"春明道:"这些迷信都是糊弄人的,是落后的表现。"正说着,只听耀宗催促起来:"你们把那走快些,在踏蛆哩嘛,我们这么多人就巴巴地等你们了。"春明再不敢耽搁,对老陈道:"老爸爸,你就慢慢爬,我今天有任务呢,去迟了不行。"说完三步并作两步爬到前面去了。

蒲爷庙坐落在这面阳山的最高端——白崖顶上。庙里塑有这一方百姓敬奉的叫蒲爷和龙王爷。这里还是周围几个村子百姓天旱祈雨的地方，据说很灵验。等老陈爬山至庙里时，祈雨仪式已经开始了。宗太爷、耀宗、端公林三个人手里各拿了一炷香，站在前面，其余的人站在后面。宗太爷几个人上完香跪倒在地，恭敬地祈祷着。祈祷完，他们在地下又磕了三个响头，其他人都学他们的样子祈祷叩头。叩拜毕，跳神开始。

端公林中等个子，不对称的脸上有一对精明的眼睛。他和小沟村的两个师弟一字儿摆开，站到泥塑像跟前，换上红裙，头戴纸花，手里各拿了一把式样古朴的法刀。那法刀确切地说应该像短箭，把儿上的孔里有两个小铁环。他们个个虔诚地盯着塑像，手举法刀，左三转，右三转，嘴里叽里咕噜念着咒语舞蹈起来。他们手里法刀上的铁环丁零咣啷地响起来，吓得男人们背上起了一层鸡皮疙瘩。黑猫突然跟着端公们跳了起来，就像天气太冷冻得发抖。他怪声怪气地叫道："我有话说，今年恶风阵阵，这里有旱魃作怪，它只刮大风，不让下雨，有片云就让它赶跑了。你们把旱魃撵走后，初七初八有羊毛细雨，十二二十三阴里阴天，十七十八有场滚雷暴雨哩。"众人见了都说道："老爷接下来了，接下来了。"他们根据以往的情形知道黑猫被神灵附体了，借着黑猫的口传话哩。被天旱得焦虑的村人听到后都很高兴。

几个端公又狂跳了一阵，然后各点燃一把香头，一股袅袅的青烟上升。端公林嘴里不停地叨念着咒语，从衣袋里拿出切成两半的牛角卦往地上丢起来，什么阴卦、阳卦，边丢边和神灵讨价还价，最后端公林用牛角卦向神灵问明白了，这里真有妖怪旱魃作祟呢。

开始撵旱魃。

这里人代代相传，说旱魃是个长着倒鼻子立眼睛且手里拿杆旗子的男妖怪。因他长着倒鼻子，天上一下雨，他的鼻子就接住了；还由于他手里有旗子，到处扇风，天上起片云就让他扇跑了，所以雨点子就下不到地上来。按照以往的做法，要找个身强力壮的小伙子装成旱魃。耀宗道："让春明来吧。"春明说:"我干行哩,只要你们不要真把我打死就行了。"端公林立即用毛笔给春明脸上画了一对立眼睛,一个大大的倒鼻子,两腮上又用红墨水涂了两个圆圈。化妆毕了,又在春明身上披了一块早已准备好的红被面用带子系紧了。耀宗把早已准备好的一杆旗子交给春明,并对其说明了跑的路线。一切准备停当,端公林跪在塑像前嘟囔了几句,又三叩头,这才起来了。

寿林拿上火枪装上火药,朝天放了一枪。咚!枪声震天价响了起来,把两间颓败的庙宇都快震得摇摇晃晃了。干燥的空气、燥热的山峦一下子被火枪冲天的大嗓门震荡得微微颤动了。枪一响,人扮的旱魃便开始向山下跑去。呛人的火药味弥漫在空气中,全村人亮开嗓门齐声大吼:"呕吼——呕吼——呕吼——"

旱魃在前头拼命跑着,一群男人在后面疯狂地撵着。撵的人时不时声嘶力竭地大吼道:"呕吼——呕吼——呕吼——"

向山下跑着撵旱魃的人,时不时向天上放一火枪,"咚——咚——嗵——"众人跑得乏了,便懒得吼叫了,一时间吼声小了,耀宗急了:"你们都把那扯起声来吼着,害怕挣坏(自己)吗?馍馍和饭都吃到肩胛骨上了吗?都大声吼!"

"咚——咚——嗵——"

"呕吼——呕吼——呕吼——"

男人们的吼声和火枪的震动声形成一股强大的合声,震荡在山林间。

"呕吼——呕吼——呕吼——"

喊声穿过山岭,传到村子里,娃娃们也学着大人的样子奶声奶气地吼起来。

"呕吼——呕吼——呕吼——"

这吼声里夹杂着人们的期盼和喜悦,还带着一点发泄情绪后的释然和疲沓。

大家直到把旱魃从一座大山撵到下坡沟里，又从八里长的沟里撵出去。疲惫不堪的男人们终于把同样已奔跑得疲困不堪的旱魃撵到了目的地——丹阳河里。扮作旱魃的春明在河里洗把脸，把脸上画的旱魃样子彻底清洗掉，转身和其他人一起说说笑笑地打转身往回走。回来的路上大家再不扯起牛声气大吼了，撵旱魃的任务已经完成了。

3

说来真怪，在小凤村撵旱魃的当晚，阴云密布，天空中竟响起了一阵阵闷雷，也许是小凤村人的诚心真正打动了老天爷。村里人一听这久违的雷声便欣喜异常，他们一扫愁闷，像遇到大喜事似的互相奔走相告。仔细听起来，这雷声沉闷晦涩，像从很远的地极处滚来的石滚子慢慢滚过来似的。山里人都说响雷没雨，这闷雷才下雨呢，如同这里人评价女人一样：响锣婆娘一坝名，温猪子婆娘才整死人。

果不其然，天擦黑时，天就下起了大雨。山上久已干渴的土地大张口贪婪地吮吸着滴滴甘霖；已经奄奄一息的树木庄稼在昏迷中慢慢睁开了眼睛，一气饱饮后，它们终于有了气力。村里人静静听着久违的唰啦啦的下雨声，好似听着一首美妙的乐曲。这些雨水如油一般默默渗进了他们焦渴的心田，他们悬着的一颗心终于放了下来，齐声感叹道：老天爷，您可睁眼睛了，这可是救命雨呀，好好下吧。

第二天清早，莲子起来一看，院坝里及周围田地都湿漉漉的，对门子凤凰山上也浸在白蒙蒙的雨雾中。一直奄奄一息耷拉着头的树木和庄稼，一夜间都神奇地抬起了头，站直了身子。她大声赞道："老天爷，您到底睁眼睛了，你再好好下吧，让这里的庄稼都喝饱喝足，到时候让村里人给您宰羊杀鸡，正儿八经地谢您啦。"

"真好呀，天爷终于下了一场救命雨，让快死的庄稼缓过了一口气。"

木匠寿林半路碰见老陈笑着说道。"上苍有眼，不然今年就把大灾年遭下了。"老陈答。寿林又和老陈说了一下去林子里采药的事情。马上进入农历五月了，等大家割了坝里的麦子插上秧苗，就让人去老林里采药了。这里的人除了栽党参和进林采药贴补家用，没有其他出路了。

五月端阳一过，丹阳河两岸的麦子一片金灿灿的，随着微风飘拂，空气中飘浮着醉人的麦香味，人们都心急火燎地开始收割了。当年"农业学大寨"给小凤村人的最大礼物就是在丹阳河边的坝地里开垦了一大块平展展的水田，有五十多亩，每家每户按人口能分一块水田。因这水田能浇上水，旱涝保收，是他们的保命田。猴急的小凤村人早出晚归，用肩背驴驮，终于把坝地的麦子收割完并背回家来，紧接着就开始在坝地插水稻秧子了。这里河坝人插秧前还有一件必不可少的事情，那就是他们派上年轻力壮的青年人到山里打树梢，主要是臭椿树梢。山里人看见他们打自家的树梢也不反对，因为椿树梢子对山里人没啥用处。到了晚上他们每人都背上翻山一背绿绿的树梢子回去，直接散放到已经犁过准备插秧的地里，放上清清的水淹过，泡上几天，等树梢基本沤烂后就可以插秧了。据说那些沤烂的树梢子是最好的肥料，使稻秧苗长得壮实又很少生虫子，是祖辈流传下来的法子，人们都很认同。

种植水稻是一项特殊的农活。插秧前二十天就要下秧子，即育苗子。用买回的稻种，密密麻麻撒于一两分地里，上足农家肥，再灌上水。四五月的天气很热，两天过去，稻种就发了芽，探出一个小小的嫩黄色胚芽。稻秧苗一落地扎根长得非常快，窄细的两片子叶泛着淡淡的鹅黄，像初生的婴儿一样娇弱，却有着旺盛的生命力。七八天过去，它们已长成密不透风的一片，似一块葱绿的绸缎。二十天过去，已长成二十厘米高，远看成一片碧翠的地毯。那可真是见缝插针似的密，连一根针也难插进去。

时间要盘算得恰到好处，当把麦子地犁完、整平、泡好，稻秧子刚好能起了，即"起秧"。

所谓起秧，即人蹚在明镜似的水田里，用手把稻秧子连根拔下来用带子扎成把子，一把也有几十株，先放在水汪汪的地里。等插秧开始，便把稻秧把子均匀甩到水田，方便插秧人取用。

莲子挽起了裤腿，脱下鞋袜，赤足踩到水汪汪的地里。她左手拿起一把稻秧子，右手从左手上分出三四株秧子，飞快向泥地里插去。株与株的间距约三十厘米，横平竖直，一行行，一列列，排列整齐有序。插满秧的一畦田里，好似一队队整齐的步兵方阵。为了能插整齐，年轻人着实费了不少工夫。莲子的眼睛就是标尺，她插秧又快又整齐。在这时老陈只有望"秧"兴叹的份儿，无论他怎样卖力，都像一扇磨盘只能在原地打转转。就是小雪，也比他这个当父亲的手底下快些。

插完秧，田间管理必须跟上。要每天保持稻田不能露出土皮来，天天是明镜似的满满一田水；接着要用氧化乐果对稻苗喷施，因刚插上的秧苗，长势弱，最易感染虫害，好比一个婴孩似的弱不禁风；最后用尿素等追肥，促其快速生长。

小凤村人干啥农活都是拼起命往前赶，从不落农时的。据村里人多年的经验，这二十四节气，到哪一个节气就要干哪一个节气的农活。一块田里的庄稼，差几天下种的苞谷死眉瞪眼的，长势就差一大截子。老陈家因人手少，所以他们落在了全村人的后面。当他家开始插秧时，其他人家基本在做扫尾工作了。经过三天的紧张劳动，老陈家终于把稻秧苗全部插到了地里。回家的路上，老陈站在大梁上放眼一望，插上秧苗的坝地里已灌满了水，明晃晃的稻田里绣上了点点翠绿的花纹，煞是好看。

一场令人繁忙的收割插秧的工作过去了，老陈又在谋划一件对家庭对他来说都很重要的事情呢。

第五章　进老林采药

1

　　小凤村东南方一座挨一座的山峰泛着绿披着翠，缥缈的山岚柔柔的，似有似无，如诗般变幻，像轻纱般朦胧。阵阵山风过处，掀起绿海波涛，绿浪滚滚。这里动植物资源丰富，有珙桐、水杉、银杏、红豆杉、楠木等国家一级保护植物，有"国宝"大熊猫在山溪边戏水，有国家一级保护动物金丝猴在树梢间跳跃，还有羚牛群常常出没在密林高崖上，山涧清溪中偶尔还有娃娃鱼（大鲵）在碧潭游弋。

　　靠山吃山，小凤村人世代就生活在大山怀抱里。林子里到处都是宝，山里人闭着眼睛都能说出采药的时节：五月挖丹皮，六月挖天麻，七月挖猪苓，八九月挖党参……

　　到深山里采药历来是男人干的活，女人是不去的。老陈本来就体弱多病，上山下沟跟不上那些年富力壮的小伙子。但他有自知之明，只在浅山里挖挖不值钱的柴胡、桔梗等，挣点小钱补贴家用。

　　农历六月初，正是采挖天麻的好时节，常进林子的猎人富生领着几个小伙子准备采药去了。老陈听到了心里痒痒，他打小进林子采药就是个做伴的，现如今人老年迈更不行了。可眼下没其他来钱的路，宝贵又到了娶媳妇的年纪，家里育的那些苗子，他虽像娃娃一样精心伺候着，可天旱多灾，它们能不能顺利长大卖成钱，还没有定数。至于那些党参秧子，只有等到下一年才能移栽，三四年后才能挖出晾晒卖钱。家里啥事情都得用钱，特别是小雪出走后，他心里好似埋下一颗定时炸弹，天天战战兢兢的，生怕李家人来要彩礼钱。他自己每月二十多元的退休金还不够还账，所以他今年打算豁出老命也要去老林里走一遭。他把富生死活缠住，富生知道他的底细，不愿意领他去，可老陈争辩道："端公林跟我年岁差不多，他每年照常进林子，我怎么就进不了林子？你们挖你们的，我单独行动，绝不拖你们的后腿。"富生道："既然一起进了老林，怎么也得照应着些，一起去，一起回，怎能把你甩下不管呢？"

老人常说：山高一丈，土冷三尺。这话一点也不假。他们背上自己右客准备的馍馍、猪肉臊子、炒面、盐、油泼辣椒、酸菜、小铁锅等够吃用两个星期的东西，穿上胶鞋，打上羊毛毡裹腿，背上小被褥、厚棉袄，拿上火柴、纸钱等必需品出发了。

一路上都是爬山，这些山里汉子自学会走，就练就了走山路的硬功夫。春明、黑猫、牦牛到了山里，个个都成了生龙活虎的狼娃虎仔，走山路如履平地，气定神闲的。老陈就不行了，他背着东西汗如雨下，气喘如牛。春明取下他背上的东西，给几个年轻人分了些，替他背上了。

爬山是很闷的，他们边走边说着闲话。胖嘟嘟的牦牛先发话了："这回我们几个把它扎圪山翻个底朝天，好好找几个钱花花。"老成的富生赶快制止道："龟儿子，快别这么说了，到了山里，不能胡说八道，你忘了？"牦牛赶紧回道："哪敢，哪敢。"原来这里的人进老林前有三个老规矩：一是管好自己的嘴，不能胡说，免得得罪山神；二是遇着啥事叫人时，不能像平常在家直呼人的名字，只能呕吼呕吼地吼一声就行了，免得那名字被妖魔鬼怪听了去，收了魄就麻烦了；三是手上或身上破了有血流出来，千万不能胡抹在树上或花草上，免得妖精鬼怪找麻烦。

小凤村地处半山腰，海拔有一千一百多米，而长有大松木和药材的深山老林在海拔三千多米的原始森林里。出了村一直得向上爬，一步步走在山间羊肠小道上，行进在深山密林里。端公林最爱讲也最会讲的是神鬼故事，可今天去的是老林，不能随便乱说。大家一时憋闷难耐，见路旁有大丛莓刺架，黑紫色的莓如一颗颗黑珍珠挂在藤架，很是诱人。眼馋嘴尖的端公林首先跑去边摘边往口里送："哎呀，快来呀，这么繁的莓，你们不想吃？"这野果学名叫悬钩子，味道甘甜爽口，与当地人叫嘌子的一种野果——草莓相媲美，只是草莓水分大些，后味有些酸，而悬钩子果肉丰满，余味悠长。黑猫有意考一下他们道："你们说说看，这莓和嘌子它们真正的学名叫啥？"

春明答："这有啥难的，莓叫悬钩子，嘌子叫草莓。"富生中等个子，长着一脸胡子，一口黑黄牙，他不甘心，道："娃娃们，你们念过书，这山里的花草树木莫非也有管制它们的头头？这长在浅坡里的莓为啥不往高处去，箭竹子却长在比莓高的地方，而金竹子又比箭竹子长得高些？还有桦树、椴树、蜡子木这些宽叶子树长在矮处，松柏这些常青树却永远长在高处？你们说日怪不日怪？"春明长方脸上剑眉星目，道："我虽然读了个高中，可是在生物课上听过适者生存的话，莫非有些树只能长在山底，有些只能长在山腰，而松柏一类的常青树只能长在山梁梁上？""你娃的这个说法我还不太信服。"富生说。老陈听了扬起脸补充道："春明说的可能是对的，啥也有个脾性，就像右客们，有的刚烈些，有的老实些，有的鬼精灵，有的是死木头；再比如花草树木，爱阴凉的长在阴面子，爱日头的长在阳面子。""还是你说得好，到底是当下干部的，经得多，见得也多呀！"富生拉长声音打趣道。老陈过来擂了他一拳道："你这话里好像有话似的，我随便打个比方。"春明、牦牛、黑猫一伙年轻人听了大笑了半天。

"娃娃们，我们在你们这个岁数时，在伸手不见五指的黑夜里，一个人就摸着去后山开会，开完赶回来时鸡刚叫了第一遍。天不亮，又领上全村人去老虎坑里割麦子了，回来时还要背麦子呢。"老陈翻老皇历，春明听得一脸羡慕,黑猫却不以为意,没有接话。过了一会儿,春明突然歇在一块石头上,双眉舒展,眼望满山碧翠的山林,扯起嗓门唱将起山歌《十二花》来:

> 正月里看灯的花儿打头的开哟,鸟为的食亡人为(哟)财,蜜蜂哟只为得采花(的)死(哟),赵巧她只为(的)送哟灯台。
> 二月里柳木子开花正春(的)风,杨六郎因在幽州(哟)城,一无(的)粮草二无(的)兵,阵阵(的)不离穆桂(哟)英;
> 三月里菜籽开花满山(的)黄,除过(的)焦赞数孟(哟)良,焦赞(得)只为(哩就)孟良(得)死,搅烂(的)天下八贤(哟)王;
> 四月里豌豆开花紫溜(的)圆,关爷(的)骑马斩貂(哟)蝉,老爷(的)斩了(哩)貂蝉(的)女(哟),张飞(的)哭得泪涟(哟)涟;
> 五月里石榴开花满树(的)红,老爷(的)骑马战古(哟)城,张飞(的)坐在(哩)城楼上,击鼓(的)三声斩蔡(哟)阳;
> ……
> 十一月冬青开花叶里藏,十四五的杨六郎,十四五的六郎将,五台山上搬兵将;
> 十二月蜡梅花儿开得怪,七郎子时探母来,七郎子时把母探,不到午时转回还。

春明正唱得尽兴,黑猫打断他道:"行了行了,驴叫唤一样,还是听听我讲的故事吧,这还是我听宗太爷讲的呢。他说在旧社会时,我们村里的人经常要翻越岷山去南坪赶烟场挣钱,有这事吗?"富生接上道:"咋没得,我大翻越岷山时差点被冻死。我听我大说,跟他一起去南坪的一个老爸爸,就被活活冻死在岷山上了。"大家听了一下子来了兴趣,富生接着道:"我从小就听大人说起过,过岷山好似过鬼门关,第一得穿暖和,一直走,再苦再累都不能坐下歇气,一歇气就站不起来,被冻死在山上了。"大汗淋漓的他停了停,刚想说第二关,鬼头鬼脸的端公林接着说:"这第二呢,就是怕遇见野人,这老林里的'毛人梁'可不是白叫的。见过的,都说野人是大个子,全身长着毛,要是被他一把抓住,就得赶紧设法逃命。"牦牛一听急了,问道:"怎么逃?人的胳膊被那东西抓住了,怎么逃呢?"黑猫笑道:"你别急嘛,自然有逃的办法,我们的老先人聪明着呢。"富生裂开长着黑黄牙的嘴笑道:"就是,活人还能让尿憋死吗?老先人自然有一套对付那东西的办法。你们猜猜看,用的是啥办法?知道的先不要说。"大家七嘴八舌地说了起来,富生眉开眼笑,道:"你们真的很聪明,但没有一个回答对的。告诉你们吧,当你在岷山上被野人捉住了双手后,千万不要声张,也不要挣扎,只能慢慢把自己的手取出来后,快快把事先准备好的一对木棒槌塞到他手里,让他捏着,自己再赶紧跑。"

年轻人听了这个故事,情绪都很激动,竟然有人提出来要到岷山上沿着祖辈的脚印走一趟南坪,亲自去体验一把才过瘾。

气喘吁吁的老陈接着说:"我们范坝乡沟里进去有一座非常险峻的高山叫摩天岭,那里从宋朝以来就有一条马帮、脚夫通往四川古城青溪的商路,因山路险峻,只能过一人,行人的担子总在左肩上,右肩贴着悬崖绝壁,而得名'左担路'。据说三国时的魏国大将邓艾偷渡阴平,走的就是那条路。后来的红军曾在摩天岭上与胡宗南的部队打了十八天的仗,打得很艰难,牺牲了好多人,真是血流成河呀。再后来那条路没人走了,现在212国道修通了,去四川再也不用发愁了。"年轻人第一次听这事,又把《三国演义》中的人物议论开了,春明说道:"我最佩服三国中的赵云,他不但重义气,对主子忠心,而且胆识超群。"老陈接过话茬道:"赵子龙确实很勇敢,但刘备更会笼络人才。当时赵子龙把阿斗安全交到他手中时,他竟把阿斗丢在地上说'为此孺子,差点损失了我一员大将'。赵云听了,更加对刘备忠心耿耿。"大家你一句我一句地说着，采药路上充满了男人的争辩声。

　　临到下午，大家终于到达目的地——扎圪山脚下的大坪里。这里原始森林烟雾缭绕，阴森可怖。一个多么狂妄自负的人，当他独自面对茫茫林海时，也会感到自己的渺小。所以，村里人但凡进林采药，必要搭伙结伴，让有经验的药夫子领着。他们找到临水的那个山洞，那是村里挖药人一代代传下来的固定歇脚点。这石洞很重要，据说是先人们经过无数次探索，找出来的最佳宿营地。石洞在临水的高处，既防止下暴雨或发山洪淹没，又取水方便。大家安顿好，林中已暗了下来，天马上要黑了。一天走了六七十里的山路，谁都疲惫不堪。但还不能马上休息，放下行李，几人便分头找些干柴，在洞口点燃篝火。再砍些湿木棒和树梢，快快编个封洞口的篱笆门，以备白天出门时封住洞门。火点燃了，他们拿出瓷缸烧好开水，冲一缸子炒面吃了，便在石洞里干爽处铺上羊皮褥子，穿上棉袄和衣躺下。

　　火架在洞口，熊熊燃烧的火堆可阻挡野兽的袭击，如同安上了一道保险门似的。晚上火是不能灭的，野物最怕火，火在山林中的作用可大啦。

2

　　天亮了，山林里仍是白雾茫茫的一片。这个季节的早上，当能看清近处的树木或白乎乎的雾在快速地流动时，就算天亮了。早上起来一看，好大的雾，蒙蒙的白雾把整个山林罩了个严严实实。小凤村平时也有雾，却没这里的雾这么厚重。春明在雾中，感到从自己身边一种似风非风的气流在嗖嗖地飞着，却看不见颜色。他想，这雾莫非就是气流组成的？近处看，树木花草基本还是本来的面目，只是所有的景物都似乎被罩上了一种很淡的虚飘飘的轻纱。不远处，林子上层的大树冠浮在雾里若隐若现，像浮在海水上似的。也许白色的雾掩蔽了树木的一部分，突出了局部，彰显的部分才成了最美的景象，所谓的雾里看花，就是这种情景吧。瞭望远处，那白色的雾好似动荡不安的海水，不停地在翻滚着，奔跑着，殊死搏斗着。

他们几个去小溪里洗漱毕，顾不上吃早饭，便要拜一下山神。谁都希望此趟进林子多挖些天麻、猪苓回去，能多卖些钱。他们还未站起，忽听到春明"啊呀"一声，富生跑去一看，春明还未打绑腿的脚腕里爬了一个黑色的东西，他一看就知道是蚂蟥，他说："你别动，千万不能往出蹬。"他用手掌狠拍了一巴掌，那东西就滚了下去。春明的脚腕处一下子淌出了血，殷红殷红的，流了一脚面。春明说："奇怪，看起红红的血淌着哩，可不疼。"富生道："这有啥奇怪的，蚂蟥就这样子。你要是把它往出揪，身子被揪断，它的头还在你的肉里到处窜，弄得身上到处都溃烂了，成了'蚂蟥窜'，那就麻烦了。"他又以长者的口气嘱咐道，"你们都把羊毛缠子缠上，到老林里来了，比不得在家门上。你们都看见了，被蚂蟥或蛇咬了很麻烦，弄不好还把命丢掉呢。"大家回洞里开始烧水做饭，匆匆吃过早饭后，他们赶紧绑好缠子。这里人的"缠子"可不是一般的东西，它需要经过复杂的工序才能制成。它是由羊毛捻成粗毛线，再用一种专门系在腰里的手动工具密密织成。它非常厚实，有四十厘米宽，两米多长，缠在腿脚上进山林防寒保暖又防虫侵。它还一物两用，白天绑腿脚，晚上可铺在身子底下当作褥子用，所以它是山里人进老林最好的一件随身宝贝。别看绑缠子很简单，可会绑的人，弄得紧紧扎扎，走起路来很精干利索；不会绑的人，绑得松松落落的，走不上几步，就被树梢子挂松了。

神奇的天麻在采药人心中是那么富有光彩，只因它是所有药材中卖价最贵的。有的年份，一斤湿天麻就能卖二十元。猪苓、茯苓的价格也很好，但它们比起天麻就差远了。若把天麻比作千金小姐，那猪苓、茯苓仅是小家碧玉。天麻成了山里人眼中的活金子，然而找到它，没有几年钻林子采药的经历，是不行的。

天麻为多年生草本植物，茎干像竹笋一样，没有叶片，却有茎节，花黄赤色，仅农历五月或六月一个月的黄金期，随后它的块茎就自动朽烂。

所以，农历五六月，是采挖天麻的最佳时期。

猪苓和茯苓一样，都属于菌类药材。猪苓利水的作用远远大于茯苓，但无茯苓的补益之性。猪苓性平，味淡，有利水祛湿的作用。各种水肿，单独使用猪苓即可见效。

天麻和猪苓采挖起来确有许多的要领和妙招，小凤村里也只有几人掌握了其中的奥秘，可人家一般是不会吐露出来的。毕竟这采药是非常辛苦的活，十天半月需要在深山老林里风餐露宿，再说村里人一年也就这一两次发财的机会，谁愿意断了自己的财路呢？每当问起采药的关键，山里人的精明劲儿就上来了，用含糊的话语搪塞一下，最后还不忘安慰探听者："唉，这人丁旺不旺在自家的祖坟上哩，这财路广不广在自家的门上哩，凭个人的运气罢了，运气好了多挖些，运气不好了少挖些。"

这张牙舞爪的雾终没有打过一直沉默的太阳。太阳像那至尊的霸主，它一现身，大雾立马乖乖地隐退了，山林露出了它本来的面目。太阳光射到了林中树木森森的树冠上，阴凉潮湿的林下虽然仍阴着脸，但到底有些亮堂气象。山林最上层长着华山松、椴树、红桦、枫树等乔木林；次层林长着杜鹃、卫矛、忍冬、金竹、箭竹类等灌木；最下层则长着种类繁多的中草药。这些林下长的野生药材，才是他们此行的重要目标。

端公林采挖一株七叶一枝花，春明凑了上来："林爸，你在挖什么呀？"端公林眯起小眼睛，故意卖关子道："龟儿子你认认，这是啥药？"经验不多的春明拿起看了看道："这是啥东西，长得挺奇怪的，一个紫色的杆上，长着一圈叶子，杆顶上挑着一朵黄花，有意思，真有意思。""你不要光说有意思，你数数它长有几片叶子？"端公林逗他。春明数了数："七片，整七片叶。""你现在该知道它叫啥了吧？"春明摸了一下亮堂的额头，仍茫然地说："林爸，你就别绕弯弯子了，直说吧。""真笨，你难道没听人说起过七叶一枝花吗？""噢，听说过，它就是七叶一枝花呀！能散毒，治长虫咬伤，对吧？"

大山里真怪，有些植物长得似乎像人工精心制作过的一样，枝枝叶叶很规整，比如这七叶一枝花。还有三枝九叶草，长了三个枝，再分了三个叉，三三得九，九片叶，数字几乎一片不差；而天门冬，枝叶十分清秀，拿回家种在花盆里，肯定很耐看。春明到底是高中生，他若有所悟，道："也许这就是达尔文的进化论吧，物竞天择，强者生存，弱者淘汰。这些花草树木，能在今天自由自在地长着，说明这里选择了它们，它们也选择了这方水土。""哎呀，我们这地方，听说属于北亚热带气候，所以长了很多植物，别的地方还没有呢。"老陈转过来接上说。老陈虽说是50年代的初中生，可对动物也不了解，但就这一句，把春明听得一愣一愣的："全贞爸，你可真是我们村的老秀才呀，当了干部回来又吃这种苦，真划不来呢。""唉，这是命，外面的日子也不好混，只要能顶出去一个娃，我回来甘心当我的农民。"老陈的话里有些许忧伤。

采药人一般不能扎堆，即不能一前一后踏着脚后跟走。这样有几种不好处：要么谁也挖不着，要么找着药窝子抢着挖，有伤和气。所以挖药的几个人，前后相隔几十米远，遇见特殊情况，呕吼呕吼地吼一声，互相回应。

"妈妈哟，一根长虫，你们快来呀。"临近晌午时分，牦牛大叫了起来。机灵的黑猫闻讯跑来，他一看傻眼了，一条翠绿的竹叶青头高高地抬起来，两只眼睛正虎视眈眈地盯着一脸惊恐的牦牛。

"呕吼，呕吼，快来哟，快来哟。"黑猫吼了两声，老陈跑来一看，神情冷静地吩咐黑猫折来一根树枝，他拿起树枝走到侧面，对准蛇的七寸之处狠狠权了下去，只一下，蛇便倒地不动了，再两下，蛇已见阎王去了。老陈虽说身子骨差些，但他的胆子可大了，曾单独打过几条蛇的。牦牛半天如梦游似的，道："真麻利，全贞爸，你们不来，我怕完了。"他说完，一屁股瘫坐在地上，脸上煞白煞白的，无一点血色。他虽是山里娃，却从没打过蛇，见了蛇就不知所措了。何况那是条竹叶青，通身颜色与竹叶相似，毒性很重，听说与五步蛇、眼镜蛇差不多。

老陈打蛇稳、准、狠，在场的年轻人看得目瞪口呆了。平时他们一直认为老陈手底下慢出工不出活，是个懦弱无能的人。没承想他在山林里把一条毒蛇轻而易举地打死了，他们一下子对老陈肃然起敬了。临收工，富生过来看到那条竹叶青蜷缩在草丛里，得知了那惊险的一幕，他和端公林对老陈也刮目相看了。富生笑道："你啥时候学会打长虫的，我咋不知道呢？"老陈笑了："你这人，啥时候都门缝里看人，我也是这大山里的，我小时候就学会了打长虫，这还是我的爷爷教给我的呢。"

太阳早已下山，大家背着鼓鼓囊囊的麻袋往住宿的山洞走去。端公林、富生和黑猫的袋子装得鼓鼓的，老陈、牦牛和春明的袋子明显瘪些。平时爱自吹自擂的牦牛蔫蔫的，没说一句话。生性快活的春明又耐不住性子说道："你们当长辈的就知道自己发财的，有啥窍门也不给我们小辈子传授传授。"富生听了把他看了一眼没吭声，黑猫接过话头道："这没啥传授的，全凭个人的运气，运气好了就碰上了；运气不好，只有白跑趟趟了。"老陈倒想得开，他年轻时是拜过师傅学过医的人，在他看来，所有的药草都是宝贝，人家只拣值钱的挖，他却贵贱不论，挖了不少细辛。他想：能挖多少算多少，挖不到天麻挖些别的药回去也没白跑。春明再没说话，快走到安身的洞口，每人都主动捡些柴，林子里不乏朽木大棒，正好弄来烧火。

3

他们早上吃炒面，中午拿点馍馍充饥，晚上就不能凑合了。等太阳在林子上面收回最后一瞥温暖的回眸，大家立即回洞里了。年轻人跑了一天的路，回到洞里就一屁股躺下不动弹了，年老的如富生、老陈他们坐下装一锅子兰花烟抽两口解乏，然后恋恋不舍地磕掉烟锅里的烟灰，放下烟锅准备生火做饭了。他们有时各做各的，有时两三人搭伙一起做，年轻的削苞谷面片、拌面，年龄大些的还做扯面吃。

吃完饭，大家把采来的湿天麻、猪苓、细辛等摊开晾上，以免捂坏。随后，大家围坐在火堆旁，烤着打湿的羊毛绑腿和黄胶鞋。烤一阵子，端公林说了个笑话，大家笑了一阵，先后睡去了。最后只剩下老陈、春明和牦牛三人还围着火堆坐着，火堆里湿柴毕毕剥剥地响，那火如同巨大的黑幕里的一盏小煤油灯，忽明忽暗地亮着，引来林子中无数双生灵好奇的眼睛都悄悄打量着。不一会儿，大家又听到外面一阵阵排山倒海似的喧嚣声席卷而来，像狂风大作，又似波涛滚滚；猛听如山洪暴发，细听又如猛兽怒吼。大家都屏息听着那啸叫声似乎到了他们安身的崖窝，又猛猛地吼一阵子向后撤退了。爱说话的牦牛很想说点什么，可一想起白天那条竹叶青大长虫，他就哑口了。唉，太倒霉，进林子第一天就碰上那么阴毒的东西，他想，莫非山神在作怪？可他没少上香磕头呀。

老陈胃疼的老毛病又犯了，所以他一边把衣襟撩开让大火烤着肚子，一边用右手在肚子上揉搓着。烤了一会子他觉得好多了，便忍不住开了口："牦牛，别那么垂头丧气好不好？平时的高兴劲儿叫狼吃了，不就一条长虫，它能挡住我们的发财路？"牦牛让蛇吓破了胆，睁开迷茫的眼睛望了望老陈说："今天多亏了您，不然我这时都见阎王爷了。"老陈笑了："今晚我们讲故事吧，不然坐着怪闷的，你们知道咱村资格最老、最有经验的药夫子是谁？""这谁不知，是宗太爷。"牦牛答道。

"他年轻时在老林里遇到的怪事可多了，你知道吗？"老陈问道。牦牛接口道："怪事，啥怪事？莫非遇上啥野物了？"老陈笑道："今天先不说野物的事，平时看你呱呱呱的，连这都不知，村里谁不知道呀。大约在四十多年前，高个子长腿子的宗太爷三十多岁的样子，独自去老林里挖药。三十来岁的山里汉子，浑身有使不完的劲儿，他每天蹽几十里的林子是平常事，他边走边做记号，天黑以前再返回到石洞里过夜。在一个日偏西山的黄昏，他又渴又乏，坐在林中空地休息。刚好前面一株老桦树根部有一小洞存有一碗清清的水，他没有多想，用手舀着喝了，只觉得有一股清凉渗进了他干渴难耐的胸膛。晚上，他回到山洞里，觉得很累，如往常一样，他点着了火堆，用瓦罐烧开了水，随便冲了一缸子炒面糊糊吃了。他围着旺燃的篝火，装了一锅子旱烟抽起来。刚抽了几口，就隐隐听到森林的呼啸声排山倒海般从他的头顶压来。年轻气盛的宗太爷曾独自面对无数个这样寂静而喧嚣的夜晚，但他从未惊慌过。可此时此刻，不知为什么，他的心却紧起来，颤动不已。突然，一个俊秀的年轻女子闪了进来，径自坐在了他的火堆旁边。常年钻深山老林的宗太爷奇怪，在这荒无人烟的山林里咋会有漂亮女子独自出现呢？随着女子的到来，一团阴冷之气扑面而来，直钻进他的脊梁骨，使他不由得打了几个寒战。时间似乎停止了，熊熊大火也未赶走那女子带来的寒气，他们谁也没有打破沉默，只是静静地坐着。宗太爷虽然是常年独自钻老林的，可从来没遇到过这种情况。他开始有些慌张，便向火中添了些柴，点了一锅旱烟以冲淡心中的不安和恐惧。过了一会儿，他平静了下来，仿佛根本看不见眼前那个楚楚动人的女子。时间一分一秒地过去，冷露凝霜，时至半夜了，他只觉得头昏耳鸣，连老林里特有的啸叫声也听不见了，他自己好像被罩在了木桶里似的。他知道今晚要过鬼门关，脑中正思考着怎样收拾这个不速之客之时，那女子却倏然离去了。"

这下牦牛的兴趣大增，急急问道："那女子坐了半夜咋又回去了，她是啥人？"老陈道："你别急，我慢慢讲嘛，一下子说明白就没得啥意思了。来，抽一口烟再说。"牦牛赶紧卷了一根自己的旱烟递给了老陈。老陈慢悠悠深深吸了两口烟，又从鼻孔里冒出两缕烟来。牦牛看得呆了："你这个本事，我咋做也学不会。"

"第二天晚上，那女子又准时来到石洞里。宗太爷心里已有了法子，他是拜过师傅学过'钓戮子'的人，他不再那么害怕和慌乱了。'钓戮子'是山里人一种用绳子套野物的古老巫术，据说这种巫术能让野物自动陷进他们埋伏的绳套，不费一枪一弹，就能把山里的动物弄到手卖个好价钱。

此夜他平静地把一把斧头烧在火里，不慌不忙抽着旱烟，从从容容等到半夜，那女子又翩然飘出洞外。

第三天晚上，像约好了似的，那女子又来到山洞，宗太爷心里已经有了计策。常言道：来者不善，善者不来。果然不出所料，那女子落座不久，便挽起裤子，亮起雪白的大腿，恬不知耻地用手搓了起来。对着红红的火光，她不停地来回搓着。几乎在同时，宗太爷把一柄磨得锋利的大斧烧入火中，一两个时辰过去了，眼看那女子的大腿被磨得发亮了，几乎要喷出水来。说时迟那时快，宗太爷操起烧红的大斧头朝那女人的大腿劈去。'嘭——'地动山摇的崖垮声震得宗太爷耳朵都失聪了，他倒在地上，那奇怪的声音渐渐听不见了。"

胖嘟嘟的牦牛急问："那女子是啥鬼，宗太爷他一个人就能制服？真不简单！"老陈又吸了一口旱烟，慢悠悠说道："据说宗太爷有个师傅曾给他传授过制服妖精鬼怪的法术，所以他胆子大。他师傅曾说过，妖精若亮起大腿烤火，烤到发亮时，你若不及时用烧红的斧头劈去，那腿会溅出水来，把火扑灭，到那时你就会被妖精所害，生死难料了。"牦牛又问："说了半天，那到底是个啥妖精？""你急啥，往下听就行了。第四天天亮后，他又满山转着挖药，最后在云雾缭绕的山腰碰着了他曾喝过水的那棵老桦树，奇怪不奇怪，他那把大斧头正好深深地插在它的树干上。"

牦牛问："那到底是啥妖精？""你还没听明白？这不明摆着是桦树精吗！""啊，这桦树都成了精，那所有的树都能成精吗？"牦牛的脸色都变得煞白了。老陈道："这些事，不要太当真了，我也是听人说的，再说每一个人讲时都可以发挥，今天我说这些给你娃鬼消磨时间解闷的。"

十多天过去了，进林子挖药的人吃光了所带的干粮，一个个蓬头垢面穿着破衣烂衫背负着沉重的药材满载而归了。

第六章　爱的花骨朵

已进入夏天，几场雨过去，白水江竟脱下了她冬天碧蓝碧蓝的外衣，从清凌凌的少女，摇身变成一个浑浊泼悍的少妇了；冬天那白如雪练的浪花不见了，现在却是一副浊浪滚滚的模样。

1

进林子采药的人都回来了，富生、端公林、黑猫、春明等都是满载而归，老陈和牦牛等也背了鼓鼓囊囊的一大袋子东西回来了。老陈没有挖多少天麻，只弄了一些不值钱的货：一斤湿天麻，一斤湿猪苓，其余的都是细辛。尽管如此，他已经很满足了。对他来说，进老林既能挖草药，还能放松心情，一石二鸟。他在老林里的十多天，每天爬山跑坡，身体虽累，心里的杂事倒是也清理了不少。回到村子，他碰上巧珍，她笑盈盈地迎上来叫他去她家吃饭，老陈知道这是山村人平常的客套罢了，他谢绝回家了。

结果回到家里，又有一摊子事等着他解决。

原来当他疲惫不堪地回到家时，莲子正一脸愁云地坐在台子唉声叹气。见老陈背着重重的药材回来了，莲子心中一喜迎上去帮老陈卸下麻袋，"你可回来了，我愁着呢。"老陈放下背上重重的麻袋，一屁股坐到那把躺椅上，长吸一口气，"嗨哟"打了一声乏，像要把身上的疲惫全部赶跑似的。莲子见老陈这个情状，连忙把冲到口边的话吞进肚子里。她赶快给他递上毛巾，用扫帚把他身上的土打了，接着打了半盆热水让他洗把脸，又倒了一杯热开水放在圆桌上。老陈躺到躺椅上歇了一会子，莲子看着他洗把脸坐下，才说了事情原委，老陈听了半天没吭一声。

原来李家人托媒人巧珍带话来了，说小雪出走的事情不能就这么算了。虽说人是从他们家走的，可他们家一没有骂过小雪，二没有打过她，关键李发生到现在还是童男子，根本没有碰过小雪的身子，不能把他们家弄个人财两空。莲子说完看了一眼老陈，见他疲惫不堪地瘫倒在椅子上，想老汉背负重物走了一天的长路够累的了，刚到家她不该马上就说这个麻烦事。

莲子是个心上不放事的人，白天干活累了，晚上她倒头就呼呼大睡了。老陈听着莲子的呼噜声，怎么也睡不着，不觉想起去年的五月里小雪学裁剪的事情。记得那天他上坡地干完活回到家里，小雪正在给莲子摆阵。原来小雪到丹阳街上赶场碰见她同学说要进城学裁剪，她回来也嚷着要去。理由很充分，她给家也苦了几年，帮着大人出力流汗，念书的路断了，学点技术将来也好有个出路。自己的女子想学技术，莲子一百个赞成，可技术不是白学的，要交五十元的学费哩，家里没有一分存钱。小雪满眼是泪，边哭边嚷嚷："你们啥都偏心，让姐姐念书，让大哥当工人，我学个技术你们都推三阻四地不支持，难道我是后娘养的吗？"老陈看着脸上的泪珠还没擦干的小女儿，不觉心疼起来。当晚，他和莲子商量，第二天背几升黄豆进城粜了给小雪凑学费。实在凑不够，他再厚着脸皮向熟人借些钱，一定让小雪学裁剪。

老陈领着小雪去城里把黄豆粜了，卖了十多块钱，还缺四十元，咋办？他到熟人跟前求爷爷告奶奶，也没借来钱。当他饥肠辘辘回到印刷厂，迎面碰上原来的一个女同事老李。寒暄了两句，老陈说了自己的难处，没想到她当下就将四十元塞到他手中，他感动得只说了一句"给你找麻烦了，我赶年底给你还上吧"。

2

老陈从老林里回家后,在家休息了两天。

他嘴里噙着那个别致的高高翘起的烟斗,半天也没有吸一口,只是空噙着。他那一头理得很好的风头,已经染了好些白发;他精致的脸被岁月无情地刻上了一道道深深的沟纹。唉,老了,岁月不饶人呀。他想起自己年轻时候,为集体为公家拼命的干劲儿,那种不怕牺牲的精神,不知被风吹到哪去了,现在只剩下一身的病痛陪伴着他。人都说老时的病都是年轻时造作下的,他想起年轻那时候自己哪里把身体当作一回事呢,饥一顿饱一顿是常事。

老陈躺在院坝里的太阳底下那把麻布躺椅上,手里拿着一份被他反复看了多遍的《甘肃农民报》,看着上面登载的什么养鸡养猪的致富门路发愣。他想这些东西养起来也不难,关键是怎么往出去销,不然花代价辛辛苦苦地养大,变不成钱就成害了。

雪花到学校里上了两年学,回来思想也开阔了不少。这些报纸就是她拿回来的,说让他爸没事了多看看新闻,了解一下外面的信息。

自小雪出走以来,每当夜深人静,他这个当父亲的便想起小雪的种种好处来。当然对于小雪和春明的纠葛,他并不知情。

去年,小雪在城里学了一个月裁剪回来,找了好多报纸和硬纸板,天天晚上在纸上用尺子画线,练习裁剪的活。原来她一直想要栽一片桃林,她现在再也不提栽桃树的事情了,看来她一心扑到缝纫上了。有一天晚饭后,巧珍来老陈家串门,见小雪在那里画,不禁夸赞道:"哟,真是女大十八变,越变越好看。我们的小雪去城里一个来月,喝了那大河里的水怎么变俊了呀?你别说,城里就是养人,你看这小雪脸上能掐出水来,手也像葱根一样细嫩。"她又拉着小雪上下打量,啧啧夸赞了一番,把小雪羞得大红脸。不待人说，小雪确实变了。小雪身材苗条，瘦削的脸上一双单眼皮的眼睛很有神韵，悬胆鼻，小嘴巴，麦子色的腮上有着少女的胭脂红。她虽然没有姐姐那一双美丽的丹凤眼，脸庞长得也没雪花丰满，但她看起来比雪花显得更健康。

小雪的一丁点变化，要说村子里有一个人看得最清楚，他就是春明。春明一直在默默关心着她牵挂着她。说起来是前年夏天在水泉背水时，那天小雪看他满头大汗，就主动给他一方小手绢让他擦汗用。而他则把那方手绢当宝贝似的珍藏着，放在里衣口袋里，一直舍不得用。当他想起小雪了就拿出来看一看，可当他见到她时，却啥话也说不出来了，只默默陪着她走一段路。他尽量以一个大哥哥的身份帮着她：当小雪走在山路上背着一捆柴，或背着一背篼猪草，或在地里正挥汗如雨地锄草，或在赶场的路上背着几升粮食到街上枭时，他都不失时机地帮一下她。虽然每次小雪感到很不好意思，但在春明如火的热情中仍接受了他的帮助。

春明想碰一下运气，尽快找个时机向小雪表白一下自己的心迹。尽管小雪才十七岁，可他十分清楚这山村里的女子眼睛都朝河坝里看，谁也不愿意落草到这山坡坡上。何况老陈人家是当下干部的人，他的女子能嫁到本村子吗？还有一个，就是本村人都是一个姓，是禁止男女通婚的。但春明对小雪就是放不下，他想，虽说他们是一个老先人的后代，但那是几百年前的老皇历了，他和小雪根本不存在婚姻法规定的五代以内直系血亲的问题。再说事在人为，他就不信凭他的聪明能干，不能赢得小雪的欢心。他曾听端公林说过，女娃子就像那一碗水，没人动，她就平平静静地不起一点波澜，除非你搅动一下，她的心窍子就动开了。他就想他要主动挑开他们之间两小无猜兄妹似的关系，这层关系就如一层薄膜般罩着他们过去的时光。他要主动撕开一个口子，让她换个眼光、换个角度好好审视一下他，让她也和他一样尝尝睡不着觉的滋味。他有时坐在山坡的地边，眼望绿茵茵的苞谷林想，人啊为啥不能像庄稼苗似的一天一个样子地飞长呢？现在的小雪屁股上有了圆鼓鼓的肉，胸部一下子馒头似的发了起来，长成大姑娘了。他要不盯紧点，万一让河坝人看上了小雪咋办呢？在小雪去城里学裁剪的这一个月，春明心里那个焦急，不知是怎么熬过来的。他借着干活，站在四方岭上向丹阳街的方向瞭望，直望得眼睛发酸了才罢休。

其实春明他是干着急，他那有"小算盘"雅号的父亲已经给他敲了好几次鼓了，要给他托媒说媳妇，每次春明都以年龄还小为由推脱了。寿林似乎窥破了儿子的心事，每次都拿老辈人的例子做比，似乎在劝他，又似乎在说给妻子听："你看我们村的老辈人中，有两口子都是本村子的没有？找本村子的人没好处，亲家在一个村子抬头不见低头见，有个啥事情不好处理。"春明妈赶紧附和道："就是的，村里人谁不知道女人娘家太近，常常在大事小事上要掺和，越掺和越复杂，最后弄不好两家打得鼻青脸肿，两口子还分道扬镳呢。"九花的一席话一石二鸟，春明一下子就听出了弦外之音。

春明高中毕业没考上大学，本来他家的经济情况不差，再供他补习一年也没问题，可他的数理化实在太差，他没有信心再复读了。他想，当个山里人一样安安稳稳地过日子，何必跟自己那么较劲呢？回到家里，父亲寿林要他农忙时好好干活，农闲时跟上他学木匠，有个手艺好歹有个挣钱的路，不至于手头紧困住自己。他一个山里娃，很快融入农活，渐渐成家里的顶梁柱了。春明知道要在这山坡坡上站稳脚跟，只有努力再努力，用自己聪明的头脑干出一点样子，别人认同了他，他才有希望娶到小雪。他父亲寿林是一位非常能干的木匠，他的木工活儿大到棺材小到桌椅板凳，在这一带是出了名的好。他还把自家装修得精致大气，在小凤村乃至丹阳河一带都是有名的，这也是他们一家最自豪的事情。

春明虽然早出晚归拼命干活，但这从来不影响他想小雪。无论在干活的间歇，还是在山路上碰见她，他总是有意无意地望她。他的心已似一块被爱火点燃的木炭，尽管小雪的心还是一汪平静的水，阻止木炭继续燃烧下去。可他相信他的爱能让小雪那平静的心湖荡起涟漪。每当晚上躺到床上，他年轻的头脑里一遍遍地回放着小雪的倩影。一个个寂寞的夜晚，春明就靠这些想象陪着他进入甜蜜的梦。自从他心里有了小雪，他跟她在一起总是保持着距离，失去了原来的亲切和自然。他之所以这样，是害怕他管不住自己汹涌澎湃的激情，做出放肆的举动来，冒犯小雪。但是小雪是那么聪明的人，他最起码得试探一下她的心，他不能再这么折磨自己了。

小雪呢，其实并不是傻，她早就觉得春明哥对她有意思，可是哥哥姐姐都没有成家，她自己还不想朝那方面多想。

吃完晚饭，春明一骨碌爬起来拍了拍腿上的土大踏步走了出去。夏日的山村黄昏，树影婆娑，很是迷人。蝉儿也停止了一天辛苦的清唱，不知躲到哪里歇息去了。春明出去找小雪了，他得抓紧时间表白一下自己的心声，白天他没有针尖大的一点空闲，只好挤晚上的时间。但他不能直接去找小雪，他知道小雪和进云关系好，就把进云叫出来悄悄嘱咐了几句，自己先走了。进云不费吹灰之力就把小雪叫了出来，拉上她就走。小雪丈二的和尚摸不着头脑，边走边问："这是到哪里去？""别问了，带你去个好地方。"进云连拉带推把小雪领到村子的最高处——护村林旁的石磨处，远远见一个人影坐在磨盘上。走近了一看，小雪叫出声来："春明哥，你在这做啥哩？把人吓了一跳，我还以为是哪个贼打鬼呢。"进云笑着打趣道："我的任务可完成了，把人给你领来了，到时候你可得谢我呀。"没等春明答话她转身就走了。"哎，进云，你咋走了？"听着树林子一种披着一身军绿色羽毛名叫"老乖"的鸟儿唱着一天里最后的催眠曲，小雪心里莫名烦躁起来。春明在"老乖"欢快黄昏曲中心情舒畅起来，信心大增，脸上散发出一抹青春的光彩。他望着小雪，一扫平时见到小雪时的那种别扭，开口说道："小雪，你坐下么，怕我吃了你吗？我有个事想给你说呢。"小雪转过头来，天真地看着春明道："春明哥，啥事呀？这林子里黑咕隆咚的，叫人怪害怕的。"春明迟疑着低下头还是没开口，小雪望着他那难为情的样子，也不知道如何应对这种场面了。春明抬起眼睛来清了清嗓子，看了看小雪，又不好意思地笑着低下了头。小雪看着心急，断然说道："春明哥，你倒是说话呀！"春明像给自己打气似的，两手不停地在一起搓来搓去，最后他抬起眼睛深情地看着小雪，嘴里颤抖地嗫嚅道："小……雪，你真的不知道……我为啥叫你出来吗？"小雪从未见过春明这副模样，她有些害怕了，怯怯地站了起来，走开几步站下，小声道："春明哥，你……你……你的心思我……也知道一点，可……我还小，现在还不想这些事。家里大哥还未娶媳妇，姐姐还在念书，你让我咋说呢？爸爸说等我过了二十岁，再说找对象的事呢。"春明很镇静地说道："你虽然小，也到了该知道啥的年龄，我一直在等你长大，你给我的手绢我一直保存着。你知道吗？家里大人要托媒人给我说媳妇，我一直推脱着，我谁也不要，就等你……唉，我也知道，你现在学了手艺，我是拿镢头把的，配不上你。"小雪回道："春明哥，你胡说啥呢？学点手艺没有错，我还是我。我走了，迟了妈会骂我的。"说完她转身踩着急促的步子回去了。

小雪在春明跟前保持着少女的矜持，始终没有塌了女子家的架子，可一回到家里倒头睡到炕上，她那一湖春水般平静透明的心便剧烈地摇荡起来。风乍起，怎不吹皱一池春水？一个花骨朵般的女儿，在她十七岁的年月里，头一次遇着一个男人郑重其事地向她表白心迹，这对她不能算是小事一桩，她得想一想。春明哥，对她可是真心的，一个村子里自小在一起玩耍一起劳动，他从来护着她帮着他。小时候，在一起抓石子耍，或扮敌我双方玩打仗游戏，别的男孩欺负她，春明哥总是第一个赶到她身边，给她解围；放牛时，春明哥替她跑腿操心，一会儿去西坡等牛，一会儿又跑到东坡吆牛，她则安心坐在那里做针线。到坡里找猪草、背柴，春明哥啥时候碰上她，总要把她肩上的背篓或柴捆子一把夺过去替她背一阵。自家的大哥宝贵正经不怎么疼她，一天到晚逼她干这干那，不是嫌她跑得慢，就是说她干活不麻利。而春明哥，对她只有爱护与温情，她一直把他当作自己的哥哥，他不是亲人，却胜似亲人。她从来没往别处想过，因为大人们都说一个姓的人是不通婚的。大人们常说，女子家要本本分分、稳稳重重地。今晚的事情，要是大人知道了肯定会被骂一顿。尽管她自己认为春明是最亲的人，可单独跟他在晚上见面，这是头一次。她虽然睡到了炕上，她的心却在嗵嗵嗵地狂跳个不停，脸上火辣辣地烫。小雪头一次失眠了，这一夜她前半夜想自己和春明的事，后半夜则是想法子怎样睡着觉，她用城里的裁剪师傅说下的办法，睡不着觉时做深呼吸，收腹、吸气、呼气、放松……一遍遍，认真做着，但无论怎样，都无济于事。她翻过来翻过去的，鸡公拍着膀子叫了第一遍，天快亮了，她仍睡不着；鸡又开始叫第二遍，直到窗户纸终于慢慢变白，大天亮了，她眼睛白突突睁了一夜，思绪更乱了。

小雪起床后，脸色很不好，一副萎靡不振的样子，莲子看见了感觉不对头，关心地问道："娃，你咋了，看脸色咋这么难看？"小雪没答话。"唉，女子大了，心也大了，当娘的不扯心挖肝才怪哩。"莲子边做饭边想。她见小雪心情不好，便交代道："我的娃，你都长这么大了，每次出门都让我扯心，你在外跟人打交道，可要多长个心眼儿，尤其不要跟小伙子随便单独相处，自古男女授受不亲，知道吗？女子家处事要稳重，免得叫人家笑话说咱山里人的女子没家教。"交代完，莲子又意味深长看了一眼小雪，小雪的头一直低着没说话。她很想给小女儿再嘱咐一下，见她出门去了，她张开的嘴又闭上了。唉，这娘老子也难当，把女子管得松了，怕她在外面上当受骗；管得紧了，怕又把她养成一个胆小怕事的傻女子。她边想边埋头到锅头旁忙乎去了。

唉，过去的事情就如那一卷卷永远也看不够的图画，现在暂时把它们先卷起放下吧，还是说说眼前的事情吧。

3

农历六月里正是太阳铆足火力发威的时候，小凤村虽说地处山中，中午也异常闷热。老陈家院坝外围都被树木团团围住了。老远一望，只露出房子的一角房檐，其余都被树木遮了个严严实实。其中有五棵正结果的桃树，几棵已长大的柏树，还有一株石榴树、一棵百年以上的老柿子树、几棵核桃树和一片花椒林。一到六月里，那院坝里桃树上的桃子最先露出一个个鲜红的笑脸来。那些白粉桃个个白里透红，如女娃的脸蛋上轻轻淡了一抹胭脂红。摘下几个桃，一掰两半个，连里面的桃核都变成了红艳艳的。别说吃，光看就让人产生一种欢喜。

三伏天里，老陈家房背后地里的大红袍花椒也成熟了，红艳艳的，成了一片堆锦叠绣的彩霞，在周围翠绿的树木衬托下越发显得惹人喜爱，老陈家的瓦房好像坐落在一朵红云中很喜庆。所谓大红袍者，就是成熟最早的第一袍子花椒，一般在三伏天，品质最佳，着色最红，味道最醇厚最麻香。所谓二红袍就是时间比大红袍成熟得晚，一般在七月成熟，颜色、味道仅次于大红袍椒；还有八月椒，就是农历八月成熟的花椒，因熟得晚，颜色、味道等较差。市场上，只有大红袍花椒才能卖上好价钱，别的价格就差很多。老陈家的这些花椒树都是大红袍，恰好在路坎下，不管谁从那儿过，都被它那枝头缀满一簇簇油红油红的美艳所吸引。特别是那种只有花椒才有的麻香味弥漫到房子周围，蚊虫们一下子都远躲二三十里，不见了踪影。早春时节，村里人把花椒枝芽摘下来还能做菜吃，麻香可口，真是别有风味。等到六月所结的花椒由青变红，由粉红转为深红，等它表面上足了油，就该到采摘的时候了。采摘不能太迟了，迟了花椒粒上的油分也抽干了，花椒粒由大红也变成了暗红，晾干上市卖不上好价。花椒很讲究色、香、味。若遇上下雨天，采下的花椒，没有大晴天晒，往往颜色发黑，这样的花椒难卖上好价。所以，采花椒的天气就很重要，不能在阴天或下雨天，必须在大晴天才行。可这几天连着下雨，莲子急坏了，天天从床上爬起来就看天气。可盼来的早晨往往似红光满面的酒醉汉一样，朝霞满天的，她一看就气急败坏："唉，早韶不出门，晚韶韶天晴。老天爷，眼看到手的银子都化成水了，你就狠劲晴两天让我们把椒子摘了吧。"

这天，莲子晚上从坡里回来，不自觉又向西边的岷山方向望了望，只见天边烧红了一大片，红色的云霞像一片燃烧的海漫过天边，这些现象充分预示第二天是一个大晴天。莲子脸上一下子露出喜色来，她自言自语道："好呀，看来明天是个好天气。"第二天她又早早起来望天气，看见云雾缭绕，罩着东方的山头，东方的天空没挂一丝早霞。她高兴地嚷道："天晴早早雾，老天爷，你终于睁眼睛了。宝平贵平快起来，今天是个好天气，我们去对门子背回柴，你爸在家做早饭，等太阳出来我们就去摘花椒。"她心疼老陈，常常早饭快做熟了，才喊老陈起来吃饭的，可今天必须得让他起来做早饭，贵平小靠不住。她临走又嘱咐老陈道："你起来赶快做拌面饭吧，把洋芋煮上。"本来背柴的活是男人干的，女人在家做早饭，可莲子她没这个命，老陈虽回家了，只能当半个人使唤，当不了全劳力。老陈极不情愿地起来了，把洋芋皮仔仔细细刮净，洗了下到锅里，从水缸里舀水添到锅里，再把锅腔里的火生着，塞上柴。他过一会儿就看看对门子凤凰山上的太阳光，怕自己耽误时间。原来每天早晨太阳照到小凤村的时间有一个曲折的过程呢，村里人早早起床后就看见凤凰山顶上已经戴上了亮丽的太阳帽子，接下来，太阳就如那神气十足的小伙子一步步蹦蹦跳跳地从山顶上走下沟来，再从沟里爬上坡来照到小凤村。远处看，照着太阳与没有照着太阳的界限是非常分明的。这个界限就成了村里人早上看时间的一个大挂钟了。村里人虽然没有挂钟之类看时间，但他们以对面山坡上的太阳界限为时间却是非常准确的。当看到太阳的脚步走到对门的坡中间时，就知道时间已经不早了，该到吃早饭的时候了；若太阳照到村子里才吃早饭，一般出坡（去坡地劳作）

干活就迟了。老陈有胃溃疡病,吃不了酸菜,他给自己舀出没放酸菜的甜饭。他又摘了地里的青辣椒,用油炒了当下饭菜吃。此时,莲子、宝平和贵平的一背柴也背回家了。

饭吃毕,天上的云雾散尽,万里无云,碧空如洗。果然,太阳从村东方鹰嘴石上露出了灿烂明亮的笑脸,太阳已经照到小凤村,万丈霞光如一道道利剑刺向房子周围的树木和院落。六七月的天气,太阳光一射就火辣辣地烫,老陈一家人都去房背后摘花椒。刚下过雨,红簇簇的花椒上还有光闪闪的水滴,如一颗颗水钻般好看。摘花椒的活是细活,花椒果小,簇状生在长刺的树上。一人一棵花椒树,男人们笨手笨脚的,力气再大使不上,手里不出活。由于天气热,捋花椒时那股浓烈的麻香味散发了出来,在空气中弥漫着,把每个人都密密地包围住了。

"唉,我们这乱石礁里,山高路远的,地里出产个好东西,背到场上也不值钱,只好烂到地里,有啥法呀?"莲子手端着碗边吃饭边叹息。老陈听了把莲子瞥了一眼,训斥道:"你吃饭就吃饭,饭都塞不住嘴,一天价都是你的声音,把人吵得不得安闲,老话说,人吵败,猪吵卖。你看人家耀宗家把天大的事情做出,都一屁股压得稳稳地,谁都不知道,那才叫干大事的人呀。芝麻点的事情你就跳得八丈高,能成啥事?"莲子见老陈心绪不好,便闭口不说了。

上场赶场时,莲子动员全家摘桃,然后背到十多里外的丹阳街便宜卖掉,卖了没有几个钱。"唉,这小凤村太苦焦了,还小凤村呢,不如叫它小雀村才合适,山高坡陡的,桃子结得再好再繁也是闲的,不通公路不通车,等我们用背篼背到街上已成一堆烂泥巴了。老天爷,你总得给人一条吃食路吧,不然小伙子们连媳妇都娶不上,都成光棍汉了,这村子更留不住人了。"莲子吃完饭边洗锅抹灶边叨唠着,心中的话总得说出来,不然还把人给憋闷死了。老陈坐在台子上嘴里噙着那个斯大林式的黑红烟斗,卧蚕眉皱拧着,像个石雕像一样深沉。唉,山里人家,全靠土里刨食吃,连喘口气的工夫都没有，碰上谁家，也力不从心呀。两个小儿子正上学，雪花呢一步一个脚印地读书，现在总算有了个吃饭碗，可是又走远了。当大人的，咋办？宝贵只念了个初一就回家劳动，幸亏顶了他的班进了城；小雪呢，初中没念出来就为了家中修房子退学了，现在还不知在哪里讨生活。唉，他想起小雪来，不觉得长长叹了一口气，现在无论怎么样，不能让两个小鬼再半途而废。耀宗就曾劝过他们两口子："你们家这么个情况，我说句不该说的话，雪儿一直是个病秧子，还是不要让她念书了，给你们家帮把手，大了找个主儿嫁人算了，女子家书念得再多，到头来还是人家的人；不如供着两个小儿子好好念，将来好有个出息。女子打小多使唤使唤，给家里也减轻些负担，看把你们磨成啥样了！"老陈当时就回敬道："唉，我那女子，我还要把她供着上大学，出来了找工作干呢。现在我们苦是苦些，再苦也不能把娃娃的书给耽误了。宝贵和小雪已经把书给误了，再不能拖雪花的后腿，何况雪花的书念得比哪个娃娃的都好呀。"老陈这么一说，别人再不好说啥。

很庆幸，天气是个半阴天。莲子把竹笼子放到脚边，伸出双手一边从长满刺的花椒树上捋花椒，一边想着家里的烦恼事。唉，她一干活就想起了小雪来，小雪干活历来麻利，可她走远了，现在不知在哪里落脚哩。她抬头看了一眼宝平紧挨在一棵树上捋花椒，脸上笑眯眯的，心里一下子宽慰了不少。

摘花椒虽然把花椒叶子带下来不少，可干活哪有不磕磕碰碰的。老陈倒是仔细，他摘的花椒可干净了，几乎不带一片叶子。可他把吃奶的力气都使上了，手划了个稀巴烂，半天也没捋满一笼子。他做老子的还比不过自己的娃娃，脸上挂不住，害气得坐在石头上直叹气："唉，这活真不是男人干的，把人挣得死不下，还是慢得很。"莲子道："行哩，你能摘多少算多少，谁又没逼你，快到晌午了，我也该做饭去了。"

大热天的，莲子擀了黄豆面疙瘩子，汤汤水水的，吃上解渴。

第七章 换 届

1

夕阳站在西边模模糊糊的岷山脊上，睁着疲惫的双眼最后望了一眼小凤村便扑通一声跳下山去。太阳是山里人最好的亲人和朋友，它赐给他们温暖，赐给他们粮食，试想，哪一样五谷庄稼离开太阳的光辉能生长成熟呢？它从山脊上落下去后，四野里一下子被寂静吞没了。

山里人一年四季都在忙，腿肚子都跑断了筋。农历八月十五一过，霜降前后就是山里人集中种冬麦子的时候。傍晚时分，山里人劳累了一天，送着西边灿烂的晚霞疲惫不堪地往回走。男人肩扛着犁铧杠头，吆着一队牛；女人回家时顺便背上一背柴，有的在背篓里背着找下的猪草，草里顺便放着从野坡里找下的八月瓜、酸葡萄或鬼子头、五味子等，背回来哄娃娃们的嘴。山里人嘛，上得高山不许空回，晚上从坡里回来时，不管男人女人恨不得把整座山都背回家来。山区的旱麦下种的时间比川地的要早，农历八月十五以后就开始播种，而川地的麦子要等到水稻收割后农历九月播种，因为山上的温度比川地要低好多。山地里种的都是懒庄稼，山坡上原来已耕种过的地撒上种子，再把牛套上浅浅地翻一遍就行了；水田里的庄稼却要精耕细作，麦子比山地里撒得稠些，更费工些。

莲子家的麦地在四方岭坪上。这耕地的活天生是男人干的，莲子虽说十分泼辣能干，但面对耕牛和杠头，她吆着牛就扶不正杠头，耕下的地歪歪扭扭的，没法跟男人耕的地比。老陈再有病，面对山区如此艰辛的农活，作为一家之主，他不能袖手旁观。他脸色十分难看，青黄青黄的，无一点血色。他强打精神，喝上胃舒平，吃上莲子做的没放酸菜的甜拌汤，肩上扛着杠头吆着牛出发了。莲子本想说："你胃疼得厉害就不要去了。"可她张嘴说出另一句话："眼下谁家都在忙，求谁去？唉，我们活得真孤单，在关键处多少没人帮一把。"老陈听了不耐烦骂道："你把那嘴闭住，啥时候都是你的吵闹声。"莲子一听哑了声。他们两口子历来就是这样，莲子心烦时不自觉地要抱怨几句，老陈生气地骂几句，她就不吭声了。老陈明白，农家人最看重节气了，现在家家都在赶节气种麦子，早几天下种或晚几天下种，到时候那收成就差一大截子，谁都不愿意耽误。宝平回来了，看着老陈的脸色关切地问："爸爸，你胃疼就不要去了，我耕地吧。"种麦子是大事，老陈啥也没说，硬撑着起来走了。宝平扛起杠头走在后头，莲子给背篼里装上开水壶和馍馍，拿上刀和绳子准备晚上回来时再捎带背一背柴，一家人一前一后去了四方岭坪。宝平走在最后面，边走边心疼父亲的同时，也在哀叹自己的命运：唉，家里穷，老爸带病去耕地，母亲昼夜操劳，他还得打工挣钱。这么一想，宝平对父母的怨气一下子少了好多。他又想，父母也可怜呀，他也许应该听从他们的安排，再不要跟他们使气硬犟了。

老陈再怎么有病，对农活再怎么生疏，但对耕地的事情他还是驾轻就熟的。一个土生土长的山里人再懦弱无能也会扶杠头耕地的。

老陈满脸大汗，汗水已经把他额头的头发湿了个透。他双手扶着杠头，呈直角状态，铧尖深深插进黄油油的土地里；他吆着牛，嘴里发出赶牛的声音。莲子拿着锄头过来看了看老陈费力耕地的样子，用劝说的口气小心说道："唉，大人，你这种耕法又费力又慢，人家种麦子都是右手斜扶着杠头，把铧尖斜着插过去，那样子又不费劲速度也快。再说地又是翻过的地，又不像生地，耕那么深做啥？耕深了麦子正经出不来。"

老陈听了没好气道："你说得好，你来耕，光是嘴上的功夫。"莲子见时机不对，赶紧捞上农具溜到别处挖去了。老陈见莲子和宝平走到地的那头去了，他便停下扶杠头的手不无爱怜地摸了摸黑牛的头脸，对黑牛说："你听见没？人家对咱不满呀，嫌咱耕得慢了，咱先歇一会儿，你可要走快些，争口气，再不要叫人家嫌咱了。"老陈常常把黑牛像他的娃娃一样疼爱，那黑牛似乎也知道，就软绵绵地哞哞回应几声。现在他把黑牛和他说成了"咱"，莲子听着了爽朗地大笑了一阵。她对宝平道："你听，你爸爸把黑牛当成他的儿子了。"一下子把老陈也逗乐了，一家人都笑了起来。一时间，阴天的山坡地里仿佛成了阳光明媚的晴天，他们一家人的心里都灿烂一片了，把半年多来小雪出走的阴晦气一下子冲散了。莲子就是这样的人，人很爽朗阳光，说起话来钢口很硬，其实是个有口无心的人，有啥不愉快一阵子便忘了。

秋天里，这里的苍蝇蚊子到处横行霸道，吃毕晚饭，莲子收拾了碗筷，天已打麻阴了。她让宝平在房子里点上荆条熏熏，把蚊子赶赶，不然，咬得别想睡着觉。巧珍来串门了，老陈让了座。由于小雪的事，她一下子跟老陈家亲热了许多。她开口道："哎呀，这两天蚊子多得简直能把人吃了，没蚊帐就别想睡着觉。"老陈笑道："说起蚊子和苍蝇了，武都城的最厉害，人还编了个口诀哩，说'武都城三大怪'，你听说过吗？"她笑道："我到哪里听去哩，一辈子窝在山窝窝里见不到三个半人，哪像你在外面跑下的人，见多识广的，你说那三怪？"老陈从嘴里取下烟嘴子，自己先笑了，道："'云比山高，水比城高，路比房高'，还有一高是我给加上的，即蚊子蛤蚤跳得高。那武都城外边就是白龙江，江面比城里高，要是决了堤，发大水那可真叫人悬心呢。传说当年朱元璋平定天下后，派能掐会算的刘伯温到各地选城址，刘伯温这天来到武都，见城池在现今的旧城山上，很不中意，便勘定现在这块地方重建新城。有些官员看了新址说，指不定哪一天白龙江水就会倒灌城中，百姓将为鱼所食。知天文晓地理的刘伯温掐指一算，说你们尽管放心好了，武都城可保六百年没事。果不其然，白龙江水和武都城至今相安无事。去年，听说部队开到武都，修筑了一条环城的防洪大堤，能挡住五十年一遇的特大洪峰。哎，这说到哪了？哦，那武都城的房子都是老房子，建得早，路面修得迟，所以街上的路面普遍比房子高。再就是城在水边，江面比城要高好多，城里低矮潮湿，所以蚊子蛤蚤就多。"巧珍笑道："哎呀，到底是当下干部的人，啥都知道，我还是头一次听说这事，真新鲜。"她坐了一会儿，又谈了几句闲话就回去了。

2

小凤村的老队长耀宗晚饭后站在大也屹吼了一声："唉，小凤村人，都听着，吃了饭每家子来个人在大门口开会。"大也屹处在村子那条"青龙"背上，地势高，喊一声全村子人都听得一清二楚。他接连又吼了两声，然后径自来到大门口，坐在那块显眼的大石头上等众人。吃完饭的几个男人先来到大门口上，各自找个位置坐了，一边抽旱烟，一边谝闲传。"耀宗爸，今天你召集我们来，是传达上面的文件哩，还是有啥事？"黑猫问道。耀宗卖个关子道："啥事，等会就知道了，急啥子？"黑猫一边笑一边故意说："爸，你狠了别说，那我可回去了，家里还忙着哩。""哎，我把你小鬼儿子，你给我定定坐在这儿，还急得很，晚上回去再做啥哩，就你娶了个右客吗？"耀宗说得大家都哄笑起来。

晚饭吃了，人们陆续来到了大门口，这是村子最中心的地方。它无非是一个几步见方的小台子，门口摆放着一块块棱角已经被岁月磨光滑的石头。这些石头像一个个沉默寡言的老人，见证了小凤村一代又一代人的成长和衰老。听老年人说，小凤村古时候叫黑虎寨，这里原是当年黑虎寨的大门口。当人们快来全时，新任的年轻支书和村主任也来了。老陈也来了，他现在可是与村里人打成了一片，村里有大事小事，他都积极响应。

耀宗看人来得差不多了，就把嘴里噙的烟锅子在石头上磕掉烟灰，清了清嗓子，大声宣布道："大家听着，今天叫你们来，有个重要的事情给你们宣布哩。先给你们介绍一下，这是新上任的张书记，这位是田主任，山前岭后的，大家可能都认识。现在村上的干部都换了班子，就剩我们村小组的队长还没换，小凤村真成落后村了。根据上面的精神，现在改革开放了，是抓经济的年代，要选年轻有为的人来担任我们队长呢，我呢是多年的代队长，人又老了，思想也跟不上形势。过去我当了多年大队支书，又代了这任队长，尽力为大家做了一些事情，好与不好，留到以后再说。现在土地承包到户了，村里就是这个老大难——吃水问题。水泉的水基本干了，去庙背后背水又太远，误工误时。我没本事把这个问题解决好，把这个难题留给了你们年轻人，我真心希望你们上来不论花多大代价，要把这个问题尽快解决了。不说了，不说了，不扯这些老闲谈了。现在由村支书宣布我们小凤村新队长的人选。"

天已全黑下来了，谁也看不清谁的面貌，只有男人们旱烟锅里的火星似萤火虫在黑夜里忽闪着。

这张书记高个子，瘦削的脸，一双眼睛亮晶晶的，很有神采，人很精干。他只有三十多岁，用洪亮的声音说道："今天趁晚上的时间，把大家叫来，宣布一下你们村小组的新队长人选。经村委会开会研究，决定让春明担任你们小组的队长。春明人很年轻，娃老成，做事也稳妥，经老支书提名，我们就讨论通过了。咱们老支书，他确实为我们村的过去和现在做了大量工作，几天几夜也说不完。这次他自己提要求要退下来让给年轻人干，我们只好同意。大家看对这个问题有啥意见没有？有，就提出来；没有，就好好配合新队长的工作。过去呢有句话叫'笑臭不笑补'，现在可倒过来了，人活得穷了，人笑哩。这么好的政策，你的日子再过不到人前头去，就说不起话了。现在改革开放了，你们要八仙过海各显神通哩。你们这个村子虽然苦焦些，可娃娃书都念得好，是个出人才的地方呢。听说老陈哥的女子还考上了啥大学，这个头带好了，将来你们村子还要出人呢。"说着他一巴掌打在他的腿肚子上，"噢，我就说到这。"他补充了一句。老陈听了满脸是笑，谦虚地纠正道："我的娃考上的不是大学，是中专。"张书记笑道："大学中专反正都一样，在这山坡坡上走出去的女子能在红榜挂上名字，就不简单呀。"

在秋夜里，蚊子们横行霸道，蛐蛐们也不甘示弱，在草丛中拉长声音唱着，声音此起彼伏，增添了些搅扰。这时，端公林用胳膊肘碰了碰牦牛的背，又看着他努了努嘴巴，反应迟钝的牦牛白眼仁翻了翻，终于明白了他的用意。牦牛吭吭两声，率先开了口："啊，我说两句。刚才听村上书记说，让春明给我们当队长，我有点意见呢。春明，你可别生气，我这人可是'有话当面说，有屁当面放'，背地里不说人。春明呢，人是很能干，这不假，可你说让他当队长是不是有点太年轻？才二十出头的人，行吗？我们村多年来选队长都是选年岁大些的。我的话说完了。"此时长腿蚊子嗡嗡嗡来来回回在人头上盘旋，寻找着下口的机会，时不时就听见黑影子里有人猛地用巴掌拍腿和胳膊的声音。

这啥事都害怕有人冒尖，自头脑简单的牦牛打了头炮，紧跟着黑猫、端公林几个都开说了。黑猫大声道："刚才听张书记宣布了春明当我们村的队长，要说这是个好事情，我们年轻人终于有了出头之日，我举双手拥护才对。可我要说的是，我们村子处在高山上，吃水困难不说，磨面赶场又远，都很不方便。常言雁过留声，人过留名，你春明当队长我不反对，你当上能给我们村干个啥实事呢，我们可天天盼着哩。"黑猫话没落声，端公林"吭吭"了两声，又接上了，他慢条斯理地说："今天呀，要说是我们村小组的大事情，春明这娃娃当队长了，我这个当大辈子的听了应该高兴才对。可是呢，为了关心你娃娃，我想还是把该说的话说出来比较好，谁让我是你叔老子呢。这队长是好当的，多年来我们村的队长换了一个又一个,刚开始上任谁都牙劲大得了不得,就如人说的'站起来一声吼,地球都要抖三抖'呢,什么'小凤村、花果山……楼上楼下,电灯电话',可过了这几十年,我们村还是个老样子:二牛抬杠背水吃,石头礁里过日子,时间全由鸡公定,治安全靠狗哼哼。"他一席话还没说完,惹得大伙儿哄然大笑了起来。黑猫笑指着端公林嘴里说不出一句话来,牦牛笑得手捧着肚子"哎哟哎哟"直喊,还有村里的毛头小伙子都笑得前俯后仰了,只有村里年岁大些的人嘴里的烟锅子还没取下来,只是嘴角咧了咧。

虽然每人说的角度不一样,可归根到底就是要让春明难堪,让村干部下不了台面。牦牛只不过是被人利用当枪使了,而端公林是为了报复春明有一次没给他帮忙干活,黑猫纯粹是嫉妒之心,毕竟他俩都是高中毕业,凭啥春明就能当队长,他的心口子不平。此时春明的父亲寿林却站在开会现场远处观察着事态的发展,他提前知道春明要当队长的消息,所以就回避了没去。他听着村里人的议论,知道这几个人大多跟他们家平时有些疙瘩的。他低头抽着闷烟,脸上似火烧一般,却不能当着这么多人的面站出来为自己儿子辩护。其实,他事先已经给耀宗交代了,让他在要紧处说一句话。

村上新上任的张书记一看气氛不对,走到老支书耀宗跟前小声嘀咕了两句,耀宗一直观察着会场的动静,没有马上站出来并不是不敢,而是等待着机会。此时,他觉得机会到了,慢悠悠地开了腔:"唉,大家安静安静,我说两句。刚才你们几个的意见我听了,说得也有一定的道理。可民主还得有集中,这是村党支部的决定。现在是啥年代,从上到下都要求年轻人上呢。说白了,年轻人经验是欠缺些,可他们有冲劲儿,我们现在就缺乏这种敢闯敢干的精神。说句老实话,我们这些老家伙掌门面稳当是稳当些,可就是太死板了,把大家领得一穷二白的,有愧呀。春明呢,这娃年轻,脑袋灵活,又稳重能干,事先张书记也征求了我的意见,我们商量了才定的嘛,所以大家再不要有啥想法了。现在当队长不像过去大集体那时候,既要招待上面来人去客,还要做好方方面面呢,搞不好里外不是人。我劝大家别眼红,这不是个啥好差使,叫你当上试试,还有个撂不脱的呢。啥有啥的难处呢,没经过的不知道呀,我可是啥都经过了。我现在啥也不是了,大家如果还能听我一句劝的话,就让春明先干两年,若干不好,到那时再选别人也不迟。"

耀宗说完,老陈从嘴里取下烟嘴子,接上说开了:"我也说两句,大家知道,我是去年办了退职手续回来的,组织关系我还没来得及转回来,可我啥时候也是这个村里的人。我想哩,老支书说得对,就让春明上手干两年再说嘛,有啥不行的?谁也不是从娘肚子一生下来就会当干部的。现在和过去不同了,人老了思想也老化了,不服老不行。就让年轻人干,社会才能发展么,牦牛你说哩?春明这娃,我看就不错,有一股子干劲,头脑灵活,当队长没啥问题。"

耀宗和老陈的这几句话可谓至关重要,一下子扭转了会场的局面和气氛。村里还想放啥臭屁的人一看时机不对,竟知趣地哑了声。新上任的张书记据说与乡长有啥亲戚关系,这让耀宗不得不倒向张书记一边,在这种场合他只有挥动两翼,竭力维护新书记的颜面了。虽说他下台来,仍有说不出口的怨气,可他是有眼色的,加之春明和寿林都对他家有恩情,他不得不暂时藏起自己心中的疙瘩而全力扶持新书记的人马了。老陈哩,一来看到牦牛搅了会场,他对牦牛有过恩,所以极力过来补救一下,给村上的干部挽回一点面子;二来他对春明印象不错,想把牦牛冒失鬼造成的损失降到最低。真是各有各的心思,各有各的理由。

耀宗让春明表个态,春明吭了一声道:"我呢,本不想当这个队长,既然老支书推荐,张书记提拔我,又承蒙亲邻抬爱,让我当这个队长,我就试着干两年,还望大家支持我,我想以后把村里的吃水问题当作重要的事情来抓,把水引到村里来,大家都能吃上自来水。以后再把电拉到村里来,把公路修通,让我们村子越来越好,这些都是我们的梦想,都需要大家齐心协力支持才行。我就说这些吧。"

村里人在蛐蛐的大合唱声中陆陆续续从坡路上磕磕绊绊地往回走。牦牛一路小跑，从老陈跟前走过去没吭一声，老陈望着他的背影子无声地笑了笑。天上的月儿就好似一盏天灯，老陈借着月光慢慢高一脚低一脚地回去了。半轮月儿睁着一双有些疲倦的眼睛，静静地看着这里影影绰绰的山山岭岭，月儿也打起了呵欠，想睡觉去了。

3

九月里，岭上的庄稼都泛了黄色，苞谷林子由夏天的翠绿变成了一片枯黄，它们的头和叶子都耷拉着，怀中抱着胖娃娃一样的苞谷棒子，龇着牙，探着头。苞谷底下黄豆荚饱满地簇拥在已变成黄褐色的豆秆上，全身都背满一瓣瓣饱满豆荚，好似一个个身上背满刀枪雄赳赳气昂昂的小哨兵。此时的秋荞也变得绚烂，红红的细秆上挂着一簇簇黑色的荞籽，由开花时节玫红色云霞般美丽的女孩子，变成了一个身穿红衣，头戴黑帽子的成熟妇人了。一切都成熟了，等待着人们去掰取、去收割。老熊、野猪瞅准这个时节晚上到苞谷地或秋荞地大肆活动，每晚都把快成熟的庄稼踏倒一大片。村中的人都恐慌了，他们逢人便议论野物糟害庄稼的事，都在出主意想办法。白水江自然保护局成立后，小凤村属于保护区的范围，若是老熊、野猪实在糟害庄稼的话，老百姓可每年把受害面积核准上报保护局，保护局会按亩产多少发补助金。

听到这消息最先坐不住的是村里有名的猎人——富生，他是这一带的山大王，他有一杆老火枪，枪法百发百中。人跟他开玩笑说，他若是走在林子里，就是百兽之王老虎望见他都要远躲三十里呢。狂傲的他不免冒怪声道："哎呀，现在糟害人的野物都成了啥保护动物，我们山里人干脆把三寸喉咙扎住算了。"端公林附和道："就是，啥都不能太当真了，人说撑死胆大的，饿死胆小的，你们偷偷半夜三更出去，那时候村里人都睡得如死猪样，你把啥事做出他谁知道哩！"他们商定毕，村中的富生、端公林领上黑猫、牦牛等不安分的年轻人，等村里人睡定后，一人偷偷牵了一只狗朝预定的地方爬去。后来富生与老熊斗智斗勇，虽说胜利了，却受了伤，在医院里躺了几天。

富生与老熊搏斗的事，在丹阳河两岸的山乡传得神乎其神。老一辈勇猛的老猎人如宗太爷这样的都老了，把年轻时的英武都藏到那墙角旮旯里，闲了白天晒太阳，晚上围着火笼烤火时再拿出来给年轻娃和右客炫耀一番。他们再也没有当年蹬住一架山的气魄，没有拿起猎枪跟野兽转圈子的勇气，他们大都安分守己当起了老农人。中年的猎人呢，看到富生的结局一下子蔫了不少，再也不敢独自与老熊和野猪面对面抗衡了，那要有把脑壳别到裤带上的精神才行。年轻一代的人哩，都知道国家已经出台法律，遵纪守法是必须的。现在大家都采取一种办法，即在自家地里搭个草棚子，架上大火，整晚整晚地值夜，或大声地吆喝，或用木梆子在地边用力敲打，实在不行，就放个炮把野物吓跑。所以一到夜晚，小凤村岭上的地里便空前热闹起来，要么吼声不断，要么木梆子声声惊心，要么炮声轰隆隆，组成了山村秋夜里别具特色的小夜曲。

第八章　春明的心事

1

现在再回过头去说说去年春明和小雪之间的烦恼事。

当春明听说小雪要与河坝人订婚了，他着实难受得不行，他的脑海中又现出了小雪那清纯可人的容貌。唉，想起小雪来，他心里一阵酸楚。他能怎么样？他对小雪也说破了，只缺了托媒婆正式提出来。他知道唯一横在他们俩跟前的障碍，就是小凤村的老规矩。而且在这苦焦的山坡上，既缺水又不通车通电，有本事的女孩子谁想在这里蹾一辈子？小雪能嫁到河坝里生活，他能拦阻吗？不能，绝对不能！虽说理是这个理，但在感情上无论如何也接受不了这个事实。这两天他简直像无头的苍蝇，白天忙东忙西地就过去了，晚上他的心却波涛汹涌，难受得要死。他一次又一次问自己："我到底咋办？是跑去小雪家直接说明情况呢，还是托个人跟小雪父母说清楚？"以他的个性，他还不曾这么窝囊过，他为自己的无能而痛苦。他用拳头狠狠砸着自己的头，直到把自己的手掌砸疼为止。

第二天起床后还没来得及洗脸，春明就跑去灶房里向妈妈九花语无伦次地说了自己的心事。九花看着他脸色难看的样子，说："娃呀，现在也太迟了，我听说小雪今晚就订婚呢，我们今天去算啥事？吕梁坪人今天晌午就来了。"春明一听心凉了半截，他又躺回到了炕上。他妈看他那蔫耷耷的样子，知道儿子对小雪上心了。可一个村子的人，还是同姓，这件事即使早些提出来也难成。这会儿寿林去背柴了，还不在家，儿子的婚姻大事，不是她一个女人家就能定的。

娘俩直等到太阳从山顶上爬出来后，寿林才背着两捆柴回来了。他洗了脸，坐到桌子上端起饭碗，没见春明，就问右客道："春明哩？到哪去了？"九花才转弯抹角地开了口："春明还没起床哩，他好像生病了。""生病了，啥病？"当老子的有些不相信，九花便悄声给老汉说了儿子的心事，只见寿林的眉头一皱，愤然放下饭碗道："还由得他了，人家吕梁坪人今天晚上就要下订礼了，现在让我去提亲，这不是给人家捣杠子吗？再说了，都是一姓，先人手里就没通婚的，让他快快死了这条心吧！天下的女子又没让霜杀完，为啥偏偏看上小雪呢？"

春明睡在炕上把父亲的话听得清清楚楚，父亲的一席话像一桶冷水浇他个透心凉。他虽说已经长成个大愣愣的小伙子，可在这个家里，他父亲说出的话就是钉在木板上的钉子，挪不动的。他翻了一下身子，想了想，一跟头爬起来走了出去。他妈跟在后面大声叫他道："春明，你还没吃早饭呢，吃了饭再走吧。"他头也没回，把他母亲的一片关爱之心远远地甩在了身后。

原来，他找村里的金明去了，他俩关系不一般，有啥事爱一起说说。他的父母虽然比较开明，但有了心事还是不能和他们分享。今天他下了决心求自己妈妈，谁知竟被自己的父亲一顿羞辱，他除了失望还有点气愤。他去金明家，端公林正准备上地去，说金明已去学校上班了。真是的，又碰了一鼻子灰，真是失望透顶。学校在高山顶上的蒲子村，从小凤村还得爬一大架山才能走到那里。春明今天不想上地出工，索性给自己放假，决定去亲戚家转转。这样想着，他便沿着山路爬去。

唉，脑中一团乱麻，烦死了！他走到山坡中段的大愣干，索性躺在一块大石头上，看看天上悠闲地散着几朵白云，如他此刻的心境一样没有着落。他想吼几句山歌。这时他才真正理解了生养他的这山坡上的父老兄弟，为啥在野外独处时喜欢吼几嗓子山歌了。他用低沉的声调随口哼起这个小调来：

> 隔河外照着姐穿了蓝，郎是石头妹是哟船。
> 看到（呀）看到船走了，把郎丢下受作哟难。

他接连唱了两遍，他的歌声似一缕老汉口里喷出的老兰花烟，只呛了他自己，没有引起周围鸟儿们的应答。

蒲子村处在小凤村的上面，属于一面山的上坡，而小凤村则处在中段位置。若把蒲子村比作一个人大方周正的帽子，那么小凤村则是一件补丁摞补丁的破衣衫。这个村子虽然住在高山上，但它的土地出奇的好，都是一块块平展展大块的黄土地，一块地少则十几亩，多则几十亩，且都在门跟前，便于耕作，拉运庄稼。由于这些原因吧，蒲子村走出去的人不多，大多守着这块肥沃的土地上勤劳耕作，过着自足的生活；小凤村人则不同，因为苦焦，一个跟着一个的脚印走到外面拓展生存的空间。蒲子村里还有一个特色，就是这个村里住着丹阳河氐人的后裔，当地人都叫他们是"番子"。据考证，这些氐人原住在丹阳周围，丹阳街就是原来氐人交易物资的地方。他们现在的吃穿住行都和汉族人无二了，只是一点他们逢年过节挂出老爷像（白马人敬奉的神灵）来敬拜着。他们的长相很特别，就是他们的瞳仁是棕色的，好像覆有一层亮晶晶的薄膜似的，整个眼睛看起来有些浑浊。

春明径直去了学校里，这个学校的房子跟当地村民的房子无二，都是土墙、木梁、瓦顶，只是学校里的房子没有装上门窗，每间房只打了一面黄土墙，还是敞房子。从外面一眼就看出金明站在一个旧木桌前讲课，学生娃娃们都趴在已缺胳膊少腿的课桌上，眼睛睁得大大地望着金明。金明示意春明在外面等一等，春明只好退到墙根下晒太阳。

不一会儿，下课铃声响起来，娃娃们如一群圈里关急了的羊羔子，一下子从那敞开的门洞里冲了出来,嘴里叽叽喳喳的。山里娃娃虽然穿着很土气,但他们很快乐。小凤村的几个娃娃见春明来了,都过来跟他打过招呼,又耍去了。金明把春明拉到他和另一个老师共用的休息室,问道:"你来这里有啥事,找我吗?"春明本想把自己所有的烦恼一下子全部倾泻出来,可见了面,他不知道咋说了。他吞吞吐吐地给金明说了个大概,金明没听明白,他又说了一遍,金明"噢"了一声才明白了。金明想了想才说:"春明,这事情我想你还是算了吧,一来是你迟了一步,人家小雪今晚就喝订婚酒哩,你再搅一杠子算哪门子事?二来一个村子的同姓人,你父母同意吗?"春明用手把头发向后抹了一把,狠狠甩了一下头,要把千斤重的不愉快甩掉似的,长长地叹了一口气,然后用斩钉截铁的口吻说道:"就是,还是你说得对,这事情不说了吧,我父母和你的说法一样。"

春明为了保住自己的面子,故意在金明跟前洒脱了一回,但他并没有马上说服自己,心中仍空落落的。他觉得自己太无能,在这件事上优柔寡断,没有下死决心。当回家走到大楞干时,春明一屁股坐在那块大石头上,他很想抽一根烟来解解心头的烦闷。村里老人身上的那种兰花烟(学名黄花烟草,当地人称土烟)散出的特有味道,也许能让他狂躁的心静下来。可他还不会抽烟。唉,人生不会的事情还多着呢,也许他真该到外面谋个差事,窝到这山坡坡上有啥出息?以后他能干出一两件大事来,让小雪家也看看,他不是一个窝囊废。他胡思乱想了一阵子,还是慢慢回家去了。

2

十月里的河坝里,村子周围的橘子树上已经流丹溢彩,碧绿的革质叶片托着一个个圆圆的红橙色的橘子,如一张张藏在树叶中的笑脸,向每一个过路人招摇。山上下来赶场的人路过看到总要赞叹几声:"呀,这橘子长得真好呀,别说吃,看都能看饱。"他们说完不自觉地咽下口水,脚底下始终没停，一直朝前走去。唉，山里人装两升玉米或黄豆粜了，哪舍得花钱买橘子吃哩。有些急用的日用品等着往回买哩，盐、煤油、火柴、棉花、棉布和治病用的药，哪一样不是紧用的。果子那是哄娃娃吃的，大人娃嘴再馋，也不能乱花一分钱。除非有小娃娃在跟前缠不过，才买上一半斤解解馋。唉，一分钱急死一个英雄汉呢。小凤村的人谁都知道，老陈是个栽树迷，他曾辛辛苦苦往山上移栽了几次，均未成功。那些树就算暂时活了下来，在山上最终也挨不过冬天。山高一丈，土冷三尺，气候不同嘛。

春明当了小凤村队长这件事，对他来说确实有些偶然，一方面是上面的要求，另一方面是耀宗力荐他，当然还与自己平时的表现是分不开的。他几次给耀宗帮忙跑前跑后，拣最苦最难的活干，干得都很漂亮。一句话是天时地利人和，促成了他当上了小凤村的队长。自从去年小雪的事情伤透了他的心，他本来与村里的年轻人一样想到县城里找出路，可没想到捡了"队长"这个跌果，他只好竭尽全力干好这个差使了。

新官上任三把火。春明刚上任，就开始谋划一个大行动，这一行动把小凤村三十来户人家搅成了大旋涡。

这天早晨，春明跟着张书记一前一后走着，一大早他们就从家里出发了，去迟了怕见不着乡上的领导。年轻人谁不爱美，他们都换了干净整齐的衣服，背了一个黄挎包，越过多少沟沟岔岔，径直朝新改造的丹阳乡政府走去。乡政府把原来在人民公社时的大门改到了正街上，原来的大门跟中学的门在一起，很不方便。进到院子里，又在一侧新修了两层木板楼房，院里的人进进出出的，很是忙碌。张书记一眼看到乡党委钱书记的房子门开着，一下子兴奋起来道："啊，人在哩。"他和春明进到钱书记的房间，钱书记正跟一个河坝里的村干部坐着谈话。张书记的脸笑开了花，大声道："哎呀，今天可把你这个大忙人堵到屋里了，我天不亮起来，洗了把脸，就从家里出发了。这是小凤村新当选的队长陈春明，是个好苗子。"张书记跟坐在一边的吕梁坪村的李书记打了声招呼，又热情地握手。春明第一次学着张书记的样子跟人握手，才握了一下，像被火烫了一下，赶快缩了回来。那吕梁村的李书记也是汇报工作来的，说了两句就走了。

钱书记中等个子，穿一身中山装，一双眼睛似笑非笑，张书记大方地坐下和钱书记哈哈笑着又扯了几句闲话，张书记道："今天我这个小书记给您这个大书记汇报工作来了。这小凤村您知道，是个出人才的地方，可是现在他们吃水成了大问题，村里人昼夜守水，现在村里的小伙子连媳妇都娶不上，光棍汉多了会给社会增加不稳定因素哈哈哈哈……"张书记一阵大笑惹得钱书记和春明都笑了起来。他们之间的气氛一下子活跃起来，张书记这才言归正传："钱书记，我哩，这次有个重要事情向您汇报哩，这事还得您亲自出马才行。""你说，到底是新官上任三把火，已经操上心了。"钱书记笑道。"哎，您钱书记栽培的我，我得跑快些，最起码不能给您丢人呀。"张书记笑着说，"是这么个事，我们村下属的小凤村山高坡陡的，吃水很不方便，人畜饮水困难得很。他们原来的泉眼早就干了，一直在小沟村的庙背后背水吃，远得很，有七八里路哩，背一趟水来回就有十五六里路。这个问题早就该解决了。这次新班子上任，也给群众表下态，第一个要解决吃水的问题。可这个问题说一千道一万，最后落脚点就是俩：一是技术，二是钱。陈队长写好了申请，具体数字弄了个大概，您看一下合适不合适。"春明把他费了几晚上抄写得工工整整的申请书递到钱书记手里，钱书记快快从纸上扫了一遍，春明一下子心悬了起来，他这是大姑娘上轿头一回呀。正当春明忐忑不安时，那钱书记把申请书放到了桌子上，很平静地说道："这个申请书你们先放下吧，等我们班子碰个头研究一下再说，你们先回去，等半个月再来好不好？情况都知道着哩，我们尽量从上面争取扶持，不管结果如何，我都会给你们一个答复的。"最后，张书记又看着钱书记的眼睛笑着说："钱书记，这办事情，我们也知道哪有不花本钱的，您看只要能把事情办成，到时需要啥尽管说就是了，我让村里准备。"钱书记听了哈哈笑着拍了拍张书记的肩膀道："这鬼精灵，你呀，八字还没一撇哩，想得挺周到，以后再说吧。"让春明惊讶的是张书记把小凤村背水的距离夸大了一倍多，而且丝毫没有露出马脚。

出了丹阳街，张书记和春明分了手，从杨之沟直接进沟，上山回蒲子村了。那条路是蒲子村人赶场常走的路。山里人啥时候都忙，他赶早回去还想到地里帮女人干一阵活。春明抬头望了望高高的凤凰山，看看天色尚早，突然心血来潮，想再爬一次凤凰山。上次爬凤凰山还是他上中学时的寒假，那时山上建的庙宇被毁掉了，听说去年又重建了。这两天是深秋时节，从下往上看，山上的树木都染上了缤纷的色彩，真似一只色彩斑斓的凤凰，高高立在丹阳街旁。春明边走边看着这凤凰山下一层层一畦畦的水田，秧畦里刚种了冬小麦，远看地上有一丝丝淡淡的绿意，近看地皮上长出了针尖细的苗苗。山上山下，一点也看不出来有秋天肃杀的景象。春明走过杨之沟的坝地，从坡脚上到坪上，平地上种的也是冬小麦，他知道这是杨之沟人种的。过了坪上的坟地，上去就到了灌木丛坡。这灌木丛坡才是凤凰山的凤尾巴。从坡上往下看，呀，丹阳河两岸尽收眼底，如丝带般舒缓的丹阳河蜿蜒而过，河两岸和房屋周围是草绿色的白菜地、深绿色的蒜苗地及浅绿色的冬麦地，都如诗如画地呈现在春明面前。呀，太美了，为啥说登高才能望远，春明现在才体会到这句话的含义。几百米上去就进到了林区。春明边挥汗边往上爬着，他知道这些林子是凤凰山最美丽的身子，没有了这些林子，凤凰山就不是凤凰山了。他看着林中密密的小叶子树还披着翠绿的衣衫，一副精神抖擞的样子；枫香树则满树黄蝶飘舞；黄栌树到了秋天是最美丽的，醉成了血红的一片；还有一些不知名的树，林下一丛丛的草还青翠着，像那闺中女儿般可爱。他走着，两眼不停地看着四野，看着山下，爬得越高，把山下才看得越清楚。此时，山下的地成了一方方或浓或淡的油画，房屋成了连在一片的灰色方盒子；对面是连绵起伏而童山灌灌的阳山，似一条巨龙般蜿蜒在丹阳河旁，美中不足的是这面阳山没有多少绿植覆盖，像一个干巴巴的光头老爷爷。丹阳河，这条哺育丹阳人世代繁衍生息的母亲河,夏秋季发起怒来像头狂暴的狮子,左冲右突,给丹阳河两岸造成了诸多灾害。此时进入农历九月底,它却又温顺得如小妇人般依偎着阳山静静地向西边白水江的方向流去。

春明边往上爬,边望着山下,偶然想起王之涣的一首诗来:白日依山尽,黄河入海流;欲穷千里目,更上一层楼。他想,王之涣一定如他这样登高望远,站在一处高楼上远看黄河落日之壮丽景象,才能写出如此雄浑大气的妙词佳句来。不然那种豪迈、超然和奋发向上的气概从何而来呀?爬着爬着,山林中那种清新洁净的气息让人有一种沁人心扉的舒畅。快到山顶了,坡度越来越陡,春明朝下一望,丹阳街的房子成了一溜火柴盒,越来越小了,自己的身子似乎飘在半天云里。他浑身一阵热血沸腾,感觉有一种说不出的豪情与壮志鼓荡着心胸。两年多来,他为小雪的事情也烦恼够了,自从他上任小凤村的队长以来,肩上那副重担压得他喘不过气来。他深深吸了一口气,感觉为村中引水的烦心事一扫而光,此时他心里澄静如练。此情此景,他想起李白那"脚著谢公屐,身登青云梯。半壁见海日,空中闻天鸡"的诗句来,不禁有些恍惚了,这座山是彩凤化成了仙女呢,是仙女化成了彩凤呢,还是彩凤又化成了这座山呢?

原来这座凤凰山有一个美丽的传说,春明小时候就曾听宗太爷说起过。相传古时候天上的瑶池旁,有一对金童玉女,终日莳花浇水,久而久之产生了感情。他们耐不了天宫岁月的冷清和戒律的森严,商量一起到人间寻求自由幸福的生活。于是他们想尽办法,终于逃出了南天门来到这老林里有名的扎圪山。金童玉女来到这里,愉快极了,每到月白风清之时,双双翩翩起舞,纵情歌唱,饥而食鲜果,渴而饮清泉,尽情享受大自然之美。然而好景不长,这事还是被天帝知道了,他大为震怒,责罚守南天门的金龙,下凡速将二人捉回。金龙领旨后,行云布雨,欲捉拿二人。二人慌忙逃走,金童来不及远逃,就地变成一尊几百丈高的石柱,卓然而立,四季白云缠绕;玉女本想飞去峨眉山躲避,谁知金龙猛追不舍,刚追到现在的杨之沟谷口时,鸡叫了,天快亮了,她飞不动了,变成了一只绚丽的凤凰。凤凰凝固成了一座山,就成了现在的凤凰山;金龙则变成了长长一道蜿蜒的山梁,龙头高昂着,就是现在凤凰山背后的那座山梁。据说元朝时,在一个月明之夜,山下的杨之沟人,曾听到清脆悦耳的叫声,是凤凰在山上长鸣。乡人还建寺于山巅,名曰"凤凰山寺。"

　　看到了,看到了,仰面一望,一座高高的山门立在险要处,其结构十分独特,三重檐弯曲翘起,其形状真似一只展翅欲飞的凤凰单腿独立在那儿,俯瞰着下面丹阳河两岸的村庄。近了,近了,春明终于喘着粗气,爬到了山顶的凤凰山寺门前,他望了望山门两侧有一副气度超然的对联似两个归隐高人站立在那里:

　　林拥奇峰映朝霞笼晴云登临尘俗皆消尽,
　　岚合妙域送夕阳迎素月休憩清心总相宜。

　　进了山门,拾级而上,右边悬崖边台子上放置了一个大铜钟,春明上去先朝下看了看,云岚朦胧中丹阳街成了一团模糊的影子,他身边的冷空气围绕着他快速流转着,他感觉自己好似站在高空中一般,更加渺小无助了。他不觉心里一惊,赶紧收回崖边的脚步,靠里站了站,虚弱地拿起大钟旁的木棒槌敲了几下。此钟如一位高踞山顶的虎将,一下子放大嗓门吼叫起来。也许是太静的缘故,铜钟的声音清越雄浑,撕破了那里冷凝的空气,从这高高的山顶上传扬到十里之外了。他记得自己上学时还没有这口大钟呢,房子也重新盖起了,墙壁也是白白的,院落里摆放着多盆奇花异卉,那些大朵的月季花、绣球花开得正艳。他先进了灵山妙寺殿看了一下丹阳人供奉的一尊塑像,春明知道这寺庙还是丹阳河人祈雨的地方。进到后院,他又进大雄宝殿,出来望见白色的墙壁上题了诗句:

阴山丹阳凤凰山，名胜古迹历代传。

人杰地灵风光好，陇南大儒何宗韩。

　　诗中的何宗韩，就是他小时候常听老人们提起的何道爷了。这首诗真是好记好背又顺口，还把丹阳河的人文地理总结得恰到好处。墙上还题了丹阳河清朝年间考中的副榜一个、举人两个、武进士一个、拔贡八个。最让他感到惊讶的是，凤凰山下的杨之村有个叫朱瑛钰的，一门出了双贡。杨之村的杨氏一门竟然出了三个拔贡，分别叫杨明远、杨明德、杨明辉。哎呀，难怪老人们要说，文明不过丹阳河呀！春明独自感叹，这真是名副其实呀。

　　看完了，他又站到那座大钟前，俯视丹阳街上的景物。也许这里最险要，他向下一望，一阵头晕目眩，感觉自己好似站在云中一般，地下的房子成了一个个小小的火柴盒子，道路成了一条细线，地面走着的人都成了一个蠕动的小黑点的。春明辨别着地面的位置，又向凤凰山后眺望，那山势也是高耸奇绝，山脊似刀背一样陡峭，又似一条奔腾涌动的龙在追赶着前面的凤凰山。他再向周围看看，真是一览众山小，连绵起伏的群山似众星捧月一般捧着凤凰山。他又跑到寺院后面的墙根处向外眺望，远远地看到小凤村二十来栋瓦房立在一片土土的山坡上，村子后面的护村林子给村子增色不少。他想，难怪凤凰山下的杨之沟出那么多人才，而我们小凤村就差些，原因莫非就在这里？无论凤凰山的高度和气势都压过了对面山的小凤村。站在凤凰山上看小凤村它真是太不起眼了，简直就是山坡上的一只小母鸡；而凤凰山似一只高耸入云美丽绝伦的火凤凰。他看了一阵子，觉得自己有一种飘飘欲仙的感觉，觉得山门上的那副对联写得真是太贴切了。

　　下山了，他几步一回头看着这座以凤凰命名的山，侧面看这山真有展翅欲飞之势，好似传说中那位天上的仙女凌空飞来一样。他走过陡峭处，便一口气小跑着下山来了，真有一种从云中慢慢落回到地面的感觉。

3

　　这里秋天的长腿蚊子简直能把人吃了，那蚊子咬人的本领好生了得，只要被它咬上一口，被咬之处立马起个大红疙瘩，又痒又疼；还有一种小小的跳蚤，米粒大小，黑色，一跳八丈高，咬人也厉害得很。山里人一般都会买顶蚊帐，以防其叮咬。老陈家经济紧张还没有蚊帐，莲子和老陈晚上常常被蚊子咬得无法入睡。这天莲子专门去庙背后用镰刀剐了些荆条来，这荆条是一种小灌木，散发着一种奇异的香味，特别是燃烧时味道更浓，山里人一直用它来熏蚊子。那荆条就长在庙背后的路边或沟边，随手就能剐上。它就一点不好，烟子太大，把房子熏得不成样子了。可山里人家都烧的是柴，房子免不了天天被烟熏火燎，所以秋天用荆条熏熏蚊子也就无妨。天已全黑下来了，莲子洗刷完碗筷，取了一把湿荆条用麦草点着放到睡房屋里，反关上门熏虼蚤蚊子。一家人坐在台子上，一股浓浓的荆条味压过来，莲子呛得干咳了两声。此时是山村人最惬意的时候，他们每天早早起来，忙到天黑，把饭做着吃上，猪喂上，牛骡驴都进了圈，才可以轻松地坐一坐，谝两句闲话。

　　宝平和金明去煤矿上打工，煤矿上出了事故，他俩侥幸捡了一条命，安全回到了小凤村。金明继续他那民办教师的生涯，可在煤矿上那一段刻骨铭心的记忆，让他时时想起来都后怕。宝平因在学校挨老师训斥，再不想去学校念书了，去煤矿打工，又出了事故，现在不如学个技术，人说天干饿不死手艺人。学啥呢？他思前想后，就学理发吧，现在城里和丹阳街都兴时开理发店，理发是个挣钱的行当。母亲莲子好说话，宝平跟母亲说了自己的打算，在煤矿上挣回来的那些钱先不还账了，他想拿去理发店里学手艺。莲子能说啥哩，宝平学门技术，她当然也同意，只是家里没人帮助她干活了。

金明更加爱他的学生,也更加爱他的职业了。虽说在别人看来,当老师工资还养活不了一只猫狗的。可是,再怎么窘迫,教书育人,还是很有价值的。

是的,外面的世界很精彩,但那份精彩的背后是什么呢?宝平也在深深地思考这个问题。就说煤矿行业吧,外面人看到一车车发黑发亮的煤炭运出矿山去,就能变成一沓一沓的钱,可谁知道这地底下的事情呢?谁能保证地底下永远是一片风平浪静的乐土呢?他和金明这次被埋地下,在张新带领下侥幸逃脱一命,他们五人安全回家了。他知道这是万幸,和他们一起被埋的工人,有的就停止了呼吸,挖出来成了一堆血肉模糊的尸体,永远留在了矿山。过后一想,简直让他心惊肉跳,后怕万分呀。

宝平回家后好长时间都沉浸在被埋在地底下的恐惧里,有时半夜里常常哭醒过来。白天他无精打采,晚上整夜整夜地睡不着,一睡着又是噩梦不断。他有时眼睛一闭全是地底下的情景,一会儿是轰轰隆隆矿井倒塌的声音,一会儿又是黑咕隆咚的,令人窒息的黑暗似一座大山压了过来,惊得他大喊一声醒了过来。夜夜噩梦,他只好到当地有名的老中医跟前看病,老中医把了脉,只说了一句:"你是受了惊吓,先吃药,调好睡眠。"宝平调理了一个阶段,精神才慢慢好些。他常对人笑着说:"我这条命是从阎王爷手里夺回来的,不是遇上贵人相助,早就没了。"他所说的贵人就是张新他们,这回要是没有他们,他早成地下鬼了。患难见人心,自此以后,他和金明、张新等结成了生死弟兄。

金明的思想变了。他想,朴实的山里人要想翻过身,就不能再让下一代变成文盲。难道要让山里人的娃娃都变成文盲吗?没有跟那些娃娃打过交道,当然不了解他们。只有跟他们朝夕相处过的人,才知道山里人的孩子纯洁的心灵是多么珍贵。他们多么想上学读书呀,他们对读书的那份渴望、那份乞求,对,是乞求,外面人是不清楚的。国家有国家的困难,给山里的民办老师发工资,还不是想让山里的娃娃读书识字。真奇怪,金明他曾发狠离开三尺讲台，离开可爱的娃娃，去煤矿上求一条生路，只为自己而活。可当他真正离开那些稚嫩的小脸儿，躺在煤矿上那张冰冷的床上时，他才知道，那些山里孩子星星一样明亮的眼睛，是那么让他心安，那些一尘未染的心灵是那么干净，那些皱了皮的课本藏着属于他自己的生命密码。

金明想起了一年前清晰的一幕，那一幕他永远都难以忘怀。

记得那是一个初冬时节，他早就感冒了，可他随便找了几片药喝下去，没当一回事。他想自己年轻，把个感冒怕啥哩。他仍天天坚持走山路去学校给学生上课，回家随便跟他爸凑合着吃点酸菜饭，晚上改完作业才睡。有一天早上起床后，他明显感到不对头，每咳一声，都抽筋似的疼痛难忍。但他知道，学校就他们两个，要干四个人的活。一个钉的一个铆，他要是躺下，就把娃娃们的课耽误下了。他狠了狠心，按时去学校。上课后，他两只脚麻木地站在讲台上，脑袋里疼得要命。突然，他眼冒金花，头晕目眩，向一边倒去，啥都不知道了。等他两天后从乡医院里醒来，胳膊上输着液体，才知道他病倒了。他爸端公林告诉他，当时把娃娃们吓坏了，是蒲子村娃娃的家长把他从山上用滑竿抬下来的，就是现在的住院费也是几个家长帮他凑的。他由于感冒时间长了未及时治疗引起了肺炎，若再晚一步，就麻烦了。这是他爸端公林在他醒来后告诉他的。金明知道他家里穷得是一分钱都拿不出来，他的那几个工资早就预先支出买化肥和农药了。

在乡卫生院住了一个星期，让他最感动的是，他教的娃娃小小的年纪竟然背上粮食翻山越岭到街上粜了，或抓上家中唯一打鸣的小公鸡卖了给他凑药费。有的娃娃手里提着竹篮，装上自己家舍不得吃的鸡蛋来看望他。看着这些沉甸甸还留有娃娃们体温的钱和鸡蛋，他怎能接受呢？可娃娃们坚持要给他，说是来之前都是征得家长同意的。他不接受他们的钱，他们就不走，要在医院里守着他。他知道，山里娃娃都有一颗纯朴善良的心，像那水晶一样透明洁净。人心都是肉长的，从不流泪的他，竟当着学生的面泪流满面了。这下子惹得娃娃们也哭了起来，一时间病房里竟一片哽咽声。

最后还是金明他爸建议，让金明给每一个娃娃写张借条，把钱留下了，就当是他向学生借的钱，等病好了后一定还。这事已经过去一年了，可他到现在都没有还完那笔钱，惭愧呀！这次去煤矿打工，就是想挣笔钱把账都还了。这些账可不同寻常，是学生娃们一颗颗滚烫的心，是学生对他沉甸甸的爱和尊敬。山里老师的价值，只有在那些最纯真稚嫩的娃娃面前才得到展现。

然而，那场矿难生动地教育了金明，让他对山村老师有了新的认识和定位。外面的世界尽管多姿多彩，但也充满了诱惑和风险。其实，任何职业没有贵贱之分，都有它存在的理由，总得有人去干它。金明默默地在心里告诫自己：如果说真要有人来为山村的娃娃牺牲自己，为山区的脱贫致富贡献力量的话，那么就让我来吧；如果说国家真的需要一批人为教育献身，为山村的娃娃无私地奉献自己的青春和年华，不计报酬、不计名利、不计后果，甘心穷困潦倒一辈子，甚至打光棍一辈子，那么就让我来吧。他那年轻富有朝气的头脑，在经历了一次矿难后，更加成熟和稳重。

宝平到县城正式拜了师父，交了一百元的学费，买了理发工具，当了一名学徒。一行有一行的规矩，他刚去，师父安排他给客人洗头。就是洗头，都有它的技术和窍门呢。刚开始，他洗头很费时间，又费洗头膏，经师父指点后，他才慢慢掌握了这门技术。洗了三个月的头，师傅才让他拿推子给人推头。生活就是这样，从最低处才能看清自己。

第九章　古今对照

　　十月里的山间风景最美。对门子凤凰山的主峰洼陷处披上了一层薄如蝉翼的山岚，远处看是那种淡淡的蓝，若隐若现地罩在早已变得五彩斑斓的山间，如一位身着五色裙的睡美人。这里的山一到秋天，那丛丛的黄栌叶子如簇簇红艳艳的花朵点缀在绿色为底色的山上；那银杏树、枫香树、大叶栎、小叶栎等树的叶，都变得灿若黄蝶；还有一些不怕严寒的勇士——常绿阔叶树如铁橡树、榉树、粗榧树和松柏一类的树木仍然抖擞着精神，身着绿袍默默站在山间，迎送着晓风夕阳。啊，秋天的山最为美丽，绿、红、黄、棕四色杂陈，凤凰山如一座巨大的彩色屏风立在小凤村人的眼前。秋天的山野里各种野果子都熟了，那八月瓜黄澄澄的，吃起来香甜可口，据说此野果学名是三叶木通，长在一种藤本植物上；成熟的酸葡萄黑紫黑紫的，像一串串挂在藤架上的黑珍珠，吃起来满嘴酸水直流，吃多了就把牙酸倒了；还有那叫"鬼子头"的则通体乌黑，跟香蕉的形状差不多，吃起来口感也很独特，学名叫猫儿屎；而五味子本来是味中药，红红的一串串小果挂在藤架上，似一串串红珊瑚，非常漂亮，吃起来确实五味俱全，有麻酥酥的五香味。山里的娃娃吃不上城里的各色糖果，却能吃上真正的山珍野味，也许这就是山里娃的幸福快乐处。从高处坡地往下看，傍晚的小凤村依傍在那一片由黛绿转黄的护村林子下面，参差不齐的瓦房掩映在黄蝶般飘舞的树叶中间。此时几乎所有的人家都有大股蓝色的炊烟袅袅升腾着，偶尔有一两声女人骂娃娃的声音传来。

1

十月里,老陈家柿子树上挂满了红灯笼似的柿子,在炫耀着已过去的日子,从远处看像一处绝妙的风景。由于甜美橘红的柿子太过招摇,引来了不少馋涎欲滴的觅食者——黑乌鸦,它们"嘎哇嘎哇……"不停地叫唤着,在柿子树旁盘旋、着落、啄食。

一大早,老陈家塝塝里那棵百年老柿子树上,就有乌鸦"嘎哇嘎哇"的叫唤声传来。莲子刚起床,一看见气就上来了,骂道:"这骚门神叫唤啥哩,打得远远的,听得人心焦的。"她骂她的,乌鸦照样在柿子树周围兴奋地飞旋着,欢快热烈地鸣唱着,准备开始一场柿子大宴。这棵柿子树的年龄到底有多大,谁也不知道,老陈说,他的爷爷记事起这棵树的树干得有四个人才能合抱住。它的树皮布满纵横交错鳞状的裂片,摸一摸就扎手,似一个耄耋之年老人的手臂。听老陈说他的父亲年轻力壮时,把此树的老枝用锯子锯断了,后来重新长出了新枝。又过了这好几十年,此树却仍然硕果累累、宝刀不老的样子,只是枝条明显稀疏了。每年秋天,它披一身彩衣,长卵圆形的革质叶片全变成深红,当柿子熟了才全部脱落,剩下高大粗壮的主枝和显得有些稀疏的小枝。那挂满树枝橘红色柿子,成了十月里小凤村的一大景观。当那柿子的颜色由深绿色变为橙红色挂在树上时,就可往下打柿子了。若让柿子继续在树上长着,时间一长,柿子颜色变得红里透亮。有一句话叫"软柿子好捏",鸟儿也知道这个理,它们知道越是发亮的柿子,熟得越好,吃起来越甜。

"宝贵和你爸爸赶快起来,今天再找个小伙子帮忙把那柿子打了。柿子熟得都叫乌鸦摆阵了,再不下,全叫乌鸦吃完了。"莲子那刚性十足的声音"嘣嘣嘣"重重敲击在老陈父子俩的心上。宝贵赶在星期天来帮家里下柿子,时间是很紧的。这里的人把乌鸦都叫老鸹,认为它是一种不祥的鸟,它的到来，往往教人联想到死亡和坟墓。不过在山里住久了，已经习惯看它披着一身黑袍在树上飞来飞去的，习惯于听它那凄清的声音在村子周围回旋。看久了，听多了，已经冲淡了对它的偏见，觉得黑色也不失为一种高贵色，它浑厚的叫唤里更有一种急切和奋起。确切地说，它成了山里人的朋友。秋天里，若听不到它的鸣叫，似乎少了点什么。

宝贵去叫了黑猫来帮他上树打柿子，他们俩脱掉鞋，就像两只猴子一样嗖嗖爬上了树。老陈昂着头站在树底下望着他们俩在树上灵巧地爬上爬下，一会儿站在树杈上用木钩子钩树梢上的柿子，一会儿又挪动身子站到另一个树杈上钩着。老陈在高大的老柿子树下叹息了一声，又大声嘱咐道："当心呀，安全第一，那些枝梢上太远的柿子够不着就算了。"老陈和莲子一人背了一个背篓，又拿了两个竹笼子在树底下捡柿子。急性子的莲子顾不上多想，她埋怨老陈道："今年的柿子打得迟了，太软了，只有装缸做成酒了。要是打早些，还硬些，我还能做成酒柿子，背到街上去换两个零钱。唉，眼看到手的银子都化成水了，这叫我有啥法？"老陈嗔道："这右客，你就知道钱、钱、钱的，钱是命，命是钱，钱是天爷下的雨，自动给你掉哩。你有本事，就把柿子皮剥了，串起来，挂到树上捏成柿饼。柿饼可是我们阴山县人的特产，当初贾昌的柿饼还是皇宫的贡品哩。我们这里的柿饼个大，晶莹透亮，比天水、陕西的柿饼好多了。那里的柿子我吃过，是小尖柿，涩得很，做成的柿饼也小，哪能与我们阴山县人的馍馍柿比呢！阴山县的柿饼又大又甜的，两个柿饼就是一斤。"莲子听了还击道："你呀，就是嘴上的功夫，你说得再好，柿子不会自动变成柿饼的，啥都得从我手里过哩。不行了，我装酒，你剥皮做柿饼？不能啥都靠我，我就这一双手么。""剥就剥，这有啥难的，听起来还把人难住了。"老陈使气答道。

到了中午，柿子基本全打下来了。地下可真是落红满地，橙红的柿子饱满鲜亮。这些柿子可是精华，柿子树在地上承受风霜雨雪的摧折，接受阳光雨露的滋润，几十甚至几百年如一日默默坚守，它们才为人类奉献出如此甘美的礼物。这些柿子个大圆润，颜色艳丽，让人看着就眼馋，禁不住上去啃一口，难怪乌鸦天天守着呢。

吃过中饭，老陈给帮忙的黑猫装了半背篼柿子送出门去。

2

还是去年的闰十月，莲子家没有抵挡住吕梁坪李家人的各种攻势，老陈终于放了话，同意让小雪嫁了。李家人趁热打铁，紧锣密鼓地操办起李发生和小雪的婚事。莲子本来想听听小雪的意见再定结婚的日子，可李家人回去后起了歹心，当下决定把发生与跟小雪的婚事大张旗鼓地准备起来，不给老陈家喘气的机会。首先这第一步是看期，即挑选结婚的黄道吉日。老李正式提了两瓶酢牌头曲，到丹阳河有名的杨之沟村张阴阳跟前，给自己儿子和小雪结婚看期。

在这山里，阴阳是个很重要的职业，人一辈子生老病死、修房嫁娶，哪一样好像都离不开阴阳。这里的人修房立架子需要看期，结婚需要看期，入葬也需要看期，这时阴阳先生就派上大用场了。当然，阴阳先生不会给谁白劳动的，他们会根据求事者的经济状况收取一定的费用。说实话，他们的地位要比那些整神弄鬼的"端公"受人尊崇，毕竟阴阳先生这一套还需要有一定的文化基础，占卜断卦，不识字是万万不行的。这里人几百年形成的老观念，很多重要的事情都要去问阴阳先生，这不是纯粹的迷信，而是老传统养成的类似习俗一样的东西。

当老李大清早赶到张家院落里，这张阴阳正坐在厅房里戴着老花镜一丝不苟地灌蜡烛。见来人把酒放到桌上了，他才起来让座。他虽然八十有二了，瘦削的脸一点也不显老，倒有一种老学究的风度和气派哩。他把葛梆笼（做成的沾了蜡油的细棍子放在一边，让家人给来人倒茶。原来这葛梆笼是一种杂灌木，长在山坡上，因其木质很硬，枝条又很直，所以山里人都用它的枝条做蜡烛棍。他家的茶虽然不是高级茶，但是正宗碧口李子坝出的绿茶，茶刚泡下去，杯子里面的水一下子碧绿碧绿的，煞是好看。老李端起水杯看了看，赞道："好茶呀，有一股清香味，是碧口李子坝的茶。"张阴阳抬起文绉绉的一对眼睛笑道："你真是好眼力，正是碧口李子坝的茶，是娃给我买的，味道挺绵长的，你看，几杯子水都泡不淡。"他们坐下扯了几句闲，老李直奔主题："今天我来有个事求老哥来了，这冬年里我准备把娃娃们的婚事办了，你给好好看个期。"张阴阳笑着不忘说句客气话："你来就来么，拿啥东西哩。"老李道："那咋行，给你找麻烦的事，还得让你好好费心把娃娃们的期给看好哩。"张阴阳抱了几本子发黄的古书出来，那纸是清末那种蚕丝一样薄的老纸，上面竖排着颗颗正楷的黑字，是手抄本。张阴阳问了男女双方的生辰八字，嘴里念念有词："初一不嫁娶，初九不上梁；十七不出灵，十八不安葬，二十五不移火；子不问卜，丑不冠带，寅不祭祀，卯不穿井，辰不哭泣，巳不远行，午不苫盖，未不服药，申不安床，酉不会客，戌不吃犬，亥不嫁娶。这女子是属蛇的，今年是猪年，是三煞年来。行年若值和尚翁，牛马猪羊尽槽空；不遇三年家大败，失火烧屋杀翁公。嘿，了得嘛。"老李虽然没听清楚他嘴里念叨的是些啥，但从他的神色及一半句话里听出了个眉目。他感觉不对头，脸色大变道："老哥，咋了，莫非今年没期吗？"张阴阳的眼镜下映出饱经世故的笑："期倒有，就是要禳一下哩。不禳不行，了不得。"老李急了，赶紧道："老哥，你看我们都是多年的老熟人了，需要啥子你尽管说就行了，这娃的婚姻大事，只要能平平安安地把事过了，家中不出啥事，我不会亏待你的。"张阴阳的山羊胡子翘起来，仍是一脸的笑，给人一种高深莫测的感觉。老李只得给张阴阳具体许愿道："你看，老哥，我们家正缺人手哩，已经说好了，再不能拖，夜长梦多，早点把人接到家，也就了了心愿。后天赶场，我再给你拿只鸡公来。只要一家人安安全全地，我还舍不得一只鸡吗？"张老先生见老李这么说，就又认认真真翻了一会儿黄旧的书，嘴里嘟嘟囔囔嚷,最后眼睛一睁就说:"只要禳一下,就能选个好期,我还得好好翻翻书,等你哪天来了再看个期。"

老李无奈,只得站起身来告辞了。过了两天,老李手里提着一只六斤重的红鸡公如约来到张阴阳家。张阴阳态度友好地向他庄重地进行了禳解,又认认真真翻了一会儿书,最后脸一抬说道:"腊月二十一大利,百事吉,寅卯和,是个好期,就腊月二十一吧。"

没问题,是个好期。

3

这天天不亮莲子就起来,到水泉背了一趟水回来做饭吃,老陈不吃酸菜,莲子先把老陈的饭舀出来,再给其他人调酸菜,这已经是家里老小遵守的规矩。老陈起床后细心擦上肥皂洗自己的那张胡子拉碴的脸,两手用力揉搓着,先从面部开始,其次洗两个耳轮,再细搓耳窝、耳背,然后捧着清水洗干净,最后用毛巾擦脸。可他刚把毛巾凑上去,立刻撤回来放到鼻子上闻了闻,又往毛巾上擦了好些肥皂搓了半天,淘洗了几遍,才往脸上擦了一把。他又仔细地把毛巾上的水分用力拧干,又把毛巾整整齐齐地晾到台子上的铁丝上。莲子见他那样子,在心里总要暗暗骂一句:"人都急得冒火呢,人家慢悠悠地在太和阵里呢!"

早饭过后,莲子就急急赶赶地出工了,老陈在家休息一天。老陈中午吃了馍馍,喝了一缸开水,权当午饭了。饭后,他闭上眼睛躺在躺椅里竟然做了一个梦,一个关于小女儿小雪的梦。他梦见小雪唱着《肖家女子马家人》在向他诉苦。在梦中,小雪在哭,他也在哭。面对小雪,他所有的愧疚如水面上泛起的浮萍在他眼前不停地动荡着,把他的心都搅痛了,脑子也荡昏了。他泪流满面地从梦中惊醒了过来,"唉,我的娃呀,你现在在哪里呀?你也不给我写封信报个平安?呕呕呕,我对不起你呀!"老陈不觉大放悲声。他家是个独院，邻居们出了坡，他哭成刘彦昌也无人知。等他慢慢平静了下来，自己不觉想起小雪去年出嫁前一些零碎的事情来。

　　李家人当时急着想娶小雪过门，提上酒跟他商量了两回，面情软的他就放了话。人家紧跟着脚步把婚期都看下了，开弓没有回头箭，一切都无法挽回了。当时老陈回家让莲子正式跟小雪说李家关于婚期已看好的事，他嘱咐右客："你要轻言细语好好劝劝女子，你当娘的好说话，我这当老子的怎么开这个口呢？"

　　小雪知道婚期后一趟子跑去找她的女伴进云了。见了进云，她啥话也不说，直拉着她奔向水泉后面的林子。她们一走进林子，惊得几只麻雀和老乖鸟扑棱棱飞走了，又惊得一只漂亮的野公鸡把一阵高亢的鸣叫声散落在冬天寂寥的山林里。小雪拉进云在一块石头上坐下来，进云迫不及待地问："你到底要说啥，赶快说吧，这么神秘做啥哩？"小雪望了望进云竟一时语噎，不知说啥好了，半天沉默着。进云看着小雪那有些苍白的脸，道："说呀，我等着呢。""进云，你说，我咋办？那死皮赖脸的李家人真是得寸进尺，今年就想娶我过门哩。不行，我们一起跑吧。拿点钱，我们跑出阴山县去，能走到哪算哪。我长了一双手哩，还能饿死吗？"小雪一脸痛苦地说道。"小雪，你光说跑，能跑到哪里去？我们女子家的，跑到别处去，人生地不熟的，上了人家的当咋办？到那时可就走到难辛路上了，叫天天不应，叫地地不灵，那时候你想回来就迟了。人言，出门门槛低，进门门槛高。只要一从这山坡坡上偷着跑出去，不在外面活出个人样子，就别想再往这来了。就是父母不说你，你也没脸回来。我说得对不对？""进云，你说得对是对，可我不跑，就成了李家的人了，只有认命了，那李家人无论我怎么黑风罩脸，都把他们撵不走，你说有啥办法？""唉，我还不如你，你找的对象最起码还能看过眼，给我说的那个真是三寸丁样的人，矮小黑瘦倒还罢了，又是个拐子。若是你，你还不跳崖了？若是有你李家小伙子那样的对象,我就痛痛快快地答应了。"

"进云,我们山里的女子难道就这么不值钱吗?为了走个好点的地方,就得嫁个不喜欢的男人吗?你和我的情况不同,你们家里是想把你留在屋里,找个上门女婿。我们这地方这么苦焦,方了不圆,圆了不方的,谁还愿意上这来做上门女婿呢?""小雪,叫你这么一说,我们就得找个瞎子、跛子过日子了?我才不哩,哪怕就是当女姑姑去,我也不答应他。"小雪望了望山坡上绿茵茵的冬麦地,长长舒了一口气道:"唉,我们俩是一条绳子上的两个蚂蚱,是一条枝蔓上的两个苦瓜,都是苦命人。所以,要我说不如一走算了。都说人挪一步活哩,草挪一步死哩,说不定我们逃出去还有个好前程呢。可你总前怕狼后怕虎的。""小雪,偷跑出去的话你就再不要提了,我们得守女子家的本分。这山坡坡上过日子确实苦,可再苦再累也是生养我们的地方,是我们的根呀!人常说,树高千丈,也得叶落归根。""进云,我是那种怕苦怕累的人吗?啥活都做过来了,啥苦也吃过来了,我这双手,粗得如柿子树的皮一样,可外面有些男人他都跟不上我们的半毛子。"

进云道:"我知道你确实很能干,可再有本事的女子也得嫁人,你还是听父母的话,嫁了吧。人不能太逞强了,该软的时候就要软,你娘老子最起码不会害你。"

小雪叹了口气,道:"唉,我现在只能这样,听你的,嫁就嫁吧。""啊,你终于转弯子了。"进云说。小雪一脸深沉说:"唉,大人们已经答应人家了,能反悔吗?再说家里穷,欠下了一屁股的账,爸爸的身体风摆柳一样,干农活又不行,看着都让人心疼。我太硬性了让大人愁烦也不忍心。"进云道:"想通了就嫁吧,听说李家人把婚期都看好了,在忙三倒四地准备哩。那李发生看起来也挺可怜的。"小雪却突然迸出一句话:"他可怜,谁可怜我呢?"进云看着小雪阴郁的脸色,笑着一把抱住她的肩膀道:"哟,真是的,我可怜你呀,这么漂亮的人儿,那李发生可能想得魂都丢了,你嫁过去还不把你捧在手心里，还愁没人可怜你呀？"小雪捏紧拳头打了进云几下，进云爬起来笑着跑开了。

她们从林子里转下来到了福香太太那里，福香太太笑眯眯道："小雪，听说你要出门了，可要好好把嫁妆准备，不能让河坝人笑话我们山里人呀。让你爸爸找木匠给你做个大衣柜吧，现在人家都兴陪嫁那个。"小雪听了一下子变了脸："说那干啥，我在自家门上还没站够哩，难道女子大了非得嫁人吗？我就不信不出门还活不出个人样来了。"

福香太太立即给进云递了个眼色，"这女子，越说越来劲了，人家婚期都定下了，你不嫁咋行？好也是嫁，差也是嫁，女子家就这个命，娘家再好，谁还能在娘家门上过一辈子？"福香太太拉着小雪和进云的手，看看这个又望望那个道，"看这两个女子越长越聪明了，真是女大十八变，越变越好看，小的时候毛不刺刺的，像那青杏子，现在看一个比一个水灵，长成个鲜果果了。"顿了顿，这个没牙的老太太又咕哝着给进云挤眼睛说，"那李发生真有福气，小雪配他可绰绰有余。"进云赶紧把福香太太捣了一下，道："老太太，我和小雪可是来听你讲老古经的，你的炕烧了没，我们帮你烧吧。"村里的娃娃不是缠宗太爷就是缠福香太太讲古经，他们知道福香太太装着一肚子的山歌和古经。山里人的炕都是石板炕，热得快，退得也快。两个女子快快帮福香太太把干蒿柴塞进炕眼里，点着了用长柯权顶进去，看着火大着起来，才走开了。这下子福香太太碍于面子没法推，只得讲。她把门关了，让两个女子和她都坐到炕上，自己用颤抖的声音哼起了《肖家女子马家人》来：

    肖家山的肖邦正花儿哟，养得三个女光棍；
    大女嫁到本寨子依儿哟，二女嫁到演武坪。
    肖家三女一朵花，把娃嫁给马家坝。
    马家坝的娃不爱，陪嫁一只水烟袋。

肖家女子马家人，十八岁上接过门，

马守业是一头牛，拉断犁头不回头。

她气喘地顿了顿才道："今晚上我给你们讲个真实的故事。刚才我唱的就是当年我们阴山县出了名的一个女杀人犯自编自唱的曲子。"这下子提起了小雪和进云的极大兴趣，她们把脖子伸得长长的，听福香太太讲。"啊，太太你唱的这个曲子是我们本地方的真事情？""我骗你们做啥哩，是我们本县白马峪河肖家山发生的一件真人真事。好像是道光年间，肖家山有位姓肖的秀才，据说他祖上曾给土司当过管粮官，人称肖邦正。他养了三个女儿，大女嫁给了本村人，二女嫁到了演武坪。唯独这三女儿名叫'三姑'的，长得是如花似玉，从小就让老子教着读书识字，学识过人，长大后，上门提亲的人很多，但都不合她老子的心意。演武坪村有个青年刘祥武，长得一表人才，请媒人上门求亲。三姑一眼就看上了这刘祥武，她老子看得上人，却看不上贫穷的刘家。邻村马家坝有一富户，很有钱，是出了名的有钱人。马家有一个儿子，叫马守业，长相一般，光知道吃喝玩乐，不爱读书上进。恰巧马家也向肖家求亲，三姑更是一万个不同意。可媒人的八面玲珑嘴，加上钱的面子大，肖邦正被马家的财富牵动了心，将女儿许给了马家。没想到，这三女子早与这姓刘的私订终身。最后，还是娃娃犟不过大人，三姑被硬嫁给了马家。由于心不在马家，三姑三天两头回娘家与刘祥武相会。第二年夏天，三姑在娘家，马守业接她回家，可三姑不愿回去。肖妈妈为了撮合三姑与马守业和好，让他们二人一起去河对面锄棉花。不料在过小木桥时，两人吵嘴，三姑一时火起用铁锄头打在马守业头上，马守业跌入河中淹死了。第二天马家坝金乡约报官，县长到现场验尸后，将三姑关进了木笼子抬回县衙。过堂审问时，三姑不怯场，说得条条是理，决不服罪。县长没法，只得押送上阶州。阶州又是一样，只得押送上了省城兰州。听说在押解的路途中，这三姑触景生情，把自己一腔的愁苦幽怨用山歌唱了出来,一路唱到了兰州。这刘小伙听说三姑将在立秋后被斩首,他自觉害了三姑,便在自己家悬梁吊死了。三姑在兰州听到刘小伙死了,自己思前想后,反正是个死,与其让人家杀头还不如一绳子上吊算了。最后两个人都死了,只有她的唱词《肖家女子马家人》流传到现在。"

福香太太一口气说完,自顾自又唱了起来。虽然她没牙的嘴里走风漏气的,但她很投入,唱到忘情处,竟双手舞动起来,两个女子也被深深感染了。

别人成双成对了,三女离乡在外了。
老娘歇在老爷庙,男女老少看热闹。
看见人家大人娃,想山想水又想家。
想起爹妈哭一场,丢不下的知心郎。

寂静的夜晚里,福香太太似乎已经全然忘记了自己,进入歌中悲愤的境界。女主人公性格十分泼辣刚强,为了争取爱情自由和婚姻自主,最后付出了惨痛的代价。这确实令人深思,值得同情。小雪比照自己的命运,眼里已经噙满了泪。她害怕被人发现,赶快走了出去,借着黑夜的掩护快快用手擦干,便告辞回去了。

回去的路上,她眼里的泪似涌出的泉水般没有停歇,她的小手绢已经被泪浸透了。她在心里一遍遍念着这个刚烈的女子肖三姑的名字,不知在为她悲哀,还是为自己的命运啼哭。

至于《肖家女子马家人》这首山歌曲子的插曲,是小雪出走后进云来他家串门谈闲时说出来的,不然老陈他当父亲的人咋知道呢?

第十章　小雪出嫁

莲子在家，整天早出晚归赶着干那永远也干不完的农活。在干活的间歇里，莲子思念小雪，回想了许多事，特别是小雪与李家人那段一开始就被大人们硬逼着就范的姻缘，如同她家那条结实的牛筋绳，生生套在小雪的脖子上。她作为母亲到底扮演了什么角色？她为自己的行为深深痛悔，那份悔恨在狠狠地撕咬着她的心扉。

1

莲子磨面去了，她冬天磨下的黄豆面已经吃完了。这山里人的日子一天没黄豆面就没法做饭了，真难挨。黄豆面为何被山里人如此青睐呢？一是它口感比较好，它是黄豆和荞两种粮食经过多个程序加工而成的混合物，在擀的时候还能掺些麦子面、苞谷面等；二是它营养价值高，山里人几天不吃黄豆面爬起山来就感到腿脚软，没力气，原因是黄豆的蛋白质含量高，能强身健体；三是它下到锅里不易化，精度高，是个很实惠的粮饭。

这天，早饭后，老陈就去放牛。他把牛赶到坡上后，自己找了块石头坐了。他又不自觉地想起了自己平生做的糊涂事——去年硬把小雪出嫁了。

去年腊月二十一日是小雪出嫁的日子，这里人习惯在女子嫁出门前一天女方家办出门宴，以招呼自家的亲朋好友。腊月二十，老陈家给小雪办出门酒宴，李家腊月十九就派李发生和其堂兄弟两人，背了原先在桌子上双方代表当面锣对面鼓敲定好的礼物——大米、酒礼、鲜猪肉、两条子烟及衣裳。小雪见到马上就成为她丈夫的李发生仍是一脸的冷漠，好似他们根本就是陌路人一般。李发生用眼角扫了扫小雪的脸，见她始终没向他望一眼，他感觉小雪心中有一种压抑的愤怒，一种令他害怕令他生畏的东西。可他又想，也许是他多心了，一个出门的女子，她已经答应嫁给他，水到渠成，大渠里的水还能流到外面去吗？人说，就是块石头也有焐热的时候哩，别说是个大活人。等我把她娶到家里，我再慢慢与她相处，我就不信把她暖不热。他又想起他妈给他说的话，女子家，总要烈一下哩，人说"能授一株萱麻，不捋一把青蒿"，情愿找一个烈豹子，也不找一个小绵羊。越是刚烈的女子才越有本事当家活人哩，只要你能降伏她，她就会对你一辈子忠心不二。这么一想，发生的心里倒轻松起来了。他吃过饭就早早回去了，他家里为他娶亲的事乱成了一锅粥，正等着他回去铺排哩。

老陈是个非常好面子的人，他的女子出门能不摆出门酒吗？给小雪陪嫁的大衣柜已经打好，小雪总是不热不冷的。十九日晚，远处的亲戚提前都来了，能帮把手就帮把手。老陈家的亲友邻居往来穿梭，大呼小叫，忙得热火朝天。他请了富生当厨子，打算做九碗两碟子的席。老陈提议让耀宗当总管，具体安排第二天的事务。

老陈给女子办的出门酒摆了十桌。腊月二十从早上开席一直到了中午才陆续把客人招待完。客人或拿酒或拿钱，一般拿两瓶丰谷酒就是好人情；搭礼是每人十元或二十元。老陈家招待人用的是海洋烟、酡头二曲酒以及九碗二碟子的席。外村的客人放下礼，坐了席，酒喝得醉醺醺的，才告辞回去了。至亲的大大即姑妈要留下来送侄女的，村里帮忙的右客刷锅洗碗打扫战场。

老陈派宝贵请来亲房人商量明天送小雪出门的人选。辈分最高的宗太爷被请了来，陈智老师、端公林、富生都是一个房的人，也都来了。最后定下叔老子（叔父）辈的三个人、姊娘两个、女伴两个。主送人是两男一女，男的是富生和宝贵，女的是小雪的大大玉珍。另外媒人巧珍是作为中间人去吃席的。宗太爷捻着白胡子笑道："有富生就行了，我要是再年轻些，肯定去凑一下热闹呢。当娘家人的，叫他们迎进来送出去贵气得很，若有一点不合我们的心意，还要给他们左一个不是右一个不是，好好做派他们一场呢。养一场人，娘家人就风光这两天，空摆两手光吃嘴的，谁不会当呀？"

晚上老陈家灯火通明，院子里、台子上都挂着马灯。莲子和小雪的大大玉珍就着煤油灯昏黄的亮光，忙着为她装嫁妆。啥都是成对成双的，不能装单份子。大衣柜里装了两床被子、几套小雪穿的新嫁衣，又装了两碗粮食、两双筷子。莲子最后又往柜子里小雪穿的衣服口袋里装了一百多元的压箱钱。这里讲究娘家所有陪嫁的家具里不能空着，而且要装上压箱钱，有把娘家人的财运带给女儿的意思。

莲子到村里请了两个人，一个是桂香，一个是进云，让明早给小雪"上头"。所谓上头，就是找上两个女性，帮新娘梳头。

腊月二十一日早上，最先到村落里的是吕梁坪来的几个背陪嫁的人和接亲的一男一女，穿着新崭崭的衣裳，提了新媳妇要穿的上马衣来了。全小凤村的娃娃大人都伸长脖子望着，像望西洋景似的，嘴馋眼尖的右客叽叽喳喳在私底下议论着。四个人全是精精壮壮的小伙子，是来背嫁妆的。到了老陈家，老陈殷勤地把客人接上，噼噼啪啪放了一串鞭炮。

老陈把吕梁坪人迎至厅房坐下，宝贵给客人装烟，雪花倒茶。

男方家接亲的人，还有女方家送亲的人都上桌子分宾主坐定，宝贵在酒杯里斟上酒，老陈连着敬了两杯。厨房里端出了九碗席放在桌子上，老陈满面笑容说："请，请，大家动筷子，客气啥，不成亲戚是两家，成了亲戚是一家么，客气啥哩。"

此刻小雪正躲在睡房里，由小雪的大大看着穿男方家拿来的上马衣——一件红红的翻领上衣、一条黑裤子、一双鞋袜和一条裹头的红纱巾。

小雪的脸剧烈扭曲着，对李家人拿来的那些从头到脚新崭崭的行头看也不看。玉珍左哄右劝给小雪往身上套着，旁边巧珍也帮着给小雪穿衣。刚穿好，小雪被桂香和进云两人拉着坐到椅子上梳头。桂香手里拿着梳子，往小雪头上一梳子梳下去，嘴里同时说道："一梳子梳来荣华富贵，二梳子梳到白头到老，三梳子梳的是早生贵子。"进云和玉珍则站在旁边庄重地随声附和一遍。

厅房里的客人吃过席喝过酒从桌子上下来，看着那装好的大衣柜高高立在那儿直龇牙，重倒不是太重，就是太高，舞轩轩的，看着吓人哩。最后大家把大衣柜放倒，横着绑上绳子背上了，一个小伙子背起来，又绑了一根绳子让另一小伙子在背后拽着绳子的一头，以防跌跤。背嫁妆的人先走一步，临出门，耀宗、老陈一再交代要注意安全，安全第一。

接亲来的女人是李家的老女即李发生的大大，还有李家的一个叔叔，都是能说会道之人。叔叔此时正给老陈两口子和送亲的人诚恳地用千般好言万般妙语下着保证："亲家们，你们就放心，小雪过门后，我们李家人会把她当成自家娃一样疼的，发生若有啥不周到处，让娃给我们说，我们会主持公道护着娃的；再说了我们都是一河里的人，不成亲戚是两家，成了亲戚是一家。"

小雪从昨日起就不吃不喝了，趴在床上淌眼抹泪，一脸的悲凄，让人感觉她不是去嫁人，倒像上杀场一般。本来是个喜庆事，作为新娘理应梳洗打扮一新，脸上写满密密麻麻的娇羞和美丽才对，可她天塌了一般哭个没完。这边她五十多岁的姑妈玉珍也为小雪的命运感到很茫然，因为她从小雪让她想起了自己的痛处，鼻子一酸，带着哭声劝道："我的娃，你就想开些，这做女的人不能在娘家门上待一辈子的，迟早要走这一步哩。两口子活人的事情谁都遇不全，小伙子勤快些且会疼人就行了。再说过日子关键还在女人哩，你这么能干的人，还怕日子过不到人前头吗？今天热火火来了这么多人为谁呢？你怎么也得给我们当大人的一个面子，衣裳穿得整整齐齐跟我出门去，不然让人家看笑话哩！到时候你娘老子下不了台，谁都交代不下去。人家会说那家的娃娃不懂礼，没有家教。今天你无论如何得跟我走，人家李家也有多少人在忙着置办酒席接你呢。我大老远专门做啥来了？还不是为我的娃来了。我们这么多送亲的人去跟他李家下码子，他们以后要是把你不当人，欺负你，动我的娃一指头，我们决不轻饶他们。"接亲来的李家老女又过这边来，也轻言细语哄着哭得水泡眼肿的小雪："娃，快别哭了，这眼睛哭肿了多难看，叫人笑话。娃，你就放心地跟我走吧。当女人，谁都要走这一步哩。到了我们那里，你就一百个放心。发生是个老实人，他要是敢动你，欺负你，你给我说，还有我这个大大给你做主哩。娃，你去了生人生地方的，也不要害怕。一回生，二回熟，你就是吕梁坪人了。这又不是在大河尹家坝哩，有多远哩，你想家了还不是像翻门槛一样，从山下到山上，一个河里的人吗。"小雪仍是啼哭不止，莲子无奈，把进云拉了一把说道："你去把我这妈妈架上走，背嫁妆的人都下沟了，她还不动弹，今天把事误下就麻烦了。她走也得走，不走了绑都要把她绑上走哩。"当母亲的莲子咋能舍得小雪走嘛，能干的小雪平时是她的左右手，帮她担了多少家中的重担，她是一百个不情愿放小雪走啊！可现在想挡也挡不住，此时她已经横下心来，把小雪撵都要撵到李家去。开弓没有回头箭，他们一家丢不起这个人。进云来到小雪跟前，拨开众人，帮小雪整了整衣服，与小雪的姑妈玉珍硬拉着小雪的胳膊起身了。

老陈两口子心里都不好受，可在眼下，小雪正在摆阵哩，他们得硬起心来，把小雪从娘家门上撵出去。他们张罗着一帮送亲的人把小雪拉出了自家院坝，进云和玉珍几乎两胳膊挟持着小雪出了家门外到大路上，小雪一路屁股往下坠着哭着不想走。等他们出了大门，莲子躲在灶房里的锅眼门旁长歌当哭："我的娃噢，妈妈、大把你养大了就得给人呀么，我的娃噢，以后的路就得靠你自己走呀么，妈妈、大把你红滋滋地养大了，使唤不上个啥就得给人呀么……"一时间长一声短一声的哭声回荡在小小的小凤村。

这个三十来户的小村庄，冬日里本来就很萧索，这几声长长的悲声猛然间响起来，把本来就很清冷的空气搅得流动起来，充满了些许慌乱和哀愁。哭声缭绕着，把喜庆的空气撵得什么都不剩了。此时太阳已经升起来了，只是一个白亮的圆圈挂在天上，没有多少温暖，照射到村庄里只是增加了几分光亮的气息。冬日的阳光本来就很温柔，如那一丛丛早春的迎春花散发的灿烂一般，令人赏心悦目。几只喜鹊听了莲子的悲声以为人在唱歌哩，竟比赛似的"嚓嚓嚓"地高唱了起来，从老陈家的椿树上飞到核桃树上，欢欢喜喜地在树枝上跳来跳去跳了几个来回。这太阳和喜鹊给小雪送行似的，冲淡了她母亲莲子用哭声带来的一些凄清的愁绪。小雪由进云和雪花两个女子架着走，老姑妈到底老了，扶了几步就累得直喘气，只好让雪花来替。小雪边哭边一瘸一拐走着，村里人无论老少都出来给小雪送行。看着小雪哭，听着莲子长长的悲声，心软的右客阿婆眼睛里竟也泪花闪闪的。本来是一件喜事，嫁女的娘家门上，却看不出一点喜庆气氛来，不知是喜是悲。

山里人的感情总是这么赤热和坦诚，出嫁的女子心里不管是高兴还是痛苦，她们第一次迈出娘家门，总要哭一场的。找个中意的女婿，从娘家门上出门时，心里即使再高兴，脸上也不能露出来，装也得装着极不情愿地让接亲的女人拉拉扯扯地走出村子。这一方面显示女儿家的矜持和尊贵，另一方面反映了新娘对陌生的婚姻生活充满忧虑。不然老年人见了会骂，这女子真是没良心，妈妈和大养了一场离开娘家门也不哭两声。像小雪这样子，找了个不中意的，出嫁时更不消说，被人硬拉硬拽地离开了村子。福香太太等老阿婆看了啧啧慨叹："小雪这娃真仁义，舍不得离开我们这山坡坡呀。"

走了好远一段下坡路直下了沟，小雪才慢慢止住了哭泣。

吕梁坪是方圆几百亩的一块坪，上面平坦，中间被山水沟分割成三块不连贯的坪，分别叫作吕梁坪、陈家坪、小坪。此坪高出河面一百多米，坪上建有房屋，剩余的地种庄稼。他们的地多在坪下的河坝里，一年种两茬，冬麦割了插秧栽水稻，水稻收完种冬麦。此坪距丹阳街较近，有十里路程，不需要爬坡上山，步行一个小时就到了。

小凤村里送亲的一行人走到吕梁坪村子下面，便停下来。富生派人到村口探望，不出他们所料，只见一帮子半大男娃手里提着笼子、袋子等站在那里待命，不用细看便知他们拿着苦楝子等打媳妇的东西。富生是主领队，认真交代大家："你们放心大胆地走，不要怕，越怕越不好，特别是女子们，你们都把围巾拿出来把头包上吧，头上打出个包包来就不好了。"女客们都把提前准备好的花围巾从包里掏出来叠成三角形，细心包到头上，裹成个花头头。右客们本来就包着青布大帕子，她们最怕打媳妇的人往她们的头顶打，因为头顶上只是盖了一层布。这里人的帕子包成个草帽子样，一圈圈擩上去，越宽越好，往往头顶还露在外面。这帕子最少也得六尺布。女客们一听打媳妇的娃娃站在那里等她们，赶紧把自己头上缠的帕子一圈圈取下来，又重新严严实实包了一遍，成了个乌鸦头。

打媳妇是这里的风俗习惯。老口诀说：媳妇是越打越新鲜。媳妇娶进门这天，男方家要提前组织村中娃娃准备这件事。一般都用苦楝子打，也有用核桃的，还可用萝卜丁代替。村中的娃娃难得遇上一件让他们兴奋的事情，他们生怕把自己落下了，把这当作一件大事来准备。到了办喜事这天，娃娃们撑上撑下，往新媳妇头上、脸上、身上大把大把地抛苦楝子，苦楝子雨点砸了下来。送媳妇的女客往往也免不了被打的礼遇，因为苦楝子是不长眼睛的。尤其当娃娃们打得把持不住了，一顿乱打，她们挨了打还不能声张，这是规矩。

走到吕梁坪村口，一大帮娃娃们手里扬起雨点似的苦楝子对小凤村送亲的人来了一阵迎头痛击，大家都抱着头从娃娃们跟前快快跑过了，大有抱头鼠窜的味道。特别是小雪一路走来都让人扶着，关键时候她突然一个蹦子跑了起来。她跑起来最溜耍，一下子跑在了众人前头。接亲的女人赶紧跟在小雪的后面，富生让雪花跑快些跟着小雪，怕小雪有啥闪失。快走到李家门口时，小雪是个十分敏捷的人，她拔开腿想跑进去，可那李家大大一把抓住她，不让她跑。李家门口的鞭炮噼噼啪啪地炸响了，他们严格按程序做了一遍，这才放小雪进门。

接亲的女人拉着小雪的手，把她送进了新房里，一队队调皮捣蛋的娃娃也嬉皮笑脸地跟进了新房内。娃娃们进了房子，都睁着一双双亮晶晶的眼睛看着新媳妇盖了红纱巾的脸，以他们的审美标准评判着这个新媳妇容貌的美丑。小雪虽算不上十分美貌，可她长了一张麦子色的鹅蛋脸，即便最近她把自己折磨得有些憔悴，一双明亮的眼睛也哭得红肿了，可藏不住她的俏模样。小雪的大大安排接亲的女人去做碗吃的来，让小雪吃上些压压饥。她是过来人，知道晚上还有难过经等着小雪念哩。新媳妇在结婚这一天什么人都可以摆布她，简直就是活受罪，多吃点饭增加一点体力才是正事。李家灶房里到处堆的是竹蒸笼和准备上席的碗和盘子。有负责做席的主厨师，有帮厨的人，有上席的，端盘子的，也有负责洗碗盘子的，这都是事先晚上安排好的。人来人往看似一团乱麻，其实是各干各的，井井有条。蒸笼里是扣下的白扣、红扣和红角丁肉碗子，还有肉丸子、豆腐、海带等九碗席的份子，每样往往放一扇或两扇蒸笼。这样随时从蒸笼里取出肉碗翻过端出来就上席，冬天里就能吃上个热汤热饭。接亲的女人去了一会儿便端来了一碗烩菜汤和一碗米饭，上面还放了些丁角子肉。小雪实在饿了，但心里不痛快，少吃了些。

过了一会儿，举行结婚典礼。小雪被她大大和姐姐扶着从房里出来到了院坝里，一张八仙桌边正襟危坐着两个人，都是吕梁坪村的头面人物，一个是村书记，一个是村主任。村书记主持典礼，说了几句开场白，都是吉利话："今天是大喜之日，是李发生和陈小雪两人喜结鸾凤的好日子。新郎官勤劳勇敢，新媳妇如花似玉，我们全村人都喜气洋洋。下面我提两点希望：一是希望小两口，特别是做媳妇的，首先要孝敬公婆，敬老爱老是人人提倡的传统美德，是家庭和睦的基础；二是希望小两口尽快完成任务，为老李生个大胖孙子，让老两口高兴高兴。我的话完了，现在由村主任颁发结婚证书。"村主任是个爱显能且拿文作样的人，他拿上李家人递来的一张红纸，笑着大声道："今天真是个黄道吉日，我早上起来，我们院坝里的喜鹊就喳喳喳地叫个不停，李发生的好日子也是我们村的好日子么。今天我高兴，顺便凑了一副对子望大家不要笑话。"他顿了顿才道，"阳光灿烂喜鹊登梅，山河锦绣鸳鸯戏水。现在我宣读李发生和陈小雪的结婚证书……"送小雪来的小凤村人听了，心里有了一种酸溜溜的味道，说不上是啥神经作怪。特别是富生和宝贵两个人听了心中竟有些不服气。吕梁坪人今天在我们跟前很显能，认为我们山里人没有文化，可我们小凤村人偏不是吃软饭的，不能当缩头乌龟，找机会让他们见识一下才行。富生和宝贵交换了一下眼色，两个人心照不宣地等待时机。

大家都坐席，八个人一桌席。李家也不能让媳妇的娘家人看笑话，做的也是两碟子九碗席，烟酒和老陈家的差不多。新媳妇都害羞，是不坐席的，小雪心里憋屈就更不愿坐席了。她大大和雪花只好在新房里陪着她。

到了晚上，男方的客人大都散去了，李家人和帮忙的亲房人都忙着打扫战场。送亲的娘家人，被热情的吕梁坪人全部留下了，他们分别被安排到了李家亲房的家里睡了。吕梁坪的一伙年轻小伙子吵着要闹洞房，送亲的叔叔、婶娘辈都知趣地躲起来了，只留下女伴和宝贵陪着小雪过这一关。闹房是结婚最后一道程序，也是该村年轻人最兴奋最感兴趣的一件事。

这些闹房的小伙子处心积虑使出鬼点子，用各种办法给新媳妇出难题，让她撕破脸皮，抛开女儿家的矜持和自尊，当着众人的面做各种"有伤大雅"的事。为了少叫小雪挨些打，进云、雪花陪小雪坐在床上，用身子把小雪挡住了，美娥坐在地下椅子上，三个女子可谓严阵以待。娃娃们不时进来抛一把苦楝子打在她们头上，她们不敢马虎，把围巾紧紧裹在头上脸上。但都无济于事，不时从房角飞来一两颗核桃打在头上，小雪"哎哟"一声，手摸着头嘴里吸溜溜地直叫唤。核桃的打击力最厉害，但因稀缺，一般轻易不用的。富生闻讯嘱咐宝贵给闹房的年轻人招呼："小伙子们，你们闹房，我们娘家人没说的，这是规程，可不能闹出啥乱子啊，出了事谁都不好说。"年轻人都嬉皮笑脸地应着。他们给新人出了几个节目：第一个节目是过桥，要求新郎和新娘一起手挽手走过那条窄窄的板凳。小雪不肯，小伙子们威胁道："我们是为你们开脱哩，你要不做也行哩，娃娃们就得打你们，你们看咋办吧。"他们说归他们说，小雪就是不动弹。新郎官李发生过来讨好地柔声劝道："你起来吧，这么多人给我个面子好下台阶。"雪花和进云一看这情景，怕失了礼数。雪花说："我扶着你，别害怕。"可小雪缩在床角，就是不理。小伙子们又想出第二个文雅些的节目：新郎和新娘唱歌。唱歌是李发生的弱项，李发生讨饶道："算了吧，我从不会唱歌的。""那不行，你说算了就算了，你不会唱了我们出个人可以代唱嘛。"一个小伙子声音硬硬地道。

小伙子们推举了一个念书的学生唱起了正流行的台湾校园歌曲《外婆的澎湖湾》，一个未发育好的男声，歌声充满稚气，很勉强地唱完了歌。歌声引起了雪花唱歌的欲望，她是个爱唱歌的人。恰在此时，有人吆喝着要娘家出节目，也要唱首歌，雪花自告奋勇："我代小雪唱一首吧，名字叫《军港之夜》。"说完她放开喉咙，婉转地唱了起来：

  军港的夜啊静悄悄，
  海浪把战舰轻轻地摇，
  年轻的水兵头枕着波涛，
  睡梦中露出幸福的微笑，
  海风你轻轻地吹，
  海浪你轻轻地摇，
  远航的水兵多么辛劳，

回到了祖国母亲的怀抱,

让我们的水兵好好睡觉。

军港的夜啊静悄悄,

海浪把战舰轻轻地摇,

年轻的水兵头枕着波涛,

睡梦中露出甜美的微笑,

海风你轻轻地吹,

海浪你轻轻地摇,

远航的水兵多么辛劳,

待到朝霞映红了海面,

看我们的战舰又要起锚,

嗯……

雪花竟然如此流畅、如此深情地唱完了这首流行歌曲,谁都没想到她一个书呆子竟会唱歌。雪花她有一个宽厚、朴素得未经任何雕琢的女中音嗓子,就如一块未经打磨刨光的顽石,尽管朴拙、稚嫩,但在这种情况下她有这个勇气站出来唱下去就不错了,一方面为小雪解了围,另一方面也为娘家人争了口气,不然让吕梁坪人看笑话哩。

接着有一个年轻的声音道:"下一个节目是摘仙桃,就是让新郎官把新媳妇抱起来用嘴摘顶棚上挂着的两个核桃。"小伙子们一阵骚动,都等着看热闹哩。小娃娃们更是欢喜跟上小伙子们凑热闹,婆家人取了核桃、枣打发娃娃们,娃娃们更加兴高采烈,拿起袋中的苦楝子照着新媳妇和其女伴头上身上乱打一气,她们几个都吓得双手抱着头。山里人的女子都是嘴上不饶人的,她们几个除了雪花嘴笨外,都有一张山雀样的快嘴,说话骂人如倒核桃一样。要在平时,她们几个早骂开了,哪受过这样的窝囊气!她们知道,打新媳妇闹新房,这是祖祖辈辈传下来的规程,不能生气,只能忍着。

　　李发生长着一张黑不溜秋的瓦窑子脸，由于兴奋，脸上泛着光亮，穿着一身蓝色的新军便服。他想拉小雪起来，无奈被进云和雪花一左一右挡住，他也无法，只得向闹房的人讨饶道："算了吧，这个也太出格了。"小伙子们不答应，有人道："发生，你真是个好女婿，还没过夜哩，就开始疼媳妇了，以后还天天抱上了抖哩。"有人说："不行，你发生会做人情，你就一个人做，还由得你了。"大家齐声同意："好，好好。"发生无奈，只得站到屋中间，跳起来够那挂在楼板上的核桃。他是中等个，跳起来也够不上，最后有人建议让他到门口助跑几步再够。发生照样子够了多次才把绑着的核桃硬拽了下来。大家都笑了起来，他们正愁着把新媳妇没闹上，这阵子把新郎官摆布了一把也算没白忙乎。

　　……

　　最后闹洞房的在小雪拒不合作的态度下弄得索然无味了，说白了大家都是看新媳妇的热闹和笑料来的，而新媳妇缩于墙角一脸正气，拒人于千里之外，又有三个女伴忠心护卫着，他们又不能来硬的，只得匆匆拉下这个逗笑的帷幕。李发生给他们都装了烟，敬了酒，大家又坐了坐才散了。

2

　　唉，小雪的事情给老陈心里留下的震荡和伤痛比啥事都深都重，这种伤疤是那种看不见的深深的痛，他一生中没有做过如此失败、如此让他后悔的事情。这件事情让老陈的整个世界观都发生了转变。他甚至开始怀疑自己一生中所信奉所坚守的一些东西。他一生为国家、为集体、为群众吃苦在前，享受过什么？又得到过什么呢？最后家里人图个平安都得不到，他到底半辈子风里来雨里去是为了谁？是自己愚笨、老实，还是太没用？最近他常常思考这个问题。

他把头勾到火笼上方吧嗒吧嗒抽着旱烟。唉,他把烟嘴从嘴里取出来,又叹了一口长气。在小雪的婚事上他心里是有愧的,他不会忘记小雪是怎样出门的,她几乎是被人从家里硬架着出去的。唉,可怜的娃呀,她不会理解当父亲的有多难,他为了她们甚至不惜丢掉自己的性命。他摸着胸口扪心自问,他是爱娃娃们的,对每一个娃娃都尽心尽力抚养。他虽说没让小雪念完书,可让她学了一门技术。在她学习裁剪班结束后,他又跑了趟县城,在缝纫部里联系,让小雪给人家当下手实习锻炼了一段时期,并想方设法买了缝纫机和熨斗,让她在家里学做衣服。现在的小雪啥衣裳也能做出来。人常说天干饿不死手艺人,他也算对得起二女子了。可没承想,小雪终于还是爬起来出走了,走远了,走得杳无音信。他想,也许是这女子在心里还没有原谅父母,所以不愿写封信回家。李家人曾扬言要来家中评理,他一口挡回去了:"我是养人的人,人是从你们家出走的,我那么大一个女子不见了,现在是活不见人死不见尸,你们还跟我评理哩?"

　　原来小雪出走是有前兆的。只是送女回来的人,合起来没透露一点。直到小雪出走后,巧珍背水时悄悄跟九花说小花在新婚之夜放了一把火,把新房里的被子都烧掉了。原来那天小雪在新婚之夜,着实做了个大事情。性格泼辣刚烈的她心里本来就不愿意,岂能就此屈就?据说当时夜深了,李家帮忙干活的人都走了,闹房的客人也散了,只剩下李家自己的人,李妈拿出枣和核桃专门找了两个右客来给新人铺床。此时送小雪来的娘家人和女伴都被主人安排到邻居家里睡去了,房中只剩下小雪和李发生两人。小雪被父母硬逼着嫁到此地,现在她怒火中烧,很想跳起来把新郎官怒骂一顿,再拍屁股一走了之。当然小凤村是不能再回去了,只有走得远远的,从此地永远消失,也就挣脱了一切束缚、一切烦恼,才可以重新做人。她曾这样想过千百遍,可她一看到多病的父亲和劳累过度的母亲,心就软下来。她瞥了一眼新郎官李发生疲惫地站在她对面,怯生生地望着她像望着老虎般不知所措时,她刚硬的心一下软下来,骂不出口了。她竟破天荒望着他开了腔:"我有些饿了,你给我炒几盘子菜来吃。"尽管她语气很冰冷,可毕竟她开了口,开口的葫芦总比闷葫芦好打发呀,发生竟有些受宠若惊。她这句话似一道圣旨,一下子赶跑了他几天来的疲劳,他连忙道:"噢,你等一下,我去灶房看一下,一会儿就好。"他赶快把即将睡觉的母亲和妹妹找着,催她们给小雪炒菜。好在做席的料当——肉和菜还有些,没费多少工夫,就做好了四个菜。发生和妹妹给新房里的小雪端了来,放到小方桌上,他用羞怯柔和的声音唤道:"你来吃吧。"小雪身子没动,仍然木头一样坐在床上。发生的妹妹也劝了一句:"姐姐,你趁热赶紧吃上些吧,一天都没吃东西了。"小雪转过脸给小姑子温和地说道:"你去睡吧。"小姑子只得道了声"你们早些睡",便退出去了。

新房里的电灯泡上包了一层红色的皱纹纸,一个小小的设计,竟使新房里的气氛一下子大变了。朦朦胧胧、喜气洋洋的红光此时照在发生和小雪两个心事重重的新人身上。发生听男人们说,对刚进门的新媳妇要会哄,再刚烈的女人也禁不住男人的甜言蜜语,三句好话暖人心啊。所以,他抱定了在媳妇面前百依百顺的思想准备,任她怎么发脾气都忍着,一定要过这个美人关。而小雪哩,想着李发生把我的老子哄服帖了,硬逼着我上梁山嫁到你家来,再休想让我服服帖帖给你家当媳妇。深夜里的一切都进入梦乡了,新房里就剩下两个人,本来接下来应该上演一场缠绵悱恻的爱情绝唱,新郎的一腔热血在沸腾,他多么渴望新娘那一双顾盼生辉的媚眼抛给他,哪怕就是偷偷觑一下他也好。李发生站在那里,低声下气连请了几次,小雪才勉强坐到了小凳上,拿起了筷子拨拉了几口菜。她根本没心吃,又放下了筷子,望着发生用命令的口气道:"酒拿来,我要喝酒。"发生犹豫着未动,想着这时候还喝的啥酒。小雪又道:"怎么?你舍不得叫我喝嘛。"发生和颜悦色地说道:"不是舍不得叫你喝,已经半夜了,明天你再喝行不行?"小雪耍赖:"你不给我酒喝,我就不吃菜也不睡觉,在这坐一晚上算了。"无奈,发生只得依她,取来酽头三曲,打开盖子,给小雪倒了一杯递给她,她一仰脖子一饮而尽;第二杯,她又是咕咚一声喝下去了。接连喝了几杯子酒,她竟然像喝凉水般一杯杯下肚了。发生惊奇地看着自己娶进门的新媳妇海量如此,心里七上八下的。小雪的脸如桃花般艳丽了,发生望着她心头一阵春风拂面般舒坦熨帖,把他刚才心里出现的阴云一下子驱散了。小雪倒了酒递给发生,发生心里一阵激动,想到媳妇还亲自给自己斟酒哩,在别人跟前板着一张脸,背后却换了一张脸子,女子家就是脸皮太薄了。而小雪此时想的是:我先把你灌醉了再说,你们本事大得很,把我娘老子串通好了,硬把我弄来给你当媳妇,今儿个我倒要看看你的能耐。小雪接连又给发生倒了几杯,她还破天荒面露笑容劝道:"喝吧,酒能解乏,多喝点,你也够累的。"

李发生自从跟小雪认识以来,小雪从没有说过如此温情的话语,这一下子发生了一百八十度的大转弯,他还有些不适应。不过,在新婚之夜,新娘几句软话,怎不令新郎官心花怒放!小雪一杯杯给他倒酒,他拿起杯子一杯杯闷头喝。他也许太高兴了,一高兴把啥都忘记了,不知喝了多少杯子,渐渐地,他的头感到有千斤重似的,抬不起来耷拉到桌子上。整个人好似坐在了一朵五彩云霞上,眼前是满园的鲜花,朵朵向他含笑致意。远处的小雪向她招手,他很想跑到小雪跟前去,可他怎么也跑不动,如神仙般在天空慢悠悠飘忽着。小雪看他趴在桌子上睡着了,她一下子来了精神,开始实施她的计划。此时的小雪在酒精的刺激下像只机灵的小猫,思绪快速转动着。浑身是胆的她推开房门,到院坝中望了望,见这院中房屋的灯都熄灭了,就剩下新房中的灯亮着。她眼珠子转了几圈,心想,我要用个办法,让他李发生永远对我死了这条心,我好跳出火海去。火海,对,就用火。这念头在她脑海中一闪,把她自己都吓了一跳。她小时候听陈老师讲过"火烧曹营"的故事,直把曹操烧了个全军覆没,大败而归,今天何不来个故事重演?她为自己瞬间闪出的念头激动不已。她几乎是三步并作两步地冲进新房里,举起酒瓶子来了个咕咕嘟嘟一阵狂饮。她已经觉不出烈酒刺鼻的辛辣和进入喉咙里的灼烧感了，睁着一双野兽一样的血红眼睛看了看新房的四周，见床上叠着一红一绿的锦缎被子，那大红色的被面上是一对织锦的鸳鸯，此时正悠然自得地在水面上交颈嬉戏。你们鸳鸯谈恋爱谈得好，我让你们见鬼去吧。她没再犹豫，就把手里剩下的半瓶酒浇到铺锦堆绣的新床上，手底下刺的一声，划着了一根随手拿到的火柴，往那锦被上一扔，火苗霍霍蹿得老高。她看着火舌蚕食着花团锦簇的被面，竟哈哈哈地一阵大笑起来。

　　她狂野的笑声把发生惊醒了过来，一睁开惺忪的醉眼，一股丝绸的焦煳味钻进了他的鼻孔里，他慢腾腾转过头来一看房子里烟雾弥漫，吓得他一下子跳了起来，酒醒了大半。他一边救火，一边叫喊："不得了了，着火了。妈、爸爸，你们快起来！"几桶子水倒在了婚床上，如霞似锦的花床刹那间化为一堆黑泥巴，好似一个如花似玉的女子变成了一个八十老妪，惨不忍睹。

　　李家人进进出出地忙乱一阵后，火终于被扑灭了。幸亏发生酒醒了，不然不知道惹出啥祸来。发生的父母问李发生这火是咋回事，他刚想说不知道，但话到嘴边又转了个弯弯："我喝了些酒，在点烟时不知道怎么就着起火来了。"小雪已经醉成一摊泥坐在那里头低下没吭声。她公婆气得脸发青，可当着刚过门的儿媳妇的面只能把满腔怒火往胸口子里压。婆婆只把自己的儿子发生轻言细语地数落了几句："你把那迷魂汤少喝点，事情还没过，就出这事情，叫人家看笑话，幸亏发现得早，不然把房子点着咋得了，叫我们还活不活了？"富生和宝贵睡在邻居家，本来就没睡着，听到大呼小叫的响动还以为出了啥事，赶忙猫儿跟头跑了来，一看是着了火，心里便咯噔一下慌了："哎呀，这是咋了，咋出了这种事呢？"当公公的老李接上话茬道："没啥，火越烧越旺哩，这把火烧得好。亲家们，把你们的心放到腔腔里好好睡去吧，是发生酒喝多失手了，怕啥，叫娃娃今天暂时跟我们挤一挤。"这小雪头脑被酒精搞得已经迷迷糊糊了，完全不知道该咋办，她被自己的行为吓蒙了。当她不知如何应对之时，她不承认的丈夫——李发生把一切大包大揽到自己身上，为她解了围；又遇了个识大体顾大局的好公婆，只轻轻一句话既顾住了娘家人的面子，又顾住了婆家的面子，真是四两拨千斤，便化干戈为玉帛了。

　　第二天起来，大家和和美美、客客气气，好像什么事都没发生过似的。李家把娘家人请来坐了席，不管发生什么事，他们没少一点礼数，给娘家送亲的两男一女每人一件衣料，其余送亲的女客每人都给了一条提花枕巾。小雪的大大玉珍把小雪单独叫到房子里，又如此这般嘱咐了半天："我的娃，你可再不能有啥想法了，嫁出去的女泼出去的水，日子过好过坏娘家人就管不住你了。你已经是李家人了，跟人家本本分分地过日子吧，我看你这婆婆公公都是大肚量人，是能容得下人的人。你就跟发生好好过日子，孝敬公婆，不要再弄出啥事来，不然娘家人的脸往哪搁？尤其你爸爸又是死要面子活受罪的人，你不为别人想了，一定要替你爸爸着想啊！"

　　送走了小雪娘家人，李家看起来仍是和风细雨的艳阳天，只是多了一口人，一切又走上正轨。

　　小雪的事发生的始末，老陈知道后从心底里佩服李家人能沉得住气，是个能包容能成大事的人家。李发生在关键时能勇于担当，这么好一个女婿，说明当初他没看走眼，是小雪没福气享受，最后事情竟然成了这样子，唉，一切都是天定的。

3

　　小凤村人仍是天不亮就起床，背水、做饭、下地忙活着，老陈和莲子也一样。环顾家里，空荡荡的房子里，屁股下又拉了一摞的账，一想起宝贵刚结了婚，小儿子还在上学阶段，都是伸手向她要钱的时候，莲子的头嗡一下就大了。目前最让她头疼的还是小雪，自从她出走后，他们能找的地方都找了，仍然杳无音信。尽管白天她在人前忙忙颠颠，一副兴高采烈的模样，可到了晚上一静下来她心里的那个难受只有她自己知道。幸好莲子是个大大咧咧的人，一天到晚就如一头只知干活不知疲倦的老黄牛，老陈都不得不佩服莲子的那份忍耐、那份坚韧、那份包容。面对她，老陈这个当丈夫的自愧不如，他不得不敬她爱她，对她刮目相看。此时他独自一个人躺在炕上又回想起去年正月初三宝贵拿上酒去吕梁坪接小雪的事情。

记得那是个傍晚，在夜幕四合之时，宝贵一个人垂头丧气地回来了。他说小雪自从嫁到李家，第二天等娘家人走后就病倒了，不能回来了。老陈一听，心里咯噔一下，一屁股坐到躺椅里手里摸摸索索掏烟袋。唉，十个指头伸出来一般长，养的这些骚门神，没一个让他省心的。晚饭熟了，莲子做的是家人爱吃的黄豆面，雪花把饭端来，老陈随意挑了几筷子，又把碗放下了，他没一点心思吃饭。他嘴里噙着烟嘴空抽着。莲子是个没心没肺的人，家里无论发生什么事，她饭照吃活照干。雪花小时候生麻疹，老陈在床前守了三天三夜没合眼，莲子却是外甥打灯笼一切照旧，照常出工照常睡觉。因为她知道地里的活是不等人的，老陈一发脾气可以坐在那儿抽旱烟不干活，她给谁靠去？吃完饭，一家人都坐在火笼旁，听宝贵说了一番小雪婆家的情况。李老婆子怎样在宝贵跟前诉苦叫屈，她当婆婆的如何忍耐，如何把小雪当女儿般侍候。很明显，她虽没明说，但言下之意则是以后小雪要有个啥好歹，与她无干。他告辞时，老李婆又满眼含笑说："让你们大人也不要太操心，我们家会尽全力给小雪治病的。"最后宝贵说："真是的，我今天在李家吃了一顿饭，都从脊梁骨里吃下去了。"

莲子是个心里装不住事的人，便哀叹道："这咋办？大人，你倒是说句话呀，养下的这个骚门神女子嫁人了都不得叫我们安闲一下。"老陈便骂道："你这张嘴消停一下，现在你问我，我问谁去？人说嫁出去的女，泼出去的水，能收回来吗？只好由她娃的命撞去。"莲子叹道："唉，就是，现在我们只好由她去，她生是李家人，死是李家鬼，就看她娃的命了。"

当时雪花一听急了道:"看你们说的,难道说一点办法都没有了吗?"雪花听了父母对妹妹的话很吃惊,深深自责的同时,也为妹妹不幸的命运愤愤不平。在她的思维中,小雪也应该像她一样求学上进。但她没想到由于自己好学上进,反而把妹妹一生的幸福赔了进去。啊,这是多么痛苦无奈的事呀,妹妹的不幸也有她的一份责任。

说是那么说,谁养的谁心疼,晚上老陈两口子睡下,便在炕上翻来覆去烙了一夜的饼子。最后两人作出一致决定,到了正月初五赶场时,由莲子去吕梁坪看一下病中的小雪,好好开导开导,老陈说:"你是当娘的人,去了好跟女子说话。"雪花呢左思右想,想帮助一下妹妹,她没时间看她去,只好写了一封信,让她妈带去。

正月初五这天,雪花起身赶回西城上班去了。莲子到丹阳街上赶完场,直接去了吕梁坪看小雪。进了门,小雪的婆婆,亲热地拉着莲子的手道:"亲家,你来得正好呀,我正盼你哩,你不来我才准备打发人请你去呢。"莲子一听心里咯噔一下,说道:"我不是来了吗,听说女子一直病着,一进门就给你们添麻烦,我这心里不得过呀,今天赶场,我特意来给你们赔不是来了。"婆婆就说了:"亲家说的这话就见外了,一家人不说两家话,小雪她进了我的门就是我的娃,她病了,我就得像对待自己娃娃一样侍候她,这是应该的。"莲子听了笑道:"你婆婆能这样,我还有啥不放心的。"莲子跟亲家谈了几句家常便到小雪房里来了,莲子进到小雪房里,小雪哭着说她自己在村里姐妹中如何聪明能干,到头来却嫁给李发生这样的人,心里真不甘啊!莲子看小雪的脸色如此难看,当娘的哪有不心疼的,她虽然嘴上劝女子不要哭,可她眼里一下子噙满了泪,带着哭声说:"我的娃,你就不要折磨自己了,是我们不对,把你硬嫁过来了,我今天来就是给你赔罪来的。"小雪是他们当大人的硬把她从家中架走的,可当时不那么做他们咋下得了台?大人难当呀!

当晚莲子主动要求与小雪睡一晚,发生到别处睡去了。莲子坐在炕上,给小雪比前比后劝说了半晚上。"我的娃，你现在嫁到了李家，就是李家人了，自古以来都一样，只要女子一出嫁就是人家的人。当初我被你爸爸娶到山里来，我怎么也不同意，再怎么我们村在河坝里，条件好些。可我是个孤儿，娘老子都不在了，由你的舅母和比我大几岁的侄儿做主，硬把我嫁给了你爸爸。你爸爸这个人啥都好，就是两点不好：一个是把公家的事情看得重，我生养了你们几个他没有侍候过我一回，生宝平时把我的老命差点都送上了；二是对别人太好，遇上对自己心意的人恨不得把自己身上的肉都剐下来给人吃上，正经对我却不怎么关心，不过他对你们几个还是上心的。遇上你爸爸那样的人，我咋办？年轻时我也闹过，可看着你们几个像那刚出壳张口要吃的小鸟娃，心就软下来，咬牙过到了现在。我从来也没说过怨过谁，日子每天还得过。每天眼睛一睁就忙得猫儿跟头的，啥都忘了。人啊，不能啥都太较真，糊涂些好……再说你的这婆婆公公，我看是个能容人的人，你来也十几天了，该知道他们的为人吧？有的女子出嫁后遇上个恶婆婆，还不过日子了？你没看我们村里的福香阿婆和你的巧珍大大吗，吵闹了一辈子，还不得照样过日子吗。"

雪花给小雪的信如下：

小雪，听说你病倒了，我要走了，没时间看你去。我知道你得的是心病，你不能自暴自弃，要振作起来，好好吃饭，把身体养好了才有力量干别的。你跟李发生的婚事，能过就过；实在不能过就离了算了，不要太委屈自己了。

第二天早上，发生妈做了回锅肉和米饭，算是招待亲家的。那老李脸一直阴沉沉的，与莲子坐在一起，那股冷硬的空气从他身上扩散到了莲子身上。莲子分明感觉到了，她知道李家人有话要说。她想，不如自己先打破这个僵局，便苦笑道："我这回来给亲家添麻烦了，我说随便吃些就行了的。"老李道:"正月里大过年的,你大老远来了,咋能叫你吃碗酸菜饭就走呢?"他说完才让道,"来,吃饭,吃饭吧。"莲子便端起了碗,扒了两口米饭,又放下碗道:"我们的小雪嫁过来就睡床生病,确实给你们找了不少麻烦,你们当公公婆婆的,都是好人呀,我算找着了个好亲家。人心都是肉长的,我做娘的人只有对亲家感激不尽。我昨夜给她比前比后地劝了,你们当大人的把心也放下来。只是我们家离得远,顾不上她,以后还得要你们请医生把她治好。人说嫁出去的女泼出去的水,她有病我们也没时间侍候她,把她看一眼就得走人,一切都托付给你们了。"老李两口子一听莲子那么说,他们脸上的皱纹才慢慢舒展开来。

吃完饭,莲子去小雪房里坐了一会儿,当娘的人又给小雪嘱咐了半天,交代了一大堆。告辞出来时,那李家人都送了出来,最后就剩下两亲家婆,那当婆婆的神神秘秘小声对莲子说:"我们都是当娘的人,每天晚上看起来两个人在一起睡哩,实际上却分在两头各睡各的。你说让我这个当婆婆的咋办哩?这些事还是要你当娘的打开这结哩。"莲子听了脸上霎时变了,青一阵红一阵地不好意思起来:"亲家,真是对不住你们。这样吧,等小雪能走动了,我再来一趟把她接上回我们家住两天,到时候我再给这个骚门神女子好好开导开导吧。"

莲子回到家,给老陈一五一十地说了一切。

夜已经深了,可莲子的心一刻也没闲着,她想着想着,竟睡着了。

第十一章 送 礼

1

十月的天气，山上再也没有漫天的云雾了，一切都变得清晰起来，明亮起来。山上的树木颜色更加五色杂陈，如一面斑斓的大屏风，其中的黄栌叶子红得更加绚烂更加丰厚更加有韵味，它不是那种娇艳的红，也不是苍老的黑红，而是那种成熟稳重的红。不过，一早一晚仍有一抹若有若无轻纱样的岚气笼罩着山峦，似少女心中的轻愁般朦胧。

这个坐落在大山深处的小村落，曾在特殊时代激荡过热烈过，现在包产到户了，他们恢复平静过着自给自足的日子。虽然温饱问题解决了，但是交通闭塞，人畜饮水不便。是的，水的问题已经到了非解决不可的时候了，这个重担已经无可厚非地落到年轻一代的小凤村人身上。自从春明被选为队长后，他知道自己太年轻了，村里人并不服他。常言道：嘴上没毛，办事不牢呀。要想众人服他，自己必须得办成一两件大事情，摆在那让人看看，他的能耐到底有多大。他只有高中文化，可他知道一个理，不管谁，要想在这山坡坡上立住脚，必须要有实干精神。不然的话，吃屎去都让猪婆给抢去了，别说吃饭了。

年轻人一腔热血，一点就沸腾起来。想到村子处在大山上，基础条件实在太差，首先要办一件让大家认可的事情，自己的威信才能在村子里树立得起来。村里急需要解决的矛盾是吃水问题。这吃水问题怎么个解决法，确实是个难题。前一代人不是没有做下样板，耀宗他们就曾在蒲子村老林里修了一条长长的水渠，把老林里的溪水翻山越岭引到村里来，可后来渠断了水没了。距村子最近处的水源在小沟村，可水位低，有一面山坡需要潜水泵才能把水抽上来。想到这想到那的，他越想越睡不着，一宿无眠。

早晨起来，脸上苍白得没有一点血色。他娘看在眼里，关切地小声问道："春明，我的娃，你有啥事不要搁在心上，多跟你爸爸商量，他到底比你多吃了几十年饭，也比你老练些，啊？""知道了，妈。"吃完饭，一家人上到坡地，准备拔黄豆。他的娘老子心疼他，让他专打捆子，可春明硬要拔，让他妈去打捆子。春明干啥活，都有一股子狠劲，进了地里头勾下，拉开架势，只顾双手拼命地拔。一阵阵，他们身后放着一堆堆已拔倒的黄豆苗子，地里一下子亮堂起来，被人剃过的光头似的，只剩下刚剁过的苞谷秆的茬子还长在地里。父子俩老茧重重的手，硬被豆荚划成了一道道血口子。拔黄豆这活，重到不重，可就是太扎人手了。

中午了，一家人坐在地边上，一边吃着从家里带来的白面蒸馍，一边闲谈。九花先开口道："哎，春明，你今天脸色很难看，有啥事说出来。你现在当了队长，遇到的难题肯定不少，让我们给你想想办法。你别小看，你爸爸村里人都称他是'小算盘'，能掐会算的。"寿林听后嘿嘿笑了："看你说到哪去了，我的春明肯定比我强多了，文化程度比我高。不过，我的经验比他多些。"春明道："爸爸，我这几天想，这水的问题咋解决呢？一来从小沟村往这引水，但得有潜水泵，这样一来，成本就高了；二来从蒲子村老林里引出来的那股水，水势大，水质也好，是下坡路，不需要牵引什么，只是路程太远，至少有十七八里路吧，修水渠的工程量够大的。"

寿林扬了扬他那张红脸道："娃，这引水的事情，我们村里也是老调重弹，这回要做就要一次成功，不能失败。你要多跟张书记商量，向乡上的领导多汇报，要在领导面前谦虚些，让他们给你多想想办法，最好能争取些资金来。"春明答："我知道，乡长书记跟前我已经去过了。"

下午，九花一人在地里拔，寿林和春明把黄豆捆子头朝外根朝里，一左一右打颠倒，连秆带豆荚背回家。家门口有一株核桃树，他们准备把黄豆捆子架到核桃树杈上。春明上到树杈上，他老子在树底下往上递，一阵阵，便在树杈上塑起了喜鹊窝似的黄豆塑子。这里的人秋收时节家家户户门前不远的树上都塑起了黄豆塑子，从远处看，真似一个个吊在树杈上的大鸟窝，富有诗情画意。

山里人忙活了一年，地里的庄稼全收回家了。金黄的苞谷棒子扎成把子倚到房楼架上，或塑成圆柱形的大疙瘩吊在台子上的楼柱上。有的人家把栽了几年的纹党挖了串成串子搭在台子前的杆子上晾着，晚上再把党参串取下来搓，等晾干了背到丹阳场上卖个好价钱。房前屋后的桃树、杏树、核桃、石榴、梨树、苹果等树的叶已经发黄了，远处看，金灿灿或白玉样的苞谷塑子点缀在土墙青瓦间，俨然成了冬天山村里一道靓丽的风景。

一天晚饭后，老陈背着双手，踩着椿树落叶，爬到村子高处的寿林家串门来了。九花正榨冬天的酸菜，房中立了一个一米多高的大筲桶，九花把大铁锅里烫过的甘蓝菜用木马勺往盆里舀，舀满再倒入筲桶。寿林则把生了蚜虫的甘蓝叶子用扫帚一片片扫净，切成丝，再背去水泉淘洗。

"寿林啊，你们两口子可真是勤快人，已经榨开酸菜了。"老陈笑容满面地说道。

"全贞哥，快坐，坐。"寿林起身让座，完了又热情地对九花嘱咐，"放下手里的活，去给全贞哥掺酒去。"老陈笑道："客气啥？把你的活干。"

阴山县山里人所说的"掺酒"，指家中来了客人，把醪糟酒往碗里舀一勺子，加上开水冲了，加一勺白糖，端给客人当茶饮。这种酒一般用苞谷、麦子、高粱、大米、黄米、苦荞甚至柿子都能做。赶场时，买来做酒的曲子，然后做成掺酒。酒味是否醇正，关键在曲子的好坏。据说那曲子做法十分讲究，用了十几种植物的花骨朵酿制而成。女人们在谁跟前买的曲子酒味最纯正，互相传开，下次就又去此人跟前买曲子。

老陈喝了九花端来的醪糟，与寿林说了几句村中引水的事情，最后被九花的话匣子引到小雪的事情上。老陈听了脸一下子变了色，寿林看着不对劲，忙用手捣了一下边干活边东一柯杈西一拐耙乱说乱侃的右客的胳膊肘，然后给她使劲挤了挤眼睛，九花这才闭了嘴。小雪的事情对老陈来说是他的软肋，不提便罢，一提起来他心里就犯病。可村里有人偏偏要当他的面提这件事情，如同揭他的老伤疤似的，让他又羞又恼。他很想说一说自己的苦处，可他张了张嘴，没说一句话，待了一阵便起身回家了。

2

秋庄稼基本从山坡地里收回来了，小凤村周围的山坡地上，远看如褪尽了羽毛的母鸡，光秃秃的，没一点神采。山坡地经过一春的孕育、一夏的生长、一秋的成熟，已经疲惫不堪了，像那枝繁叶茂的树，纷纷褪尽叶片蓄势休整了。就剩下几处已剐倒的秋荞还趴在地里晾着。庄稼中数荞花开起来最好看，虽说她们的个子很瘦小，可她们紧紧挨挨地挤在一起，远看似一朵朵粉红的云霞飘落在山坡上。等花谢了，荞叶变成了一只只红蝶，一颗颗黑黑的籽粒缀满枝头，山里人就该开镰剐荞了。山里人叫剐荞，其实就是割荞，左手揽着刚割下的一把荞，右手把荞秆撒开成一个圆锥形立在地里，一个个品字形排列，那样子似娃儿捉麻雀时支起的簸箕棚子。等荞干了，就在地里平一块场坝，再用连枷打了，把黑珍珠似的荞装进麻布口袋背回家，拉成糁子，做凉粉吃，或掺上黄豆糁子磨成黄豆面吃。

新队长春明吃完晚饭后，站在大门口连着大声吼叫了几声："哎，村里人，都听着，夜饭吃了到大门口来开会，有要紧事商量哩，每家每户都得来人噢。"月亮睁着那双又明又亮的眼睛，清冷地挂在村上头那座鹰嘴石黑乎乎的剪影上。山村里的房屋及未褪尽叶子的树木都沐浴在如水般纯净白乳般润泽的秋月中。这种融融的月色洗去了山里汉子一天拼命干活的疲惫，他们有的别着旱烟锅，有的口里噙着烟锅子，都悠闲地踱着小步来到村子中心的大门口。老陈也来了，他这个老积极分子自从回家来怪闷的。现在包产到户了，各干各的，村里人在村子里碰上也就打声招呼，平时农忙时节，连个说话的人都没有。他这个半辈子在外面跑下的人，一听村里有了集体活动，啥时候都跑在前头。人陆陆续续来了些，还没到齐，春明等得不耐烦，就问："这半天了，还有谁家没来人？"老陈四下里看了看，说："端公林、黑猫、牦牛家还没来人。"年轻人都是急性子，风是风的火是火，春明站起来吼道："林贵爸爸，林贵爸爸。"有人答道："来了，就来了，急啥子哩！"是端公林的声音。春明又跟着叫："黑猫，黑猫。"有声音答："来了，来了。""你把那快些，就等你了。"

等端公林、牦牛和黑猫都到场了，春明大声说道："再没来的不等了，今天开这个会有个重要事情给大家说呢。我们村子呢，目前最大的问题就是吃水难，既然大家选我当这个队长，我虽然年轻，可也不是不当事的人。我写了申请，与村上张书记去乡上书记乡长跟前跑了好几趟。乡上把我们这事情上报到县里，等了这个把月，现在终于有了回话。县上把我们这些吃水困难的村子，都挂靠给省上的以工代赈救济项目。现在好办了，我们全村人出劳出力修水渠拉水管，拉水管子的花费，全由国家出；咱村的人只出劳力但不白出，国家还按出工多少给补助粮呢。你们说，多好的事呀。"他说完，似一块石头投进了湖中，水花四溅，众人哗然了。

"哎呀，事是好事，只是天下哪有这么好的事叫我们做呢？多少年了，说老实话，哪一回集体的事我们都不是白出力，哪有倒给酬劳的呢？"端公林首先冒怪声道。牦牛接上话茬："就是，现在说得天花乱坠的，到时候粮食到手里才算呢。我们辛辛苦苦干一场，临完了别连根毛也沾不上，干看两眼没奈何，能把公家人有啥办法？"大家你一言我一语，似乎一下子都倾向了端公林和牦牛的话头，总之一句话：他们对此事都持怀疑态度。春明越听越双眉紧锁了起来，心里的火苗一下蹿得老高，他强忍着没跳起来反驳。他牢记他老子寿林说的,无论遇上天大的事,都不能发火,都要沉住气,耐住性子,干成大事的人没有一个屁股不稳的。可说归说,忍字头上一把刀呀,年轻人血气方刚的,要把心中的怒火压住又谈何容易。春明正要发作的时候,老陈抽出嘴里的烟嘴子站出来说话了:"我说两句,这事情我看这样。一来,现在我们按乡上领导说的,先干着再说。现在只要国家给我们把水管子、水泥等支援一下,就解决大问题了。说老实话,要是国家不给咱投一分钱,咱全村子人还不得凑升升兜碗碗地干?这是给我们子孙后代造福的事,大家就不要说三道四扯闲经了。二来,至于国家给工钱兑换粮食的事情,是一种对我们贫困地区的变通救济,国家让我们出力把自己的事办了,还发救济粮,大家不必怀疑。我们全村子人现在劲要往一处使,心要往一处想才行,老话说得好,众人拾柴火焰高,人心齐,泰山移。不要前怕狼后怕虎的,啥事都干不成!"

老陈话音一落,春明接上道:"刚才我把话说了一半还没有说完哩,大家就发了一通意见。当然,大家有各种想法也不奇怪,这事情对我们村里来说,多年来可能还是头一回遇到。大集体那会子,村里老一辈为集体的事,力没少出、汗没少流,确实伤了脑筋。这回呢,虽说啥都是公家出,可我们也得出点本钱。乡长安排,要请水利局的技术员来给我们先勘查路线,写出实施方案,还要指导施工啥的。说是说,我们多少得给人家水利、粮食等部门的领导准备点礼物,不然空着两把手甩上,咋好意思向人家开口要钱、要物、要粮呢?这都是我和村上张书记的意思,人家乡长书记可没说。我考虑呢,我们山里人能给人家送个啥呢?送天麻吧,这没在季节上,现在还找不上,大家夏天挖下的可能早就出手了;送花椒吧,也没在季节上,大红袍花椒早就没了;送几吊子腊肉吧,经过一个夏天,这两天的肉都变味了,怎么给人家送?你别说,这事还真把人给难住了。有人给我出了个主意,你们看行不行?让大家每家每户兜份子,出一只活鸡,最好是红鸡公,要是实在没有鸡公的,鸡婆也行。我想呢,这拉水的事情是给我们全村人造福的事情，我们不能在这点事上小小气气的。"

端公林插上话："嘿，你们看，我说哪有这么好的事情给我们呢？果不其然，还是得放点血。唉，我们家还没喂下个鸡呢，你说，春上孵下的一窝鸡娃子，晚上都被野猫子叼去了，这下咋办呢？"

长着中等个子、皮肤灰白、脸颊瘦削的陈智老师开口道："我说两句。我听了上面几位都发了言，总的一句话，这回春明可是新官上任三把火呀，这才没过多久，就把这拉水的事情弄了个眉目，算是有本事的娃。我们应该全力支持才对，再不能说三道四了。我们村子这么多年来，天天为吃水排队奔波，有时半夜三更也得起来背水，大人娃娃没个白日黑夜地忙，有时候为争水的事撕破脸皮，吵架打捶的事还少吗？现在既然国家为我们解决资金，往村中引水，这简直是天大的好事情，我们应该感谢党、感谢政府才对。大家要齐心协力，要拧成一股绳，把这件事情办成。至于每家子出一只鸡，这虽说是额外负担，可我们要算大账呢。假如国家不投资，让我们自己凑钱干，光这十多里远的水管子得多少钱？一家人别说出十块，就是出一百元恐怕也买不来；还有水泥、水龙头这个那个的，得多少钱才能凑够！账经不起细算，一细算，就吓一跳呢。这项工程关系我们子孙后代，我们出一点力也是应该的。说老实话，也就是现在改革开放了，国家的政策好，要是在旧社会，谁来管我们吃水难的事情呢？"

到底是当下老师的人，一席话说得村里人心服口服、哑口无言，平时那些抠鼻痂子煮茶喝、爱算小账的人都头低下不言传了。还有一些人都说了自己的心里话，对往村中拉水一事表示一百个赞成，最后耀宗做总结性的讲话，坚决拥护国家以工代赈的政策，一锤子定音，村里人的意见都得到统一了。此时的月亮一边在清冷的天空徜徉，一边偷听着山村人或慷慨、或激昂、或平静的说话声，向坐在大门口的小凤村人洒去满天清辉，也投去最温柔、最明媚的笑容。最后耀宗和春明他们还定了几条规定：一是家里有鸡公的尽量给鸡公，实在没鸡公的给鸡婆也行；二是对于个别没养鸡的人家，自己出钱买只鸡拿来；三是必须在后天赶场的清早，把鸡集中起来，由春明和老队长耀宗把鸡送进城去。大家一致通过，再没说二话。于是男人们磕掉烟锅里的烟灰，把烟锅子别到裤带上，站起身拍拍屁股上的尘土，踏着如银的月色陆续散去了。

3

赶场这天一大早，春明站在大门口喊叫了一声："哎，村里人都把鸡快些拿到大门口来，快些噢。"初冬清冷的空气在收缩、凝固着，老陈院坝里的桃树上，挂的几串削过皮的柿饼上已落了一层白乎乎的霜。远处有乌鸦在岭上地里不停地飞旋叫唤，仿佛在说："饿呀、饿呀。"几只麻雀缩着头叽叽喳喳围着柿饼转圈子，好像在说："冷呀，这是什么，怎么啄不动？"黎明的曙光中，周围山峰上的树林便成了斑驳陆离的朦胧图案。小凤村里到处充满着鸡公鸡婆撕心裂肺的啼叫声，一时间小山村仿佛成了鸡遭灾的刑场。一家家守候在鸡圈门上撵趟子抓着一只鸡，用带子绑缚住鸡腿和翅膀，再提着翅膀拿到大门口来了。老陈到底是老陈，啥时候都把公家的事看得真。他家只有一只报时打鸣的红鸡公，他硬让莲子绑了给队长抱了去。莲子噘着嘴死活不同意："拉只鸡婆去算了，又不是不让拉鸡婆，我们家里就这一只鸡公，大清早我还靠它给我叫鸣哩。""你看你，真是小气罐罐子，人都拉鸡婆，你拉只鸡公能把你亏死，明年再孵一窝鸡娃？"莲子嘴撅得有三尺长，临完了还得听老陈的，把自家那只红冠子、红身子雄赳赳的大鸡公抱了去。

最后，二十多只花花绿绿的鸡公鸡婆，摆在大门口上，搞得像一个卖鸡的市场似的。端公林拿了只邻居家的小鸡婆充数，黑猫家也拉了一只小鸡婆。春明看了干气没奈何，"唉，人呀，十个指头伸出来都不一般齐，何况几十户人家呢，像全贞叔那样高觉悟的人毕竟不多呀！"

他想，怎么把这些鸡拿到六十多里外的阴山县城去？没办法，山里人运货物，做啥也少不了那竹子编的背篼。背篼，是山里人最亲密无间的朋友和伙伴，一出门上坡下沟的，少不了用它装东西。有多少东西，一装到背篼里，背到背上，当下就利利索索的。山里人就连那几个月大的奶娃子，也是用一种特殊的花背篼，那背篼编得很精致，老陈曾买了一个背过贵平。那种背篼与普通背东西的背篼不同的是，里面中部编了个小孩屁股坐的台子。尤其在夏天酷热的天气里，把娃娃背在那种背篼里，用带子拴牢，上山下河，通风透气，很凉爽，娃娃大人都不受罪。

　　春明决定把耀宗拉上给他做个伴，不管咋说，人家干了几十年的村干部了，啥场面没见过，待人接物肯定比他初出茅庐的人有经验。没想到，耀宗答应得很爽快。他和耀宗两人把二十多只鸡背到丹阳街，幸好，有辆大卡车进城去。耀宗出面给人家司机殷勤地又是装纸烟又是点火，好话说了一背篼，司机终于同意让他们连人带鸡搭车进城去。可司机就是不走，让春明他们干急没奈何。磨磨蹭蹭到中午，进了张家开的一个小饭馆，耀宗向春明递了一个眼色跟随而去，直等耀宗和春明两人赔着笑脸主动请人家吃过饭，司机才上车。"唉，谁叫我们是山里人呢，出门就走到难行路上了，坐车简直比登天还难。"春明嘴上没说出来，在心里独自感慨道。

　　站在大卡车上，春明看着车要从丹阳河口出去进入大河里白水江岸了，山沟口一阵凛冽的冷风从他们的头上刮过，把他棱角分明的头型，用一把梳子似的刮向脑后。耀宗戴着帽子，把他有些染霜的鬓发吹乱了。已是初冬天气了，公路沿线的几个村庄，几丛高高的慈竹、橘子树和几株围绕在房前房后的棕树还生机勃勃地撑着绿油油青春的伞盖，让人眼前一亮。另外白水江两岸坝地里大片的冬小麦已经出土发绿了，尽管是很浅淡的一抹草绿，却给初冬的白水江两岸点缀了一丝活生生的气息。这里的冬天地里仍长着一棵棵青翠的白菜，一畦畦碧绿的菠菜，一畦畦灰绿色的蒜苗，它们旺盛的生命力，让人感慨。走过尚德乡，沿路大片碧绿的橘子树林里，仍挂着流丹溢彩的橘子,坐在车上看去,像一串串流动的风景。你看,冬天也是一样充满活生生诱人的景致呢,春明心情激荡起来:河坝里就是好呀,菜在地里就能越冬,不像我们山里,一入冬大地就沉闷起来。多日为村中拉水的事愁闷的春明,此时心情一下子舒展了。

时间指向下午三点半,那辆老解放车才摇摇晃晃地走进县城。老将出马,一个顶仨。耀宗出主意道:"春明,我们把这两背篼的鸡先放到外面,不要直接进人家机关院子,这样影响不好。我看着,你去找水利局领导说,看人家怎么说,同意了再进去不迟。"春明道:"老支书,你去吧,我看着,那赵局长我不认识,别来个不搭理就麻烦了。""怕的啥?啥人也是人见的,再大的官你把他当作长着眼睛鼻子的普通人,你就心不怯了。我退下来站在后面给你出个点子还行,再不能在前台绕,挡你们年轻人的道了。"春明看了看自己的身上,穿戴还过得去,便昂起头走进院子。他礼貌地给办公室一个趴在报纸上的"眼镜"递上一根纸烟,道:"主任,问个话,赵局长在吗?"那"眼镜"抬起沉重的眼皮从镜片上面瞄了瞄春明,再看看他手上的天水烟,也许嫌烟的档次低,没接。几秒钟后,春明尴尬地把烟放到桌子上了。那人爱理不理,道:"我们局长忙得啥样哩,你找他啥事?"春明耐住性子客气道:"主任,我今天从丹阳来,为村子拉水的事找赵局长,麻烦你了。"那人干脆把脸转过去对着那张报纸,假装没听见。春明只得走出来到另一个办公室里去,见有个女的在,他走进去又客气地问道:"大姐,赵局长在吗?"那女士抬起头来,答道:"你出去朝左拐第二间就是赵局长的办公室。"她又站起身走到门边给春明指了指方向,春明赶紧笑着说:"大姐,麻烦你了。"他想,同样都是机关里的人,为啥两个人的态度截然不同呢?人啊,就会戴上有色眼镜从门缝里看人。

第十二章　上当受骗

1

原来，小雪的出走并不是八月里飞雪——惊乍乍猛然发生的事情，而是有一个精心策划和准备过程。她娘走后，小雪心里似点亮了一盏希望的明灯，让她已冰凉死灰一般的心一下子发起热来。她挣扎着下了床开始在房里走动，并按时吃起饭来。见小雪终于展开了紧锁的愁眉，李家人眼里都有了笑意。婆婆转过身子对老汉说："嘿，到底要老母猪出面哩，莲子来劝了小雪，她竟起床来了。"李家人以为是莲子劝动了小雪的心，发生妈开始给小雪变着花样做吃的，发生呢早出晚归开始出工干活。

这次雪花给小雪写的信，虽然只是提了一下，让她不要太委屈自己，实在不想过就离了。在当时，雪花能大胆给小雪指出那条路也是做了思想斗争的。她刚回家时看到小雪一步步被父母逼上梁山，自己竟然束手无策听之任之。当宝贵告诉家人小雪可悲的境遇，父母听了竟然还说什么"嫁出去的女如泼出去的水收不回来"之类的话，她对自己妹妹的命运产生了深深的同情和忧虑，也为麻木不仁的父母感到震惊。读过书的雪花，没想到在自己家中竟然上演了只有旧社会才有的婚姻悲剧。这件事对她心理造成了极大的震荡。经过一夜的辗转反侧，她由刚开始满腹的痛悔自责，最后变为一定要用实际行动搭救妹妹走出去，让小雪彻底挣脱婚姻的桎梏。此时她的心，就像那一只张满风帆的小船，在沉沉的海面上想为妹妹寻求一条生路。

她知道这件事非同小可，木已成舟，人说"能拆十座庙，不毁一桩婚"。她想来想去，她还不能明说让小雪一走了之，只能点一下就行了，免得让李家人抓住把柄，说她当姐的把妹妹拐走了。

小雪把那封信看了几遍后，她从姐姐轻描淡写的态度中看懂了点什么。对，离了他！可刚结婚就去离婚，李家人肯定不放手，还有那一大笔彩礼钱咋办？思来想去，只有跑了。对，偷跑，跑远了，再慢慢挣上钱了还掉李家的彩礼不就行了。这样一想，小雪心中突然一亮，仿佛在山野灰蒙蒙的雨幕中发现一处温暖的房屋似的，她挣扎着从床上坐了起来，下地走动了。她的脑子兴奋起来，快速旋转着：要从这里逃出去，首先要有钱，自己出嫁时的压箱钱有一百多，她一直装着，只能将这钱作路费了。去哪里？她想，去找姐姐吧，最起码有姐姐照应着，可李家人找来咋办？不，要走个生地方，越远越好，让李家人找不着才行。去哪里呢？姐姐上学时常从四川昭化坐火车，对，就去昭化。

当然她知道这个办法实在是没有办法的办法。虽然姐姐在外地工作，但她不能去找，因李家人知道。怎么找安身的地方，咋解决吃饭问题？小雪想，身上的钱还不能都买了车票，得留些住店钱和饭钱，如果马上找不到活干，哪里住哪里吃？

小雪在李家转变了态度，吃了几天饭，恢复了气力。李家人以为小雪想通了，愿意跟发生过日子了，所以放松了警惕。小雪瞅准机会，最后终于成功逃脱了李家的囚笼而远走了。所以，才有了开头的一幕。

当小雪坐上阴山县至昭化的班车到达昭化，找到昭化火车站后，她看了站内墙上挂的列车表，到宝鸡和到成都的价格差不多，决定买去成都的票。她从没出过远门，也没坐过火车，心里一直很忐忑。看票上的时间，再看挂钟，离开车的时间还早，她就出去吃了一碗面，再回到候车室候车。

第一次坐火车，她新奇地注视着火车上的一切。她估算这一个车厢的座位大概有一百多个，反正比她上学时的一间教室大多了。货架上放着旅客们大小不一、五颜六色的旅行包。她刚上火车坐稳，一阵铃声响过，听到火车巨大的喘气声，接着一阵哐当哐当的响声响过，火车便朝前慢跑起来。火车开动后，小雪看到跟前坐的人往车厢两边去，并且站着在排队，没一会儿又转了回来。她想，那些人在干啥？她很想去看一看。她第一次出门连水杯子都没带，身上除了带了一些换洗衣服外，她什么都没有。她一直坐着，后来她才明白，厕所在那里。她早就听人说火车上有厕所，现在她才真正见识了。她也想去方便一下，可她不放心自己的东西，只好背上去厕所了。

此时，有一双贼亮的眼睛盯上了孤单的小雪，从她的穿戴上判断出，她是一个农村女子。她浑然不觉，仍神情忧郁地坐着。

过了些时候，一位西装革履的中年男子，四川口音，白净的脸，走过来问小雪愿不愿意进工厂，他说他是重庆长江机械厂的徐经理，并拿出一张名片给小雪看，又说厂里要招一些女工，一个月八十元的工资，至于工种根据个人的情况安排。他问小雪有啥特长和技术，小雪听了，眼睛里放出光来，想都没想，用阴山县话答道："经理，我懂技术，学过裁剪缝纫的。"那人听了笑道："那好呀，我会给厂长建议，给你安排个好的工种。"接着那人又询问小雪名字、年龄、籍贯、文化程度及婚姻状况，小雪都一一做了回答，只对婚姻撒了谎，答没有结婚。此人郑重其事地记录在本子上，最后又问小雪："你有同伴没有？"小雪如实答："一个人。"

2

小雪一下子放松下来，她想感谢老天爷，令她十分担忧的生活路，没想到不费吹灰之力就有了着落。她天真地把一个陌生的男子当成了她的救命稻草，不承想，危险像一条毒蛇，正吐着信子向她扑过来。

她和此人从成都下车后，徐经理领她接着买了去重庆的火车票，她跟着此人在火车站周围匆匆吃了一碗饭。小雪本想给他买饭的，想着以后让人家关照的事还多，可姓徐的自己买了饭自顾自吃起来，小雪也没再勉强。

在成都去重庆的火车上，小雪和此人虽然在一个车厢，座位却不在一起。不谙世事的小雪也没多想，根本没有看出姓徐的有啥问题。她考虑自己的钱快完了，一个刚上班的人还拿不到工资，咋办？只有向姐姐要了，父母手里没钱，即使有也不能要，免得自己的行踪暴露。

昏昏沉沉的小雪在夜里睁开疲惫的眼睛，车厢顶上开着一盏昏黄的小灯。她站在玻璃窗前望着外面漆黑的夜晚，影影绰绰的；望见一些山峦、树木在窗外飞快地向后退去。火车已在一片山区飞驰。小雪望着那些完全不同于自己家乡房屋的黑影，心里一下子塞满了空落和茫然，好像跌落到了一个陌生的黑洞一样。自己这是到哪里去？这个徐经理自己到底了解他多少呢？她仔细回味这个姓徐的一路上的表现，隐隐约约感到这个人背后似乎藏着巨大的秘密，猜也猜不透。此时此刻，她真想趁着徐经理不注意从一个小站下去，再想法谋生。唉，走到哪里，都是两眼一抹黑，生人生地的，谁肯帮呢？小雪思谋再三，决定还是硬着头皮跟着姓徐的往前走，走到哪算哪吧，自己的命运只好交给老天爷了。

夜里，徐经理带小雪下了车。此地是啥地，她没听清，有楼房，有商店等。小雪下了车，又问姓徐的："这是啥地方？"他用川腔嘀咕了一句，小雪没听清。她还想问清楚，可一个白皮肤的娇小玲珑的女人来车站接他们了。徐介绍说是他表姐，小雪赶紧叫姐。她把小雪从头到脚用显微镜一样的眼光察看了一遍，直看得小雪一阵难受，觉得脊梁骨一阵阵酥麻酥痒的，好像有虫子叮咬或有针刺她一样。她在心里暗想，这女人的眼光真毒。

小雪一脸狐疑，心里七上八下直打鼓，事到如今，即使她不愿意跟人家走也不行了。她已经成了人家刀板上的一块肉，只得任人宰割了。

小雪一边走，一边东张西望着。地上湿漉漉的，空气里同样是一派雾水。

街上的房屋并不整齐，旧房与新房子错落着，大都是二三层的楼房。在小雪眼里看来，此地似乎跟自己的家乡阴山县城差不多大。她跟着那个女人的脚步走着，从一个小巷子出来，又钻进另一个小巷子。

小雪与徐表姐走进一处有花和盆景的院落里，徐表姐让他们坐下，不一会儿拿来了茶水和一份点心。小雪实在渴极了，拿起杯子就一饮而尽了。

开晚饭了，端出来的是大米稀饭，两碟小菜。小雪吃了一碗，肚子空着还想吃些，可主人并未劝，她只好打住，放下碗筷。等经理他们都吃完饭，徐表姐先安排小雪到一旮旯里的小屋子住下。

小雪一个人坐在那张冰冷潮湿的床上，环顾整个房间，只有一张旧床。床上的被褥很破旧，窗子上挂了一张旧窗帘，几乎盖不住窗子。墙上很脏，抹着乌七八糟的东西。小雪仔细瞅着脏污的被单，心里一阵厌恶，她不觉将自己的身子挪移到床边沿上坐着。越看越恶心，她就强迫自己不要看那些床单，头转向窗外望着。她心里愤愤的，很想去找徐经理说一下，要床干净的被单来。可她迟疑了一下，还是将就一下吧，谁让她出远门哩？谁让她不安分待在家乡，跑到这举目无亲的生地方来呢？

她倦怠地坐了一会儿，困乏袭来，她已两天没好好睡一觉了。爱干净的她怎么也不想躺倒于此，脑子不想，可身子已不听她脑子的支配，拽着她不由自主地瘫软到了这张肮脏的床上。

半夜里小雪被一阵敲门声吵醒，她只好和衣起身开了门，为首的是徐表姐，领着一个男人。小雪很忐忑，惊问道："你们有啥事？"叽叽喳喳的徐表姐道："你快起身收拾好，跟他一起去工厂上班。"她说着顺手指了一个五大三粗的男人道："你跟上他，他是车间主任。"小雪望着面前这个陌生的男人，在深更半夜叫她开门，她心里犯疑惑，便道："徐表姐，这时候深更半夜的，让我一个女子家跟他走，我人生地不熟的，我要等天亮了再说。徐经理呢，我要见他，是他把我领来的，就这么神不知鬼不觉地把我打发了，他是啥意思？"徐表姐见她这么说，不觉把小雪上下又打量了一番，绷紧的脸上缓和下来，拉着小雪的手笑道："我的好妹子，我表弟他家有事前夜就走了。本来他要跟你打招呼的，可看你已经睡了，他让我跟你说一声。他走前再三嘱咐我，让我把你当亲妹子看待。你这么漂亮，我一见就喜欢你，恨不得让你留下来陪我，可你的工作要紧。这个兄弟也是我们的亲戚，他也是给你帮忙，你就放心跟他去。这方圆谁也不敢惹咱们。上班后，过一个阶段，我再去看你。"她如此说，单纯的小雪真不知道该咋办呢。她又拍了一下小雪的肩膀道："妹子，你等一下，我送你一样东西。"说着走开了去。小雪一下子没了主意，她望了望房子里的这个男人，他正用一双小眼睛审视着她，像什么呢？她一时想不起来，她突然很怕似的浑身打了一个激灵。正当她迟疑的当儿，那男子却走了过来，不由分说，帮她收拾东西。她想用手拦阻他，可她的嘴只张了张没说出来。徐表姐来了，手里拿着一件旧棉衣，说是送小雪穿，天气冷。小雪用手推道："我怎么好意思拿你的衣服呢？我有衣服穿。"她虽生长在山区，可从小长大从未接受过别人的施舍。她骨子里存着一种意识：别人穿过的旧衣裳对她的自尊是一种伤害。可人家一片好心，硬给她塞进了包里。如此这般，小雪再不好意思说啥了，只得跟着那个男人上路了。门口停着一辆面包车，她被那徐表姐推搡着上了一辆面包车。

　　坐上车后，小雪好似一块肉饼被几个男人挤夹在中间。此时此刻，淳朴如山花似的小雪，她再愚钝，已明白自己被挟持被绑架被劫掠的现实。她从几个五大三粗的男人身上读到的是一种严阵以待的紧张，而不是去工厂上班自然而松弛的情绪。车前亮着灯，两柱灯光刺向墨黑的夜。面包车飞快地载着她这是到哪里去？她从车前灯光的暗影里知道，车已出了城，向农村驶去。难道农村有工厂吗？她只能乱猜一气了。小雪从小就有一种好性情，有啥事喜欢往好处想。此时此刻，她只好又往好处想了。若让自己的大脑天马行空般胡思乱想，千奇百怪的想法会纷纷出笼，把自己都会吓死的。是啊，但愿这不是绑她上刑场，不是挟持她当绑票就行。可如果是别的什么，如硬逼婚让她就范咋办？想到此，她不自觉地望了一眼那个男人，不想他似一只饿坏了的鹰正打量着她。她心里一阵惊惧，她脑子转动着，接下来会发生什么事，她能应对吗？她身上的每个细胞都长满了刺，严阵以待着。

3

小雪从车里出来，几个大汉前后左右"护佑"着她，进到一个院落里，她已感到情况不妙，那个接她的徐家远房表哥突然变了脸，一脸阴森可怖。几个人进到房里，小雪还没坐稳，一个中年汉子进来稳稳坐下，给小雪正颜厉色道："听说你是外地人，既来之则安之，今天你就是这个家的女主人了。"接着他用手一指那个男人说，"他就是你的丈夫，你还有啥说的吗？"此人长一张黑黑的脸，高个子，五大三粗，小眼睛。小雪一听耳朵炸了起来，回道："不是说好让我到工厂上班去吗？什么女主人不女主人的。"那人一听用川腔厉色道："你还是放明白点，现在到了这里就由不得你了，好汉不吃眼下亏，他可是花了大价钱才把你弄到家里来的。"小雪听了脸色大变叫道："啊，他，他把我给卖了……天啦……"当她听到这个人面兽心的徐经理，把她骗到这举目无亲的地方用大价钱出卖了时，她站起来大叫了一声跌倒在地，昏了过去。

小雪不知过了多长时间，她醒了过来，她发现自己躺在一个小屋里，门紧闭着。

对了，她想上厕所，有人来一定要求一下。饭可以不吃，水可以不喝，但这厕所不能不上，真所谓水火无情哩。正想着，一个轻飘飘的脚步声传来，门开了是一个老妇人。她有六十岁光景，花白的头发剪成了齐耳的短发，瘦削的脸上一对小眼睛很狡黠，一副很精干的样子。她端着一碗大米稀饭，放在桌上，把她看了一眼，用四川话问道："你叫陈小雪吧？名字很好听。

你刚来我们家,我们本不该这样待你的,可你知道,我们是花了四千块钱把你从人家手里买来的。你要是甘心情愿给我儿子做媳妇呢,我们就放开你,叫你吃好的穿好的。你说你愿意不愿意吧?"小雪听了想了一想才道:"我现在到了你们手上,说不愿意有啥用?人常说到了哪个山头就唱那个山头的山歌,也许这就是我的命,我只有认命算了。只是我有一件事,你们要允许我回家一趟,婚姻大事得让父母知道,按礼过事。不然我不明不白到你们家算啥事?"

那老婆子听了,脸上一阵红一阵白的,乍晴乍阴地笑道:"你这么想就对了,真是个明白人,至于你的父母,我们哪有不认之理,你先吃饭吧。"小雪道:"让我先去厕所方便一下。"老婆子听完转过身无言地走了出去,又哐啷一声从外面锁上了门。小雪望着她的背身子"哎哎"了两声,气得她恨恨地跺脚骂道:"老家伙,黑心的老家伙。"刚才小雪本想直截了当地一口回绝她,可身陷囹圄的她想:不如先答应下来,稳住他们,以后再找机会逃出去。她知道目前的状况,她一个孤身女子跟人家硬来只能碰个头破血流,只能再软刀刀细绳绳慢慢跟他们磨吧。

原来小雪望着那老女人转身回去后,她是跟家人商量对策去了。这家人姓王,就只有一对孤儿寡母。小雪刚进这个家门,给她一顿冷棍的那个中年人,是王家的叔父。此时,王家母子正和王叔父在屋里嘀咕着,王母道:"他叔,你给拿个主意,这个女子提出来要去认她的父母,还说要按礼过事,她就同意给我家做媳妇,我再从哪里弄钱去,你说咋办?"老王听了喝了一口茶,沉吟片刻,才用那硬朗的声音开口道:"这个女子可不简单,在这种时刻还提条件,你知道她说的不是缓兵之计吗?如果我们把钱拿上跟她认去,不一定还被她告发,她的家人不把我们抓去坐牢才怪呢!这可是犯法的事情。"老王几句话说得王母脸色大变道:"他叔,这事情我可全靠你做主,我一个妇道人家哪知道这是犯法的事呢。你侄子又不经事,啥也不懂,你就给我们好好拿个主意吧。"老王又喝了口茶,说道:"你做婆婆的先口头答应她，就说现在没钱，等以后有钱了再说，你对她生活上还要做出关心的样子，人心换人心嘛。"王母接口道："就是，她刚要求去上厕所，这一天她都米面未沾了，她又是刚从远路上来的，出啥事就麻烦了。"小王也接口道："就是，她别出啥事，把我们弄个人财两空就麻烦大了；我们不能啥也不干天天看贼一样看着她，她一旦逃走，我们的钱也就打水漂了。"老王又呷了两口茶，才抬起头发话道："这个事，还真难处置，人是长腿的动物，你能把人家看得住。不行你们先让她吃饭上厕所，但要寸步不离地跟着，用好言好语好态度哄着，先叫她不要跨出这院中一步，以后再慢慢想办法。"老王和王母来到小屋，老王虚情假意安慰小雪道："让你受委屈了，你就多谅解他们母子吧。他们孤儿寡母的也不容易。你只要安安心心地在这家里待着，为侄子生个一男半女后，我会为你做主，让你风风光光地回趟娘家。现在还不行，她家里再没钱，能空起两把手见你的父母去吗？总得有个见面礼拿上，买套衣服啥的。"

小雪听了想了想，道："我被人骗了卖给你家，咋也不能就这么随随便便给你家做媳妇吧？就是买只鸡，你也得撒把米吧？"老王听了跟王母交换了一下眼色，道："你说得有道理，那我让她家给你好好做顿饭吧。"

小雪听了有气无力地张了张嘴又闭上了。她知道说也白说，人家花钱把她买来是干啥的，能让她马上轻松地离开此地吗？只能是她的妄想。她跟着王母去了一趟厕所，王母一直在旁边等着，完了又领她回来看着她吃饭。这回小雪没客气，吃了两碗稀饭。王母安顿说让她好好休息，她出去后，又把房门从外面锁了起来。

小雪听着锁门的声音停止后，又一下子躺在了床上，睁着眼睛，望着屋顶出神。她从这两个老的不温不火的态度中知道，他们不会白白放过她的，除非她能拿出高于她身价的钱来赎她的自由。否则，毫无疑问，她在这里会失去自由。接下来，她不敢想象，会发生什么事。一个手无寸铁的女子，还能有什么好果子吃呢？她恐怕连自己的身体都不能保全任人宰割了。她咋办？是屈从王家人，乖乖做人家的媳妇呢，还是表面上先答应下来，再找机会逃出去。自己身无分文就是给人打工，甚至讨饭也要找回自由。这回上当，小雪可是彻底清醒了；这回的一头冷棒把她打得是晕头转向不知东西了；这回的教训够她一辈子咀嚼了。"老天爷呀，您若有灵，就救救我吧，我真成了人家菜板上的一团肉，任人剁了。"人的心啊，咋这么狠毒呢？那个一脸正经的徐某人，现在想起来真是太歹毒了。他在她面前是那么谦和，她竟然把他当作了贵人，一个正人君子。真是知人知面不知心，画虎画皮难画骨，怪自己太幼稚了，还能怪谁？想起来，她跟徐某人到成都来打工这件事，自始至终都是她一个人做主，没有一个人可以商量。此人轻而易举就让她上了他的贼船，天真的她还沾沾自喜地认为找到了一个新靠山呢。记得当时她很兴奋，从未出过远门的她，一颗心扑腾腾跳到了嗓子眼。她期待着跟随油头粉面的徐某人能彻底改变她的命运，给她暗淡的青春涂抹上一些亮色……

可如今，那个漂亮的肥皂泡彻底破灭了，留给她的是无尽的灾难和痛苦。天啦，自己这是怎么了？是自己不听大人的话，不安分守己做一个贤妻良母，异想天开想改变现状，结果碰着了一个贪婪凶狠的大灰狼，而且是狡猾成性的狼，她成了狼嘴里的一块肥肉。啊，自己真是无知！小雪想到此，无奈地哭了起来。

第十三章　技术员上山

1

春明找完赵局长，晚上住到旅店里，便把白天遇到的窝囊气给耀宗发了半天："嘿，真是小鬼难见大神好见啊，那些机关里的人不知咋的，一张报纸、一杯茶就是一天，见人一副傲慢的样子，装得斗样大的人，不知在哪儿做啥哩？"耀宗笑道："娃，你才经来个世面，今天还算顺利的，人家赵局长再没拿捏人就收下了，哪能那么容易办个事哩！"耀宗如此这般用自己的亲身体会把春明劝了半天，春明心里才平顺了。

第二天大早，耀宗和春明两人快快到小饭馆里，每人喝了一碗大米稀饭吃了两个包子后，一起去了水利局找赵局长。赵局长把两个手下的人叫到跟前交代："你们两个跟上他们去，他们就是丹阳小凤村的干部，让他们带着你们勘测好引水的路线，预算好资金，尽快写个施工方案出来。"完了赵局长介绍他们互相认识了一下，那两个人一个是张技术，一个称刘主任。春明看着赵局长派的一老一少，那老的正好是他昨日遇到的"眼镜"，那少的姓张，给他的第一印象还不错。只是这"眼镜"刘主任，凭他昨日的印象判断，可不是个善主，他心里直发怵。

赵局长给他们派了单位的一辆军绿色的吉普车，送他们到丹阳。他开玩笑说："行，你们可直接坐到丹阳，完了就靠自己的双脚往山上爬了，你们丹阳要说是个出人才的地方，文明不过丹阳河呀！清朝时，丹阳还出了个名震江南的何道爷呢。"耀宗自谦道："啥文明不文明的，还不是老辈人说着耍的，说起丹阳还是个大街市呢，可就是没放班车。我们村还得仰仗大局长您多关心呀，只要把我们吃水的困难解决了，我们全村老少再给你们敲锣打鼓挂锦旗。至于公路，到刘家坪去的公路倒是距我们村不远了，现在改革开放了，有你们这些为老百姓着想的好领导，我估计也快了。"赵局长笑笑说："我们尽量给你们从上面要这笔款子吧，你们的困难我知道，哎呀山里就是苦焦些。"

车一进入丹阳沟，坑坑洼洼的土石路面，使得吉普车剧烈颠簸起来了。前面碰上几头牲口，司机一个急刹车，那戴眼镜的刘主任，头一下子撞在驾驶室里的挡风玻璃上。耀宗关切地问："刘主任，要紧吗？我们这上了年纪的人可不像他们年轻人，得注意些。"刘主任笑笑说没事。

从城里出发一个多小时后，车走到丹阳街，耀宗让停一下车。车停下，耀宗把春明拉下来，背过人给春明安顿道："你得买箱酒回去，不然怎么招呼人家？钱你先垫上，到时候让村里集体处理就行了。"他俩到商店里去买了一箱子酡牌曲酒，一条子大前门烟，再贵些的酒烟也买不起，这已是山村人最高的级别招待了。春明让车从丹阳再往东去跑了五里路，到了尹子村，耀宗又对师傅说："师傅你就多辛苦一下，把我们顺便送到红晔坡去，免得刘主任他们两个爬上坡路，太辛苦了。"师傅却故意说："哎呀，那十盘旋，不知道车油够不够。"刘主任道："哎，人家老支书说哩，你就去嘛。"司机再没说话，一踩油门，轰隆隆地上了盘旋山路，车后是一路烟雾腾腾的滚滚尘土。

从红晔坡往村里走，路途还算平顺，不用费多少力，一个多小时就到了。他直接把来人领着去了自己家里，先安顿下再说。春明知道，山村里最缺的就是睡处。外面去个人，条件好些的人家，不用找睡处；条件不好的人家，把客人安顿到自家，自己到别人家凑合。春明知道自家在村子里还算是条件好些的人家，恰好有个闲铺，被子也干净，让公家人去睡还过得去。

他的娘老子都出坡干活去了，这晌午饭咋办？他又去跟耀宗商量，这城里的客人还是在村里吃派饭为好，以后为拉水的事，上面要常来人，单靠一家子负责招待这样不公平。今天恰好桂香在家，就先从耀宗家开始吧。每家子轮流给公家人做饭，一家一天，得拿出山村里最高的招待水准，白米白面精工细做，再做一顿肉吃，实在没肉的人家擀黄豆面也行。春明把他的意见说出来，赢得耀宗的满口喝彩："哎呀，春明，小龟儿子，你锭子大点人，没想到安排得稳稳当当的，我真服了你。"春明谦虚地说："哎，小辈在您面前显能了，比起爷来还差得十万八千里呢，今后还少不了啥事让爷为孙子多操心。""娃，你说这话就见外了，我们爷孙子穿的是一条裤子，还用得着说嘛。"耀宗笑道。

晚上，耀宗的右客桂香给客人做了捞米饭炒了回锅肉。春明和老陈两人都来耀宗家陪刘主任和张技术喝两杯。耀宗在火笼里架上火，人围着火笼一圈坐着。山里人平时劳累乏了，都是喝两口闷酒，不会划拳的。耀宗和老陈倒是见过划拳的阵势，就说："今天我们向你们城里的领导学两拳，你们可不能小气啊！"耀宗看了看老陈和春明两人一老一少的，老陈有胃病，春明又没经过大场面，就谦虚道："哎呀，我们都没经过大场面，你们就将就些，划'砂锅子'简单些。""行哩，没问题，那简单得很。"酒杯子拿来，春明先把酒斟上，端起杯子给刘主任和张技术每人敬了两杯，并说道："哎呀，我们这山上条件艰苦，比不得城里，你们为我们村的吃水问题大老远来了，我作为队长应该给你们多敬两杯酒，非常感谢啊！"完了耀宗、老陈都起身敬了。一圈子敬下来，刘主任扬起手说道："再不能敬了，划拳划拳。"春明让耀宗先来，自己先学学再说。

"砂锅子。""砂锅子。""没拳。"

"石头。""石头。""没拳。"

"水。""水。""没拳。"

"砂锅。""水。"耀宗脸上堆满红光笑道："刘主任，喝，你的水被我的砂锅聚住了。"刘主任笑道:"这次不算,算练兵,算练兵。""行哩,行哩,你是客么。"耀宗笑道。

"石头。""砂锅。"耀宗的脸一喝酒就如一朵盛开的红玫瑰,他笑起来把脸上的红光抖落了一地,别人也被他如火的热情点燃了。大家情绪放松,气氛很融洽。耀宗道:"唉,刘主任,这次该你喝了吧,石头把砂锅砸烂了,喝、喝。"

"砂锅。""水。"刘主任的眼珠子闪闪放光了,似两颗黑珍珠镶嵌在眼镜后面,他的手直抖动,道:"喝,这下该你喝了吧。"

……

耀宗过了一圈,接着由老陈划拳,老陈不能喝酒,只好由春明代喝。春明又接着过了一圈子,最后谁都喝得似红脸大汉,说话的声音都高了八度。

大家兴致勃勃直闹到半夜,才高一脚低一脚地回家去。此夜没有月亮,天出奇的黑,黑得就如进入无底洞一样。老陈先摸着走了。家里恰好有一盏马灯,耀宗点上给了春明,道:"提上马灯,给客人照路。要是光你一个人,我也不管,从小在这乱石礁里长大的人,就是闭着眼睛也能摸回去。"耀宗站到他家院坝里的路边上大声说:"刘主任,天太黑,你和张技术走好。""好的,你进吧,早点休息,明天你也得陪我们勘查路线去。"刘主任说着。不知为什么,这刘主任倒是跟老支书挺合得来,春明想,也许他俩年龄相仿吧,这样正好让耀宗把这些人一路陪着,免得出啥漏子。

第二天,耀宗与春明一起陪着这两个城里来的干部去了蒲子山垴里。事先他们把村子调水的两个水源情况分别向他们作了汇报,刘主任听了用洪亮沉稳的声音分析道:"根据你们说的情况,那小沟村的水就算了,地势太低,要大功率的潜水泵才能把水抽上来,可你们这里不通电,就是把水泵买来也是聋子的耳朵——摆设;我们就从蒲子山垴里往这里引吧,路程虽然远些,可也是唯一能引的水源了。小张你说哩?"跟上这么个老油皮,小张只有点头的份了。虽然这刘主任没专门学过水利，可人家干了好几十年，实践经验非常丰富。小张虽然是科班出身，毕竟初出茅庐，他还得把姓刘的让在前头，吃苦干活的事多担些，只能偶尔提点小建议。

吃过早饭，春明给客人装上晌午的干粮——白面馍馍和开水，又装了两盒烟，四个人才摇摇晃晃地出了村子，一直爬上坡朝蒲子山方向去了。

他们边走边闲谈，出村走了五里路的光景，走到大楞干，耀宗劝刘主任歇歇再走，道："刘主任、张技术，来坐下歇歇再走吧，你们城里人比不得我们，我们山里人天天出门就爬山，说个不好听的，我们在娘肚子里就练好了爬山的腿脚，哎呀，要是一天看不见山心里就闷得慌。"那刘主任却说："慢走当歇气，不歇了，我可不是那种软塌塌的城里人，我爬的山不比你们少呀，阴山县的沟沟岔岔哪里都钻过了。他小张可能还不知道，1959年那会子，我到你们这上丹阳老林里都来过。丹岭渠大会战，我在林子的棚子里整整住了半年没回过家。哎呀，我那会还是个刚参加工作的年轻娃娃。噢，那时你们丹阳公社就由老陈任指挥，那个人工作负责得很。""就是，他啥时候都关心集体的事情，去年他刚从县印刷厂办了病退（手续）回家。"耀宗解释道。"真的，他老多了，昨晚我差点没认出他来，我抽时间去看看这个'老革命'，唉，可惜了，他就是太实在了，不然他早当大官了。"

春明一听，一下子对刘主任肃然起敬了，那天在水利局刘主任给他的不良印象一下模糊起来。唉，看来，对一个人光凭一面之交是很难了解清楚的。他把大前门的纸烟掏出来恭敬地给他们三人各发了一支，点上火，自己却没抽，小张问："你咋不抽？"春明笑笑："我不会抽烟。"小张瘦长脸，戴一副黑边眼镜，高个子，穿蓝色军便服。春明嘴里虽没说，心里想说的话却是：一则村里家底子太薄，一穷二白的，他刚上任，账上无一分钱，这个烟咋抽？二则他还没学会在人面前装阔呢。

这一段路程虽然一直是上坡路，可并不陡，缓缓地。从村中出来到了大楞干,他们就岔开小路,沿着原来水渠边的小路走去,走过蒲子村人的一个烧瓦窑,直到蒲子山垴里的山水源头。这股水是从老林里流出来的,向下流过小沟村,再向下直流到下坡沟,沿小凤村人磨面的路从蒲子沟口出去,汇到了丹阳河里。春明静静看着这股从高处流下来的山溪水,如一群热热闹闹玩耍的小娃娃,一路欢歌地从山崖上冲下来;又似一挂大屏风,那下面崖壁上仍掩不住绿草的身影,像嵌上去的画一样,看起来十分朦胧美丽。耀宗对来人介绍说:"这个老水渠还是我们农业学大寨那会子,从这里开渠引水,种了几年稻子留下的。后来雨下得山倒崖垮的,渠也断了,稻子也就没再种了。"春明去沟里用手捧着喝了几口,一股甘甜沁人心脾,令他不觉神清气爽起来。他脱口说道:"哎呀,这水好甜,比我们村子原来的泉水还甜呢,真正是林子里流出来无污染的水。"耀宗道:"那当然,这是老林里流来的大黄水,人喝了肚子不胀,长期喝,还能延年益寿呢,不像我们村子原来的泉水水质太硬,外面人喝了胀肚子。""就是,这老林里出来的水一般不胀肚子,水质软,矿物质丰富,对人的身体肯定有好处。"刘主任道。

哎呀,这股水远看起来碧蓝如玉,近看又是这样透明洁净,沟溪两边生长着各种灌木和杂草,此时快进入冬天了,可它们竟披着生机盎然的绿衣衫,好似给山溪水镶嵌着一圈美丽的花边,让人望着就赏心悦目。背水背怕了的耀宗和春明站在水沟边贪婪地望着这股清凉如梦的溪水,久久不愿离去。春明看着溪水,浮想翩翩:有了这股水,家里洗澡、洗衣什么的,就方便多了。河坝人曾用最难听的语言挖苦我们山里人如何不讲卫生,脖子下的垢痂有三尺厚等。水拉通后,要让他们看看,我们山里人是很爱干净的,谁不知道把自己收拾得干净利落些,走到人面前光光亮亮的?天马行空似的思绪翻飞,年轻人的思想就是活跃,他不觉笑了。他又不自觉地甩了甩头,这世上要是没有水,万物都难生存,世界将是一片寂静的荒原。这个道理河坝人没必要明白,因为丹阳河里、白水江里的水那么大,昼夜不停地流着，好似取之不尽用之不竭。只有缺水的山里人才会知道每一滴水的珍贵处。耀宗和那两个人站了一会子就说在距源头不远的地方要建个大蓄水池，以增加水的压力。春明跟过来，他看看太阳已升到中天，现在应该到吃晌午粮的时候了，就招呼道："哎，领导们，该到吃晌午干粮的时候了，我们找个地方坐会子，边吃边谈吧。"

2

晚上他们回来，在春明家吃完夜饭，九花是按照山村人的最高规格给他们煮肉捞米饭，炒了回锅肉吃。春明父子陪着他们又喝了一会儿酒，最后，乘着酒兴，那刘主任执意要去老陈家坐坐。春明只好陪着他和张技术到老陈家来。老陈正围在火笼旁吃晚饭，他热情站起来让座，吩咐莲子给客人舀饭，刘主任硬挡了，笑道："我们可是吃了肉来的。"春明也说："我们刚吃过饭，这刘主任硬要来看看你，说你和他原来一起工作过。"老陈只好作罢，拿出他的烟丝，快快卷了一根卷烟出来，先装给刘主任道："你尝尝，我这烟丝可是特制的，里面掺了一些香椿叶，抽起来可香了。你们平时抽下好烟的，也换换口味。"他给每人都卷了一根，自己则噙上他那个别致的高高翘起的斯大林式的烟斗，半天都没顾上吸一口。那刘主任抽了几口老陈给他卷的烟，吭了两声，道："哎呀，你这烟丝抽起来还真有一股香味哩。"没说几句他就扯到了三十多年前本县有名的一项大工程——丹岭渠，如同捅到了人的痛处一样，这一下子刺激了老陈的神经，引起了他的感慨。老陈从嘴里取出烟斗来，说道："哎呀，想起那时候我们的精神真是了不得，肚子里吃不上一点油水，干劲大得冲天呢，在山林里没有白天黑夜地三班倒。也就是年轻，要是现在，无论怎么也不行。"想起自己年轻时候为集体拼命的那种干劲、那种不怕牺牲排除万难的精神，他又叹了一声道，"你看现在我一身的病痛，都还不是年轻时造作下的。不知是老了，还是咋的，我最近一个人的时候常常回忆起过去五八年（1958年）、五九年（1959年）年的情景，那时我带领社员们在山林中的丹岭渠，顶风冒雪，在冰天雪地中战天斗地。人年轻就是好呀，那时候山林中到处飘扬的是红旗，全县24个公社，300多个大队，上千个生产队的人聚集到一起，东一处西一处散驻在丹岭渠的山山岭岭上，光驻扎的草棚子不知有多少间。那口号声、炮声和号子声，激荡着每一座山梁。为了赶工，白天、晚上几班倒，有时累得人常常站着就打盹了。"

刘主任又接话道："就是，那时候我们年轻人最是闲不住，编了好多山歌、曲子唱，我记得有两首曲子《十绣丹岭渠》和《丹岭十二月》最著名，你记得吗？这两首曲子还被文化馆的人编了上过报呢。"春明赶紧说："哎呀，我早就听老辈人说起过，还没有听过呢，今天正好有这个机会，你们两位老前辈唱一下让我们听听。"禁不住春明几次三番地纠缠，那刘主任也许是喝了酒精神兴奋的缘故，首先起头唱起了《十绣丹岭渠》，老陈则不自觉地哼着曲调附和：

> 哥哥修水渠，妹妹在家中，
> 绣上一个花荷包，带给知心人。
> 一绣丹岭山，山顶白雪漫，
> 山摇树摆一片路，好像白牡丹。
> 二绣青松林，树叶绿茵茵。
> 树干一抱抱不住，树尖插入云。
> 三绣丹岭梁，青草满山冈。
> 放牛放羊坡场广，真是个好地方。
> 四绣丹岭崖，遍地是鲜花。
> 活禽双双来飞舞，蜜蜂来采花。
> 五绣丹岭咀，禽兽样样齐。

金丝猴、香獐子，全国有名气。

六绣丹岭坡，土壤很肥沃。

丹桂大黄产量高，庄稼也不错。

七绣丹岭沟，河水顺沟流。

万亩旱地抗干旱，社员齐发愁。

八绣共产党，好像红太阳。

领导人民修河道，河水引上梁。

九绣穷民工，千人一条心。

天大困难都不怕，干活快如风。

十绣丹岭渠，河水引上山。

万亩旱地变水田，山区赛江南。

荷包绣好了，带给知心人。

另外带上一句话，渠通了再结婚。

多年前自己那么年轻有为，带领丹阳公社的社员在大战丹岭渠时曾编过唱过的歌曲，多年后唱起来竟这么亲切，这么流畅。连老陈本人都十分惊奇，三十年过去了，他竟然把歌词还没忘，能一句不漏地唱下来。他们唱着唱着，自己仿佛又回到了从前那热血沸腾的年代。他竟然喉头发热，鼻子发酸，眼睛里涌流出浑浊的老泪来。他赶紧站起身，朝外面台子上擤掉鼻子抹了一把热泪，让发热的头脑静了静再回来坐下。他们又痛快淋漓地谈了一会儿过去的时光，那刘主任、张技术和春明才告辞回去睡了，老陈又在火笼旁独自坐了一会儿。他感觉今晚非常愉快，浑身发热，胸腔里似乎已涨满了兴奋的血液，脸上也有了微微的红色。他一下子又恢复了年轻时的热情和信心，把多日的郁闷、劳累和乏困一下子赶得无影无踪了。

经过两天的勘查和计算，那刘主任和张技术临走时，做了个实施方案的草稿，让耀宗和春明过了过眼。春明一字不漏地看去：

小凤村位于丹阳乡东南6公里处的山坡上,是县干果核桃生产区之一。全村有常住人口32户102口人,耕地596亩,现有经济林70余亩,大家畜50头、羊100只,人均纯收入300元。

70年代,该村曾建一处自流引水工程,因运行时间长加之管理不善,土渠道多处塌方,已弃置多年,工程处于报废状态。群众生活用水要到2公里以外的泉源用木桶背负,长期以来,给群众身心健康带来不良影响,直接影响了农业生产和农村的脱贫致富。因此当地的干部群众强烈要求解决该村的人畜饮水问题,以促进该村经济快速发展,提高山村群众的生活水平和质量。

……

以上若干条是一些水利专业方面的东西,春明有些看不明白,就略了过去。耀宗道:"春明,你看,刘主任和张技术这几天辛苦做了个方案出来,不如趁热打铁,今天晚上开个全村群众大会,就算动员会吧,好让刘主任他们给大家讲讲。""那好吧。"春明高兴地答道。

3

过去的老陈,一路走来,还有一本没写完的历史呢。

老陈躺到炕上,一直没睡着。他听着莲子的呼噜声,越发烦躁不安起来。唉,他自从办理病退手续回到家里,想到总算可以解脱,回到田园过自由自在、随心所欲的生活了。现在包产到户了,家里种什么怎么种都没人干涉,自己可以腾出时间来做一下多年想做而未做的事情。

过去的事情像放电影一样在他脑海的荧屏上一幕幕地闪过。他早年曾拜过丹阳河里上过兰州医学院的名医杨大夫学过医,当然他只是学了一点皮毛,如一般的打针、紧急救护方面的知识。杨大夫对他说:"要学医,得下大功夫，师傅领进门修行在个人。你不但要熟读医典、博闻强记，还要进行大量的临床实践才行。"嘱咐了一番，杨大夫便领着他到县城里最大的新华书店里买了几本医学书籍。有中医学基本的东西如《中医入门》《中医验方集》《赤脚医生手册》等。他又买了一套打针用的针管针头和针具盒，用一个十分精致的铝盒装着。后来他又陆续买了一些医书，如《医宗经鉴》《中医内科新论》等。对一个山区农民来说，他学这些是非常实用的，最起码能应付平常感冒发烧之类的。那时候，他最忙，山村人谁家的娃娃有个小毛小病啥的就专爱找他。他虽说是个半壳子准医生，因他比较细心谨慎，治愈率还挺高的。这样一来，那些年月他就成了村里的大忙人。在农忙季节，看到地里的荞焦麦烂了，他却顾不上收割，一天不是这家叫着打针，就是那家请去诊病。他给人看病从来不要一分钱的报酬，白搭上工夫，甚至于把自家的药材也白搭上。懂事理的人还可以，给他家帮帮忙、干干力气活啥的，就算是回报他的好处；没人情的白眼狼都大有人在。莲子常感叹："人不宜好，狗不宜饱。人呀是维不下的，给狗倒碗饭吃，狗还知道给人摇摇尾巴哩，人就不行。"老陈常常就把地里的活顾不上，婆娘娃娃甩下不管，莲子常常叫苦连天。一年到年底，队里一结算，别人家都是长余户，唯有他家是短欠户。人家往回家拿钱，他家却是倒给队里拿钱才能分回粮食来。村里务实的庄稼汉对老陈的做法常常是嗤之以鼻，有些人公开说他是不务正业，还不如庄稼汉一门心思务农好些。后来他又出去找了一份工作干，他对学医的事情就淡了，也没有时间和精力再读那些药书了，只是偶尔翻翻。现在他一个五十多的人，再往深里学医已不可能，中医上的汤头歌诀都需要死记硬背，人年龄大了就没记性。再说现在村里也不似过去，光小药店就有两家，村民有病自己就能买药吃。

借钱开药铺，不是老陈没有筹划过，只是借钱实在太难了。他把村里一家家地掂量来掂量去，向有余钱的人家去借，他一开口，人家就哭一阵穷，把他的嘴堵得死死的，他只好讪讪地站起来走人。山里人都把钱袋捂得紧紧的，怕他按时还不上，异口同声说没钱。几次借钱都空手而回，他也淡了心肠，从此他再没提起开药铺的事情。除非遇到亲友有病来求他，他才翻翻医书查查方子，他家里没有的药，让人家去街上买；他家里能凑齐的，他也不嫌麻烦，再翻箱倒柜找草药凑齐。

病退回家，他躺着想了很多事。人啊，活着到底为了什么？自己从哪里来又到哪里去？这些问题看似简单，实则是个深奥玄妙的大题目。在他的心中永远有一个抹不去的坐标——那就是一个人只有为大众为人民奉献自己的一生时，一辈子才活得有价值有意义。为党和人民的利益牺牲一切，全心全意为人民服务，这是他一辈子践行的。无论在公社当干部，还是去外面干工作，他从来都是把国家和集体的利益看得高于一切。但也因为此，多年来他家的条件一直是村里最差的，别人家吃干饭，碗里的油花一口吹不透，他家只能喝稀的，吃着清汤寡水的酸菜饭；别人家年年有余粮，他家年年粮就不够吃。就这样，他从来没有抱怨过谁，他仍是非常高兴地投入工作。

老陈这一代是中华人民共和国成立后成长起来的青年，是沐浴着党的光辉一步步走过来的，把国家利益、集体利益看得高于一切，他们之间的爱也很纯粹和朴实。想当年，寒冬腊月在山林里战天斗地，那时候大家常常吃不饱肚子，穿不上棉衣裤，但他们哆嗦着身子照样高唱着自编自唱的歌曲《十绣丹岭渠》和《丹岭十二月》干着超常体力的活。当看到陈智老师穿着单裤直打哆嗦，老陈毫不犹豫脱下自己的棉裤给了他，自己却穿着单裤干活。现在包产到户了，谁都为自家的小日子奔忙，这种舍己为人的精神也越来越少见了。他又想起了当年大家合唱《十绣丹岭渠》和《丹岭十二月》时激动人心的场面，那旋律仿佛又在他的耳边响起。

老陈来了兴致，想起那个沸腾的年月越想越兴奋，翻了个身，默念起当年民工们自编自唱的《丹岭十二月》来：

正月里是新春，丹岭水渠开了工。
开头起在麻子岭，水通百里全县兴。
二月里龙抬头，前营扎在双码头。
尖镰打开川芎殿，吊槽崖上显身手。
三月里正清明，指挥部设在大溜坪。
控兵元帅刘子荣，政治挂帅指挥兵。
四月里四月八，总路线照耀像灯塔。
多快好省齐拥护，少、慢、差、费反对它。
五月里五端阳，梁苏谋指挥上战场。
吊槽崖上打一仗，悬崖石壁齐投降。
六月里中伏天，上丹（乡）大闹三峡关。
后岷打在平石板，前岷巧取柳树湾。
七月里正立秋，上德（乡）大战磨坊沟。
兴文巧取吊槽崖，上丹乘胜攻碉楼。
八月里秋风凉，碧口大军跃进了。
豹子悬崖齐让路，木罗石取下战月牙。
九月里九重阳，百战百胜横丹乡。
攻打鹞子拉吊杆，青龙大崖一齐下。
十月里是小雪，物资器材缺。
民工个个献计策，自力更生来解决。
十一月是大寒，大雪纷飞是满山。
虽然寒冷梁坚定，计策仍然高过天。
十二月整一年，所有悬崖都打完。
土石方完成二百五十万，水通全渠大后山。
我把十二个月都唱完，英雄会师到上丹。
庆祝全线长通水，党的领导是关键。

老陈曾在工作方面有三进三出。他于1952年参加工作，在组织部当过干事。1957年国家开始精兵简政，他是红旗标兵、劳动模范，第一个带头报名回乡当起了农民。1960年他第二次出来，在粮站上当干部，管着农民缴粮的事情。从他手底下要流入流出多少粮食呀，他记得在1962年，一年中从他手中秤头上压下的多余粮食就有一万多斤。当时家人饿得全身水肿了，莲子生的老二是个女娃子，因缺营养刚出月就夭折了。即便如此，老陈也绝不动国家的一粒粮食，把那些从秤头上得来的余粮全部上缴给了国家。这就是老陈的作风，一个真正的共产党人的作风。1964年遇到国家第二次精兵简政，老陈这个老实人又带头回乡务农了。1969年第三次复出，当了一名工人，先是在阴山县石坊的石灰厂，一年后他被评为全县的工人劳模。因老陈干了多年的领导工作，不管做啥，很有眼色，还会调度，关键时候敢作敢为，所以他很快在厂里红起来，直接调进了县一中当了工宣队长，与该校的校长平起平坐。这期间他曾跳进白水江救人，帮助村里人；他也曾背上滚下山崖的学生到医院抢救……他那时也出奇的精神，村里人都爱跟他套近乎，到了城里都跑到他那里搭伙，白吃白住，他一概来者不拒。那时候，家长们在街上见了跟他打招呼……

后来，老陈从阴山县首屈一指的第一中学的工宣队长调到了县印刷厂，当了一名普通的工人。他去乡里带了几年知青，等知青返城后，他只好回到印刷厂干起了排版工作。此时已到了1979年，厂里的领导见他只是一个普通工人，根本没把他放在眼里。他没有住的宿舍，只好自己动手把一间水房隔开做的安身之处。既然是工人，就要进车间做工。他被安排到了排版车间，一天到晚看倒字，开始他很不习惯，干得很慢，时间长了才慢慢习惯下来。他是个很认真的人，排错率几乎等于零，但效率大打折扣了，厂领导便常常要找岔子训斥他。那些日子里，家庭五个娃娃的重负、单位同事的排挤，他还要按时给念高中的雪花做饭吃，搞得他焦头烂额，顾此失彼。虽说他是一个有工作的人，人家看到他家里困顿的景况，都瞧不起他。

他不由产生了深深的失落感，心情抑郁，跌到了人生的最低谷。

正在老陈整天忧郁之时，国家有了一个对工人子女替补的政策，他的条件正好相符。他把自己办成病退，让一个娃娃出来顶替当工人。他这个班实在上得窝囊，他正好全身而退。尽管办成病退，工资上很吃亏，才领全额工资的百分之七十，也就只能领上二十来块钱。他也认了，有得就有失，无所谓了。他早就想回到家里，过日出而作日落而息的田园生活了。山区里唯一的好处是很安静，睡梦里就可以听到鸟儿或清越或高亢或婉转的歌唱。空气异常清新，走到山路上，随处可闻到花草树木特有的清香，心情不由得好起来。

他回到山区的家里，本想享受一番乡村和和美美乐陶陶的日子。可真回到山里，村里人见他面朝黄土背朝天地磨苦，也不再敬重他。有时他求人帮忙，再也不像从前他只要说一声，人家就会跑飞快来，而是打半天转转，也找不上一个人来。莲子趁机揶揄道："那些不要天良的驴日的，你在城里时，人家一进城就跑到你那里白吃白住，你那时恨不得把自己身上的肉剐下来给人家吃上，自己情愿饿肚子都要招待人呢。现在倒好，见你回来了，再也利用不上了，就马上变脸了。你把小凤村人还当人看哩吗？"后来他才慢慢体味出，山里人和城里人都一样，山里人做事的方式不过更智慧更圆滑些罢了。山里人的那种狡黠，是隐蔽在朴实愚拙下面不容易被看见的。他回到家的失落感对他的打击似乎比在县印刷厂时还大。这里是他最后的归宿地，是他固守的根据地，多年来，他对待村里人可谓是一腔赤诚和热血，就如莲子说他的真恨不得把自己身上的肉剐下来叫他们吃上。现在回到这块他心中的圣地，没想到无意中看到了它的本来面目也有一些可憎的成分。这块圣地，并不是他所想的那样纯洁。这很让他失望，心里不免灰灰的，啥事都看淡了。可有时他回头再想，就连玉石也有瑕疵，何况人乎？

是的，回到家里的老陈，心里并不轻松，他就如一只锁在铁笼里的困兽，心中仍向往着自由的原野和茂密的山林。他并不甘心就这样过平淡的生活，他要像过去一样，仍想为大众奔波，仍想做造福一方的大事业。是的，大事业，好像他老陈天生下来就是乡里或县上的干部，就是为大家谋大事干大事的人，最起码干的也是提得上线的事情，而不是守在家里听婆娘娃娃唠叨和听猪哼狗叫鸡咕咕的。

这里的山村里仍然很贫困，见多识广的他深深知道，山里人要脱贫致富，只有走出大山去。要走出大山去，必须要有文化懂技术，这是缺一不可的。他们这一代人是不行了，老了；春明、金明、宝平、雪花和小雪这一代人已经觉醒了，只是还迈不开大步子。而那些念小学的碎娃娃，才是山里人真正的希望所在，他不希望看到下一代人还像他们一样生活。人说：钱难挣屎难吃，把挣钱和吃屎拉到一个水平线上，可想而知钱不是好挣的。

记得他年轻时曾谋划一件事情，就是想把全家都搬走，搬到条件好些的河坝里或城市里生活。小凤村太苦焦了，山大沟深的，吃水磨面、看病赶场都不方便。一年到头，把人磨个死不下，混个饱肚子都难。在城里工作的他开始并不想在山里修房子，一直都在找寻一个能把全家搬下山去的机会。在外工作多年的老陈对这体会够深的。特别当他养育了几个病胎子娃娃，那种缺医少药看病难的苦没法说清楚。他曾在县里碰到一个孤寡老婆婆，住在临街一间破败不堪的房子里。他和那婆婆商量能否让他们全家过去给她顶门立户，也就是当地人称的叫当儿——"连窝抬"，即给老婆婆养老送终。可那老婆婆一直不松口，她有政府发的补助金，不愁没人养老的问题，况且她自己已把棺板寿衣准备就绪，没啥可愁的。他仍不甘心，还打听了几处人家，均未果。后来只得把此打算撂下了。

老陈到底是个顶天立地的男子汉，他在小雪的事情上早想开了。人活在世上谁不是在磕磕碰碰中长大的，谁也不能保证一辈子不犯错误？祸兮福所倚，福兮祸所伏么，啥事情有坏的一面就有它好的一面。至于面子，老陈想得开，一来，当他以后面对小雪时，再也不会有太重的负罪感和内疚之情了；二来以后小雪的生活过好了是她的命，过不好，也怪不得他这个当父亲的了。一句老话说得好：你爱的他不爱，憨狗爱的稀屎太。小雪的婚姻正应了此话。但说归说，哪个儿女也是父母的心头肉，空闲时候老陈还是对小雪很担心，就怕她一个女子家在外面闯上当受骗。可他从不往外说，一个人只在心里一遍遍祈祷着。小雪的出走令他这个当父亲的最难面对的还是吕梁坪李家人，李家人不问就算了，若有一天他们过问起来，他应该退还给人家一些彩礼钱作为补偿是对的。将心比心么，人说要得公平打个颠倒，人家人财两空，谁不气如斗牛呢。现在，他对宝贵、雪花两个大娃正经从没这么上心过，也许是他们两个都走上了正道。一切都靠上天安排，不知怎么，他现在也相信人世间冥冥中有一个主宰似的，也许受了莲子影响吧。

　　他知道，自己在村中还是有一定威信的，村里人都小心顾着他的颜面，还没有当面奚落过他。他心里想起这些来有一种感激之情充溢他的心胸，大部分村民都是敦厚善良的，也是善解人意的。他相信大家在这件事情上不会因此小看他、嘲笑他、挖苦他的。他心态很平静清明，就如那山峰上的晨曦初照时一样。

　　公鸡头遍唱过，又唱第二遍了，老陈知道天快亮了。山里人是早起的鸟儿，有些人家要起床了，莲子翻了个身坐起来，开始穿衣服。一夜没睡的他，此时感到很疲倦，他翻了个身，头朝里墙根睡去，他慢慢闭上了疲惫不堪的眼睛。

第十四章　小丫带信

1

小雪第二天凌晨从睡梦里醒来之时，发现床上躺着一个人，一个赤裸的男人。她摸摸自己完全裸露着身子，惊喊："啊，天啦，天啦，我没法活了呀。"小雪从胸腔里发出一种有力而低沉的悲哭和呜咽声，胸部剧烈起伏全身抖动着。她感觉天在旋转、地在抖动，她站立不住，无力地倒在了地上。

正当小雪撕心裂肺地哭泣之时，床上那个面貌丑陋的男人醒过来，他用那对小眼睛把在晨光中抖动抽泣的小雪望了一眼，没吱声。他开始穿衣服，三下五除二下床来，把小雪望了一眼，如躲避蜂虻叮他咬他一样，急匆匆走了出去。

小雪被这家人摆鸿门宴，在饭里下蒙汗药昏迷后，被王黑头强奸了。

这样子还有啥活头呢，没有自由、没有尊严、没有人格，被关到房间里让人家随意玷污。天啦，与其活在世上过这种任人宰割的生活，不如死掉，一了百了算了。她没法接受这种非人的生活，无法在这种生活中无奈地过下去。人说活路好寻死路难修，就是死也得找一个利利索索能一下子把这条小命结果的方法……

正当小雪腮边挂着泪痕，思绪在死路上奔跑之时，她的房门开了，是王母进来了。王母给她端了一碗稀饭放到床头边的桌子上。此时，小雪满腔的悲愤突然化作一股硝烟，冲口而出骂道："老东西，别假仁假义给我端饭了，我情愿饿死，也不吃你家的饭，你这个心肠歹毒的老婆子，这辈子你守了寡，下辈子还要变驴变马还我的人情呢。"王母知道小雪在骂她，正想撤退溜走，气急的小雪一把拉住她的胳膊，恼怒得连哭带骂道："我要上厕所。"王母终于听清楚了，她终于明白了气急败坏的小雪，一边骂她一边又求她方便。她想了想，还是陪小雪去厕所了。

已哭得肝肠寸断、欲寻死觅活的小雪，连着绝食两天，水米没进，人已经昏迷了。小王开门进去看了一眼她的情形，回去就跟他母亲商量："妈，你说咋办？再熬下去会出人命的，她已经昏迷了。"王母到底上了年纪，她不急不慌慢悠悠道："让她饿两天也好，这女子性子太烈了，你去把你二叔叫来吧。"小王出去不一会儿就叫来了其叔父老王，王家母子把小雪绝食的事情说给他，他拿着烟嘴沉吟半晌，才抬起头来道："这事情，你们还不能硬碰硬。女人嘛，谁碰到这种事情能想通？你快快上趟街，给她从里到外好好买一身漂亮衣服，我再出面劝她就好劝了。"

等小王从街上买了一套衣服回来，老王给小王如此这般安顿了一番，就一起去了小雪的屋里。进了屋，小王把小雪推醒。美丽的小雪已像一只黄蝴蝶般孱弱，她头发散乱，脸色蜡黄，眼睛、嘴唇和鼻孔都如一片干枯的树叶般皱缩了。她吃力地睁开眼睛，一见是小王，又厌恶地闭上了眼睛。王二叔立即给小王挤了一下眼，小王便扑通一声跪倒在小雪的床下，带哭音道："小雪，你就原谅我吧，那天我喝了酒，我不是人，我罪该万死，你就饶了我吧。"他说着拿过小雪的一只手，"给，你打我，打我吧。"说完大哭起来。老王又趁势过去狠狠打了小王几个嘴巴，并且大骂道："你这个畜生，怎么能做这种事！看把小雪气成这样，我剥了你的皮。"接着又是一顿拳打脚踢，直打得小王嗷嗷直叫唤："我不是人，我该死，你不起来吃饭，我只有一死了。"老王仍在骂："你这个少教育的东西，还不赶快把小雪给我扶起来。"小王赶快爬起来把小雪的身子扶了起来靠到床头上。老王又命令小王端水来，此时王母不失时机地端来了洗脸盆，拧干了热水毛巾给小雪擦脸擦手。老王又指挥小王端来了一杯糖盐水，折倒温凉，快快给小雪的嘴边硬灌了下去。小王又给小雪喂了一杯糖盐水，这第二杯水，小雪再没有挣扎，张开了嘴，一口口喝下去。此时，老王又支派王家母子给小雪做饭去，并用眼睛示意他们出去。等他们出去后，老王又语重心长地开导小雪道："小雪呀，你就消消气吧，谁也有儿女，我也养了女儿，我也希望她将来嫁个好人家。今天晚上我让她过来陪陪你，让她给你做伴说说话。"说着他拿过一包新衣服过来，道："这是王贵子到街上给你买的衣服，按礼他给你买个十套八套的新衣服都是应该的，你先将就穿着，以后让他再给你买。"说到此，小雪的眼泪止不住地往外涌，哽咽了半天才用游丝般的哭声道："你今天既然这样劝我，我也就求你一件事。"老王道："你说吧。"小雪擦了一把眼睛里的泪，道："他们哪里把我当人看呢，"小雪边哭边有气无力，时断时续说道，"给你说吧……这回，他要是再强奸我侵犯我，我就不吃饭……情愿死在这屋里，让这间屋子变成我的丧房。"老王想了想才道："小雪，我会给他侄子安顿的，你放心。只是一件，你也得给我个面子，给我个台阶下，不是吗？"小雪道："你说吧。"他又道："你只要做个保证，你不离开这个家，直到你啥时候给这个家生个一男半女的，才能让你回趟娘家。我这个当叔叔的人，只能给你们调解到这种程度。"小雪沉默了，她权衡利弊，最后只好咬咬牙点点头。老王笑道："这就对了，我们口说无凭，立字为证吧。"老奸巨猾的老王把早就准备好的纸笔拿出来，快快写了几句话：

  兹有阴山人氏陈小雪，自愿给王贵子做妻子，并答应不外出不逃走，直到生下孩子后，才可以回娘家。

当老李拿上写好的字据到小雪跟前，让她在当事人处签上自己的名字。

小雪看了一遍字据中有一句"自愿给王某人当妻子"的话，这明显与事实不符。她一把推过去，沉默地转过头去。她想自己虽然精疲力竭，再没有气力与人家斗，也不能啥都由人家摆布，大不了是个死，怕啥。想到此，她闭上眼睛。

老王看着小雪不签字，想了想，又拿出郑重其事的样子叮嘱小雪道："娃呀，不签算了，你先好好吃饭，有啥需要你尽管提出来，我督促他们办就是了。"说完他告辞出去了。老王领教了小雪的刚烈和倔强，他只能暂时妥协。他知道，现在首先得让小雪吃开饭，其他事慢慢来。

2

晚饭后，王二叔的女儿王小丫真的来看小雪了。小雪很虚弱，仍蜷缩在床上。王小丫脸上捧着真诚的笑容，如捧着一束灿烂的山丹花一样。她站在小雪的床前，带来了橙子让她吃。小雪直摇头说吃不下，小丫只好放下来。原来小雪在吃晚饭时，只吃了几口饭就躺下了。一个饿得太久的人，是不能吃太快的，也不能一下子吃太多，否则会把胃撑破的。这道理她自小就听老人们说起过。所以当王家母子劝她多吃点饭时，她没有依从他们。此时，当小雪看到小丫那一双澄澈明净的眼睛时，心里很熨帖。虽说是初次见面，此时此刻对小雪来说，却如沙漠里遇上甘泉似的重要。同性别的同龄人在一起，相互间的距离一下子缩小了，何况在一处陌生之地陌生人家，这对小雪好似阴雨绵绵中云散日出一样亮豁。三句好话暖人心，王小丫开始对小雪表现出了十分的同情和关切。她用一口普通话一口一个小雪姐叫着，她说："你要想开些，自己的身体重要，你这么年轻，长得又这么好看，怎么能糟蹋自己呢？"小雪长叹一声道："唉，我活到这份儿上，给你妹子说，真不想活了。你没受过人的骗，也没受过被人拐卖的滋味，更没受过被人欺负的痛苦。唉，说来说去，都怪我自己太幼稚太轻信别人了。"小雪说到此，胸部剧烈起伏，喉咙沙哑，啜泣得更厉害了。她完全沉浸在对自己悲惨命运的咀嚼中。王小丫没说话，发了一会儿呆，便静静地坐在她身边，默默搂着她的肩膀。小雪哭了一会儿，便强行止住了自己颤抖的哭声。王小丫拿毛巾给她擦干脸上的泪痕，又倒了杯开水端到她跟前。原来王小丫只是听她父亲的吩咐来跟小雪说说话的，她只知道小雪是刚来的外地人，是给她堂哥做媳妇的，其余的事情，她一概不知。小雪的哭吓呆了王小丫，她不知道该咋办。什么骗子拐卖之类的，她惊得睁大了眼睛。看着小雪心生怜悯，沉默了一阵子，她才小心安慰道："小雪姐，我也不知道该怎样给你宽心，我听父亲说，他们不让你走出这个门去，我也没办法，只能听大人的。"停了停，她又说，"不管咋样，你要好好地活着，答应我，再不能死呀死的。以后每隔两天，我来看看你。你若写信啥的，我给你带出去。"

小雪听她这么说，脸上慢慢转了颜色，红着眼道："那好，就怕你上学一忙把我这个姐姐给忘记了。"王小丫笑了，她伸出食指来，跟小雪的食指扣到了一起，道："来，我们拉钩吧，拉钩上吊，一百年不许骗人，骗人是小狗。"王小丫孩子似的天真表演把小雪逗笑了，小雪自己都有些吃惊，她竟然还笑得出来。小丫又强调道："我不会忘，我会常来看你的。"小雪萎黄的脸上出现久违的笑容，她求小丫下次来别忘了带上纸笔，并嘱咐她不要让大人们知道，小丫痛快地答应了。

小丫走后，留下小雪一个人发呆。这个小丫头来看她，她一激动差点一股脑儿把她的遭遇全告诉了她。毕竟人年轻，遇着可以倾吐的人就想说个痛快。可她终于忍住了。这次的上当受骗，使小雪那单纯的心伤痕累累，直觉告诉她，在这里不能相信任何人。她痛哭之余没忘记多长个心眼，多给自己的心里安一道门上一把锁。严酷的生活对她的打击和磨难，让小雪不再是一个不谙世事的少女了。不过，小雪转念又一想，从这个丫头的言语行事可以看出，她还是很单纯的。

小丫回到家吃过晚饭，躺在床上却怎么也睡不着，小雪那虚弱的身子老在她眼前晃荡。她一个十四岁的中学生已经会思考问题了。这个小雪姐姐确实很可怜，那虚弱的萎黄和苍白都掩不住她的秀丽，她对这个异乡大姐姐产生了深深的同情和怜悯。她从心底里生出了想帮她的愿望。她想，自己既然已经看到了可怜的小雪被人拐骗到了王家，她就不能袖手旁观。现在她若不帮她一把，这个可怜的姐姐也许就会被她的婶娘锁在那个黑屋子里，失去做人的尊严，忍受他们百般的折磨和摧残，直到让她生下小孩子，还不知道最后的结局又怎样。除非她甘心情愿做王家的媳妇，可自己那个丑陋的堂哥哪里能配得上她呢？王小丫感觉，小雪不是那种逆来顺受任人摆布的人。她若不伸出援助之手，也许小雪就有生命的危险呢。此刻的小丫热血沸腾，浑身发热，小脑袋瓜飞快地旋转着。可她一个十几岁的孩子，能帮她什么呢？回想她探望小雪的场景和情形，突然间她的脑子里有一束亮光射来，记起来小雪曾说过让她给她拿去纸和笔的话，并要求她不让大人们知道。好吧，那就给她拿去纸和笔，并帮她寄走信件。是的，她现在只能帮她这些。

月亮升起来了，挂在了她那焊满钢筋的窗户上，柔美而怜爱地望着这个失去自由的年轻女子。

小雪独自一人躺在那张她唯一可以休息的所在。这几天来，她一直过得很安静。她仍然穿着自己的旧衣服，不肯穿那"王黑头"买来的大红衣裳。她私下里不肯叫此人小王，而叫他王黑头，因他长得实在让她憎恶。她不知自己是憎恨他这个人呢，还是嫌弃他的长相，总之她不想看到他。那黑头似乎很知趣，连着几天，除给小雪送水送饭、倒便桶外，其余的时间也没来打搅她。特别是晚上，最令小雪恐惧，她一直蜷缩在床上的角落里，恨不得把自己的身体用什么神奇法术隐藏起来。她知道，目前的平静安宁，只是暂时的，迟早那人会狗急跳墙，像饿狼一样扑向她来。他没来，也许等她恢复身体，也许怕她再寻死觅活，也许等待有利时机吧。死，没有死成，就得活下去。可怎么活？就这么甘心情愿被关在黑屋子里，过这种暗无天日的日子吗？她心不甘呀！这几天，小雪想得最多的事情还是如何逃出去，可怎么逃出去？门窗上都是钢筋，王黑头送饭出去后，立即就关门上锁，如锁一只伺机逃跑的动物似的。她悲哀地想，自己在他们眼中只是一只动物，一只能传宗接代的动物而已。小王啥时候送饭来，小雪都保持着高度的警惕，脸扭到了别处，不给他转一下。王黑头每次来都要叮咕一句："你慢慢吃，你吃饱。"小雪的头始终偏在别处，恨不得啐他一脸痰。他每次放下碗筷都灰溜溜地出去了，出去的时候还一步两回头地望一望她，小雪始终没有给他转过脸。

想死，死不下去；想活，没有活路可走。摆在小雪面前的两条路，都是坡陡崖高的险路——要么想法子逃走，要么安心给人家做生育机器。第一条路，虽说成功的可能性很小，风险也大，但这是她想走的；第二条路，虽说平坦些，但她的思想和内心深处是怎么也不能接受的。

小雪躺在床上，翻来覆去睡不着，她的睡眠早在白天就超额完成了。她一直在思索怎样才能逃出这个魔窟。门上上着锁，窗上钉着钢筋框，她除非变成一只蝴蝶或蚊子，此外，她就是插翅也难飞出去。窗子的路是走不通的，门上的钥匙才是关键。可那钥匙捏在王家母子手里，他们如捏着命根一样，贴身带着，怎肯轻易给别人。只有小丫有帮她的可能，但这种可能性很小，因为小丫是王家的人。如何让小丫帮她偷来钥匙，替她打开屋门，这是关键。据小雪来看，小丫是一个单纯的女孩子，心地善良，只是她能帮自己吗？

她一直在恍恍惚惚的状态中，好像看到小丫真的跑过来用钥匙打开了锁子，并送她悄悄走出了王家大门。她如一只努力挣脱锁链的小狗急急向前飞跑而去，她没来得及向小丫道声谢就拼命向前跑呀跑呀，跳上火车，回到千里外的老家。她妈听到她的声音，从门里扑了出来，双手还沾满了面。她妈大睁着眼睛，悲喜交加地望着她，她鼻子发酸，哽咽着扑向妈的怀抱……

她哭醒了过来，窗子外面是一片朗照的明月，静静地泻了满地的白霜。门仍锁着，铁窗在白霜里冷冷的，那一轮皓月高悬在头顶奇怪地看着她，似乎在问她，为什么在这么美丽的月夜不轻轻歌唱，却躲在黑屋子里哭泣？

月影偏移，月光黯淡。月儿在天空行了半夜，乏困袭来，它连连打了几个哈欠，有了倦意，它该回它的老家了。梦毕竟是梦，她在梦中与妈妈的团圆，只是一现的昙花。冰冷的现实如这暗淡的月光横在她面前，无边的冰冷包围着她，令她不寒而栗。

小雪睁大眼睛，看着窗外的夜空，月儿隐去后，那一地银光刹那间头顶拉上了黑幕，夜色变黑了。她闭上眼睛，本想再睡一个回笼觉，可她怎么也睡不着，心里七上八下的。过一个多钟头，窗外渐渐有了朦胧的亮色，她知道天快亮了。小雪想，这猛然间到来的黑暗，也许就是黎明前的黑暗吧。

天刚亮，那王黑头就开门进来了。小雪听见他在锁孔里转动的声音，就赶快把头转到了墙根里，闭上了眼睛。王黑头进来，把饭放到桌上，看了一眼正睡得香的小雪，突然间眼里放光，慢慢蹭到小雪床边来。小雪听着他的脚步声挪过来，浑身起了鸡皮疙瘩，眼睛仍拼命闭着，呼吸变得急促杂乱起来。王黑头走到床头边，清了清嗓门，柔声叫了一声"小雪"，小雪没吱声，他索性坐到她床边来了。惊慌中的她眯缝着眼睛瞟了一眼他红光满面的脸，心里骇然，脑中飞快地旋转着，想着如何快快赶走他。看来再装睡就有麻烦，她索性睁开眼睛，转过头来看到他"啊"地大叫一声，身子往床里头一缩，惊恐地望着他。王黑头本想坐到小雪跟前，跟她寒暄一阵子，套套近乎的，可当他看到小雪反应如此强烈，对他如此戒备，不觉感到无趣。他慢慢站了起来，只讪讪地说道："啊，你别怕，我又不吃你，我只想跟你说说话的，饭放在桌子上，你慢慢吃。"说完退了出去。

王黑头在小雪跟前碰了一鼻子灰，回去跟李母诉苦，李母听了反把儿子骂了个狗血淋头："你这个傻包，一个大老爷们儿，还把她个小淫妇没办法了。她倒好，没日没夜躺在床上，像娘娘一样，让老娘顿顿好饭供着她，给她端屎端尿，还不让你碰她。不知好歹的东西，她还真把自己当成娘娘了，不好好收拾她，她就不知道你的厉害，给我好好摆布摆布她！"黑头被母亲一顿狠骂，心血直往头上涌。他闷头吃了早饭，摔门出去了。

原来王黑头从家里一趟子跑出来，没去干活，直接去找他最要好的伙伴，曾参与挟持小雪的同村人叫二毛子的了。他在伙伴跟前，把自己与小雪关系的僵局，如倒核桃一样倒了个一干二净。王二毛听得哈哈大笑起来道："是呀，老兄是艳福不浅呀，我们哥几个都有些嫉妒你呢。啥人都有个脾气呢，何况那么个瓷人儿。依我说，你已经得手了，就耐住性子好好侍候吧。女人嘛，开始总要闹腾一下的。人心都是肉长的，就算她是一块冰，而你变成一团火，时间一长，她哪有不化的道理？你不能性急，得慢慢来。"被欲火炙烤的王黑头红着脸道："让你天天面对那么个狐狸精，你还不急得跳墙去！每天面对她，就是块木头也要蹦出火星来的，谁也不是六根清净的神仙。"王二毛接口揶揄道："那你跳墙去，找我干吗？"王黑头张了张口，想说啥，却被王二毛的话噎得半天缓不过劲来。王黑头首先涎着脸笑了笑，以冲淡自己的尴尬。王二毛见他笑了，又开口劝道："你这个人呀，要说我们帮着你已经用歪手段占了她，你还想用啥歪点子呢？那么个美人儿，谁看到都心疼，你怎么能舍得再折磨她呢？""我这不是急得吗！"王黑头露出一口黄牙嘻嘻笑着。王二毛道："你不能光考虑你自己，你也得站到那女子的立场想想，人家那么远被人骗到此，举目无亲，你逼得太紧，把人命做下，那你可就麻烦大了。人家也是娘老子生的，你就先耐下心来慢慢感化她。精诚所至，金石为开，我就不信她是铁石心肠。"王二毛一席话说得王黑头再也不敢胡来了。

王黑头蔫蔫地去地里干活，干完活又没精打采地回到家里。晚饭熟了，王母让他给小雪端饭去，王黑头不动弹。无奈之下，王母只好盛了饭菜自己给小雪端去。王母开门时，小雪以为又是王黑头，便快快躺倒在床角落里，面对墙根闭上了眼睛。王母进来后把碗放到了桌子上，看了一眼小雪，慢悠悠地用川腔说道："小雪呀，我知道你心里委屈，我也是个女人呀，我理解你心里苦，所以我每天让黑娃给你端饭端水，让你吃饱喝好，不要在吃喝上让你受亏欠。"说到这里，她抬眼又深深看了一眼小雪，见她的眼睛仍闭着，只是稍稍开了一线缝隙，她话头子一转，"小雪呀，话说到这里，你原来是怎么落到人家手里的，这于我们没有干系。将心比心，我们孤儿寡母的，攒那么些钱也不容易。你就可怜我这个老婆子，与黑娃好好过日子吧，生下个一男半女的，我也有孙子抱。到时候，你和黑娃抱着娃娃再回娘家看看。人都是父母生的，我们也是通情达理的人。只是现在，你心情不稳，我们才不得不这样对你。你就把心放宽，好好吃饭，将身体养好才是正主意。你缺啥，尽管说，我会买给你的。"她说着站起来，看了一下小雪的东西，见没有洗头膏，便道："我让黑娃给你买些化妆品来，你起来吃饭，我先走了。"她说着走了出去，又把门仔细锁好。

3

　　王母的一番话尽管很诚恳，但在饱受凌辱的小雪听来是那么不顺耳，她想这老狐狸又来耍什么花招，又想给她灌啥迷魂汤，没门！

　　有一天下午，小丫来看小雪了，是她婶娘开的门。这几天小雪的胃口极好，李母很高兴，以为是她的话劝动了小雪。所以小丫来看小雪，她竟毫不戒备地开了门。小雪见到小丫很高兴，小丫盯着小雪的脸看了一会儿道："啊，姐呀，这几天你的气色好多了。"小雪不相信地问："真的？"小丫笑道："我骗你干啥，确实不错。"小雪道："那就好，多亏你来看我关心我，我才捡回了一条命。"小雪说着感谢的话，小丫听了面露喜色，笑道："呀，你笑起来真好看。"说着她快快扒到门上从门缝里看了一眼门外面，回来从书包里取出纸笔给小雪，"这是纸笔，你赶快写封信，我给你带出去。"小雪一把抓过纸笔来，就像在沙漠里见到甘泉一样。她天天在想，若有纸笔，一定给姐姐写求救信。

写什么呢？小雪还在迟疑着。小丫看着着急，催道："你快写吧，写上两句话就行了，我怕婶子觉察，就把信带不出去了。"小丫这么一说，点醒了她，问了此地叫啥名字，快快写了两句话交给小丫道："今天这信就麻烦你一定想法子发出去，我的命运就全托付给你了。邮票和信封钱你先替我垫上，我以后一定还你的。"小丫又问了地址及她姐的名字，小雪赶快写到纸上交给她。小丫很谨慎地把信放到书包里快快走了出去。

王小丫前脚刚走，王母后脚就来了。手里提了一盒开水。进来见小雪一个人待着，便问道："小丫不是来看你吗，咋这么快又走了？"小雪淡淡地说小丫回家写作业去了。王母再没吱声，转身离开了屋子。

小丫直奔街上的邮电所而去，她买了信封，把地址姓名写好，贴上邮票投到邮箱里。做完这一切她长舒一口气，怕她父母追问，转身又去了同学家里写作业。等她作业写完，忐忑不安地回到家里，她父亲和王母正神情严肃地等她，问她到哪去了，她答去同学家写作业了。王二叔又对女儿道："你可以去看那个陈小雪，但只能跟她说说话聊聊天，却不能帮她寄信发电报啥的，听见了吗？"小丫答："听见了。"王叔父又嘱咐道，"你娃娃不知道，那女子是你婶娘花了大钱从人手里买来的，如果走漏了风声，你婶他们就人财两空，我们都脱不了干系。"小丫正色答道："没有，我去劝她好好吃饭，把身体养好，我再没说啥。这还是你们大人让我去劝的，不然我忙得写作业都没时间，哪有那个闲工夫看人呢？最后她听说我要回家写作业，就让我走了。"王母道："那你从我家出来后到哪去了？你家里怎么没见你？"小丫一听就来气，她最烦大人跟踪自己，她婶娘竟然这样对她。她愤然答道："我去同学那里问了一下作业，怎么了，你们还跟踪上我了？我又不是特务！"小丫本想再回敬她婶娘一句：你越是这样，我越不告诉你，看你把我咋样？可她临时咽下了这句话。王母道："小丫，你别生气,我们也是没有办法。那女子的事情绝对不能让外人知道,不然我们人财两空不说,可能还犯法了,你爸爸有可能都要牵扯进去。"王母对小丫的话将信将疑,摔下这句狠话,回头就走。

小丫家与王母家房前房后,只几步远。王母边走边想,她最后那句话本不该点透的,可小丫不懂事,她怕她坏事。她说那句话,也是警告小丫父母,让他们管好自己和女儿的嘴,不然到时候出了事,谁也脱不了干系。小丫妈等她的妯娌走后,气愤地骂开了小丫:"你这骚丫丫子,看你惹的这一身骚!"小丫回道:"怎么了,我怎么了?是你们大人让我看看去的,婶娘越是这么大惊小怪,我还越不买她的账。"小丫妈给小丫嘱咐了半天,让她从此再不要去看小雪,以免惹出麻烦,小丫点头称是。

王母从小丫家回来后,头脑里想了想,这地方比较偏僻,私人家里拉上电话的几乎没有,向外传递消息只能靠发信件,只要堵住发信这一关,就能保证小雪的事不走漏风声。

第十五章　指桑骂槐

1

自从村里开了动员大会后，全村村民情绪高涨，对引水工程寄予了很大期望，他们的意见空前一致起来，再没有人冒怪声。村里人真是背水背怕了，想到马上会改变吃水的难辛，众口一词，哪怕出多少力流多少汗，在今冬来个大会战，一定要赶在来年春天把老林里的水引来。会上定下要分两步走，一是一定争取把小凤村的引水工程上报为省上以工代赈项目，刘主任打了保票，说立项的希望很大；二是村里要先行一步，不能等上面批下来才动手。当前正值农闲时间，应尽快组织人马开沟修渠，还是在原来的渠路线上重修，由于路途较远，且沿途塌方的石崖段不少，工程较大，所以等到项目批下来再动工就迟了。

天刚亮，春明就站在大门口上亮开喉咙响响地吼了一声："唉，小凤村人都听着，今天全村人到蒲子山垴里修水渠，每家每户至少要去两个人，吃上早饭早些走噢。"这声大吼在小凤村上空荡开，搅动了深秋冷凝的寒气，那团看不见的寒气一圈圈波动开来，形成一个大旋涡。村里人都在这个旋涡里动了起来，忙忙碌碌吃过早饭，准备中午的干粮。莲子腰里系着一条围裙，围在灶上一边拿着一根木叉子在大铁锅里用力搅拌着一家人的早饭，一边不忘在另一个锅腔里塞满柴火，锅盖缝隙用布条塞得严严实实的，里面蒸的是玉米面馍。老陈呢，双手在磨石上噌噌噌地磨着一把小砍刀，准备拿到坡里顺便剐一背柴火背回来。

耀宗脸上永远挂着那团不凋谢的红晕，捞着家什上路了，进云捞了把铁锨跟在后头也去了。这里的人把修水渠叫修水塄，他们陆续从村子那条人畜踩踏成千坑万礁的碎石路上，肩扛着镢头、尖镢、铁锨出来了。男人们都拿了折成圈圈的牛皮筋绳和砍刀，打算趁中午歇息的当儿，砍背一捆柴火。一个山里人出得门来哪有空甩起两只手走回家的，只有懒汉二流子才那样干。人常说"上得高山，不许空回"，就是这个道理。身体硬朗的宗太爷拄着拐棍出来凑热闹了，老陈和莲子赶了两头牛也出来了。见了宗太爷，老陈道："哎呀，老爸爸，你就不去了吧，路途好远呢，这一个来回怕有二三十里山路呢。""嘿，怕尿的啥！还没到老天爷收我的时候呢。今天我一定要跟着你们去亲眼看一看，这老林里的水咋样子才能引到我们村里来。哎呀，真是老天爷照顾我们小凤村人，才有这么好的事情呢，这多少辈人手里都没遇到过。"宗太爷不容分说，穿着青布对襟棉袄和大裆棉裤，拄着拐棍噔噔噔地走在前头了。老陈捞着一把镢头，莲子扛着一把铁锨赶紧跟了上去。自包产到户以来，村中还没遇过集体劳动的场面，村中好赶热闹的右客和女子也捎着工具嘻嘻哈哈地出来了。大家都兴高采烈肩扛工具朝着东方的蒲子山上爬去了。

这是开工的第一天，村里人家几乎倾巢出动，能来的劳力都来了，一家子来三四个人的都有。队长春明手里拿了尖镢走在前面，一直跟着走到山垴里的源头上，才站住了。春明叫了声："大家听着，今天我们正式开工修水塄，这么大一个工程呢，大家可要齐心协力好好干，不能偷奸耍滑，也不能磨洋工。为了郑重起见，我跟老支书商量，做个简单的开工仪式，你们说行不行？"春明刚说完就听到众人七嘴八舌地议论开了，有的肯定着，有的不表态。春明不忘搬出老支书，道："爷，我年轻，这个事情我还不行当，还是您来主持吧。"耀宗看了一眼宗太爷道："爸，您出来，今天您可是我们小凤村人的活神仙，岁数最大，辈分最高，比我们谁都有资格，您给我们修渠引水亲自主持一下。"

春明变戏法似的从背上的背篼里取出一朵大红花来，绑到他手里的尖镢把上，递到宗太爷手里。宗太爷平时蜷曲的身子一下子伸直了，一脸庄重地从春明手里接过尖镢站在山溪旁。他双目扫了一眼村里的老少，胡子抖抖索索的，高声道："今天，让我这个半截子已入土的人主持这个开工仪式，我就斗胆说几句。我们村子苦焦，这谁都知道，原因是缺水。这几年小伙子娶媳妇越来越难，吃水难成了最大的障碍。这条水垹大家都很熟悉，这是第二次往村里引水了。我只希望大家要齐心，心往一处想，劲往一处使，拧成一股绳，狠劲拿下这个工程来，为自己为子孙后代造福。"说完他高高地举起手里那把戴花的尖镢，狠狠地朝地下挖去，面向东方那座高耸入云的扎圪山。因它是这里最高的一座山峰，异常险峻，山顶常年戴着雪帽子，穿着白色的云雾织就的披风，有一股仙风道骨的味道，所以这里人对此山很敬畏。他用上了平生十二分的诚恳和力气，用最原始、最朴实的话语，劝告小凤村人团结一心、一鼓作气拿下此项工程来。这也是一种宣言，对全村人、对扎圪山的宣言，小凤村人终于觉醒了，他们要大干一场了。

这里的山上虽已进入深秋，山林有了灰蒙蒙的一片萧瑟景象：有的树叶子快干枯了，还挂在枝头不甘心地翘首以待着；有的树叶却平心静气地回到泥土的怀抱里，沉沉地睡去了。尽管如此，还有些树木如枇杷树、冬青树、刺叶栎（即铁橡树）、华山松等仍撑着一片深沉的绿色，给严酷的冬天一份喜悦，给人一点希望。

村里人见宗太爷挖开了，都举起手里的工具开始动了。耳朵里只听到农具和石头叮叮咣咣的碰撞声，众人都腰伛下拿起山里人的老把式拼命挖着，只见镢头、尖镢在头上翻飞。一阵子过后，挖的人出来，拿铁锨的人再站在位置上往出铲土石。这样，挖的人可暂时歇一歇缓一缓。此时此刻，村人在动员大会和开工仪式的感召下，精神为之一振，脑中那根神圣的神经膨胀了起来，血流加速，都鼓足了劲儿。他们狠下决心要把老林里出来的这股清流引进苦焦的小凤村，好让全村的人和牲畜，都能不费力地喝上甘甜的溪水。宗太爷歇了一会子，又往他老茧厚厚的双手心里吐了两口口水子，搓搓手，要去换春明手里的尖镢。老陈拦住了，道："哎，老爸爸，你就多歇会吧，叫年轻人干，他们浑身都是力气，省下（力气）了做啥呢？下蛋吗？今天你只要在这儿绕一绕，就了不得，你的功劳就挣下了，还用你动手？""哎，我这是高兴呀，还是共产党的干部好呀，关心我们山里人的疾苦，是这个。"宗太爷竖起右手的大拇指夸赞道，"按我们老古董思想，应该立个功德碑才对。"老陈答道："爸爸你这话说对了，只要全村人同意，凑点钱才能行，这是后话了。现在还不说这个，先把水垱修通了再说。"

真是新官上任三把火，春明人到底年轻，他精神倍增，猛干一气活，大声号召大家怎么干才能出效率，还不累人。因为是铺水管子，只要挖开一条土槽即可，不必挖得太宽，深度统一定为三十厘米。年轻人都拿镢头挖，年龄大些的拿铁锹往出铲土。春明踌躇满志，精神振奋，感到自己能号召这么几十人干活，确实是个人物了，心里不觉十分熨帖受用。

这开工头一天干活，每个人都情绪高涨，特别是年轻人，拼命地干，效率大增。真是众人拾柴火焰高，临晌午时，已干了好长一截子。晌午时分，大家都乏了，吃干粮歇气。所谓吃干粮，无非是吃一点从家里拿的馍馍和开水。有些人拿的是白面馍馍，有些人拿的是苞谷面馍，有些勤快人吃几嘴馍馍，又爬起来到坡里砍柴火去了。山里人出门就爬山，一年到头，真是没有喘气的工夫。

2

春明刚当上队长，就踢腾开了这么大一件事，来了个开门红，他心里高兴。年轻人么，一高兴他就想起自己的心上人小雪来。唉，想起小雪来，他心里说不出的一阵子酸楚。他当队长这件事，老陈在关键时站出来力挺他；在修水渠的大事上，老陈也站在他这边处处维护他。有一天晚饭后，他去乱石间想与老陈坐坐。

老陈一家还在吃晚饭，见春明来了，赶紧让座。春明摆手道："我刚吃过，吃的也是疙瘩子。"落座后，老陈对春明的工作大加肯定了一番，说："你这么年轻，上任没多长时间就踢腾来了修水渠的大工程，很有闯劲，说明我们没有选错人啊！"春明谦虚道："全贞爸你过奖了，我得感谢您对我的支持，没你们老辈子的全力支持和帮助，我啥也干不成，以后的事还多着呢，您当了多年的干部，经验丰富，还得您多指教。"老陈道："我老了，又有病，也帮不了你什么，以后有用得着我的地方尽管说好了。"春明的话，老陈听了很高兴，他嘴里嚼上烟嘴吧嗒吧嗒抽了几口，接着眉飞色舞地给年轻人谝开了闲传："我给你们摆个古经吧，听我们的阿婆说起，民国十几年，从四川一带窜来的棒客如何了得，经常三五成群地在山村里抢人东西。听说棒客头子有个非常好听的名字叫白云。有一天十多个棒客穿着青布衣裤，头上包着青布帕子，肩上扛着一架机枪从蒲子沟口进来，上了坡，到了我们小凤村。村子底下第一家就是我们家，他们一伙人进到我们家，顺便把肩上扛的一捆东西放到那牛圈门上。那时候家里人有我们的阿婆和爷，我们阿婆最是个憨厚人，舍得给人吃喝。一见四川人上了自家门，开口要吃要喝的，也不管他们是干什么的人，就当作上门的客人热情招待人家。阿婆给人家擀长面，做好吃的。没水了，爷便背上桶去背水，出来看到牛圈门上放着一捆东西，仔细一看竟然是新崭崭的枪，心里大惊，才知道自家门上的来人是棒客。他怕阿婆是个女人家，心里藏不住事，一个人没声张，还像什么都没发生似的招待人家。等那些人吃完饭一走，我们爷一下子就瘫软到台子上。后来棒客又来我们村子几次抢钱物，一队队的人马从我家的大门上过，有的人准备到我们家来，爷在院坝里听到有个头头操着一口川腔拦挡：'龟儿子们，不要到这户人家去骚扰，这家人是好人。'从那以后，我们村子别人家都被棒客糟害过，唯独我们家棒客没动过一根毫毛。娃娃们，这可是真事情。"

春明赶紧附和道："全贞爸，谁不知道你们家是忠厚之家，村里人没有不服的，就是土匪也都不糟害呀。"听得老陈眉开眼笑，脸上的皱褶一下子都舒展开来。莲子也说道："娃娃们，真是'一口吃食不打紧，背过弯弯就杀人'，做人不能太小气，饭要给人吃呢，老人说'吃得亏才打得堆'呀，啥亏不吃光想占便宜的人谁都见不得。"火笼里的火光在他们脸上闪亮着，他们的脸像镀了一层金光似的。宝平从火笼里掏出一个洋芋，用火棍子试了试，已经烧熟了。他便用火棍子拨开烫烫的灰，把一个个洋芋拣出来，用手拍打拍打洋芋上的灰，先给父母各递一颗，再递给春明一颗，最后留给自己一颗。

第二天还得出工，春明起身告辞，踏着月色回家了。他想老陈一家人对他还是很礼貌的，他和小雪的事情没成，也许都是天意。

3

春明一天下来忙忙颠颠，一会儿到这，一会儿到那，指挥调遣村中的男女老幼。看起来，他真有几分调兵遣将的派头呢。

包产到户后，人们在一家一户的小圈子里独自干活，不似大集体生产队那阵子，大家干活都在热热闹闹、说说笑笑的氛围下进行，一天嘻嘻哈哈就过去了。这个修水渠的工程，没想到把全村人当年大集体时那种热闹氛围又调动了起来，大家仿佛在参加一场热闹的节日似的，右客们凑到一起张家长李家短地聊起来，男人们也有了跟右客们互相取笑说粗话的借口，尤其在同辈的男女中几乎可以毫不顾忌地乱说，常惹得大家笑声不断。大家似乎把单干时的郁闷一下子都释放了出来。人说笑一笑十年少，笑归笑，可闲言碎语多了势必影响工程进度。山村的人再放浪形骸，却知道长幼尊卑、里外上下的，在长辈面前就不能胡说，除非像端公林那种口无遮拦的人，管他是谁，想说的话一定要倒出来。

几天以来，看着大家一天没个正经，光是调笑打闹，已经不顾工程进度了，春明气得不行，早想开刀了，只是苦于没有机会。此时他看到几个女人正和他母亲凑在一起说闲话，他突然灵机一动，板起脸来把他妈骂了起来："妈，你少说话会把你憋死吗？你成天和人凑在一起说个没完，要不要敲锣打鼓配个乐宣扬一下？有啥不得了的事，等回去了再说行不行？"九花被儿子没头没脑地骂愣住了，半天没反应过来。大家一下子都静悄悄地听着，村里人被春明这一反常态的举动惊蒙住了。九花脸面上过不去，一下子蹴在地上大哭了起来："我把你短命的，我把你尿一把屎一把地拉扯大，你现在本事大得很呀，当着这么多人的面骂开老娘了。呕呕呕，我把你短命的，来，你干脆把我一刀杀了算了，省得障你的眼，呕呕呕……"春明一看，自己把老娘当成靶子，无非是压压众人的气焰，促进工程进度，没想到把她老娘气成那样。他赶紧跑到能说会道的巧珍跟前，小声央求道："巧珍大大，这下我把妈惹翻了，麻烦你去给她宽宽心，别气坏了身体，我也是没办法，这么多人在一起整天胡说乱侃出工不出活，我只有把自己的妈当靶子了。"巧珍心领神会，故意嗔道："谁叫你惹你妈来，这下惹哭了，你自己哄去，我可不给你去擦屁子。"春明像个小娃娃一样拉住巧珍的手道："好大大，你去吧，到时候我好好谢你吧，我知道你最会诓人了。"巧珍笑道："真拿你没办法，都当队长的人了，还在我跟前撒娇耍赖。"

巧珍过去把九花拉到僻静处，如此这般打比方劝了好半天，并把嘴对到九花的耳朵上悄悄劝道："我的妹妹，你难道没发现春明那龟儿子指桑骂槐吗？这么多人在一起干活，都说开闲话了，活让谁干？他是队长，他不管谁管？他龟儿子也是心里急，骂别人去，又不好说，只好拿自己的娘母子开刀，好让大家收敛些。你要替他想一想，心里就没气了。领上这么多人干活，春明人年轻也不容易，你当娘的人更要多体谅才行。当然，他当着那么多人的面骂你，你面子上下不来，一时想不通也难怪。你看这样吧，晚上回到家，我让他给你跪下磕头下话，你看咋样呀？"长着尖下巴、萝卜花眼睛且说话不利索的九花终于停止了哭号。进云也过来安慰她来了，柔声劝道："你就别生春明的气了，他也是一时气没处发，胡说哩，谁都有说错话的时候，回去了你把他压到门墩上猛猛实实打一顿，好好出口气，他也不敢犟一下。"进云一席话把两个大人全惹笑了，九花眼睛里还挂着泪花也笑了起来，道："哎呀，我们的进云啥时候变得这么会说话了？又会体贴人，到时候不知哪家的小伙子娶上你，那可是他前辈子修来的福分呀。"巧珍接过话头道："就是的，我们当长辈的以后要留个心，给进云好好物色一个小伙子。"进云一听话头都朝着她身上来了，嗔道："这大大，你天天就不说点别的，一天就说这个。"她红着脸走开，巧珍看着她的背影赞道："哎呀，不再说呢，我们村里的女子走出去个个都是能文能武的人才。"九花附和道："就是，进云是个好娃，人能干，顶个男人都绰绰有余呢。"末了她想起春明到现在还没个对象，长长叹了一口气。

　　老林水源附近得修一座沉淀池，一方面澄清水质，另一方面增加压力。春明安排由老退伍军人富生做技术指导，因为富生的伤势刚好，还不能干太重的活；两个人到河坝里背沙子；两个人找石头，背石头；几个人去县水利局要水泥。一一安排妥当，春明安排耀宗和老陈对工地上的事儿多操个心，自己则领了两个人去城里找水利局要水泥了。工地上已经铺开了那么个大摊子，他是队长，啥事都得操心，不能松懈半点。

　　常言：人心齐，泰山移。小凤村人在年轻的春明带领下对修水渠的事情真是拧成了一股绳，尽管冬天来临了，大家甩开膀子干活时仍然汗湿了衣裳。那些对春明不服气的人，本来等着看他的笑话哩，没想到自开工以来一切都进行得非常顺利。这就叫正气压住了邪风，他们只有敢私下里嘀咕两句，再也不敢弄出啥动静来。每天全村人早早出工，不到天黑不回村。

耀宗和老陈这两个老积极分子，自动担当起了修水渠的管理人员，给春明当起了得力的助手。耀宗见大家都佝着腰低着头在开沟，大声招呼道："哎，大家都听着，都要注意安全呀，啥时候也要把安全放在第一位，让我们每天都平平安安地回去。不要活没干下多少，出个啥事情就麻烦了。一定要记住，安全第一啊！"

他又跟老陈站在一起，边干活边轻言细语地谈着闲。老陈抡大锤打了一通石头，便大汗淋漓了，坐在那直喘气。耀宗接上又干了一阵子，他的年龄比老陈小两岁，身体历来又比老陈好，甩了一阵大锤，自然是气定神闲的样子。老陈羡慕地说："你看，你抡了一阵子大锤，一点也不心慌气短，我就不行。老伙计，现在春明进城了，我们还得多操个心。这集体干活，有人出工不出力、偷奸摸滑的，有人谈闲打耍子，叫人不好说，说得轻了吧，不疼不痒的；说得重了吧，把人又得罪下了。现在啥都包产到户了，不行我们把这修水埝的事也包到户头上，包一段，干一段。干完了，再包。不然的话，这速度慢不说，人多了在一起，我操心还出事呢。"耀宗擦了把汗，道："唉，你说得有道理，不过，包开活后，有的工程大的地段，比如这石崖地段咋办？光靠一家一户的力量能把这大石包打烂吗？"老陈成竹在胸，说："这有啥，到时候，大家集中力量攻克难点就行了，炸药雷管全用上，还怕把它搬不动吗？""行，我听你的，那就开个小会吧，只是春明不在我们开会合适不合适？"

中午时分，大家散了伙，有的坐在石头上，有的坐在锨把儿上，拿出家里做的干粮，客气地相让一番，大快朵颐起来。

耀宗站起来道："哎，大家边吃晌午，我们商量个事。本来我们都不是村干部了，这事情要等春明回来了再说，可事不等人，他把他的事办，我们把我们的先商量，两不误事么，寿林你说呢？"寿林是个圆滑人，一听耀宗跟他客气，就笑道："你们看着办吧，他春明能有啥意见，只要你们肯帮他操心，他感谢都来不及，还能说啥二话？"耀宗一听接上道："要说哩，我们是退下来的人了，替大家操闲心，可总得有操心的人。这几天大家的积极性都很高，早出晚归的，都当作自己的事情干着哩。有十分力气的，绝不使八分，这很好。只是这事情不是一天半天就能修通的，没有个三两个月恐怕不行。所以今天我们年龄大些的人一起商量了一下，觉得还是把活划开得好，免得在一起说长道短，时间长了生是非。十个指头伸出来还不一般齐哩，人多的事恐怕有个别人偷奸耍滑，影响一大片。你们时间长了不在一块干活，现在一起干活，时间一长，到时候别你不服我我不服你的。最好是每户划一段，遇上土坡等轻省地段，每户划上五米长；若是遇上石崖段，就不划段了，大家齐动手，用炸药能炸的炸，能开的开，能打的打，有难同当嘛。你们看，若没意见，就这样子包干到户；若有啥意见也提出来，我们再商量办法。我的话说完了。"

农历十月小阳春，山区的十月中午里，竟然有那么灿烂的阳光，暖融融地晒着凑在一起吃晌午干粮的人。老陈竟然觉得一阵困倦袭来，温暖如春的阳光，晒着他很想就地躺下睡一阵子。他张了张嘴，闷声说："刚才老支书说了，这个办法我首先表示同意。他事先也征求了我的意见，我想哩，只要对修水渠有利的办法，我们就支持。现在时间这么紧，工程又这么大，一开春，大家又得忙着地里的活，为这三寸舌头点瓜种豆了。所以我们无论如何要赶在年前就把水管子铺到村子里才行，这速度就成了关键。人集中在一块，说说笑笑、热热闹闹好是好，就是手里不出活。时间不等人，所以我们必须分开来干，人言'两家私靠，倒了锅灶么'。分开来，谁干谁的，谁也没啥说的争的。"众人见老陈这么一说，谁也没多说话，只是牦牛坐着哼哼唧唧地说："我倒也没啥说的，不过话说到这儿了，我也想啰唆几句。我家的爷婆平时和我们分开过，这你们都知道。可现在按户划地段，可不能把我们的老人连我们算成两家。他们快八十岁的人了，就算给他们分上工程，还得我们干。我们就不说尊老爱幼了，大家谁也老哩，这种情况也不是我们一家子有。我就说这几句。"

春明不在，一切大权由耀宗定夺。耀宗道："哎，我这是替大家多操个闲心，你们知道，我早不当村干部了，可春明去了城里，我哩纯粹是替他分担点忧愁。你们大家说，现在村子里人口减了不少，要说牦牛说得也有些道理，可村子里不是一户两户，七八十的老人还怪多的，下面老院里、大也圪、梁梁上、后头院里、林老壳子、楞圪上都有老人。你们可别误会，我没别的意思，要说长寿老人多了是我们村子的福分。可集体干开活了，就是个麻烦。你说不分吧，他们都各房另住着呢；分吧，让人说起我们不尊敬长辈了，真把人难住了。大家有啥子好办法，说出来我们听听。"

"小算盘"寿林这时很恰当地开了口："今天把话说到这了，我就开个腔吧。要说不关我的事，我只是给大家出个点子。我看这么来吧，干脆给现在还有劳动力的老人少分点任务，别的人家五米长，给他们两米长总能行吧？给纯粹卧床不起没有劳动能力的老人就不分了。你们看这么行不行？"

寿林说了以上的话后，老陈、耀宗等人众口一词，一致同意他的意见，大家又歇了歇，又开始了下半天的劳作。

第十六章　车间操练

1

王小丫发出的信十天后，远在甘肃西城的雪花终于收到了。她打开一看，一张从学生作业本上撕下的方格纸上写着这样的一句话，很短。

姐姐：

你快救我，我现在被人拐卖到南川区黑山镇王贵子家。都怪我太轻信别人了。

小雪

雪花看了几遍，落款上日子也没写，看起来信写得很仓促。雪花的眼睛一下睁得老大，心抽紧了。咋办？灾祸从天而降，她只好找她的对象张子新商量对策。年轻的小张想了想，说："我没有遇过这种事，我去请教一下王局长，听听他的意见。"

西城区农业局王局长看了小雪的信后，抬起长方脸，对小张道："这是拐卖人口，靠你们自己的力量去救人，难度很大。你们赶快去公安局报案，我给公安局赵局长打个电话，让他们帮你们解救吧。"小张连忙道谢。

雪花和小张马不停蹄去西城区公安局，找到赵局长及相关人员，拿出小雪的信，并说明小雪的籍贯、年龄、长相、身高、口音等具体情况，公安局的人一一登记在案后，赵局长让小雪和小张回等通知，他们要先跟重庆那边联系，摸清情况后再决定派人去接应。

三天后，公安局通知雪花和他们的人一起去解救小雪，陪同雪花的是西城公安局的一个女警察。当她们三天后到达重庆南川区时，那里的警察已经把王贵子一家监视起来了。第二天中午，警察和雪花一起直奔黑山镇王贵子家，以迅雷不及掩耳之势进了王家，把小雪解救了出来。衣衫不整、头发凌乱的小雪见到姐姐放声大哭了起来。

警察把王贵子和王母、小雪都带到了公安局，进行分别审问，先让小雪陈述了她被拐卖的全过程及在王家被强奸的遭遇。他们接着审讯了王贵子，王贵子承认了自己强奸小雪的事实，但他没有供出王二叔和他母亲替他出谋划策的事，他一人承担了。王母却交代了自己才是主谋，囚禁小雪都是她的主意，与王贵子没关系。

最后小雪跟随雪花安全回到了西城。王贵子被判处有期徒刑八年。警方顺藤摸瓜，抓住了那个姓徐的人贩子，最后判其有期徒刑九年，并处罚金八千元。

小雪跟随姐姐到了西城，休养了两星期，雪花带她去医院检查了一下，化验了尿，没有发现怀孕的迹象，小雪心中的石头才落了地。雪花看着憔悴的小雪，她胸中升起了一股要保护妹妹的豪气。她对在婚姻中饱受痛苦，又刚从龙潭虎穴里救出的小雪说："小雪，你就把心放到肚子里吧，不要怕李发生来找，他要是找我来了，我一口咬定没见你，等你以后挣了钱，把李家的彩礼还掉办离婚就行了。"雪花知道妹妹从婆家偷跑出来，又落入人贩子手中遭遇非人的折磨，虽然现在被救了出来，但一时从痛苦的泥潭中还爬不出来。为了稳定小雪的情绪，雪花让小张托人在西城服装厂给小雪找了个临时工作。小雪上班以前，姐妹俩达成共识，绝不透露小雪已婚的半个字，也不向外人提说她被拐卖的遭遇。小雪开始打起精神，放下不堪回首的过去，带着忧郁的神色上班去了。

2

关于小雪的工资，厂里领导说，只要她能把活干好，不会亏待她的。马上要上班了，小雪心里悲喜交集，她没想到自己从地狱的鬼门关走了一遭，一下子回到人间又遇到这么些好人帮她。小雪想起她的婚姻来，不觉热泪双流。说起来，李发生很冤也很可怜。他为了她，真是人财两空。小雪知道，按老家的规矩，她不给李家当媳妇了，她的父母要如数退还彩礼钱。小雪暗下决心，挣了工资存起来，要把欠李家人的钱如数还清。只有那样，她才能成自由身。现在的她人虽跑出来了，可身心并不自由，好似箍了一道枷锁的囚徒一样。想当初，自己的这场婚姻全是贫穷造成的。她能怨谁，怨父母吗？父亲是一个在外工作多年的人，他是明白事理也很疼爱她的，不惜举债让她去城里学裁剪。父亲有他的难处，做女儿的能理解。可年轻的她，有一点不能原谅父母的，就是他们硬逼她出嫁这件事。她下定决心不活出个人样儿，不再进娘家门去；有一天，她要风风光光地回到那个小村庄去。

身材胖乎乎的车间唐主任，领着小雪去了制衣车间。车间里各种各样的缝纫机摆放得整整齐齐，一摞摞衣服码得高高的。小雪虽是学过裁剪的，可她还从未见过这样多的机器，她怯怯地跟在唐主任身后，如一只胆小的丑小丫一样。唐主任把她领到一个中年妇女跟前介绍道："李组长，这是一位新来的临时工，叫陈小雪，学过裁剪，你给安排个简单些的缝纫活先干吧。"唐主任说完就走了。中等身材且皮肤白皙的李组长把小雪领到了一台旧缝纫机前，说道："这个机子编号是54，你以后就用这台机子吧。"小雪坐下来，看这架机子跟她在缝纫铺里用过的大不一样，机身也不同。小雪正查看怎么开动它之时，李组长手里拿了几片已裁剪好的布料，让她缝制。她面对此种缝纫机一下子蒙了，简直如老虎吃天爷无处下爪。她心里一急，脸涨得通红。她见这位大姐面容和善，便大着胆子向这位李大姐央求道："李大姐，你能给我演示一下吗？我原来用的缝纫机跟这里的不一样。"李大姐听了笑道："这没啥，你看一下就会了。这种机子叫平缝机，比普通家用的速度快，能缝制弹性的面料，如线衣、运动服、毛衣等。"李大姐边介绍边给小雪演示了一遍，最后着重强调了两点：一是开总开关前必须要检查一下机子电源是不是关闭的，只有在缝纫机电源关闭时才能开启总开关，否则容易烧坏电机；二是需要换机针和穿引上下线时，要把缝纫机的电关掉进行。

因小凤村不通电，小雪平时在家很少接触电源开关什么的。这下她听李大姐一会儿说开，一会儿说关的，脑子蒙了，没记住多少。她等李大姐走后，便如李大姐那样，在机子上先动手缝制东西。

李大姐给她检查好机针和线盒，强调完就走了。

小雪整整一个上午都在那架机器上试着缝东西，可不知怎的，她操作起来怎么也不如在家用缝纫机上那么顺溜，手动的速度和脚踏板的用力还不协调，针脚东倒西歪的，如醉汉踉踉跄跄的脚步，缝下的东西全部得返工。小雪急得一身汗，脸涨得紫红，她没想到第一天上班就这么不顺。邻座的一位姐姐看到小雪的神色很难看，过来看了一眼，又返回到她的机子前取了一块废布头给小雪，让她先在上面练手。小雪很感激这位好姐姐，听从了人家的建议，只得把分配的活放下来先练手。练了一上午，临下班时，小雪才伸直困倦的腰吁了一口气。

下午上班时，小雪悬着的心仍在提着。回忆李大姐开机子的步骤，她先观望了一下邻座张姐如何开机子。只见张姐不慌不忙，先打开了总开关，再去掀开缝纫机的开关，她照着张姐的样子做了。啊，小雪心里一阵高兴，她这个山里娃终于学会开电开关了。

万事开头难。三天过去了，小雪几乎没有抬头，趴在缝纫机上一遍遍地在废布上练习着。废布上密密麻麻的针脚纵横交错着，几乎没有一点缝隙可以插进去。这三天，她几乎疯狂地在机上一遍遍练习着，线已换过几次。小雪上了一个星期的班后，终于能在缝纫机上战战兢兢独自操作了。尽管如此，她的手、脚、眼和脑的协调能力还很有限，速度也很慢，而且出错多，不是线头卡住了就是机针弄断了，总是出问题。唉，这架平缝机就如那头红羯牛一样，把她折腾得够呛。

　　她发现心里越急，手里就越容易出错。最后她索性放开，抱着无所谓的态度做起来，她手下布头上的针脚竟舒缓起来。她的信心大增，开始做任务，一切都很顺，可是做到中间，有几针晃了一下，放了空针，那个地方看起来不好看，最后被检验员发现，把小雪叫过去嘱咐她再不能发生这种事，不然顾客会挑剔的。小雪赶紧认错，保证以后再不犯那种错误。然而，毕竟在新环境用新机子，小雪一紧张，又接连出现了几个同样的问题，这令小雪十分懊恼。她只得耐下心来，自觉返工。如此往返，她手下出活的速度便大打折扣。但小雪横下一条心，即便出活少，她也要坚持把质量做上去，不要让人家检查出毛病来。

　　雪花嘱咐小雪有事了多请教别人，多跟人学习，不要一个人干着急。

　　真是心急吃不成热豆腐，一波未平一波又起。看到小雪做下的针脚均匀了，可是缝的袖口或身子不合缝，张姐笑着说："你只顾缝针脚了，却把上片料拉得紧了些，一紧一松就出现了这种情况。何况这面料有弹性，易变形。"高个子长脸的张姐过来示范了一下，把两片料口提前捏住，缝过去就不存在这种问题了。小雪虚心求教，车间里的姐姐都热心教她，慢慢地从她手里出下的活，问题越来越少了。下半月，小雪手底下越来越顺，出活的速度大大增快了，她把上半月攒下的工作任务都赶着完成了。她终于长长地出了一口气，把一个来月的磕磕碰碰都狠狠地吐了出去。

　　一个月后，小雪终于基本掌握缝纫机操作，能按时按件地把车间主任交代的任务完成了。她很高兴，车间里的姐妹也替她高兴。虽然她的工资，才三十元，可她已经非常满足了。这是她用一月紧张的劳动换回来的。

这里每天车间里忙碌而规律的生活，使小雪心理上感到一种久违的紧张感。她辍学在家多年，她早已没有了时间观念。工厂里有着铁的纪律，早晨八点上班，十二点准时下班；下午两点上班，六点下班，迟到早退都要扣工资的。她现在想起自己当女子时在娘家的热炕上不起来，直到母亲扯烂嗓子撕破喉咙，才能把她从热炕上拽下来。唉，离开了家乡，离开了老娘，在这个生地方打拼讨生活，才意识到自己当初是多么懒惰、多么自私！母亲太苦了，她在那山坡坡上风里来雨里去一辈子，为他们几个耗尽了全部的心血和力气。她常常腰疼腿痛，呻唤不断。小雪奇怪的是，当她还在老家时，对母亲的呻吟习以为常，可一出门想起母亲在山道上负重蹒跚的样子和不断的呻吟声，她的心抽紧了。

小雪虽然工资不高，但她能用自己所学的技术自食其力，仅用一个月的时间基本适应了一种全新的工厂生活，这对一个山里女子来说，简直是不可想象的。雪花见妹妹脸上有了红色，眼睛里有了亮光，跟她刚从重庆解救出来时的样子比，可说是判若两人了。现在，昔日快活如小鹿般的山村少女特有的魅力又回到了小雪的身上。

3

一个山里长大的女孩，现在到了城市里，就如一株山中的幽兰被移到城市的花盆里一样，她对空气、水及城市的环境，一切的一切都有个适应过程。她感到这西城太大了，她一个人不敢在街上走太远，怕迷路了。雪花把她领上大大方方坐了公交车，转了几次街。她把厂区的位置弄清楚，坐几路车回来，牢记在心。她很高兴，自己终于迈出了艰难的一步。

又是星期天，姐姐与小张转去了。她一个人在街道上边走边看，西城的房子多，道路四通八达，公交车、电车有好几路。这个城市在小雪眼里简直如长了三头六臂的巨人，太大太令人生畏。她自己好似一只刚混进城的蚂蚁，战战兢兢、跌跌撞撞地走在钢筋混凝土的夹缝里。这么一想，她已没有了再转的念头，只想赶紧回到住处。这城里面的人群散在街道上如一队队忙碌的蚂蚁，不知要流向何方。这些人她一个都不认识，她不属于这个群体，她只是一个打工妹。小雪正在乱想，一个游手好闲的中年男子从后面跟了上来与她搭话："你怎么一个人转街？"小雪见一个陌生男人搭腔，吓得不知如何是好，理智告诉她，这样的人不能搭理。她掉头快步走向公交车站往后悄悄一看，此人并未跟上来。可直到她坐上公交车回到宿舍，她的心仍然扑腾狂跳着。如一只惊魂未定的鸟，她一下子瘫软到床铺上。呀，真险！面对城市，原来那么刚烈的小雪似乎成了一个离群的雁。

小雪趴在床上感到一种深深的无助感包围着她，除了自己被卖到王家外，她的腰板啥时候都挺得直直的，没有怯过谁怕过谁。可到了西城后，她软弱到如此境地，竟然被人吓得成了一摊泥。此时此刻，她多么想自己的老家和亲人，多么想到老家那石板搭的热炕上美美地睡一觉，再吃一碗母亲擀得薄如纸的旗花黄豆面片……想着，想着，小雪已是泪流满面。

服装厂绝大多数都是女性，只有两个男同志。女同志多的地方是非多。小雪来的时候，穿着最土气，有些姐妹私下里议论她，确切地说在嘲笑她。她很清楚，以她目前的处境，能把自己养活住就已经万幸了。一个临工，一个月挣几个工资，还要吃用花钱。她在心里精打细算，吃最便宜的菜，穿旧衣服旧鞋，只买洗衣粉、牙膏、卫生纸等必需品。对于一个从山里走出来的女娃子来说，她同样有强烈的爱美之心，也同样渴望把自己打扮得体面些，走到人面前也自信。可买那些衣服是一大笔开销，她负担不起。世上啥时候都有好人，车间里有个王大姐，有一天下班后，背过别人给她拿来了几件旧衣服和裤子让她穿。强烈的自尊心左右着她，她坚决不要，自己的衣服哪怕补丁摞补丁穿着也是舒服。她一再推辞，结果那王大姐变了脸色，她只好很不情愿地接了过来，并道了谢。

小雪收下了人家的衣服，却一直没有穿出来。穿别人的衣服无疑对她来说是个无法逾越的障碍，需要有很大的勇气。一个倔强的山里女娃子，从小受到的家庭教育就是要自尊，不随便吃人家的饭，不穿别人的衣。山里人家，平时穿衣主要是保暖，衣能蔽体就行，从来不知道新潮是啥玩意。

小雪和姐姐一直过着清苦的生活。她每天清早吃完稀饭、馒头等简单的早餐，赶在七点五十分左右走进车间，换上蓝色工作服，坐到操作台上，以最快的速度、最好的质量在缝纫机上做着衣物。刚上班谁都不说话，车间里只听见一阵疾风骤雨似的缝纫机"噔噔噔"声。姐妹们天天面对这样单调乏味的交响曲，耳朵里早已磨出了老茧，已经毫不在乎了。小雪初来乍到，最不习惯的就是车间里的这种机器机针无休无止的噪声。是啊，一个从小生长在烂漫山花丛中，每一天听着鸟儿的歌声长大的女娃子，一下子置身于噪声泛滥的车间，每天忍受着如电子鼓一样不停歇的敲打声肯定受不了。

可生活的压力已把她逼上梁山，她没有退路可走，别的人能适应，她没有任何理由说不能适应。等她每天完成核定的任务，筋疲力尽地回到宿舍，一屁股躺到床上，她耳朵里似乎仍在回响着缝纫机噔噔噔的声音。

真烦呀，这种声音怎么会跟着她不放呢？

现在的小雪，已经从刚来时的新鲜感中摆脱了出来。她越是与车间里的姐妹熟悉，就越与她们有了距离。她也不明白，这是为什么。她们都知道她从山里出来的，从她们的言谈中知道这里人很鄙视山里人。她感到，她们对她还算客气的背后，却潜藏着一些冷漠和隔阂。主观上首先是她自己，面对这一帮衣着时兴的姐妹总有一种自惭形秽的感觉。她也想挣脱这种罗网，可她自己如一只陷在蜘蛛网中的蚊子一样无法自拔。而客观上呢，她们看到她那种情形，也分成了两种情况：一种是同情怜悯她的人，这种善意好似伤害了她的自尊；另一种是嘲笑、鄙视她，这种轻视又刺激了她受过伤害的心灵。年纪轻轻的她，完全被周遭的目光，或许是她自己设想的目光压迫着。她每天上班一丝不苟地盯着手底下的活计，只为工作的事情偶尔才抬抬头。就是偶尔跟姐妹们说句话，她也是垂着眼睛，没有给人家捧出一张热情洋溢、微笑靓丽的脸。说实话，这样的情况，她心理的压力是很大的。每晚睡在床上，她在心里一遍遍地对自己说：必须要改变这种状况，明天她要完全换一种精神面貌给大家。连着几个夜里，她都被噩梦纠缠，梦里大喊："妈妈呀，天爷呀，救救我。"她思前想后，先做到第一点：主动跟人家打招呼；第二点：要见人就微笑。

这两点，说起简单，可做起来不那么容易。例如那个张姐，有天临下班时，小雪不知鼓了多少次的勇气才走上前跟她打招呼，可张姐旁若无人地转过身，踩着高跟鞋噔噔噔地走了，小雪猛然间如破了口子的气球瞬息间就塌了下来，怔在那里，目送着张姐气昂昂的背影远去。

4

星期天，姐姐和小张约小雪一块转去，她很高兴地换了一身干净衣服跟雪花走出了大门。他们三个一路走一路谈着闲话，小雪"唉"了一声，道："我这样干下去得几年才能攒够那笔彩礼钱呢？为了攒钱，我够节省了，衣裳都舍不得买一件，一个女子家不说把自己打扮得花枝招展了，最起码得过得去。"小张想了想，转过头来道："唉，小雪，你这情况不如去南方打工，我听表妹说，最近市里在招人，去深圳啥厂里，听说工资蛮高的。"小雪听到这个消息，脸上有了喜色，道："哥，那麻烦你，给我尽快打听一下，我这情况人家要不要？反正我在这里不死不活地难受，不如去南方闯闯多挣点钱。"小雪没说出来，她真想换个环境了。

事情出奇顺利，小雪被深圳一家玩具厂招收了。第三天去报名，她在厂里请了个病假，跟姐姐一同去西城市劳动局。因小雪是个缝纫工，厂方代表都没有深究她是不是西城人就当场选中了。当然小张的表妹在劳动局有熟人，这一点也起了重要作用。小雪真没想到，自己这么快就被老板选中了,她思想上还来不及转弯子。回来的路上她心里直犯嘀咕,自己孤身一人去南方,要是被人家骗一顿咋办呢?到那时可就叫天天不应,叫地地不灵,自己已经栽过一个大跟头,可不能再摔跤了。小张听了她的顾虑,想了一下,道:"没事的,你不用怕,这人多着呢,又不是只招你一个人。我那表妹你也认识了,以后你们就在一起玩,有事多商量。我都羡慕你们呢,我要是临时工,这样好的机会我不走才怪呢。你现在一个人,两个肩膀抬张嘴,想走就走了,有啥顾虑的?这又是劳动局联系下的,怕啥哩。"

小张的一席话,如一缕春风彻底吹散了小雪心中的疑虑。促使小雪下定最后决心的,还有一个原因,就是她认为只要她去了遥远的南方,那个李发生就不会找她了。她就可以轻松地生活,就可以摆脱那藏藏躲躲的日子。

深圳的厂方代表已经在火车站定好了去深圳的火车票,小雪一直没给缝纫厂里透出一点风,她害怕走不了,给车间里的姐妹留下笑柄。直到拿到了出发的火车票,她才与姐姐商量怎样去厂里说辞职的事。雪花让小张给当初请托的人打了招呼,就说她要去南方打工,辞职不干了,并感谢厂里对小雪的照顾等等。

小雪顺利办完了交接手续,领到了余下的工资,去跟车间里的姐妹告别。她没想到,这些姐妹得知她已应聘到深圳一个厂子工作之时,猛然来了个一百八十度的大转弯,对她捧出了少有的热情,当面说了好些依依不舍的话。她很兴奋,没有时间探究她们说的话有几分真假,单纯的她完全被感动了。她非常满足地带着这份情谊,跟另一批新姐妹背上行李包坐上了去南方的列车。

小雪和一帮十六七岁,最大的十八九岁的女娃子带着沉重的行李包,在亲人的送别下上了火车。女娃子们全是一脸的稚气,眼睛里跳跃着希望的火苗。对未来无限憧憬和向往,以及对遥远而陌生的南方的胆怯,全写在她们脸上。

列车喷着粗气慢慢开动了,月台上站着一帮子做父母的,与车厢里探出的一张张单纯的脸，都在互相叮嘱着。当父母的叫："春香，你路上要多操心啊。"车窗里探出的女儿则大声答应："听见了，你们回去吧。"最后，跟着车厢跑动的父母则大声叮嘱道："到了那里，一定来封信啊。"

小雪已不是第一次坐火车了，她上了火车，把行李放到了行李架上。列车开动前，她也拥到窗口跟姐姐道了别。

领队的是一个中年男人，从深圳来的，老家在四川，姓胡，大家都叫他胡经理。他中等个子，抽着烟卷，操着一口川味普通话，一看就是一个很精明的人。没上车前，他叮嘱大家上车时先找车厢，再找座位，最后放行李包。一百多人的队伍，散坐在三节车厢里，他白天到各车厢看望大家，并在每一节车厢里临时指派了两个负责人配合他工作。列车驶过秦岭时，天渐渐黑了下来，大家昏昏欲睡，有的眼皮子打起架来。老胡看到这个情况，马上通知三节车厢的负责人，要求她们轮流值夜，以防止贼盗。这样，三节车厢迅速组织了起来，老胡叮嘱大家："你们值夜时眼睛要睁大些，实在困得不行了，可以在本车厢来回走动，边走动边巡逻，发现有啥可疑的人动你们的东西，要尽快想法喊醒打盹睡着的人。人多力量大，他见你们人多，自然就会逃走的。"最后他特别叮嘱这些初入世面的女娃子，若发现贼人，不能正面跟那些人冲突，把贼人吓走就算了。

小雪在十五号车厢里，时至半夜，她坐在椅子上，眼睛半睁半闭地假寐。组长派她和其余几个姐妹值的是后半夜的班，所以她必须得保持清醒。为了赶走瞌睡虫，几个姐妹凑在一起闲聊。约莫到了凌晨四点钟，车厢里的温度骤然下降了，小姐妹的谈笑声低了下去，她们都被困倦包围了。小雪感到身上很冷，想打开包找一件衣服披上，还没从座位上站起来，在车厢里昏黄的灯光下，却看见一个三十来岁的陌生男子披了件大外套，往一个熟睡的姐妹跟前凑。小雪一激灵，赶紧大声喊叫着组长的名字，几个假寐的姐妹都抬起头来。小雪给她们挤了一下眼睛，她们的目光如电光石火般齐刷刷投到了此人身上，并且大声喊着同伴的名字。此人一看情况不妙，抬脚走出了车厢。小雪她们见此人溜走，才长出了一口气坐到板凳上。她一抹脸上，直抹了一把冷汗。本来身子发冷的她，牙花子竟然不自主地磕碰起来，身不由己地发起抖来。

这一百多号小姐妹连着坐了三天两夜的火车，终于在深圳车站下了车。这几天在经验丰富的老胡带领下，姐妹们都提高警惕，轮流值班。出门在外，在这个小集体里，她们谁都把自己的全部身家性命交托了出来，真正做到了心往一处想，劲往一处使，一百多号人的心力都拧成了一股绳。这股绳子把她们每个人都牢牢地捆在了一起，使她们三天两夜在火车上没有出现任何的意外。老胡和大家都很高兴，他招呼姐妹们依次下了车，并当场表扬了各组组长，最后还特别提到了陈小雪，表扬她眼尖反应快，警惕性高，为团队的安全作出了贡献。

老胡组织一帮女娃子跟紧队伍，依次走出了出站口。他又组织各小组长点名集合队伍，等一百三十六名女娃子都齐全后，他让她们原地待命，他出去打电话。

这些女娃子本来以为深圳是一个大城市，等她们下了火车出了车站，看到此地到处都在搞修建，没有高楼大厦，没有闪烁的霓虹灯，摆在她们面前的是乱糟糟的景象。她们中有几个头脑反应迅速的女孩，等胡经理出去叫车的当儿，给同伴们发出暗示，怀疑她们被人骗到这穷乡僻壤来了。同伴听了一时间都没有主意，有的开始埋怨自己的父母，有的埋怨自己的同伴。她们本来就头脑简单，不会分析判断的。小雪此刻没想那么多，因为她的命运本身就没有可炫耀的地方，无论前头等待着她的是鲜花还是荆棘，她都认了。所以当大家大发怨言之时，她却冷静地说话了："你们别这样，要知道，我们没有退路可走的，合同书已签了，还是劳动部门联系的单位。我们既然来了，怕啥哩？不是有句老话叫既来之则安之嘛。你们要是想回去就回去吧。"大家听了小雪的几句话，竟都安静下来了。她们中有的人很佩服小雪的冷静和临危不乱的气度。

一个小时后，胡经理叫来了三辆大巴车，载上这些女娃子和行李，朝着大家期待的最后一站——玩具厂进发。

　　三辆大巴车，走在公路上，车厢里的气氛很凝重，谁也不说话，个个脸上罩着失落的情绪。一个多小时后，她们心中向往的目的地到了，一望无际的大海边，有一栋孤零零的厂房立在那里，周围是渔村。姐妹中有人惊呼："看，那就是海吧。"她们争先恐后站起来发出惊叫声。长在大山里的小雪从来没见到过大海，当她从车上看到这工作地与大海这么近时，从心底里一下子喜欢了这地方。

　　小雪她们到了这个玩具厂后，当晚被老胡安顿到集体宿舍里住了，小雪与张表妹住在一块。第二天早饭后，老胡又领着她们到厂办公室报到，办完手续，老胡让她们回去休息等待，第三天再给她们宣布岗位分配的结果。第三天早八点钟，通过两夜一天的休整，这些处在豆蔻年华的女娃都把旅途的疲劳洗刷干净了。她们换上大方整洁的衣服，一队队走进厂办室来询问上班的事宜。老胡拿了一个文件夹，给女孩们一一念了分配的岗位。末了老胡强调，分配的岗位都是考虑了大家的特长的，所以请大家尽快上岗吧。小雪很庆幸，被分配到了缝纫车间，干她的老本行。

第十七章　老陈受伤

1

老陈五十多岁的人了，又有胃病，整天胃里泛酸水，时不时就要往外吐一口。他这个是60年代大闹饥荒时留下的病根子，已经多年了。此病很难治愈，最近修水渠由于他太投入了，劳累过度，胃病越发严重了。他关键是吃不成苞谷面和酸菜，可这些吃食山里人整天都离不开。没有了酸菜，山里女人就不会做饭了。好在莲子已经养成习惯，即把饭提前给他舀出来，再往锅里调酸菜。可苞谷面不能不吃，它几乎是山里人的主食，条件好些的人家，一天至少也得吃一顿；条件不好的人家，吃两顿。老陈家的生活在村里又是末尾的，一天中吃两顿苞谷面是常事。可老陈一吃苞谷面胃里就泛酸，胃痛。老陈脸色一直不好，现在胃痛加重，脸色如一片老菜叶黄得不成样子。他比不得耀宗，人家脸上啥时候都是红光满面的。莲子看着老陈的样子很心疼，劝他歇两天再去干，可他哪里能听进去。他说："我有病了就不去了，他有事了也不去了，这也有事，那也有事，工程这么紧，那就别想把水渠修通了。会上定下的每户每天得出两个工，我是老共产党员，我们家不去个男劳力只让你一个去，能行吗？"他几句话堵得莲子哑口无言。他和别人出工不一样，别人光干自己的活，不操心别的事；他既要干自家的工程量，还要把公家的事情再操心上。他自告奋勇给春明当起了管理员，有时还出出主意想想办法。

老陈是个为公家的事挣死命的人，从不会偷奸耍滑的，所以他比别人要多受些苦和累。唉，一个一辈子把公家的事看得比命都重要的人，他一天抡大锤、捞尖镢挖到天黑，骨头都快散架了。最近在干活的间歇，老陈一直叹长气，小雪出走的事情已经把他的心掏空了，他再也不愿多想了，一切都靠她娃的命撞去；修房子的钱款都欠着哩，加上宝贵刚结婚，旧账没还，新账又添了。唉，不多想了，好在两个大娃都上路了。

小凤村修水渠的工程已进入了难度最大的鹞子崖处，到了啃硬骨头的时候了，这意味着小凤村人将面临严峻的考验。这鹞子崖位于村子东七里处，被一道山梁挡着，平时在村里是看不到它真面目的。它突兀高耸、危险峻峭，黄赭色的悬崖绝壁上寸草不生，远看如一只张翅欲飞的鹞子立在背部大山的胸部，仰望着对面的凤凰山，要与凤凰山比一高低似的；又好似它在跟凤凰相对和鸣、引颈高歌一样。不管从它的身架高度和气势说，根本不能与高峻挺拔的凤凰山相媲美的。啥都有个远近高低的情景，这鹞子崖经不起近看，近看却似一只暴怒的野猪，张牙舞爪地在那乱拱着。好在它身子并不宽，就那么一截，这水埝必须要穿过其崖窝腹部，有四十多米长。村里人早有口诀说：鹞子崖，鹞子崖，鹞子飞过也叫哀。它的险峻陡峭程度可想而知。可再难，也得过，因为水渠再无路可走。早晨出工的村人全来了，都站在崖底下那条小路上眼望着崖壁指手画脚地议论着，端公林和黑猫等几个人干脆坐在路边石头上等着队长发话安排。面对这样一段险路，谁都是"老虎吃天爷无法下爪了"。春明、耀宗和老陈站在一起手攀石崖壁一步步走了个来回，把每一横断面的工程量进行了充分的估计与权衡。耀宗和老陈他们那一代人在修渠引水、搞工程爆破方面经验非常丰富，想当年他们组织并参与过上丹阳"丹岭渠"工程，锻炼了一身在山区修渠引水的硬功夫。经他们的眼睛和手估量过，能合计出一条工程量小、最经济的路线来。村里人对他们的能耐是了如指掌的，所以很放心地让他们去勘查去合计。春明年轻，所以在这方面他只有虚心听老前辈的吉言了。

他们指着崖壁商量了半天，最后终于确定了开凿的路线：从那块石头开始，到那一头的那块石头终止。老陈自感体力不支，一阵阵胃痛得很厉害，他手按腹部，脸色青黄。此时，他也顾不上管自己。最后他们根据以往的做法，决定在崖壁两端找两个点拉一条绳子，再找两个年轻小伙子分别用石灰在中间撒一条线。不这样做，光从一端的崖壁上往前推着打，最后就有可能把渠道打弯打斜。春明和牦牛两个小伙子自告奋勇爬上崖壁的两端开始往中间撒。

线撒完，春明、耀宗、老陈带头拿上钢钎、大锤爬上石灰线以上的石崖上打洞，在石壁上打上一个深窝窝，再填上火药，放上雷管、导火线之类的进行爆破作业。耀宗看了看老陈，道："你今天脸色看起来咋那么难看？不行叫别人捞大锤吧！"老陈道："今天很不舒服，我先捞一阵子再歇吧。"耀宗捞起大锤上到石崖上，端公林起了个歹心，自告奋勇双手给老陈捉钢钎，老陈朝两手心里用力吐了两口口水子，搓搓手，捞起大锤狠劲地砸，震得端公林捉钢钎的手都麻木了。一时间"噔、噔、噔、噔"，大锤砸钢钎的声音在鹞子崖上此起彼伏地响起来。过了一会儿，端公林感到老陈砸钢钎的力气弱了下来，猛然间听得扑通一声，老陈拿着大锤跌倒了，连人带锤都滚到石崖下了。"不得了，老陈滚到崖底下了。"端公林一声大叫，一下子围过来了好多人。他们都站在崖边伸长脖子往下看。哎呀！真是万幸，老陈跌到半崖上被一丛葛藤挡住了，没有跌到崖底下。若跌到崖底下的路上，高度不下五十米，他不死也得被弄成重伤。大家七手八脚把老陈从葛藤的架上拉起来，只见老陈脸色煞白。连日来，他本来就强撑着疲惫不堪的病身子，这会儿连累带吓，他的身子软得就像是面团，并且大口大口地吐起血来。大家一看那情形都吓傻了，站在那里不知道咋办。正值隆冬天气，山风吹在人的脸上如刀子割一样。一个重病人不能在此地多耽搁，否则后果不堪设想。不得了，情况紧急，耀宗当即与春明商量，抽了村里的黑猫和牦牛两个精壮小伙子背着老陈，让春明陪着送老陈去医院。春明急切地说道："村里账上又没一分钱，他们家估计也没多少现钱，这咋办？"耀宗当即站起来把大家扫了一圈，大声动员道："你们大家也看到了，老陈现在很危险，你们谁家有现钱或银行里有折子的，都多多少少拿上些来先垫上，救人要紧，到时候一定给你们还上；要是还不上，你们向我和春明要就行了。"耀宗到底是当下多年村干部的人，遇事不慌不忙、沉着冷静。此话说完，大家沉默了片刻，耀宗第一个表态："我凑上两百，大家多了多凑几个，少了少凑几个，救人一命，胜造七级浮屠呢。"耀宗这个态一表，有些人不表态也不行。春明、富生、巧珍、端公林等都报了个数。山村人有多少闲钱呢，一两百就顶破天了。此时此刻，有人实在添不上钱了就跑个腿，说个安慰话啥的都是好的，人情不在多少，要紧处哪怕说句熨帖的体己话，都如和风细雨三春暖，滋润人的心坎。春明让大家都回家取钱，耀宗悄悄对春明说："我也没有那么多，手头只有一百你先拿去，当时情况，我不说多些，怕别人越抠搜，所以先报了个虚数。"春明点着头，眼睛对耀宗投去一瞥崇敬的目光，心里更是对耀宗佩服得五体投地。这一点，他是自愧不如的。春明感觉，耀宗跟老陈叔不一样。老陈是一个把集体和国家的利益看得高于一切的人，对家中的事务正经很疏忽，只把一腔赤诚的热血都洒在公事上了。村里人谈论时有的带着崇敬的心情，而有的带着鄙视甚至嘲笑的表情。春明知道老陈叔骨子里有一种为集体和国家的事务献身的热情和责任，他这种表现远远不是用"热情"二字能说清楚的。谁能几十年如一日不计个人得失坚守一种信念呢？更确切地说，他这是共产党人一种坚定的信仰，一种理性的自觉和清醒，一种对共产主义理想奋斗的拼命精神。春明知道包产到户后，农村个人自由主义、利己主义、自私自利等思想都如那麦田里的稗子和杂草一样疯长，像老陈这样仍然大公无私、富有自我牺牲精神的人已经很少了。所以他这种精神才显得难能可贵，好似一座高高的尖塔矗立在那里，是他们这一代人好好学习的楷模和典范，值得他们一辈子敬仰。可耀宗不一样，他把自家的生产生活安排得很妥帖，对集体的事情也是收放有度，说一句话还能拿捏住人。所以春明时时感到老支书耀宗的风头远远超过了他这个新队长，但他知道现在还少不了耀宗给自己撑腰，他现在的翅膀还没长硬，他还需要老辈子把他扶上马送一程。他以后还得虚心向这两位老前辈学习呢。

几个小伙子轮换背着老陈，老陈嘴里的血只在往出冒，年轻人的衣服都被血浆过了。耀宗一路对老陈说着话："你可一定要挺住，不能睡过去。娃娃们，跑快些，到村里找个滑竿把老陈抬上，就好受多了。"春明道："这时到哪里找滑竿呢？"耀宗道："实在不行，你们快跑回去，两个人用棒子扎个滑竿。"春明安顿牦牛说："你干脆把你的罩衣脱下来衬上，要浆了就浆上一件子，都被血浆了咋办？又是冬天，当下没穿的。"牦牛脱下外衣衬到脖子里，就狠劲背起老陈飞跑。时间就是生命，一分一秒的时间对老陈来说就是上刀山下火海的鬼门关呀。快快、快、快快……春明先行一步到了村子里告诉了莲子，莲子正在家里煮酸菜，听了这个噩耗，吓得扑爬跟头在家里找木杆子和皮绳，让寿林和根全急急扎一个简易的滑竿。春明到村里人跟前筹集钱款。滑竿架子还没扎好，老陈已被年轻人背到村落里，莲子拿了一件老陈最值钱的家当——旧军大衣，就气喘吁吁爬到村子高处路边的春明家。见老陈躺在一个躺椅上，衣服上满是血迹，莲子吓傻了，用变调的声音抹眼泪嚷道："天爷、天爷呀，这咋做嘎？"寿林听了呵斥道："光知道天爷地爷的，快把你的嘴闭住，赶紧给灌些热开水。"莲子接过春明妈端来的糖开水，给老陈用调羹往下灌。老陈耷拉着脑袋，勉强喝了几口就不喝了。大家七手八脚地扎了一个能抬人的简易滑竿，用两根木杆放肩上，中间用绳子横竖交错打成结，能放个人身子。这种东西尤其适合在山路上抬病人，用绳子把身子绑到滑竿上，走起路来安全稳当，躺着的病人也不受委屈。"快把大衣铺到滑竿上，把人放上快些走吧，这是能耽搁的吗？"寿林催促道。麻利的寿林三下五除二就铺好大衣，把老陈抱到滑竿上再捆起来准备上路。耀宗和春明急急把村里人手上的钱收齐了，说："一共有八百元，只能救个急。你们到了丹阳医院，先让大夫给抢救一下，不行，就在路上拦车，拦上车才能争取时间。"他说完，顿了顿又道。"寿林也去吧，你毕竟年龄大，经见得多些，要紧处有个主意。"寿林是个热心肠，在这紧要关头他二话没说，就抬起了滑竿，说："我们走。"莲子急急收拾了一下，让两个小鬼看家，自己陪老陈看病去了。

谚语说得好：人心滋人心，害病遭年甘。对于小凤村人来说，平时无论再怎么争吵，仇哼哼气呼呼的，到了紧要关头，大家都能同心协力渡难关。这种宽容与大度是多么珍贵，也是多么难得呀。远的不说就说寿林吧，平时莲子没少挨寿林的骂，说她对寿林没有看法没有怨气是假的。就在刚才，他又对她吆三喝四的，就如对一个不懂事的小娃娃似的。可她知道寿林那是关心他们才那样做的。在这紧要关头，只要有人替她操心，哪怕是说一句关切的话，她还有啥理由记恨人家呢？莲子小跑着跟在滑竿后面望着抬滑竿的寿林微弯的后背边走边想着，眼里竟然涌出了晶莹的泪花。她偷偷擦了，可怎么也擦不干。感情的闸门一旦被打开就汹涌澎湃起来，她止不住的泪水似喷泉一般直往出涌，竟越擦越多……

老陈睡在滑竿上，仍在吐着血，莲子给他衬了一块破毛巾早已湿透了，可谁也顾不上拧。因为大家都知道，多争取一分一秒对他来说是多么宝贵，也许那就是生命的曙光。老天爷呀，一个人到底有多少血往外吐！这该诅咒的大山，一眼能看见的地方得走半大天，一条羊肠小道在山间缠来绕去的好像永远都难走到尽头似的，遇到生命垂危的病人能把人急死，你就是有天大的本事也只能干急。

抬滑竿的人以最快的速度赶到丹阳卫生院，走了近两个小时，在工地上一个多小时，三个多小时已经过去了，老陈明显昏迷了。他们找到一个医生，是个年轻大夫，看了看，问了问情况，便给老陈开药扎针输液，并说："你们最好去县医院，这么重的病我只能临时处理一下，至于能不能见效很难说。"莲子到底是个女流，要紧处就不知道咋办了。

"快，春明，你先到公路上拦车，我们收拾。"寿林果断对他的儿子下命令道。几个人提液体瓶子的提瓶子，抬滑竿的抬滑竿，他们推推搡搡从卫生院出来到了公路上。等呀等，等了好半天，仍无一点车影子，这咋办？莲子急得在路上直打转转。"老天爷，你就睁睁眼睛吧。"莲子说着扑通一声跪下去说道，"寿林、春明、黑猫、牦牛今天麻烦你们了，人说大恩不言谢，以后我们慢慢还你们的人情，你们今天帮人帮到底，阴山县城再远，今天我求你们一定要把他抬着去，不然他就没命了。老天爷，人有多少血经得起几个小时吐。今天要是不来车了，在这等下去只有死路一条啊！"说完莲子放声大哭，"老天爷呀，你就睁开眼睛救救老汉吧，嗯嗯嗯……"寿林听了这话，拉起莲子，一脸严肃地说："我们两手准备吧，我们在这挡车，莲子带着黑猫快去杨之沟你娘家找辆架子车来，这长途用滑竿抬不是办法。"正说着，一辆卡车远远来了，大家齐齐伸出手，高高地举到头上，大声叫道："师傅，停车、停车，停一下车。"轰隆隆，大家叫着叫着车就跑过去了。莲子望着车后扬起高高的土雾，带着哭腔道："老天爷，这咋办？你就给条活路吧。"寿林呵斥道："别流尿水子了行不行！这右客要紧处把人吵得不得安闲。"莲子知道，一副热心肠的寿林，脾气也大得很，一点不对他的脾气，他不管三七二十一会把你当众骂得狗血喷头。寿林的一声断喝，大家一下子静了下来，都耐心地等待着。时间一分一秒地过去了，老陈仍静静地躺着，液体一点一点地流进他已如一根稻草般虚弱不堪的身体里，莲子和黑猫小跑着找架子车去了。莲子的架子车还没来，又一辆卡车却过来了。众人又扬起了手，说时迟那时快，寿林一个箭步跑过去一下子躺到了公路中间，春明也跑过去在他父亲身边躺倒了。一时间公路上长长地躺着两个人用身子组成的路障挡住了车的去路。

轰轰隆隆的东风车来到跟前"嘎吱"一声很不情愿地停了下来，司机一伸出头来，面带愠色嚷嚷道："你们这是干啥？起来，把路给我让开。"寿林弯腰抬脸勉强挤出一丝苦笑，说道："师傅，你看这有个病人受了伤，紧火得很，都吐血几小时了，要到县医院抢救，我们拦不下车，实在没办法才出的这歪主意。你就给拉上吧，救人一命哩，进城了我们再谢你。"司机白了他们一眼，公路上的一条汉子仍展展地躺在那里，大有跟他叫板的架势，他不拉，他就不起身，他只得很无奈地摆了摆手："上吧，上吧。"

当时他们为了抢时间，没有等莲子和黑猫回来就把老陈拉进了县医院，经过紧急抢救，终于把老陈的生命从死亡的深渊边救了回来。第二天晚上，当寿林、春明、黑猫、牦牛都回到了村子里，村里人这一句那一语地询问起老陈的病情来，寿林答道："命算保住了，大夫说，要再迟半小时，人就没命了！哎呀呀，可真险！在丹阳街不是我们反应快，躺在路中间拦车，陈全贞他再差一米颗子，就没救了。""那他到底是啥病，那么价吐血？真把人吓死了！"有人又问。"说是胃出血，胃里的血管破裂了，导致吐血的。"春明答道。巧珍叹道："我的爷，真吓人呀，我活了大半辈子还没见过那阵势，血都把人浆过了。唉，多亏了那么多人帮忙，背的背，抬的抬，硬是把他给弄到了县医院，不然我们这山坡坡上，三耽搁两耽搁的，有他十个陈全贞也没命了。"精灵虫巧珍想了想又慢悠悠问，"那这回的住院费，是让他们个人交呢还是到时候队里交呀？"春明答："这事情我们还没研究哩，现在先把人救活再说。"

2

老陈在城里抢救住院的当儿，他们家修水渠的工程量，就暂时免了。

出事那天，村里人费尽周折把老陈拉进了县医院。医生经过认真检查后诊断为胃出血。为了抢救老陈，光输血就输了五百毫升，掺了止血药物的液体每天输着就没停。他一直躺在病床上昏迷着，最后血终于止住了，大家才舒了一口气。刚来县医院那天，队长春明、寿林、黑猫和牦牛都焦急地守着老陈，因为大家无法判断他能不能挺过这一道难关去，若挺不过去，还得靠大家把他抬回去。那天莲子和黑猫两人直到天快黑了才步行走进城来，看到老陈躺在病床上输液，莲子才舒了一口气。听说老汉还没脱离危险，她脸上立马写满厚重的愁云，惨淡得没法看。她看老陈脸黄瘦得不成样子，只有游丝一样细弱的一缕气在出着。一晚上过去，他们谁都没有去睡，在医院里的走廊上席地而坐。第二天中午，老陈吐血明显减少了。春明向医生询问了老陈的病情，医生告诉他病人已经脱离了危险，春明他们终于舒了一口气，安顿了宝贵、莲子，他们才回去了。临走时莲子千恩万谢道："这回你们可帮了我们家大忙了，不是你们，老汉他就没命了，我们以后慢慢还你们的人情吧。只是这住院费已经不多了，还求队里再给想个办法，这老汉可是为了集体的事情受的伤吐的血，这住院费村里可得管呀。"春明说："大大，这个事情，我们回去开会研究一下再说，有啥事，你让宝贵回来报个信。"

老陈一张黄纸样的脸露在雪白的被子外，更衬得他孱弱不堪。莲子静静守着他，想起自己悲苦的身世及嫁给他以后所受到的委屈，不觉泪如泉涌。她怕同屋的人看见，快快用纸擦了。她是个刚强的人，生活的重担不容她有些许懈怠，甚至没有时间悲伤和顾影自怜。可日子再怎么艰难，再怎么劳苦，都没有压垮她的意志。此时此刻，她面对医院里病床上奄奄一息的丈夫，静静地期待着他能转危为安；此时此刻，莲子多么需要一个人安慰她焦急愁苦的心。在夜深人静之时，她又悄悄在心里祈祷老天爷拯救老汉，让他早点恢复健康。她太累了，想着想着，趴到床边睡着了。

陪伴病人需要耐心。白天莲子和宝贵两人轮换着在医院里陪护，晚上全由莲子看护着。她一想起钱的事情，就不由得生出烦躁来。因有了空闲的时间，她想了一些事。说到底老陈是个不顾家的人，啥时候把公家的事认得真，家里的大小事都甩给她。她作为女人，没有白日黑了地磨苦，没享受过男人的一丁点关爱。特别是山区繁重的劳作本该由男人承担的，她却要用自己柔弱的双肩挑起来。有时候，她浑身疼得很想在炕上睡一会儿，但是活儿不等人，不敢歇缓。这还不算，家里钱路紧得没法说，常常拆东墙补西墙，拉账借债疲于应付。真是熬苦人的事，她全遇上了。

唉，五十知天命之年的莲子心里很清楚，老陈活着哪怕再没用，也比没有他强。不管如何，再差的男人也比女人强，只要老陈在，她精神上就有了依靠和庇护，有个啥事情还有个商量讨主意的人。医生说现在危险已经过去了，能吃稀饭了，莲子到印刷厂宝贵处又亲自去煮了大米稀饭来，一口口喂他吃，他吃了几口便不吃了。

平时宝贵紧紧张张地上班，下班了再做饭，他一个农村小伙也慢慢习惯了城市生活。这下他父亲进医院躺下了，这住院费又是一笔很大的开支，村里人凑的那些钱用完了，到哪儿再借去？在这人生地不熟的县城里，谁随便给你借钱呢？他边做饭边发愁，嘴里长一声短一声地叹长气。当他们娘俩正一筹莫展之时，老陈的朋友老徐来了。他中午时分背着一个乌扣子，手提了一个笼子。哭丧着脸的莲子像遇见救星似的亲热迎上去，道："哎呀，老哥哥，还把你惊动了，这么远的，你怎么来的？""今天运气还好，搭了个便车。"胡子拉碴的老徐扑到老陈跟前去，老哥俩的手紧紧地握住了。老陈挣扎着想爬起来，老徐赶紧按着他的身子道："我的兄弟，你把你的躺着，你才从阎王殿里回来，哎呀，真了不得，你总算翻过这道鬼门关了。我听巧珍说幸亏那天大家七手八脚弄得快，不然两耽搁三耽搁就麻烦了。"虚弱的老陈沙哑着嗓子说："麻烦你这么远来看我。"他喘了口气，又有气无力慢悠悠说道，"这回，差一米颗子就没我了，阎王爷又把我放了回来，我的任务还没完成，老天爷还不收我呀。"老徐道："你还在哪里哩，五十多岁的人正活人哩，家里小人们都没上路，你肩膀上的杠头想卸还卸不掉呢。人呀，这架机器到了一定阶段就得休整，你趁势把身体好好养养，等你好起来我还有一句话跟你说呢。"说完老徐从衣服口袋里翻了半天取出了一百元钱递给莲子，"兄弟，你这回出了这么大的事，我应该多帮衬些才是，你们别嫌少，斤里不添了两里添。"说完要走，老陈不让，道：

"你这么远地来看我,我怎么能让你就这么走哩,你走了我心里咋得过?今天反正回不去了,住下陪我谈谈闲。"他们说了一会儿农家话以及阴山县的新闻,老徐见老陈的身体很虚弱,说话中气不足,便告辞出来,由莲子陪着去印刷厂了。第二天早饭后,老徐专门到医院来跟老陈告辞,让他安心养病,说有啥事了叫一声,他一定来帮把手等。

3

小凤村修水渠的任务已经过半了。在春明、耀宗的带领下,全村人团结一致,消除老陈受伤所带来的畏难情绪。春明回来后开了一场会,认真总结了修渠开工以来的经验教训,研究解决当前面临的问题——攻坚鹞子崖,主要是爆破作业。他们挑选一些有经验的青壮年组成了突击队,严格按爆破操作规定作业。会议规定:六十来岁的老年人再不能上崖壁打炮眼,可到平坦土质地段划段修渠;谁有病谁请假,不能带病作业等。一切安排停当,他们每天早出晚归捞着钢钎大锤打眼放炮。那几天,小凤村人每天都能听见轰隆轰隆的爆炸声。自从那炮声响起来,把周围灌木丛中的野鸡、狐狸、猫头鹰等都惊吓得远避三十里,一下子听不见了它们的啼叫声。鹞子崖再险再硬,也在顽强的小凤村人面前退缩了,让步了。他们克服重重困难,终于把这块硬骨头啃了下去,一条水渠直直从崖壁下穿了过去。大家看着那条水渠,不由得长长出了一口气。春明和耀宗商量给大家放了一天假休息。

老陈脱离了危险,仍然在医院里接受治疗。钱快用完了,宝贵只好去印刷厂领导跟前求情,人家厂长说那是为村里修水渠挣下的工伤,应该由村里负担才对。他们一个小小的厂子吃了上顿无下顿的,连工人的工资都发不出来了,哪还有闲钱给人借。厂长叫苦连天,宝贵好说歹说,他才同意先借三百元去救急,到时候从老陈的退休金里扣回。还好,没有白跑,连那老徐家的一百元共有四百元交到医院里。宝贵又和主治医师谈了谈父亲的病情,大夫说还得住一星期才能出院。宝贵想,交的那点钱不够输液钱,他只好回来到村里想办法。春明说队里账上一分钱没有,到哪挖窟窿借债凑钱呢,村里人该凑的都凑了,不行了到别村的亲戚家再想想办法。宝贵跑到邻村去借钱,一天跑下来,连一根毛也没借上。他家亲戚本来不多,且都是穷亲戚,连自己的日子都过得紧巴巴的,哪有余钱借人呢?就在春明、耀宗和宝贵抓耳挠腮的当儿,莲子突然领着老陈颤巍巍地出院了。他们坐了个熟人找的便车到尹子坝,老陈手里拄着一根棍,好不容易翻过大梁,越过望凤坡,走进村口来。桂香看见了跑去捉住老陈的胳膊,道:"哎呀,全贞,你可命大呀,真把人吓死了,老汉正愁着到哪想办法弄些钱去,你可回来了!回来了好,回来了好呀!"莲子道:"人家大夫说还要观察两天,他急着就要出来呢,说不能再给村干部找麻烦,能省就省些。大夫开了些药,我们拿上就出院了。"

老陈回来的几个晚上,村里人听到口风三三两两地来到老陈家看望他,端公林手背到腰后也来串门子了。会耍嘴皮子的端公林开腔就说:"哎呀,老伙计,你躺下了,这回可把我急坏了!把你抬上走的那几天,我都愁得几晚上没睡着。人都说是我给你捉的钢钎,天爷,你要是有个三长两短,我心里咋得过?本来我这两天要抽空到县城里把你看一下,没想到你回来了,哈哈哈……"端公林自说自笑起来,惹得大家都笑了起来。"这回阎王爷倒是派小鬼拿着绳索请我来了,我就赶紧给人家说好话,我肩膀上的筋还没磨断哩,给这些骚门神还没娶上右客,我还走不开,再担待我几年吧。"老陈说完跟着大家又笑了一回。在村里人热情而暖融融的关怀氛围中,老陈的心里很舒坦很受用,他脸上的皱褶里都盛满了笑意。

老陈出院后,村里几乎家家都来人看过了,他们有拿鸡蛋的,有拿白糖的,有拿两斤机器面条的,也有拿大米的。山里人礼物不在多少,重要的是表表关怀之情。耀宗、春明都在晚饭后抽时间看望老陈了。春明一手提着一个竹笼子，里面装了用麦衣盖着的二十个鸡蛋。刚坐下不久，根全也来看他了，竹笼子拿了压好的几斤机器面条。老陈一一让莲子接了过去放下了，嘴里喜滋滋客气道："哎呀，你们来我这坐会陪我说说话，我就很高兴了，还拿东西做啥哩？你们也不是多富余的，鸡蛋有鸡蛋的用途哩。"春明却说道："不管咋样，全贞爸因全力支持我们修水垱的事情受了伤，我这个做小辈的理应来看看您。"老陈道："说那些干啥！为大家的事出点力是应该的。我这回受了伤，多亏了你们及时组织人把我抬到河坝里，送到县医院抢救，不然这回就没我了，我都不知道怎么感谢你们哩。"大家你一言我一语地说了一些客套话，最后归入正题——关于老陈的住院费如何解决的问题。老陈还没提，是春明先提的。他说："全贞爸，你那住院费的事情我们经过上会研究决定，村里给你负担七成，剩下的三成你自己负担，因为你有病也不是一天两天了，这大家都知道。希望你能理解我们，村里又没钱，还得往人头上摊。"老陈一直是个慷慨人，听了顿了顿，说："行哩，我知道队里没钱，你已经尽到责任了。"

村里人这份亲密无间的关爱之情，如热汤泼雪般迅速滋润进老陈一家人的心田。老陈知道，村里人这份真挚的深情厚谊，如金子般珍贵，似棉袄般熨帖温暖，比送任何礼物都厚重都有价值。

老陈虽然出院了，仍很虚弱，脸上寡黄寡黄的。医生嘱咐他要忌口，本来要做胃部切除术，可他的身体太虚弱，只能等以后身体恢复了再说。老陈出院后的早餐就在他指导下，莲子先把两个蛋打烂倒在碗里搅匀，倒入油锅里煎成饼，再倒入水烧开，放入花椒、葱花、盐等，这样子做下的鸡蛋老陈才吃得下去。生活的窘困丝毫不影响在外面工作过的老陈，在吃饭方面的讲究达到了苛求。正如莲子挖苦他的，他这个人穷讲究多。

老陈是个极好面子的人，莲子常骂他"死要面子活受罪"，在人跟前常当大方人，转过身却又愁上了。自己住院向人借了一大笔账放在那里，虽然大家从未催要，可他总感到在人跟前矮了半截。每一个来看他的人，他总要说上一大堆感谢的话，临完了再让人家担待些时日。人家看到他诚恳的态度，本来想催他及时还钱的，话溜到嘴边又咽了回去。等人转过身子，他环顾家里没一个值钱的，又叹了口长气。莲子看在眼里，劝他道："老汉你也别长一声短一声地叹长气了，我们找他春明去，你为队里的事情受的工伤，还让我们出三成，这走到哪里也说不过去。"宝贵星期天回家来了，他听当妈的叨咕后拍案而起，骂道："我找他队长去，看他春明咋个说法？说得好了好，不好了我扒他的皮子哩。"老陈知道自己的儿子宝贵是个愣头青，是一点火就着的人，就赶紧摆手，用细弱的声音劝道："宝贵，你可别乱来，去了好好跟人说。"莲子也劝道："我的瓜老子，你可别干瓜事，家里的烂事就够多了，再不能整出啥乱子来。"莲子说着话，宝贵已经噔噔噔踏着重重的步子走出大门了，好像要把他心中的火气狠狠踩到脚底下似的。

　　老陈心里一有事就想抽一锅子旱烟，可他现在的情况大夫说要戒烟酒，只好算了。他的烟瘾极大，一般的纸烟对他来说淡飘飘的，没劲，只有老兰花烟抽起来够味。此刻他眼睛迷离仿佛笼罩在一团袅袅上升的蓝色烟雾中，仔细回味着老兰花烟那一股令他销魂酥骨的香味，他鼻翼翕动了老半天，贪婪地吸吮着烟嘴。可当他眼睛睁开什么都没有，只有山区无色无味的清新空气。"唉！"他又是一声长叹，把自己用了好多年的烟嘴和熊皮的小烟袋用手贪婪地摩挲着。莲子看见了脸一黑，道："你又想做啥，看你那馋样，钱还没花够吗？拉了一屁股的账，几十岁的人了怎么连那么点决心都没有哩！""我不抽了还不能摸一摸吗，真是的，就你眼尖。"老陈心虚地笑道。

第十八章　老陈的矛盾性格

1

老陈现在天天躺在家里台子上那把麻布躺椅上嗮太阳，像一只困兽一样，啥也干不成。他是个怎样的人，莲子最清楚。

夕阳已经从西边岷山那群山巍峨、重重叠叠的山际线上悄然坠落。西边天上的余晖还在，树木上那一层亮铜色已被夕阳全部收走。山野里一片寂静，只有那些山中的精灵——鸟儿正扯起嘹亮的喉咙唱起了归巢的歌。其中有种鸟叫声很奇特："咪咪……李桂芝，咪咪……李桂芝……"它那婉转的声音盖过了所有鸟儿或低回或高亢的歌声。莲子和宝平走在轻松的山道上，娘俩一身的疲劳都被荡涤得干干净净了。莲子话多起来，她轻声对儿子说："宝平，哎，我也烦。你爸爸现在好不容易捡回了一条命，以后还得好好将养。我这半辈子活过来不容易，你爸多年的老胃病我也认了，偏偏嘴太零碎了，几十年了，也就是看在你们几个的分儿上，我才咬紧牙忍到现在。我一天在坡地拼死拼活地累，无论天亮天黑、天晴下雨回到家，你爸都躺在那把破躺椅上，周吴郑王地拿着那些发黄的老书在看，冰锅冷灶的，连开水都不烧，我回去才做晚饭哩。"莲子说到这里，长舒一口气。懂事的宝平想说点啥安慰一下母亲，可喉咙的哽咽令他说不出一句话来。作为儿子，他在心里流泪道："妈苦啊，妈太苦了！山区生活本来就很艰辛，妈却既当男人在外背重背子，又当女人，回到家还得做饭喂猪、缝缝补补干家务。她就是再能干，有三头六臂也忙不过来。

宝平心中不由得对父亲产生了一种怨恨情绪，这情绪如几滴墨汁，在他心里迅速渗透蔓延开来。原指望父亲回家后，能解家中人手少没人干活的燃眉之急，可他除了为集体的事操心外，家里的活好像与他无关似的，从不闻不问。就不说他帮母亲了，蹲在家里最起码把自己的肚子喂饱也行。

沉默了一会儿，莲子又道："宝平啊，你也懂事了。我活了半辈子，生了你们五个，没有白天黑夜地磨苦，拉扯你们长大不容易。现在你哥刚成家，贵平才上初中，我肩上的担子还很重。你是家里的老四，你学技术就学好，以后好找一碗饭吃，将来好娶个媳妇。山里一年苦到头，也只能混个饱，再没个来钱的路。"宝平听了母亲的话，点头答应着。

多年来，不知为什么，老陈他一走出家门到了外面就精神焕发起来，一回到家就没个好心情。他想，这也许与自己多年在外面工作有关系。他工作在外面，吃住在外面，很少面对家里这些没完没了婆婆妈妈的烦琐事，当然不会心烦。人说眼不见的为干净，就是这个道理。他现在已经没有了刚退职回家时的那份喜悦、那份满足。他知道莲子很辛苦，他在外面二十来年，都是她独自苦苦支撑这个家，无论如何他都应该体贴她。可不知为什么，他一回到家情绪就好不起来。一方面他为自己不能冲锋陷阵挣钱养家感到内疚和恼火；另一方面他为自己回家种地后，村里人对他明显的态度转换感到生气。想当初，他在城里上班时，回到家村里人不管男女老少老远见了他就热情地招呼，并专门做上好吃的好喝的请他。现在可不一样了，自从他回到家后，有些人大老远看见他就避开走了，搞得他一肚子的火，最后都对莲子发了。纵然莲子有着天性乐观的性格，可面对烦躁易怒的老陈，她也笑不起来。

现在回过头来说，老陈也有好多毛病。平时他是个嘴刁的人，莲子给他做的饭无论怎么用心也称不了他的心。有一次，莲子给他打的荷包蛋端到他面前，他看了看碗里头漂的两个蛋黄和蛋清已散开的荷包蛋，眉头一下皱了起来，生气地说："你看你打的这是啥荷包蛋，烂不糟糟的，没团到一起还是荷包蛋吗？"莲子没吭声，她已经习惯了老汉对她的饭菜百般挑剔，她对他唯一回击方式就是不理睬、不吭声、不还击的三不政策。山里人平时本来就没有多少好吃食，吃得都简单粗糙，他家又没有多少麦子面吃，除了逢年过节、来人去客捞米饭煮肉做几样菜外，平时忙得毛褂子不沾背，风里来雨里去的，哪有时间三碟子四碗地摆谱呢？可老陈讲究着呢，他要求做玉米面搅团最少要搅动三百六十下，并且多多益善，直到把面团里的气颗子搅散，搅得舀到碗里放上酸菜浆水不浑汤为止；削片片要薄要均匀；擀黄豆面条要薄如纸，刀工更要精细，因他爱吃细如丝的面条；平常做洋芋苞谷面拌面饭，要把面颗子搅散，使其有黏性，洋芋不能煮烂；炒肉、蒸扣肉更要精工细做、放好调料等等吧。总之一句话，他喜欢粗粮细做。可这些要求，对于被里里外外的事压得喘不过气来的莲子来说根本办不到。她在坡里劳累一天，回到家骨头都散了架，能狠着劲把饭做熟吃到肚里就不错了。莲子一针见血骂道："你这是穷讲究，吃不穷，穿不穷，划算不到一世穷，你把大事上多谋划一下，把小事抓这么紧做啥哩？"这下戳到了老陈的痛处，他气如斗牛，刚想发作，莲子从大门里出去溜走了。莲子就是这样，老汉的脾气上来她从不硬拼，三十六计走为上计，把老陈晾在那里，气得他半天缓不过劲来，一脚把一只在台子上正耀武扬威巡游的红鸡公踢下了石阶，引来鸡公一阵"咯咯咯"愤愤不平的叫骂声。还不解气，他又想把一碗饭摔到地下。这是他多年来耍的旧把戏了。有一回雪花双眼盯着他，劝道："爸爸，你就将就吃吧，下回我给你做，你咋说，我给你咋做总行了吧？"嘿，真管用，自己的女子一说他竟噎住了一样。莲子常挤眉弄眼笑着对娃娃们说："吃开饭爱摆阵的人不好，你爸爸他是那爱摆阵的福香太太'勘给'的，所以爱挑食。"莲子揭了他的老底，老陈听见就骂："烂嘴婆娘，给娃娃们说这些没名堂的，老天爷咋不给你一个哑巴呢？哼，啥时候我要把你这张烂嘴非缝住不可。"莲子边笑边淡淡回道:"老天爷他长着眼睛和耳朵呢,他知道谁的话多,他把你的嘴巴缝上还差不多呢。"老陈无奈,只好用上十二分的劲把莲子狠狠地剜一眼,莲子一脸得意,假装没看见竟哈哈哈笑着走出门去了。莲子就是这么个人,她给娃娃们说,她这就叫"穷欢乐",老陈那叫"穷讲究。"

这里人所谓的"勘给",指娃娃刚落地不久,邻里或外面不知道撞进家去的一个人。本来也没什么,可据说这娃娃长大后的性格脾气,往往会跟了他刚来到人世,家里第一个撞来的外人。所以这"勘给"的人就有多重要了,难怪莲子会揭说老陈的老底说他。

莲子无奈,她能怨天怨地、怨自己命苦没嫁个好人吗?那都是年轻时一时心火起所说的老话了。现在人过中年,她再抱怨自己如何命苦就没意思了。她那瘦小的身躯只有围着这个家拼命地转,就如围着磨道推磨的骡子。对,骡子,在这个家里,她就是一头骡子,永远不知道苦和累的骡子。男人老陈,自她嫁到这个家里,他就没在家好好干过活,年轻时不是为国家就是为集体出力流汗去了。他病退回家后,原指望他能为家里出把力,给她分担些劳苦,可他为集体的事受重伤躺下了。面对这些,她没有一句怨言,只有默默地承受。她知道,这是她的命。

莲子常常一个人佝偻着身子在一大块苞谷地里,奋力地拿起锄头铲那些苦苦菜、打破碗花、马刺盖等。汗流浃背的她,看到别人家的地里,老老少少的,有几双手干活,而她家里里外外全靠她一双手,顿时一种凄凉的情绪在她心里弥漫。"唉,看人家人丁兴旺、红红火火的样子,我这个家里,娃娃们长大有本事都飞了,剩下的都是大张口等我喂的货色,真让人心焦呀。这个家让我咋活哩?在这野坡里苦一天,晚上回到家冰锅冷灶的,老汉在家里,就是油缸倒了都懒得伸手扶一把……"

莲子晚上在地里收工,是从来不会甩空手回家的。她往往翻山背一背柴火,手里还要提一笼子压实的猪草。村里人谁都知道"上得高山,不许空回"的道理。莲子背回家,放下柴火,顺手抱一抱柴火到灶房里开始做晚饭。她唇干舌燥的，很想骂人，但她心里很怯。年轻时两口子多次吵架的结果，都是以自己吃亏收场。她叹了一口气，但只是轻轻的一刹那，只有她自己听见了。如果她有时气不顺，顺口骂几句，老陈听见了，会瞪着眼睛像一头打伤的野猪一样扑向疲惫不堪的她。

个性刚强的莲子再苦再累，从坡里干活回到家，总要和面擀黄豆面疙瘩子，即在黄豆面中掺少量苞谷面擀下的面片子，调上酸菜，汤汤水水的，最适合在坡里干一天苦活的人吃。可这饭好吃，做起来得费些劲，尤其这擀面，一家几口人，揉好一大疙瘩面，面还要和硬，没劲是揉不好的。做这种饭关键在揉面，要把面揉得又光又滑，这样擀出的面片下到锅里汤才不浑，吃到嘴里又滑又软，还有劲道。

吃完饭，莲子很想躺倒就睡过去，可她知道，她不能。她还要刷锅洗碗、喂猪喂牛。晚饭后，冬季还得烧炕。

2

不管莲子心里如何抱怨老陈，但她知道，老陈在家里的地位是多么重要。他是家中的顶梁柱，是她的主心骨，是给她遮风避雨的房屋和伞。老陈活着，家里有啥事，最起码有他顶着，她就少操心。

莲子想起过去来，心里一股酸菜味冒出来了。老陈在工作上确实是个大公无私的红旗标兵，但在个人情感上也是有瑕疵的人。他年轻时可是个人物，这丹阳河上上下下，说起老陈来，无不跷起大拇指。他曾跟一个女干部走得很近，他那时想跟莲子离婚，可当时雪花已经生下了，莲子坚决不同意离婚，他也无法。那个女干部姓张，河坝里人，长方脸，一双水灵灵的大眼睛会说话。莲子一见面，就对她起了戒备心。老陈天天跟姓张的一起工作，日久生情。莲子是个没娘娃，只因她的侄子跟老陈是同学，便由年龄比她还大的侄子做主，把她嫁给了山里的老陈。人比人活不成，有俩孩子的莲子能比过人家女干部吗？何况人家三分的人才七分的打扮哩。

有一次，老陈和张干部一起下乡到了一村上，村上干部招待他们，老陈喝了酒，面红耳赤，胆子大起来，趁着无人，笑着说道："小张，我喜欢你，你要是没啥意见，我准备把家里的老婆离了，我们俩一起过，你看咋样？"小张却躲闪着说："你跟你右客离婚，别人知道了恐怕不好。"老陈笑道："这有啥，离婚很正常呀，你不要有啥思想负担，我的错，由我一人承担。"

老陈回了家，迫不及待跟莲子提了离婚的事，两个娃两人各带一个，没想到平常柔弱的莲子在关键时刻非常有主见也非常强硬，恶狠狠地回道："让娃娃们遭前娘后母的罪，我才不干呢！你就是把我杀了，我也不离。你想跟那个姓张的干部活人，早的时候你做啥来！"莲子态度坚决，老陈也无法了。

姓张的也不傻，她也不想因插足老陈的婚姻，闹得满城风雨。再说，后娘也不是好当的，她也划不来。最后，两人不欢而散了。

3

还是去年的腊月里，雪花从西城回到那被重重叠叠的树木所包裹的自家院落里，感到一种由衷的轻松和欣慰。宝平、贵平和母亲到坡地上出工还没回家，只有父亲老陈一个人在躺椅上躺着贪婪地看书。雪花看到父亲手里拿一本陈旧的黄黑色的老书，她就知道又是他借来的。她走过去一看，是一本老子的《道德经》。出外工作的女儿回家来，老陈很惊喜，忙站起来给远道而来的雪花倒了一杯开水，说："你渴了吧？"看着书虫子雪花在翻书，他紧张地望着雪花的手，害怕她毛手毛脚，把他流了几天汗帮人家干活才借来的书给翻烂了。他就是这样，一辈子最喜爱最感兴趣的是书。他曾为买一本医书，不惜几个月不吃早点。最近他又迷上了看古书，什么《孙子兵法》《庄子》《论语》等。他年轻时主要自学的是中医学，可现在他又转了方向，想多学些历史方面的知识。他记得列宁曾说过"忘记过去，就意味着背叛"。历史是一面镜子，学历史可以知人事兴衰、朝代更替。

　　最近，老陈的思想深处正经历着一次变革。他年轻时是一个不分昼夜为集体、为公家的事情倾情投入的老党员，老了为了集体的事情差点把命搭上了，可村里连医药费都不全报销，还说了那么多风凉话，让他灰心了不少。唉，他老了，一身的病痛，再也不求功名的事了，只想读点古书过平静安稳的日子。这人世间的事，可叫人真是捉摸不透，比如好人与恶人的结局。他抱着探寻的心理，才又开始读古代圣贤书了。

第十九章　巧珍反省

1

冬天了，山上的树木将秋天五彩斑斓的彩衣，换成了深沉的一抹灰蒙蒙的斗篷，其中偶尔点染有深绿色的斑块，使整座山峰远看起来还有几分精神，不至于太老土和落寞。对门子凤凰山又是另外一种景象，它的头顶上还戴着一顶墨绿色的帽子，簇拥着一片不畏严寒的斗士——松柏。山林中的黄栌把秋天的红礼服脱掉了，和大叶栎小叶栎一样都褪去了荣美的衣衫，精光着枝杈，变成一个个穷光蛋模样，立在寒冬里瑟缩着。山坡地上的庄稼都收了回来，独有冬麦子穿着薄薄的绿纱趴在坡地上顽强地与寒冷抗争着。这里冬天的山上因长有四季常青的革质阔叶树——榉树（邓青树）、铁橡树（刺叶栎）和华山松等，远看起来，山上仍星星点点似绿色云朵，使整个起伏的山峦减弱了冬天的萧索与冷寂，清冷中似乎蕴藏着一股生气和力量。临腊月，阴山县境内连着下了几场大雪，使这里成座座石灰窑，座座山峰都穿上了一件件臃肿的雪袍。只有当大雪封山时节，这里的山峰才透出它那冷峻与空寂的神色来。锦鸡、野鸡、兔子却仍在雪白的林地上踏上它们活泼、顽强的生命印迹来，那雪地上的野鸡爪印和兔子足印，串在一起变成了一组美丽的图画，一串串一朵朵活像绣在雪地上的花儿。

巧珍是村里出了名的精灵虫，脑瓜子反应快，十分机灵。美娥高中毕业没考上学，再也没信心复习，去县城找了个商店里的临时售货员干着。

当父亲的根全话虽不多，心里却明镜似的。他知道美娥这么决然地离开家人，一定有原因。美娥高中毕业了，能分辨好歹了。年轻娃娃都想往外面去闯荡，可外面的世界是个啥情况，他们也不知道呀。美娥长大了，白里透红的鹅蛋脸上有一双大眼睛，人变得越水灵越漂亮了，但心思也多了起来，一下变得桀骜不驯，跟他当老子的好像隔了一层玻璃似的。他能对女子说"你不要胡思乱想"之类的话吗？自古男女有别，有些话只能由当娘的给她交代。想到此，根全对巧珍道："人说养儿有老子，养女有娘，女子大了当老子的人有些话就不能说了，当娘的人就得多操心。娃过年回来了你要给她好好安顿一下，在外面跟人打交道要多长个心眼，不然吃亏上当就麻烦了。"巧珍奇怪，他们结婚多少年来，根全都似一根不吭不哈的死木头，今天竟说出人话来。再想想，平时她跟美娥很少交流思想，谈过心啥的。唉，她啥时候都是忙，忙了外面忙屋里，可作为当娘的人，光说忙就能把自己的责任推卸掉吗？这明显是说不过去的。山里人谁家没养女子？小雪是村里出走的第一个，给村里女娃子带了个坏头，树立了不好的榜样。她认为美娥不听话，是小雪做了坏样板，学坏了。她破天荒第一回在自己的男人面前服起软来，去灶房里舀了一碗热饭劝他吃。根全见自己的一席话，巧珍竟然默认了，他心里一下子松活了不少，便端起碗迅速吸溜完一碗饭。

这天夜里，巧珍一夜没睡着。她听着根全的呼噜声，想着今晚自己的窝囊废男人竟然对她训话了，就像晴天里突然打了一声惊雷一样令她奇怪。关起门来说实话，她与根全活了半辈子人，她就没有把他正眼看过一回，因为她一直觉得根全是三棍子打不出一个屁来的男人。所以当耀宗那样高大英俊的男人向她献殷勤之时，她就动摇了，投向了人家的怀抱。这么多年来，她与根全、耀宗这两个男人一直过着这种不清不楚、不明不白的生活。

凌晨时分，她心里实在憋屈得很，她越想越气了。她把美娥不听话都推到根全身上了。假如她嫁的不是根全而是耀宗，那她和娃娃的命运又是另一种结果。她年轻时这么想了无数回，也曾想他们各自离婚，再重新组合家庭。当她试探性地提出那种要求来，耀宗就坚决地斩断了她不切实际的妄想，并且以不再与她联系相威胁。她知道耀宗怕这事影响他的前程，他当时是村支书。再说，她也不愿让娃娃跟上她受那亲娘后老子的罪。时间一长谁也淡了心肠，她不再对耀宗抱任何幻想了。耀宗再好，是人家的男人，她跟他只能做些不能见天日的事。

唉，想这些干啥？都是过去的老皇历了。她静下心来想想，自己也有错，她跟耀宗的事情，村里人虽没有明说，私下里怎不嚼舌根。美娥长大了，也许听了一些什么。现在想起来她真是后悔，为了贪图一点小便宜，把自己的名声出卖了，真是一百个划不来。人说有啥样的娘母子就有啥样的女子。她越想越怕，真恨自己，为啥在耀宗面前那么下贱呢？同时，她更恨耀宗，是他害得自己一辈子在人面前抬不起头来。现在想来，耀宗没有给她家多少能提上线的帮助，比起她的付出，不算什么。她甚至想到要报复，让耀宗再别想从她这里得到任何好处。"天杀的驴日的，把我害得好苦！"她暗暗骂道。唉，根全虽说是个软蛋没骨头的货，但他到底是自己的男人，她有病了，他跑上跑下给她请医生看病，再跑到街上去抓药，回到家煮药做饭无微不至地侍候她。人心都是肉长的，看着老实憨厚的根全从不计较她的苛刻和辱骂，她心里有愧呀，还有啥说的？

这么一想，她一把推醒了根全道："你睡够了吧，起来，说说话。"根全闭着眼睛，嘴里含含糊糊道："做啥哩？半夜三更不让人睡觉，就是天塌下来等天亮了再说。"巧珍把他砸了一拳头道："你就知道睡、睡的。"根全接口道："我说啥，这个家还不是啥都由你要呢，你的本事比我大嘛，我说话你们娘俩啥时候当回事来。"

"脓包尿，说的这话，既然你觉得对，你把男子汉的气魄拿出来，我们不听你的，你把我们打哩还是骂哩，让我们服软呀，你可没那本事。"根全有一狠招是专门用来对付自己右客的，那就是一遇到巧珍发火，他要么一声不吭，任她把天撑破地翻过，要么他背上背夹子或拿上锄头到地里干活去了，一走了之。巧珍没奈何，自己纵有满肚子的火气也发不出来，因为没有对手和听众了，自己一个人指天骂地有啥意思呢？正因为这样，巧珍觉得他没一点男人的气概。根全呢，深知自己能找上漂亮能干的巧珍已经是他上辈子的造化了，平时受点委屈也无所谓。

根全本来是个端公，为了美娥，他们两口子最后决定请端公林来家蹲一下他们敬的八爷，许个愿心，好保佑美娥走到好路上，将来找个好女婿。

2

根全两口子商量来商量去，最后把"蹲老爷"的时间定在腊月二十的晚上。因为正月里吧，村里要演戏，正月初五修水的工程就要开工，到那时根本没时间。根全开始做准备，十八、十九这两天，他在家灌蜡烛，蹲老爷要用很多蜡烛照明，这里人都是自己灌蜡烛。幸好自己平时剁了好些葛栳笼的细棍子，因为只有这葛栳笼的枝子长得又直又细又均匀，且非常硬邦，最适合做蜡杆。他一丝不苟在棍头上缠上棉花，接着在陶罐子里灌上蜂蜡和清油放到火笼里熬，等蜂蜡化开了，就用那缠棉花的一头在蜡罐里蘸一下，冷却了再蘸，越蘸越粗，大概蘸五次就成了。

"蹲老爷"也是山里人家的一件大事，虽说比不上红白喜事、修房造屋兴师动众的，但也够麻烦的，要买烟酒，做好吃的，买香烛纸张，还要给请来的端公拿工钱。

十八这天，巧珍到丹阳赶了一回场，买了蔬菜、纸张和零碎东西，根全把八爷的神像从墙里的神龛里恭恭敬敬地拿出来，取开绑着的细长绳子，小心翼翼展开来挂在厅房的背墙上。这是一幅两米长80厘米宽的神像图。村人顶敬的这八爷据说是一位对陈家的祖先有过特殊功劳的人，背脚子出身。画像上，那黑脸八爷生着浓眉大眼威风凛凛地骑在一匹高头红马上，周围簇拥着好多天兵天将,在空中腾云驾雾的同时严肃地俯视着众人。画布的最下方画着一位着红裙的端公,他手里拿着一把明晃晃的钢刀在头顶舞着。他面前有一口烧红的油锅,油锅里正煎熬着一个痛哭流涕的小鬼。

腊月二十这天,端公林领着两个师弟早早来到根全家,三人都拿着一把锋利的剪刀,忙忙碌碌干了多半天,才把三种不同用途的纸花子剪好挂到该挂的地方。三个端公糊了各自的纸花帽子,就等着晚上跳神了。

吃夜饭以前,端公林吩咐先要给先人和八爷的神像"献面汤"。端公们周吴郑王地头上都戴上了扇形的纸花,穿上了红裙,手里打起了热烈的羊皮鼓,嘴里唱起了兴高采烈的神歌:

金盆打的洗脸水,银盆打的漱口水。
贵客来了有香茶,远亲来了有美酒。

三点水的鼓点欢快激越,两个棒槌上下奔跳,一下子把傍晚山村的空气搅动起来,夜归的鸟儿们都惊奇地竖起了耳朵。等巧珍把几碗酸菜面条整整齐齐献到先人和八爷神像面前,端公们便放下手中的手鼓开始吃晚饭。

天已麻黑了,根全把自制的蜡烛点着,分别插在房里、台子上、院坝里,点点烛光把他家的院坝装点得亮如白昼。他们又分别在台子上和院坝里点燃几堆疙瘩火,以驱除夜晚的寒气,也让跳神的端公和村中来人有个坐处。月亮还没有睡醒过来,四下里的山峦在黑乎乎的夜幕笼罩下,睁着半开半闭的眼睛望着这个村落。而小凤村里的大人娃娃异常兴奋,他们都早早开始做晚饭,吃完后要到根全家看多年才一遇的蹲老爷场景。

雪花和张子新要结婚了,他们请了婚假刚回到村里。雪花从小到大还从没有看过蹲老爷的场面呢,就去了。当她和小张踏进根全家的院坝里,被眼前奇异的景象一下子怔住了,只见厅房里、台子上、院坝里到处都点着蜡烛,院坝里一长杆子上挂着一条长长的纸花子,厅房梁上挂着又宽又长的花纸帘，端公林和他的师弟都穿着女人穿的红裙子，头戴扇形的纸花，看起来男不男女不女的，十分诡异。

据说这端公着红裙是这里人一代代传下来的规程，有避邪的作用。两个端公打着羊皮手鼓，一人则吹起那牛角号。过后，他们拿了一把香分别插到先人和八爷神像下面的桌案上、灶上，院坝里的幡杆下早已预备下装有粮食的香升子。端公们打鼓吹号的声音响起来，那牛角号的声音呜呜咽咽十分古朴，加上鼓点子的声音有一种特殊的苍凉悠远的味道。这种声音都有一种神秘感，一听见这种特殊的声音，村里人都看热闹来了。特别是那些毛头娃娃，两条小腿跑得最快，生怕自己落到别人后面。山村里平时没有多少文化娱乐活动，又没有电视，娃娃们怎会错过这种看热闹的机会哩？根全家的厅房里、台子上和院坝里都站满了大人娃娃。巧珍望着人群中没有耀宗，她想他不来了算了，来了能给她屙金么还是尿银哩。金明也来凑热闹了，他跑来主动给根全家帮忙招呼人。

以端公林为首的三个端公手拿羊皮子鼓咚咚咚有节奏地敲起来，他们头上折成扇子形的纸花，随着剧烈跳动在他们头上摇摇摆摆。他们使出平生吃奶的力气，抖擞精神快活地舞着。三人一会儿用脚后跟蹬三遍，一会儿腿又向外摆着跳三遍，一会儿又用脚尖向里勾三遍，花式变幻多姿，节奏热烈明快，舞步奔放激烈。每一个看热闹的人都受到感染，感到少有的神秘和快意。特别是娃娃们，见端公们男扮女装，在影影绰绰的烛光下随着鼓点狂放地跳着舞，都睁着一双双水灵灵的眼睛看。墨黑的山脊上半个月亮已经升起来了，夜游的鸟儿因发现小凤村里红火热闹的场景而露出惊讶的神色来。

接下来，端公们边打鼓边齐声唱了起来，但谁也听不清他们嘴里咕嘟嘟唱了些什么。他们的歌声很原始，有一种自由拙朴、虔诚备至的感情从他们嘴里流出来。其中有一句唱词雪花听清了：

正月里什么花儿打头开,什么开花只为梁山伯。
梁山伯,梁山伯,梁山伯只为祝英台。
蜜蜂只为采花死,赵巧儿只为送灯台。

唱词跟山歌曲子《十二花》的很相似,从正月一直唱到十二月。

每一折子唱完,端公们都得去神像下、灶台上和院坝里幡杆下的香升子里插新香、点蜡烛。

他们三人齐声唱完,端公林一个人又一边跳,一边打鼓,一边唱了起来,什么"金银满筐,粮弹满仓,恶人远避,贵人扶持,本轻利重,一本万利"等,雪花听明白了,唱的是做买卖的吉利话。

唱完,他又去香升里插新香,点蜡烛。接着他们又一边打鼓一边齐声唱起了《后娘串》来:

三岁上离了父,七岁上离母亲。把我落在后娘中,后娘手里长成人。戴的帽帽没顶顶,穿的衣裳有前襟没后襟,穿的鞋有前帮没后帮……一天念了《三字经》,两天念了个《百家姓》。三天四天《中庸》《大学》念熟了。

他们跳一阵,唱一阵,黑猫、金明适时奉上烟、酒、茶,让端公们提神解乏,看热闹的大人也跟着享用些烟酒。娃娃们要是平时早就上炕睡觉了,现在仍瞪着眼睛兴味盎然地看着。夜游的鸟儿奇怪地注视着这个大山深处的小山村的一户人家正在热闹非凡地举行一种原始宗教祭神仪式,向他们的先人和村神八爷祈福。对面的凤凰山也翘首遥望着小凤村里的一片烛光,听着蹦蹦响的鼓声而兴味盎然。

端公们唱了一曲又一曲,舞姿变来变去,花样翻新,鼓声和号声已经有些酸涩疲软了。这蹲老爷法事,最能考验一个端公的本事,据说他们要不停地跳唱一整夜，还不能唱重复的曲子。有一百多首曲子，什么请阴阳、请铁匠，接下来到了《说斗》了。厅房中间放了两个平时装粮食的斗，一大一小，斗里放的粮食，粮食里插的是五色旗子。他们三个人齐齐打着鼓，围着两个斗边转动边跳跃，连说带唱着。

端公放下斗后，拿出卦钱来边打边跟神灵讲着价钱，直到最后出现阴卦、阳卦、上卦，才罢了。

最后端公们齐齐来到院坝里的幡杆下，边打羊皮手鼓，边唱了起来，没完没了的神歌扯起喉咙使劲地唱，打不烂的羊皮手鼓狠劲地打。唱完一折，雪花看到他们又开始献正愿了。祭奠神灵杀牲献祭是少不了的，献供时放有一个装米的香升子，一个插马纸的米升子，三张叠成三角形的马纸上淋着新鲜鸡血。根全家提前杀好的猪头，早就在八爷神像下的香桌上供着，还有猪前后蹄以及一只刚杀的红鸡公放在供桌上。当然献供就那几个小时，让神灵闻闻腥味而已，过了就撤了。端公林开始打卦，嘴里朗声道："八爷和我们陈家先人，陈根全杀了乌猪一头，黑笔上账，红笔勾销，一还一了，并无欠少。打了三教保陈根全一家三口家门清吉，平平安安，逢山开路，遇水搭桥，消灾免灾，人畜兴旺。"如此等等，都是些祈祷平安的吉祥话。他说完掏出一对磨得锃亮的牛角卦往地下一丢，嘴里又说道："阴卦、上卦、阴卦，直到分别打出阴卦、上卦、阳卦来，这叫三教，才算了愿，即神灵答应了。"

接着，他们把一把大杀刀事先放到火里烧得通红，忽然，端公林乘着酒劲，脱掉鞋袜，说时迟那时快，他赤脚站到红红的刀刃上，手里举着一把老古董似的短剑，嗖一下插进院子里的一面墙上，众人齐齐把目光射了过去，发出惊叫声。此把剑，式样古朴，它铁柄上的孔里穿着数枚古钱币似的铁环。此种短剑在这种场合出现，加之端公林一番神秘卖弄，让众人大饱了眼福，更增加了诡异的气氛。

夜深时分，山野已沉睡了，只有一些夜游的猫头鹰偶尔清冷地叫两声。

根全家院子里的火堆前围着一堆人，前心烤得冒汗，后心却冷得发抖，娃娃们干脆掉过身子烤后背。时不时仍有人往火里添些柴火，一股烟子冒起来，火星子噗噗乱喷着，有人便趴下吹几口气，火苗便嚯嚯地笑起来。大人娃娃都围着大火烤着，有些累了乏了，一声声直打哈欠。羞答答的月儿也听得神情倦怠，隐到云层里去了。娃娃们开始打瞌睡，大人们劳累了一天都很疲乏，看热闹的人开始陆陆续续回家睡觉去了。院落里一下子空寂了许多。

　　雪花想这些端公利用奇怪的装束、夸张的表演，唱些人熟悉的故事，讲些吉利话，以博取人的好感。雪花知道在农村里阴阳和端公是两个古老的职业，不过阴阳先生往往手拿黑黄的古书卷，查看日期或给人算命，给人一种深不可测的感觉。端公比起阴阳来，没有经典相传，只靠师傅向徒弟口头相传，把规矩一代代往下传的。

　　雪花记得很清楚，她小时候有了病，她妈怀疑有鬼作祟，往往煮上腊肉捞上米饭，悄悄把端公林请来家里吃晚饭。晚饭后，他们就坐在火笼旁静静等待深夜的来临，直到全村人进入梦乡之后，端公林才开始他的仪式，什么打卦、禳解、送神。雪花记得，他们家每次送神，端公林都要用木棍子扎一个形状，上面再缠上纸花，像一件工艺品似的。他嘴里念叨着谁也听不清的咒语，一路走出她家院门去，直走到那个牌坊背后的十字路口，用火柴点着烧了，再回来。他临走时对她妈莲子打保证道："你就放心吧，我保证雪儿明天活蹦乱跳就是了，以后她吃不坏的冻不坏，让她健健康康精精神神地念书去。"端公林的每次保证，都令当母亲的莲子心怀放宽地睡个安稳觉。至于第二天雪花的病能不能好，莲子也不追究，病照看，药照吃。谁都心里明白，请端公驱鬼禳病，纯属解个心病。这世界上到底有没有神鬼，谁都没有深究过，谁都没法说清楚。

第二十章　水渠修通

腊月十三这天，村里人捞上农具照常修水埫出工了。一到工地，队长春明就以稚嫩但很明朗的高声对大伙强调道："各位爷婆、爸爸、大大们，马上过年了，大家要好好鼓把劲，把这修水埫的工程赶年前干个差不多。还要铺压PVC水管子，在村里修一个小水塔，往村里安装水管子、水龙头等，还得扎扎实实干两个月，不管如何，等到来年清明前一定要把水拉到村子里。不然这活说撂下就撂下了，农忙时节谁还有心思干呢？我们应该明确，这是为我们自己修水埫，为我们的子孙后代造福哩，要抓紧进度，积极出工，不能磨洋工。"如此这般说了一大堆，同时，他话头一转，又给村里底下房里的人敲边鼓道："你们看，我们高处房里上工来的人都是精精壮壮的小伙子，你们底下房里上工来的咋都是些老弱病残呢？到时候吃起水来你们底下房里的人恐怕比谁都跑得快。"高处房里的人趁势起哄："就是，你们底下房里的人到时候把喉咙扎住算了，要吃水就到我们高处来挑，少干活就多跑路吧，谁叫你们用老弱病残、女人娃娃来凑数数磨洋工？"大家你一言我一语正说得起劲，队长春明又吼道："哎，大家听着，所有的男人现在都去蒲子山背水管子，女人去水源头待命捡石头。"因公路通到蒲子山了，春明几个人把水管子拉到蒲子山寄放到熟人家。春明话音一落，男人们都主动站出来，背着背夹子沿那条通往蒲子山的小路往上爬去。

雪花要结婚了，莲子很高兴。她想给雪花做嫁妆，可前些日子，老陈修水渠把老命差点搭上了，家里早都穷得底朝天了。

1

山村里的白天真的很静，静得能听到阳光射到树叶上的声音和针掉到地下的声音。除了鸡公按时鸣唱外，就是猪圈里的猪饿了会哼哼两声。白天老陈一个人在家开始感到一种少有的放松，他想睡就睡，想躺就躺，想抽烟就抽烟，再也不用担心莲子叨唠，也不用担心别人说三道四。

村里修水渠固然很重要，但家里的烧柴问题也很重要呀。这里人砍柴、捆柴一般都在冬季，一则人比较闲，二则树木到了冬天就休眠了，叶子落了水分少些，背起来也轻。莲子向队长请一天假，到对门子坡上捆一天柴。家里的事情多得如牛毛，老陈有病不能出坡，里里外外的活，得靠莲子。她天不亮就从热炕上爬起来，穿上冰冷的棉衣裤，先背了一回水，再把雪花从炕上叫起来，最后让老陈起来帮她到磨石上磨刀，自己做饭。天已大亮，雪花和小张去水泉背水。早饭一般都是苞谷面洋芋拌面饭，做时要把洋芋疙瘩煮七成熟才拌面，最后调上浆水酸菜就行了。张子新来家了，是个贵客，可山里人啥时候都忙，只能让雪花照顾一下。他洗漱毕，莲子的饭也做熟了。几个人坐在火笼旁一片呼里呼哈的咀嚼声。过了一会儿，莲子边吃饭边用商量的口气安顿："雪儿、小张，你们两个放牛去吧，我把宝平领上捆一天柴，贵平出工去。过两天，我们再挖粪。"雪花道："我跟你去捆柴吧，让宝平出工去，贵平和小张放牛去。"莲子说："你们听我的，不要再说了。"

雪花再没说啥。母亲莲子上山捆柴已不是第一回了，自打父亲出门在外，母亲是既当男人又当女人，啥样的重活没干过？只是再怎么能干她也是个女人。常言：能死的婆娘也顶不住个疲沓汉。母亲的力气比不上男人的，捆的柴少不说，还捆不紧，往往柴捆子滚不下山就散花了，有时被挡在半崖上，还得去揭下来。

莲子领着宝平到斜对门山上捆柴去了，她知道大山里远些，能砍上大杆子柴，对门子近些，可没大柴火。这砍柴的活很危险，梢柴都长在崖上或陡坡上，不是女人能干的，可她没办法。

宝平做啥都麻利，贵平就不行。莲子领着宝平拿着刀和绳子吃力地爬到小凤村斜对面的山峰上，那刀削斧砍似的悬崖底下有一土梁上长着一片好梢柴。看看周围长的小叶子、黄栌还不错，还有少量的大叶子，能捆个十背八背的大捆子。莲子立住脚，开始拧捆柴的要子。这是莲子有生以来第一回爬到这么险要处捆柴，平时她一个人只在平缓的坡上剁些毛梢柴，打个松稀巴拉的小捆子推下山来，再慢慢往回背。现在烧柴越来越不好找了，小凤村、小沟村人都在这面山上剁柴，周围的山上已找不上大杆子柴了，只是些毛梢柴。虽然这里年降雨量达七八百毫米，山上一两年里就能长些小梢柴，可仍供不应求。柴得天天烧，山上杂灌木生长的速度，似乎永远赶不上人们烧柴消耗的速度。何况烧柴不光是山里人的必需品，河坝里的人也离不开，有条件的用拖拉机拉，无条件的人背驴驮。

一个麻利的壮男劳力，走到好柴山，一天能捆个十几背的大柴捆子，再花一两天工夫用黄栌要子把柴捆成一个人能背的小捆子，最后一背背地往回背。力气正强的壮年男子一次能背两捆，女人只能一次背一捆，娃娃只能背一个小捆子。莲子再能干，也是个女人，她平时捆的柴捆子小，只能背四五捆。因她力气单薄，往往把柴要子勒不紧，所以她捆的柴捆子常有滚到半石崖上就散花的情况发生。每遇此种情况，莲子往往又累又恼，她便自怜自叹道："唉，我的命真比黄连还苦呀，谁家的女人遭这罪呢？"散花到半崖上的柴，若不想撇掉，就必须上到崖上，把柴一个个捡到一起，码成堆，再推下来。村里的女人都不去捆柴，她们忙着锄草、割麦、掰苞谷、拔黄豆、剐荞、插秧。"要是小雪在家就好了。"莲子叹息道，"唉，现在她不知流落到哪一方去了，日子过得安生吗？"想起小雪来，她的眼泪就如断线的珠子一样乱滚呢。

走到柴山，首先"扭要子"。莲子左脚踩到一根黄栌梢上，右手和左手扭住黄栌条，顺时针一直扭，直扭到梢；再如法扭第二根、第三根……一直扭够为止。扭要子的黄栌要挑长得端正的。山里能当要子的，只有黄栌和蓖麻，它们柔韧性好，不易折断。莲子把几根扭好的黄栌要子续长，再吩咐宝平把几根要子拧麻花似的绞到一起，拧成一个粗股绳子，把头子绾成死扣，再把拧好的要子顺下坡摊到有几棵树挡着的地方。人说三股绳子拧到一起才难折断，扭要子也是这个理。

其次开始剁柴。宝平拿起磨得锋快的小杀刀，左手捉住树皮绿绿的小叶子树，右手举刀，一刀一棵，最多剁两刀，一棵手腕粗的小叶子树就被剁倒了。小叶子树，学名小叶栎，是质地比较硬的小乔木，当柴烧，火力强，是非常优良的薪柴。莲子和宝平能剁上小叶子柴，精神很亢奋。他们拼力剁了一阵子，抱到柴要子上摊开，梢尖向外，两头互相打颠倒地放平顺，摞起来。直到晌午时分，娘俩均没歇过一口气。莲子的腰腿病时时折磨她，尤其弯腰的活，时间过长她会不自觉地呻唤："哎哟，我的妈妈哟，哎哟，我的妈哟，哎……哟……"宝平道："妈，你就歇口气吧，我再剁阵子，咱们就吃晌午干粮。"

吃晌午干粮了，腊月的太阳如白亮亮的圆球挂在中天，给人心里柔柔的温情。莲子和宝平已把杂灌林子剁开了一大片，太阳光无遮无拦地照着，他们吃着从布袋背来的苞谷面馍。他们自己不知道，对面的人望着他们觉得非常危险。虽然相隔远，但雪花一眼就认得母亲和二弟的身影。原来他们在一刀削似的立面悬崖背上剁柴来着，上面是更高更大的石崖，天哪，望着的人都心惊肉跳，太危险了！雪花几次想大声叫喊，让他们早些回来，可想想还是没有叫出声。这才叫"不识庐山真面目，只缘身在此山中"啊！

他们下午又吃紧剁了一阵，把柴根朝里，柴梢朝外，左右打颠倒摞放到要子上，用脚踩瓷实。莲子看看，七八捆柴好似一座小山堆着，脸上露出欣慰的笑容，道："宝平，差不多了，剁的柴太多了，我们娘俩恐怕捆不紧，散花到崖上也麻烦。咱现在就捆要子吧。"

开始捆要子了，莲子站在下坡，背靠三棵小叶子树，坡下就是悬崖。她把危险留给自己，让儿子站在上坡，一人手里攥着扭好的黄栌要子，双脚蹬着柴垛，使出全身的力气勒。勒一阵，莲子把要子缠两圈，把两个头按住，让宝平直接爬到柴垛上跳着踩。宝平踩一阵，毕竟他身子轻，柴垛子没有瓷实多少。莲子又道："你来把要子头压紧，不能松手，我踩一下看。"宝平攥住绞住的头，莲子又严肃地叮咛道："不能松手，一松手就力气白费了。"莲子上到柴摞子上，着实跳了好一阵，幸亏穿着耐磨的布鞋。这一下，柴摞子明显下落了不少，顺溜多了。宝平和莲子又轮流上去跳踏一阵，再勒要子，勒紧了再踏，如此往复，直到把高高的一摞柴垛用要子勒成紧紧扎扎、结结实实的一大捆子。又把绞了多圈的要头子压到要子下，觉得没啥问题了，用砍刀砍掉当初用来挡柴捆子的三棵小叶子树。母子两人齐坐在上坡方向，一起推柴捆子。因捆子较大，他们竟推不动。莲子又检查了捆子下边，确认无障碍后，又转过上坡，与宝平顺坡躺倒，用脚蹬，柴捆子动了一下，他们又齐齐叫："一、二、起！"偌大的柴捆子终于向崖下滚去，为防过路人被柴捆子砸着，莲子则大声喊道："下来了，下来了，柴捆子下来了，柴捆子下来了，下来了！"她的喊声竟在两山的夹峙中形成巨大的回音，好半天，那回音竟汇成一种苍凉浑厚的大山咏叹调，经久不息地回响着。莲子很欣慰，今天的柴捆子没有散花，直接滚下沟里去了。宝平到底是个男娃子，虽只有十六岁，但能给她帮把手了。

2

莲子和宝平回到家，就成了一堆泥。

每天凌晨，莲子都处在争分夺秒的战斗状态。她常常鸡叫头遍就起了床，匆匆穿好衣服，去灶房里背上水桶踩着模糊的星光出了门，直奔村外庙背后的水泉而去。天上有月亮还好，按莲子的说法是"点天灯"。天上点着天灯，普照着山村外的灌木丛及那座黑黢黢有几分狰狞的庙梁。莲子一看到那座庙梁，心里就发怵，怕鬼的念头就会马上钻出来。这时她总会下意识地边走边在自己头上往后捋三把，这是山里人口口相传驱鬼壮胆的办法。再说这里有一个说法，鸡一叫，鬼魂就都隐藏到地下去了，所以鸡叫了出门干啥是不用怕的。此时天上的月亮似乎也有些朦胧的意味，大概它也有些困倦了吧。莲子看了一眼月光下影影绰绰的灌木丛，心里还是有几分怯。原来为了给自己壮胆子，她大声唱起《东方红》。这首全国人民都会唱的歌，对莲子具有神奇的魔力，她一唱它，浑身就充满了信心和力量，仿佛她前面的鬼魔都纷纷退后了，她心中胆怯的阴影也不见了。

她背了两桶水倒进大水缸里，开始烙馍馍。盆里的面是昨晚就发的。她向大铁锅里加了两马勺水，盖上盖子，便转到锅眼门开始生火。她用一把蒿柴点燃柴火，把此锅里的水烧开后，便站到灶台旁把盆子里发好的面用两手来回抟成团状，快快贴到锅里水位线上面。贴满一圈后，再盖上盖子用湿布巾塞紧锅和盖子之间的缝隙。做完这些，她轻轻舒了一口气。此时她可以坐在锅眼门跟前，一边把柴塞进锅腔里，一边稍稍休息一下。院里的月光和星光都隐去了，猛然间房里也暗了好多。莲子知道，到了此时，天就快亮了。说也怪，每天天亮以前天却变得又黑又暗，如一个恶婆婆的嘴脸。莲子吹灭了煤油灯，坐在锅眼门旁的椅子上，很想再打个盹，这样有助于她白天在坡地里干活。此时此刻，老陈和娃娃仍在梦乡里呼呼大睡，这些她早已经习以为常。

雪花深知母亲的苦楚，她每年假期回到家，尽力帮助母亲干活。她也知道，虽然她回家的时间很短暂，但只要踏踏实实地帮几天，母亲也稍微轻松些。无论除草、割麦、剐荞、拔黄豆、掰苞谷、剐柴、背柴，还是回到家里擀黄豆面、打搅团、煮肉、炒回锅肉、蒸扣肉、捞米饭，都难不倒她这个大山里长大的女孩子。虽然她从小体弱多病，但她跟着母亲莲子练就了一身豪气和吃苦耐劳的精神。

雪花做的是母亲爱吃的黄豆面疙瘩子。说是疙瘩子，其实是手工擀下的一种混合酸菜面片。吃时往碗里调进豆豉、葱韭、辣椒等，非常可口。尤其夏天里在坡地干一天农活，又累又渴回到家，吃一碗这种带汤的面片，十分爽口。

吃完饭，雪花又抢着去洗锅碗、喂猪。女儿刚从外地回家，莲子还舍不得叫她忙，自己要起来去洗碗，雪花硬把她压到了椅子上。山村农家都是这样，饭后都得喂猪。山里人一般都是用青草作猪饲料，因为山里到处都长着猪爱吃的灰条、全穗谷和苦苦菜等。有时将萱麻叶用刀割来，用面汤烫了，猪也爱吃。

莲子吃完饭坐在台子靠墙的椅子上呻吟着，雪花收拾完锅灶后回到莲子身边坐下来。抚摸她又黑又瘦布满老茧且青筋暴露的手，雪花心里一阵战栗，陡然间觉得一股热流从胸间冲出来，鼻子发酸了，她眼眶里转圈的泪掉下来。母女俩的心永远是相通的，雪花知道，自己的今天是踩着父母亲柔韧的肩膀上去的，没有父母把她这个病弱的孩子当成宝贝，她也许早成了一个山村少妇。她心里只有一个强烈的愿望，自己挣了工资有了能力，一定要让母亲过得好些，再不能让她这么劳累。从此，母亲的呻吟声成了她心上抽打的鞭子，走到哪里，她都能感受到母亲的疲惫不堪。

看，老陈家现在还有个喜事等着他们操办呢。雪花把男朋友张子新从老远的河西西城领回家后，一家人都很兴奋。张子新买了河西产的一箱挂面、两瓶酒做礼物，又给了老陈五百元当作雪花的聘礼。小张大高个，长方脸，戴一副黑边眼镜，头上戴一顶鸭舌帽，一副文绉绉的样子，见了村里人满脸是笑主动打招呼，按雪花的交代称呼长幼很周全。他也不怕吃苦，安顿啥活干啥活，争着出工干活，几天过去，得到村里人的一致好评。老陈和莲子喜悦的同时，也表达了对小雪的担忧。他们谈了谈，雪花和小张一致表示，小雪没有到西城来，不过请二老放心，小雪不会有事的，她有一技之长，天干饿不死手艺人。莲子和老陈听了，暂时放松了心弦。

3

　　经过全体村民的不懈奋战，小凤村的水渠终于在次年二月修通了。为了节约成本，几户共用一个水龙头，把水龙头放在一个显眼的位置。水龙头下面只用水泥筑了一个平台子，连一个水池都没筑上。即便这样，全村人也是喜笑颜开、奔走相告。因为他们祖祖辈辈都是用木桶到水泉背水，还从没有享受过自来水是啥味道呢。刚修通之时，水管子旁成天聚集着一大群人，他们都伸长脖子巴望那水管子里面流出琼浆玉液般的溪水来。有一天，水管子里哐当当着实空响了一阵子，就像那婚庆喜事开始前放的鞭炮一样。过好一会儿，水管子中才喷出一股黄泥汤似的水，等浑水肆无忌惮地流一阵子后，那清洁甘甜的水仙子才轻移莲步，在众人目光灼灼的注视下静静地走了出来。当下有人就迫不及待地用手捧了几捧水，狠狠喝了几口，照样学样，一时间水管子围着的人都争相用手捧着水喝，他们说要亲自尝尝自来水的味道。他们异口同声赞道："呀，这老林里流出来的柳根子水甜得很，一个冬天真是没有白忙乎。"然后，家家户户的大人娃娃都兴奋地跑回家，把能装水的器具搬了来。他们一趟趟兴高采烈地来回跑，把家里的水缸装满了，还想把家里的盆盆罐罐也装满。莲子就是这么个人，她一趟趟接满了水缸，又拿上水盆子把大锅里也装满了水，邻居便说道："你看你，恨不得把水管子移到你家锅头上去，还想把锅锅碗碗和衣服口袋里都装上水吗？"忙忙碌碌接水装水的莲子听了也不觉哈哈笑出声来，道："唉，这么多年背水守水的，我真是怕了，这不是害怕又缺水断水没水吃吗，我先把它装满再说。"有的人家还没有买下挑水的铁桶子，只好用原来背水用的木桶一趟趟往屋里背的背抱的抱。他们原来天天把木桶放到水泉排队守水吵架骂仗的日子，为了抢水半夜三更起来背水的日子，都一去不复返了。几个老人守在水龙头前，用手一遍遍地摸摸这个铁疙瘩，福香太太笑吟吟对宗太爷道："你说日怪不日怪，就这么个铁管子么，怎么就能把水引来呢？"宗太爷的眼睛挤成了一条缝，笑道："这有啥怪的，高处把水塔修好，塔里的水就有了压力，再从水管子里引下来，就流到水龙头里了。"连着几天，水龙头跟前都挤满了人，大爷阿婆、叔叔阿姨们又有了一个新的谈闲说话的地方。自来水流到村子里，村里人的这种喜悦劲连着持续了多天，村里的鸡儿狗儿们都深受感染似的，瞧！喝饱的大红鸡公叫起鸣来嗓门都格外清亮；狗也格外卖力，一到天黑，隔一会儿汪汪汪地叫喊几声，声音比以前都高亢了许多；虫儿鸟儿们也兴高采烈，白日黑了卖力地唱起了大合唱。

村里的水渠修通了，村里人着实兴奋了一阵子，那兴奋劲就如一个小伙子新娶了媳妇一样。老陈一家仍然过着日出而作日落而息的日子，莲子再也不用天不亮就起床披星星戴月亮到水泉背水了。这样一年下来，要节省她多少劳力和心力，把这些节省下来的时间和精力，用在地里的庄稼和家务上，还能多产些粮食，家中事务也理顺不少。她常常感叹道："呀，现在水拉到了村子里，可把我们的水背子取掉了，真要感谢共产党，感谢上面关心我们的领导哩。"大家又齐声赞了一阵上面的政策好，自从改革开放后，我们山里人最起码不再饿肚子，家里有了余粮心里不慌了。谁都承认这是活生生的事实，这几年村里再也不见有人冰锅冷灶愁着没米下锅的事了，谁人都有饭吃。只要身子骨能动弹，能下地干活，种下庄稼，天上有雨水滋润，秋后就能收获大把的粮食。

村里人每天仍然天不亮就欢欢喜喜到水龙头跟前挑水，吃完早饭再到坡地里去侍弄庄稼。庄稼是他们的命根子，土地是他们永远也写不完的篇章。他们一年四季在其上挥汗如雨地耕耘和劳作，哪怕烈日暴晒和严寒侵袭，都不能削减他们对土地的那份专注、那份深情、那份热爱。他们中有爱吼几嗓子的，早晨走在山路上，看着晨雾迅速散开去，旭日冉冉升起在云蒸霞蔚的东边山梁上，不觉心潮澎湃，涌起一股愉快的豪情，便要大声吼几声穿透山岭的山歌。他们愉快的歌声似一朵朵美丽的山花，撒遍山坡，那个爽快劲，连对面的凤凰山上都感觉到了。你们仔细听：

> 东方（你）发白（你）天亮了，西山升起太阳了；
> 日头出来照满川，绣房走出王玉莲。
> 奴的婚姻爹包办，修的瓦房整五间；
> 家里没得男子汉，里里外外要我管……
> 上河坝担水路又远，下河坝担水路不干；
> 小脚步步往前蹿，一蹿蹿到井边前……
> 人人都说南桥好，我把南桥走一遭；
> 人人都说南桥宽，我把南桥观一观……
> 南桥底下九眼水，三眼出水三眼干；
> 三眼出水三眼干，丢下三眼饮马泉……

第二十一章　小雪回家

1

　　小雪出走四年后回家了。她回到阴山县城，一下子感到回到自己家一样亲切。不出门不知道，出了远门才感觉到自己对生活过的故乡有多留恋。

　　马上过年了，绕县城而过的白水江比雨季时变得瘦小了许多，没有一点浑浊的影子，白水江变成清水江了。它是那么澄澈清明，像一位少女的眸子般洁净明亮，真是碧如翡翠。它娴静地穿过阴山县城向东一路欢歌地流去，给白水江沿岸的村庄装点了明媚的风景。村庄里土墙青瓦或水泥钢筋的二层房屋分散在白水江沿岸弯弯曲曲的胳膊肘湾里，数丛高高的翠竹或散在岸边，或在房角随意长着。房前屋后的坝子里都长着一抹草绿色的白菜、蒜苗等新鲜蔬菜，还有一片片深绿色的冬麦子、一块块墨绿的橘子树，偶尔有一两丛扇子形的棕树开放在房前屋后。草绿色和深绿色错落相间，碧绿的江水衬托着摇曳的翠竹，远处看，白水江边就如一幅美丽的春江图，一派生机盎然的景象。然而此时正是寒冬腊月，看到此不禁让人怀疑，这里到底是冬天还是春天呢？表面看起来这里已经是春光明媚了，江那边一两声汪汪的狗吠声、母鸡咯咯咯跳窝下蛋的声音，还有大人呵斥娃娃的声音传来，平添了江边村庄和谐幽静的氛围。小雪一路看得心情激动，她常常在梦里回到家乡回到亲人身边，现在当她回到了朝思暮想的家乡，怎不令她心潮澎湃？

小雪在半路上碰见村里人，他们见了她，脸上都捧出一脸惊奇而热情的笑容，帮她拿行李，背背包，一路说笑着来到了村口。在村口那棵老皂角树下，小雪碰上了巧珍，巧珍一见了她，快快伸出手取下她肩膀上背的包，帮她拎着，凑到小雪跟前细细端详了她的脸，嘴里啧啧赞道："你可回来了，你爸妈都想死你了，我的娃呀，到底要到外面去闯呢，多见见世面一下子都变洋气了。"小雪笑道："这大大，有啥洋气的，我还是我。"说笑了几句，巧珍突然转了话头道："小雪，看你现在走到好路上了，我们美娥也不念书了，到城里打工去了。"小雪笑着劝道："大大，她不想念书就算了，行行出状元么，说不定她能干出个名堂哩。""这话说是那么说，可干啥能干出个名堂来？她又是个女子家。"小雪一听笑道："大大，这你就不知道了，女子能顶半边天哩，女子干的活男子还干不了，比如车间里流水线上的有些活。过去由男人干的行当，现在女人也能干好，比如理发烫发行业。"巧珍听了笑道："哎呀，小雪现在说起话来可真是一套一套的，到底要到外面去哩。"

小雪还没走到家，她的父亲老陈蜡黄的脸上写满惊喜穿着军大衣从家中迎了出来，她妈莲子则带着哭声说："我的娃你回来了。"老两口赶紧取下小雪的背包，把火笼里的火生着，让她坐在火笼旁烤火。老陈陪着，莲子又去灶房里忙碌，她脚踩木凳子站在案板旁，把全身力气都集中在两只手掌上擀小雪爱吃的黄豆面。小雪坐在暖和的火笼边烤着火，眼睛看看家中熟悉的一切物件和院坝里那几棵树，心情很愉悦。饭快熟了，一股十分熟悉的香味从灶房里飘出来，葱花刺鼻的辛香味和油泼红辣椒面的酸菜味儿混合在一处。小雪贪婪地吸了吸鼻子，这种香味伴随她长大，现在她有几年没吃过了，馋得她直流口水。她走到灶房里自己端了一碗，用筷子挑着母亲擀得薄如纸、切得细如丝的黄豆面条，浇上炒得红红的酸菜浆水，调上葱花，美美吃了两大碗。还不过瘾，她还想吃一碗，摸摸肚子实在吃不下了，这才恋恋不舍地放下了碗筷。

说也奇怪，小雪回来走到丹阳沟口，看到沟两岸那峭拔的悬崖和突兀的石块都是亲切的，心情完全放松了，好像回到小凤村一样。说起来真有意思，小雪回到故乡来，一爬到这面山上，即使在漆黑一团的夜里摸索着回家，她绝不会害怕的。从小在山里长大，这里的一草一木都是那么熟悉，甚至如她的亲人一样，让她信赖，让她放心。她在深圳回家的前一个晚上，躺在宿舍的高低床上，想着家中那酸溜溜的酸菜和黄豆面，就馋得流口水，整个人一晚上都没睡着觉。她太想念大山深处的这个家了。在家时，她从未感到过它的可爱与美好处，也没时间咀嚼故乡暖融融的人情世故。直到离开她到外地打工后，第一次深深地想念起故乡的大山和山上的花花草草来，想念起家中苦苦挣扎的父亲和母亲来，想念起家中的弟弟及村中和蔼的爷爷阿婆、大叔大婶来，想念起小时候一起在村里捉过蝉儿、捅过马蜂窝、捉过金龟子的小伙伴来。就是小时候邻居阿婆给她偶然吃的一次荞面饼卷洋芋丝都那么值得让她回味。那个处在海边的工厂，她每天面对一排排不认识的南方树木，漫长的夏季，席卷着的热浪让她这个大山里长大的女儿感到很不习惯。在车间里上班一年多，她才弄清了去火车站坐车的路线。三年后她挣下的工资终于能还掉李家的彩礼钱了，来回的路费也有余，她才向厂长请了一个月的假，回家来了。

在深圳，小雪常在梦中隐约听到鸟儿归宿前的大合唱，看到傍晚的山野里，霞光隐隐，给灌木花草镀上了一层淡淡的金光。她这个大山的女儿，十分想念这种充满氤氲花草香的环境和氛围。她虽然长大离开这里到外地打工，可心里仍连着自己的故乡，一刻也未离开过，就如连着脐带的胎儿，时时刻刻都离不开故乡给她供给的滋养。

小雪回来看着冬天里的小凤村，在温柔的太阳光下做着懒洋洋的梦，一栋栋土墙青瓦的双檐瓦房，如一位位饱经风霜的老人，是那么恬静，是那么安详。房前屋后的树木都脱光了叶子，光溜溜地立在那里。小小的村落在冬天里并不都是一色的黯淡，也点缀了些许绿色。自家的一大丛竹子及湾儿里坟地中长的一片侧柏树，高处人家的几丛棕树及常绿色的粗榧树，还有村子后面树林子里那些墨绿色的铁橡树，再就是村子上头四方岭坪上的大片冬麦，都已经泛绿了。村后林子里的鸟儿们在灌木丛中跳跃着，歌唱着。黄昏来临时，鸟儿们最为活跃，它们争先恐后做着自己的工作报告，尽情展示自己的才华发表自己的意见，有时它们也咕咕咕地相互闲聊着。小雪刚回来就发现最近村子里头光溜溜的核桃树、桃树上不知怎么跑来了好多长尾巴的山麻雀，忽悠悠地从这棵树的树杈上飘到那棵树的树枝上，似在展示它们黑白相间典雅繁复的花衣裳。巧珍家房背后土坎上的乱草丛里，有一只大红鸡公，耀武扬威地领着一帮母鸡，时而张开它绚丽的翅膀，在母鸡们面前尽情展示着它的美丽、它的气度和它的不凡。小雪看着小村熟悉的一切，心静如水，尽情享受着这种平和、静谧、温暖。

　　不知为什么，她回到故乡这面山坡上，总想在寂静无人处倒头大睡。一个花朵般的女孩在野坡里躺下睡觉，在外人看来这是多么有伤大雅的事情。由于她对家乡这面山坡感情太深了，只有把这片山坡视为母亲的人，才对这里有如此亲密、如此依恋的举动。当然小雪只在浅山坡里，她不可能跑到人迹罕至的深山老林里去享受那样放松宁静的时光。

　　雪花一家人领着孩子也从西城回到小凤村过年来了。

　　老陈和莲子赶紧把他们让到火笼旁坐着，莲子接过小张手里的娃娃，亲着小脸蛋，幸福溢满脸颊。

　　晚饭后，一家人围在火笼旁烤着火，谈着闲。老陈和莲子都很兴奋，脸上皱褶里终于有了笑意，因为最让他们揪心的小雪竟从深圳挣了钱回来了，雪花一家人也回来了。小雪在外面几年的遭遇和打拼，让她早已放下了对父母的怨恨。经历了生与死的考验，她才知道这世上还是父母最疼自己。她把自己的遭遇都告诉了父母，老陈和莲子听了都唏嘘不已，最后感谢女婿张子新帮了大忙，也感谢那个王小丫出手相救，才把小雪从鬼门关救了出来，才有了今天全家人的大团圆。

一会儿村里的寿林来串门子了，他最会说笑话，这会子他又耍起了嘴皮子逗起笑来："雪儿、小雪你两姊妹现在可是我们村飞出大山的金凤凰，是见过世面的人，外面有啥新鲜事给我们山里人说说看。"大家都笑了，雪花笑道："爸爸，我平时上班下班的，只是坐了坐火车，再也没啥新鲜的。"寿林道："你就说说火车是咋样的？"雪花道："火车嘛，就如书上画的，一条长龙样的大铁房子，建在车轮子上往前跑，到了车站上就停下来，上的上，下的下，就这样子。""那铁房子上有电灯吗？"寿林问。雪花答："当然有，不然半夜三更上下车咋办？"寿林道："雪儿，你说说你们是咋样坐上火车的，又咋样下来的？"雪花想了想就说："我们到了火车站，首先要排队买票，买上几点的票，就上几点的车。上车前先在候车室里等着，等快到点了，再排队在检票口检票，然后进站台等车。火车进了站停稳当，列车员会让我们拿着车票上车，上了车再找座位坐下就行了。买了站票的，就得站着。这次回家的人太多，我们一直站到昭化下了车，半夜里实在困得不行，就提前从货架上取下行李，站到车厢门口，等火车进到广元昭化站停下，就下了车。"

完了，大家又请好说笑话的寿林讲个笑话。寿林清了清嗓子便说开了："我给娃娃们今天讲一个好说大话好面子的人。有一天，他出门前跟他的仆人交代：'我们到了外人跟前一定要多说几句大话，装出体面的样子，免得人家笑话。'仆人就答应了。他们到了外面，有人说三清殿很大，仆人就接口道：'也就和我家的住房一样大。'又有人说龙衣船如何如何大，仆人就接口道：'也就和我家的账船一般大。'又有人说牸牛的肚子非常大，仆人却接口道：'它再大，也就和我家主人的肚皮差不多。'"大家听后笑了一回，莲子和宝平、贵平尤其笑得厉害，自从小雪出走后，莲子第一次这么畅快地大笑了起来。小雪也笑了，只是没发出声来。寿林受到感染和鼓励，他接着又讲了一个关于医生的笑话："从前有一个医生不小心把病人给治死了，主人家非常气愤，喊来了家人要打他，医生跪下再三求饶，最后主人说道：'我打你可免了，可国法难容。'于是主人就要把医生押往官府治罪，医生害怕被治罪，就求饶道：'我愿把死人抬去安葬了。'主人就同意了。可医生家里又太穷，没有钱雇人帮忙，只好全家上阵，他们夫妻和两个儿子来抬棺柩。抬到半路，医生气喘吁吁地对家人感叹道：'为人切莫学行医。'他妻子责怪道：'为你行医害老妻。'小儿子接口道：'头重脚轻抬不起。'大儿子却劝父亲道：'爹爹，以后给人治病拣瘦的。'"大家听了又笑了一回，莲子一家都沉浸在一团喜气之中。莲子大受感染，也跟着说了一个笑话。她笑眯眯道："从前有个人天性最懒，整天躺在床上不起来，以至于每天的三顿饭都懒得动口吃，长时间颗粒未进，最后竟然活活给饿死了。到了阴间，阎王知道他生前特别懒，就罚他下辈子变只猫。懒人说：'变猫可以，只求阎王爷让我变成一只通体黑色的猫，只留下鼻子是白的。这样的话，我就非常感谢了。'阎王就问懒人为什么要这样，懒人就答：'我做猫如果通体是黑色，躲在黑暗的地方，老鼠就只能看见我的白鼻子了，以为是一块米糕，贪婪想偷吃，跑到我跟前，凑到我嘴边，我不用动，嘴一张就会把老鼠咬住，这样不是省了许多力气吗？'"大家听了又笑得前仰后合的，宝平笑得歪倒在雪花身上直叫唤肚子疼，小雪笑得哈哈哈地指着莲子，说不出话来。

2

过年的气氛一天浓似一天，进入腊月中旬的小凤村，几乎每天早晨都有猪儿撕破喉咙在声嘶力竭地号叫，村庄里的空气中也时时飘过血腥味和腥臊气。山村人费力养一年猪，就等着过年时杀掉图个丰盛，图个一家人高兴快乐。杀过猪的人家院坝角落里往往有一撮撮黑色的猪毛和一摊摊已干或未干透的黑紫色的血迹。每当清晨，一头猪扯起声来叫上一阵后，几个男人把杀死的猪放入院坝里专门用来烫猪的梯形敞口筲桶里，快快把烧开的水用铁桶子一桶桶浇在死去的猪身子上,然后在热气蒸腾中翻来覆去地把猪身上的毛根烫软,并把猪脚上的一层硬鞋去掉,再手拿瓦片在猪身上刮毛。刮毛最难的是猪头,那么多窟窿眼睛都得刮净实在不易。黑猪毛很快被甩到一边,显出白白净净的猪身子来。接下来就是把猪身子长长倒挂起来,一般吊在台子上的木头横梁上,拿刀开始劐剥。

在20世纪70年代,莲子家每年都杀个六七十斤重的小猪,第一个原因是她家的劳力少,一直缺粮吃,没有余粮给猪上膘催肥;其次是当年的猪再怎么催肥也养不了多肥多大,最大也就是百来十斤。先一年春天或秋天抓个小猪娃喂上,第二年腊月里再杀掉。这样每年都养大、小两头猪,小的叫替槽猪。能养起两三头猪的人家,都是粮食宽裕、家底殷实的人家。自从包产到户后,莲子家有了余粮,才杀得起一百多斤重的大猪了。

宝贵领着妻子和一女娃回家了。他妻子郑红艳,长着中等个,圆脸,白里透红的皮肤,眼睛很活泛。宝贵也学会了杀猪,他杀猪只一刀,猪哼哼两声便毙命了。往年他家杀猪时,在猪脖子下放个里面有荞面的盆子,猪血喷射到盆里,搅匀,放上酵母,发起来,蒸成血馍,再炒着吃。可今年莲子没这么做,把血端出去埋到了树下,因她信了教,不能再吃血了。

腊月二十三,是村里人最忙碌的时候。莲子赶早起来做她天天雷打不动的作业——挑水,现在再也不用背水了,改为挑水了。水挑回来再做早饭,吃完早饭,她打发宝贵、宝平上山去捆柴。老陈陪小雪去李发生家把彩礼钱退了,再到乡上把离婚手续办了。解铃还须系铃人,经历了这么些事,老陈再不想违拗小雪的意愿了。老陈事先已经请耀宗、巧珍出面去了一趟吕梁坪,跟李家接洽过,通过一套外交辞令,心平气和地与李家人算清了账,今天顺利办了手续。

莲子则留在家里彻底清扫一下房子。她先把灶房、睡房、厅房里该盖的东西都盖住了。她头上顶了方手巾,再用长杆子扎了一个长扫把,捞起来,先扫灶房里。

山里人一年四季靠烧柴火做饭取暖，再高大敞亮的房子也被熏成了个黑窟窿。一年中做饭烟熏火燎的，灶房里楼板上、横梁上的一簇簇黑麦花，莲子狠劲一下下扫着，嘴里时不时自言自语道："老天爷，咋熏成这样子呢？墨就如麦穗子一样吊着。"扫完灶房、睡房，再扫厅房上面的墨，完后再清扫地面上的垃圾。打扫完毕，她在盆子里倒上热开水，加入洗涤净，再用竹刷子刷洗灶台、锅盖及案板、碗件等一应灶具，再用清水淘了两遍。莲子在讲究干净、卫生上，没啥含糊的。她常教育雪花、小雪两个女子："人啊，笑臭不笑补，人活的脸，树活的皮，日子过得再穷，衣服要洗干净，房子要收拾整齐。走到人前面精精干干的，自己要给自己长精神。"特别是老陈，常在世面上走的人，在穿衣、讲卫生上，就更讲究、更挑剔些。

一切收拾停当，灶上洗干净，在腊月二十三这天，莲子还有一项她认为重要的事情要做，就是下上一碗面条做献饭放到灶角上，再上炷香，点三张马纸，悄悄给灶火阿婆招呼几句，让她上天后向玉皇大帝汇报情况时，为家里多多美言几句，来年保佑一家人诸事顺当、人畜兴旺等。因她有了其他信仰，今年停止了以上活动。

3

腊月二十八的丹阳场，人如潮涌，周围四五个乡的人都朝这个方向涌来，小小的丹阳街年年人满为患。丹阳街以丹阳河而名之，丹阳河在《水经注》中称偃溪。现在的丹阳街只有一条窄窄的街道，两面清一色是活动木板门窗，质朴耐用。可现在的年轻人大都不知道丹阳街过去曾有一段繁华兴旺的岁月，只有少数一些老年人跟人闲聊时眉飞色舞地说起当年丹阳街的情形来。据说原来河中心有一巨石，上建有一座六面玲珑的宝塔，塔高五层，朱梁画栋，凭窗临水，是丹阳八景之一的"文台映水"；过纸坊村，有当年赫赫有名的"参政府"；到了丹阳的西口便有一高三层飞檐翘角的"魁星楼"，楼上回廊栏杆绕护，雕梁画栋十分壮观，大道则从楼下通过，是丹阳的西大门。昔日的丹阳街有三条正街六条小巷,当年中街之北,有大通寺、东岳庙、忠义宫一字排列。据说当年的以上建筑宏大雄伟、雕梁画栋、金碧辉煌,集雕塑、画、书法等于一身。其中的忠义宫院宇尤其宏大,是川陕商人的会馆。可惜,丹阳街以上这些亮丽的名字早在20世纪30年代被白云土匪一把火烧成了灰烬。

丹阳街在年末岁尾的这个集赶早不赶迟,迟了连个位子都站不上。天不亮,莲子就起来做早饭,她忙颠颠地架着了火,锅里烧上水,就急匆匆到厢房门前开始大声叫:"宝贵,宝贵,你把那快些起来,吃过了好去赶场,今天是啥火候哩,去迟了站都没处站,再慢腾腾的,吃屎去都让猪婆给抢去了。"她这一声吼,院坝外面的人都听了个一清二楚。雪花听见母亲在叫唤,想着也该起床了,可她嘴里直抽凉气,极不情愿地穿上那冰棍似的棉衣和裤子。这里一进入冬天,每天早上的起床就是个问题。因为这里的房子里不架火炉,晚上睡觉以前脱下的棉衣裤就变成了冰疙瘩。大人起床尚且怕冷,何况细皮嫩肉的娃娃,每天起床就少不了龇牙咧嘴地磨蹭半天。莲子每天最头疼的也就是催娃娃们起床了。宝贵起来后嘴里咕哝着:"哎呀,就你的声音大,清早爬起就开始吼天骂地,连凤凰山上的人都听见你叫我们起来哩。"莲子听了不但不生气,边在灶上忙活边笑了起来:"嫌我把你们的瞌睡虫撵走了是不?勤人难学,懒人好惯呀!我不给你们念紧箍咒,太阳照到尻子门上了你们还睡觉呢,那咋行?"

唉,家里啥时候最缺的就是钱,为了多凑点钱,莲子只好让刚回家的宝贵和张子新把刚杀的猪瘦肉背到街上卖了,又让小雪背几升黄豆去丹阳场上枭。

莫道君行早,更有早行人。等到宝贵他们吃完饭出了门,望凤坡走丹阳场的路上三三两两的人已过了"忠字墙"。有的背着背篼,有的赶着一头驴驮着一摞粮食到河坝里电磨上去打面。宝贵用背篼背了几斤瘦肉,望了一眼望凤坡,对小张道:"妈早早把我们撵鬼一样撵起来,我想我们该是最早的，没想到我们还是走到了人后头。我们小凤村人啥时候都是急猴子，可老天爷就是不长眼，急一辈子、苦一辈子也就那么个穷样子，没见谁发了家。"宝贵边往上爬，边发着感慨。小雪只顾爬，没心情理她大哥的唠叨。

等他们走了十几里山路到丹阳场上，那街道上已被上丹阳、横丹、上德等远处乡镇来的人挤了个水泄不通。除了最远的后河里——刘家坪乡的人还未到外，周围几个乡赶场的人基本都来了。丹阳这条街道虽不长，因处在中心位置，特别在旺季，每逢开场日，人头攒动，从街这头挤到那头得费些工夫。宝贵他们费了好大的劲，才挤到摆放粮食的地方找了个空位子把黄豆口袋放到地上，袋口敞开，露出里边颗粒饱满的黄豆来。小雪蹲在口袋背后，一边看着过往行人，一边焦急地等待买主。小雪九死一生彻底解开了套在她脖子里的绳索，心情很放松。宝贵在不远处找了个空位置蹲下，放下背篼，露出里面红切切的瘦猪肉来。小张则想了解一下情况，去街上转去了。端公林也背了两升白米，前脚跟后脚来了，插到宝贵跟前粜开米来。宝贵说："你还粜米呢，白杨坝那巴掌大的地产那几升米不够来人去客塞牙缝的，哪有往出粜的？"端公林答："不粜咋办？手里无钱杀不了人，一个钱就坑死个英雄汉呢，不粜连灌煤油、买粉条、买菜水的钱都没有，咋过年？"正说着，宝贵看见陈老师用背夹子舞轩轩地背来一捆柴，而黑猫则在肩上背了三个野兔子，陈老师把柴放到不远处一溜卖柴的地方等买主。

物以稀为贵，什么东西到了场上马上就知道它自身的价值有多大。小雪背的黄豆本是个冷货，没想到，她刚到没一会儿，来问价的人还不少。一个穿着干净体面的中年右客，脸上白白净净的，没经多少风吹日晒，她扫一眼就知道是河坝人。河坝人脸上虽没写字，但一开口说起话来马上就和山里人显出一种不同的气质来。河坝人在说话上要洋气不少呢，他们说话把本来是翘舌音的说成了舌尖音。她问："一升几元钱？"小雪答："三元五。"她嘴一撇："娃,三元五太贵了,三元就差不多了,你三元卖给我吧。"幸亏小雪不是头一次粜东西,她头一偏："那咋行,黄豆一直就这价,前一场都卖三元八呢。"那女人见占不上便宜,走前面找别的猎物去了。山里人没见过大世面,人太老实,脑瓜子死板不灵活。每到赶场,有些好些的河坝女人专钻山里娃的空子,什么"这娃长得聪明,那娃穿得体面"云云,先用好言好语把你哄得晕头转向,再占便宜。小雪吃了几回亏,终于学聪明些了。宝贵就不行,他怯森森刚报了个价："一斤三元八。"让一个乡政府吃公家饭的人吆三喝四："你这是啥肉!不新鲜,蔫巴巴的,还能卖大价钱?"宝贵申辩道："昨天刚杀下的猪,你别看有点蔫,是我放了盐的原因,把肉里的水分腌出来了。"他嘴里虽硬,可心里一下子就虚了。等了好半天好不容易等来的主,他不想错过,因为今天的场上最不缺的是猪瘦肉。这时端公林也过来帮腔："你别看这放了盐的肉蔫是蔫些,水分腌了出来,不压称,这个价格到头来是你占便宜,他吃亏呀。"宝贵赶紧附和："就是,同样是昨天杀下的猪,人家的肉没放盐,就压秤些,我放了盐就折了好几斤呢。"那人拿起肉又仔细看了看,一甩手说道："再不说了,你三元四我就全买了。""三元四太低了,低也低个差不多,我是个撇脱人,就给你三元六吧。"宝贵一斤上让了两毛,端公林用手悄悄蹬了一下宝贵的衣襟道："啥?三元六太便宜了,三元七差不多,人家卖三元八的,你卖三元七!看你也是公家人,少一毛卖掉算了。""你这老哥,他自己说的三元六我都不想买,你越说越离谱了,还三元七呢。不卖算了,满大街都是肉,还愁买不上肉啊!"说完转身欲走,宝贵急忙叫住："哎,别走,好商量,好商量,三元五吧。""三元五?不行,三元四,不卖就算了。"端公林又打圆场道："你看,你也不说三元四了,农民一年养头猪不容易,你就给三元五一斤算了。"那人装出极不情愿地说道："哎呀,看在这个老哥的面子上,三元五就三元五吧,我也懒得再去跟人讲价了。"心眼实诚的宝贵心里一轻松,给人家称得旺旺的,秤杆直往上冒。那人脸上的肉仍绷着，可心里喜滋滋地拿上肉走了。端公林看着那人走远了，才说："你这人就是没心眼，啥都太实诚了，今天不是我，你就吃亏大了。"

小雪耐心等了半天，来问黄豆的人有几个，可就是不出价，最多出到三元一，她没卖。看看太阳已偏西，每个人都急吼吼的，急着出手，也急着买进。她看到黑猫的兔子已出手了，陈老师的柴也卖给一个街上的女人。年关了，谁不急？小雪心里也急起来，她实在耐不住性子，就大声地叫起来："黄豆、黄豆、好黄豆。"她接连叫了几声，果然奏效，两个女人挤到跟前来了。"黄豆，多少钱一升？"这次小雪把价报低了点："三元四。""三元四贵了，三元，我们两人把这全买下了。" 小雪软溜溜地说："大大，三元太低了，现在山里的黄豆不好种，地里上的化肥多，种不成黄豆了。你们看，我也不要三元四了，你们也不说三元了，都让一下，三元二，我就卖了。今天是个好日子，也就这时候了，不然我说啥这个价不能卖的。"两个女人合计了一下说："给我买两升，她买两升。""行啊，我这黄豆刚好四升。" 小雪高兴地说，她开始给她们过秤。

兄妹俩分头赶快采购过年的菜蔬，宝贵去丹阳街有名的朱家豆腐坊买豆腐去了，小雪则买蒜苗、白菜等东西。

第二十二章　过大年

1

　　过年要祭祖。小凤村人的先人案子自从20世纪六七十年代，被人烧成灰以后，全村人有多年不祭祖了。家家户户对祖先的尊敬方式只有一种，即到腊月二十九或三十夜去自家先大人坟前烧一刀纸了事。村子里还数老陈出了个风头，买了几筒子花炮在自家的坟地放了放，使他的爷爷、阿婆、大和妈那普通的坟堆上飞起了两束彩色的火炬，刹那间装点了一些绚丽和光彩。当时村里的人都看稀奇似的站在台子上，望着那些在夜晚中绽放的火花出神，花炮给山村寂静的夜晚增添了一些奇丽的风景。

　　回家后，这祭祖的事情一直在老陈心中搁着、发酵着，并渐渐膨胀起来。当他身体恢复后，想在有生之年一定要把先人案子画起来。他想无论社会怎么发展，这祭奠祖先的事情没有错。他想，要画先人案子就画一幅能挂在厅房背墙上的，且幅子要大，不能太小气。他一个人叹息道："唉，这些败家子，数典忘祖啊，咋把先人案子给烧了？"画先人案子得花好一笔钱，最少要四五百元，这可不是个小数字。当时丹阳乡没画匠，要到城里去请，来去要花路费不说，还要买画布、颜料、画笔等东西，加上给画匠的工钱，花费不少。莲子开始坚决反对，可她拗不过老陈，只得妥协了。

　　最后在老陈跑前跑后的操办和莲子的大力协助下，总算把先人案子画好了。老陈走访了村中的老人，找了一些先人的资料，这房几户人，那房有几户人,去世了的人名字,几辈以前的人名字,都做了调查登记。为这事他专门去丹阳街找了陈家的一个老学究,此人对历史颇有研究,弄清了陈家祖先的历史渊源、村子的历史,才让画匠画上去。全村人看到老陈竟然办成了这件大事,都很高兴。在耀宗的带领下,敲锣打鼓地给先人画像开光揭幕。

这是一幅两米长80厘米宽的画像。画像上画了前后两进两院的大庄园,一看就是个高门大户,头一个院子里有一对老爷太太,一副雍容富贵的样子,有丫鬟童子端茶倒水侍候着,屋角上有角几,上面放有开着鲜花的花盆,古色古香的样子。这就是陈家人最老的有名姓的先人,叫陈苗的,据说是一品武官,是最早到阴山县来的,后来因剿匪立了功,比较有名;后一出院子里同样也坐着一对夫妇,也是同样的摆设、同样的排场,据说是到小凤村落脚的最早老先人叫陈大千的,是陈家二房的第三个儿子。那时陈家的势力在丹阳河一带很不寻常,从他儿子娶了县太爷小姐这件事可见一斑。这事直到今天被村里人津津乐道。先人画像上除了那两座院落外,下面全画着几排小长格,每格里都用毛笔小楷工整地写着上至陈大千,下至当前去世的村里男女老年人的名讳,都严格按辈分、分支列着,形成了几棵大树似的,树的顶端写着一个最老的先人名字。

除夕夜了,宝贵一家、雪花一家和小雪都回家了,一家人团圆了,老陈和莲子都很欣慰。老陈的身体一直不太好,胃病未好,能活动就万幸了。现在小雪的事也解决了,就剩找对象的事了,老陈心情舒畅,想着好好祭奠一下祖先。腊月三十,他起来带领小雪把屋里屋外、院里院外打扫得干干净净,宝贵把厅房里的桌子柜子用抹布擦干净了。他把陈家先人的像从墙里专门挖下的一个小神龛里恭恭敬敬地请出来,取开绑着的绳子,小心翼翼展开来挂在厅房的背墙上;又去把八爷的像从根全家取来一并挂到背墙上,并把家中大小都叫到画像跟前,给他们指了底下房里的几个先人灵位和名讳。雪花看到先人案下有竖排的几行小字这样写着:

一、"故显考府君陈公讳（考妣孺人吴氏）种金行一之灵香位"。

二、"故显考府君陈公讳（妣孺人朱氏）生有行一之灵香位"。

三、"故显考府君陈公讳（妣孺人陈氏）文英行二之灵香位"。

四、"故显考府君陈公讳（妣孺人郭氏）步新行二之灵香位"。

五、"故显考府君陈公讳（妣孺人马氏福秀）静云行一之灵香位"。

宝贵众弟兄姐妹如堕五里雾中似的，看了半天也看不懂，便问老陈："爸爸，这每个牌子上都写上故显考府君陈公讳，是啥意思？"老陈道："这是一种写法，墓碑、牌位上都是这么个写法，对下世的人都是这么个称呼，男的称'考府君'，女的称'考妣'，'讳'就是对去世人名字的一种敬称或隐讳。还有这行一、行二什么的，就是他原来活着时在家中的排行。""噢，这下知道了。爸，你把每一个牌位上的人名，都给我们指认一下，什么辈分，我们该叫啥哩？"老陈道："别急，过一会儿对你们说。"

莲子因信了教，对老陈声明她不能参加祭拜祖先的仪式。老陈把老伴狠狠瞪了一眼道："你的信仰重要，还是我们的先人重要？"莲子慢悠悠回道："各有各的，我若不遵守就有灾祸的。"老陈再没吭声。从下午开始，老陈就让雪花和小雪做献饭，即把事先在机器上压的白面条下到锅里煮熟，用炼了猪油的油渣子炒些红彤彤的酸菜浆水浇到碗里的面条上，再一碗碗地端到先人牌位前放端正。

献饭献完，老陈亲自往香升子里上了三炷香，把老陈家的所有人员召集齐，开始叩拜先人。他先站着依次介绍了一下五个先人牌位上的先人是谁："娃娃们，现在有了先人案子，我们家年年要祭祖。原来我们全村子人是在一起祭祖哩，直到把先人案子烧了就停止了。人是不能忘本的，人忘了祖先，就如没根的树一样。老话说得好：'树高千丈，也得叶落归根啊！'树没根就不能活，人忘了本就难走远。好了，我们先近后远地开始认先人吧，这样子依次类推，你们容易弄清楚。这排在第五位的是你们的爷和阿婆，宝贵小时候都见过，你们的阿婆是马家前山人。雪花和小雪只见过你婆，小的宝平和贵平不可能见。这排在第四位的是你们的太爷和太太，你们这位太太是郭家坝人，人很厉害，最心疼我。你们虽然都没有见过，可他们的坟在塆塆里，你们都知道。排在第三位的是你们的祖太爷和祖太太，祖太爷叫文英，据说平时人都叫他文英子。这排在第二位和第一位的都是你们的上祖太爷和上祖太太，一个叫生有，一个叫种金。"他介绍完了，大家都是一脸肃穆。老陈又让全家大小都照他样子跪在地下麦草垫上，朝先人画像先磕了三个响头。完了大家看着他仍跪在地上，谁也没敢站起来。接着，老陈开始给先人们虔诚地祷告："我们陈家六辈以内的先人们在上，今天是腊月三十夜了，我今天把你们的后代重孙、娃娃大小都叫齐了，教他们正式祭拜你们，并要给他们讲清楚你们是如何在小凤村扎下根的，如何辛苦地挣家业的。我是你们的不肖子孙啊，轮到我这一辈人手里，家业败得一塌糊涂了。想当初你们也是显赫一世，富贵荣华，一品武官的功名。我作为你们的后代感到非常荣幸，同时也感到很羞愧。我陈全贞半世奔波，只在阴山县一中当过几年工宣队长，再也没混个名堂光宗耀祖，最后在县印刷厂退职。家里修了几间房子也没装好，两个小的都没上路，宝贵工资也不高，雪花哩走远了，小雪呢最让我们揪心，现在终于回家了，这都是祖先保佑得好。从今往后，我们一家大小要好好纪念先人们的恩德，发家致富，不给先人们丢人。"老陈虔诚地陈述着，羞愧自责的情绪笼罩了他。雪花和小雪最是心软，想起各自的伤心事，她们的眼里涌出泪水哭了起来。宝贵心硬，他和两个小鬼都若无其事地跪在那里。老陈顿了顿，又继续祷告道："我的先大人啊，你们就好好保佑我们家，让宝贵一家能挣上钱，让小雪尽快找个合适的对象，让小张能挣个功名，让宝平的理发店生意兴隆，让贵平考个大学……"他说到此，宝平和贵平两个小鬼便把站起的半个腿又跪了下去。老陈继续着他的长篇大论："我要把精神振作起来，明年让我们争取把账还个差不多。求你们给我们全家人长精神，好好保佑全家人吃不坏、冻不坏、种啥成啥、逢山开路、遇水搭桥,给念书的娃多增些聪明智慧,也保佑我们家牛马成群、猪羊满圈,过上红红火火的好日子。"说着他朝后望了一眼他的家人道,"来,我们全家人再给各位先人磕三个响头。"说完他头点地,嘣嘣嘣又是三个响头,大家都学他的样子在地下连磕了三个响头后站起来了。娃娃们都在"哎哟"呻吟着,抖抖身上道:"把人的膝盖帽都跪疼了。"老陈听了叱道:"你们还有胆说这话,敬拜先人哩,哪怕脱层皮又有啥关系!"

祭祖毕,老陈家才开始吃年夜饭,除夕夜他家一般吃肉臊子机器面。吃完洗涮了锅碗,大家都围坐在火笼旁烤火。宝贵抱来了几块黑叶子疙瘩,架上了一块,其余的放在火笼边,准备晚上烤火用。雪花最爱动脑筋,也最爱问这问那。她想今晚为了家中有个好气氛,最好转移一下大家的话题。这不她开口问道:"爸,今晚上反正也没事,您给我们好好介绍一下村子的历史吧,我们这村子是啥时候开始的?"莲子给宝贵安顿今晚烧洗猪头,本来她家这烧洗猪头的任务一直是老陈干的,现在老陈有病,这任务自然落到了宝贵头上。他们家多年来过大年都是一个猪头肉,仔细洗过,煮个六成熟,再上笼蒸成扣肉就行了。

老陈吸了几口旱烟,开口道:"娃娃们,说起我们陈家人的根子就扯远了。我也是听老辈人说起过,我们小凤村人的先人原是湖广巷口紫荆树底下的人,一个叫陈成子的,在明朝时被皇帝加封了一品武官。不知道他犯了啥事,皇帝要杀头,他们举家就逃到阴山县,隐姓埋名,改为陈苗,先在县城的麻关桥下安下家来。后因剿匪有功,上面就把西起田家半山,东至上丹阳的那山划给了陈家。我们陈家人就是从田家半山起的家。据传说,陈家坝原是韩家人的,两家争斗,被我们陈家人灭掉了,后来就变成了现在的陈家坝。陈家人因出身武官,后代人都很勇武刚强,外人都害怕哩。据老辈人说,我们现在住的这面山上原来是大林子,那时候这山上确实有老虎活动。老先人到这里打猎来了,随手往地下撒了一把菜,秋上就打了三斗三升。老先人就认定这里土地肥沃，是能长庄稼的好地方。"雪花插话："那菉是啥子？"此时宝贵正笨头笨脚地把腊月里杀的猪头放在火笼边费力地燎着毛，一股烧焦的肉味在厅房里飘荡着。

老陈道："菉，好像是绿豆。后来他们的后代便陆续搬到我们现在的小凤村和小沟村来开荒种地，居住下来了。到这来的弟兄俩，一个住在小凤村，一个住在小沟村，相距不远，彼此照应，形成掎角之势。我们小凤村那时候叫黑虎寨，当时黑虎寨陈老爷的势力了得，虽说住在深山里，却娶了两房夫人。一个叫张氏太太，一个叫李氏太太。据说李氏太太是县长的千金小姐，县长拨了这周围的蒲子山、前山、石家山等地的粮就来我们黑虎寨来。多少年来，人都说黑虎寨里出来的人厉害得很，不但长得魁伟俊秀，而且武力高强，把本是同根生的小沟村人一直欺在脚底下。据说我们这一丹阳河里的人见了黑虎寨子的人都远远躲开了。黑虎寨人下来到丹阳街赶场时，随便把别人家的骡子骑上山来了，也没人敢拦。他们骑到了背坡里，把人家的骡子撒下，骡子自己就转身回去了。"莲子听到这插了一句："真能谝嘴，小凤村人要是能娶上人家县长的女，我就把我的杨姓倒着写哩。"老陈瞪眼道："看把你急的，那时候，陈家是大官人家出身，是大财主，县长的女子咋了，她再贵气，还不是照样嫁到我们这山坡坡上来了？那时候我们的老先人住在'老院里'和'后头院'里，听说，从这老院里到后头院里还修了一条转角回廊，不管刮风下雨，人在里边走，雨淋不湿的。后头院里面修着流动的自来水道，从底下流出来再引到了大门口。据说那时候黑虎寨里有一面几个人才能搬动的雷阵鼓。现在的大门口就是当年黑虎寨的大门，有一对大石狮子，到这缴粮的人就在石狮子上拴骡子、拴驴哩。据说我们这底下人家就是原来的东家，上面住的是原来的长工。"雪花听得大张着嘴，她长这么大还从没有听说过，自己的祖先如此显赫。老陈一口气说完，雪花、小张、小雪和两个小鬼听得连连咋舌，雪花赞道："真没想到我们这个不起眼的小村子，却有如此辉煌的历史。"

宝贵不屑道："这些我早就知道，我们小时候晚上出去缠着宗太爷，他就给我们摆这些老古经。"长着虎头虎脑的贵平听了，笨嘴里吐出一句："我要好好念书，将来要为祖先争光哩。"老陈听了笑道："好，你有这志气，我们高兴啊。"

莲子和小雪去到灶房里，小雪坐到锅眼门上塞了把柴，莲子把宝贵费了九牛二虎之力，燎了毛并划成块的猪头刮净了，再用玉米面洗净下锅里煮。她放好调料，又回到火笼旁坐下。

肉在锅里煮着，火笼里的火正旺，老陈一家被暖融融的气氛笼罩着，一家人和和气气、体贴温馨，耐心守护着一年中最后一天的这个夜晚。此时，老陈和莲子心里很感慨，五个儿女、媳妇、女婿和俩孙子都回家团圆了，不容易啊，他们再也不用担心小雪了。他俩看看这个望望那个，老陈抱着宝贵的女儿圆圆，莲子怀里抱着雪花的女儿晓丹，脸上挂着愉悦放松的表情。人说麻雀也有个三十夜哩，何况人，谁不图与父母子女一家人团圆呢？

2

大年初一清早，老陈一家人，除了莲子雷打不动地按时起床了，其他人都还在梦乡中沉睡。她在灶房一边乒乒乓乓地忙活着，一边嘴里嘟囔："初一儿不能睡懒瞌睡啊，初一儿睡了懒觉，一年到头都不顺利，你们赶快起来。高处人不一会儿就请你们来了，人家请客又赶到头里了。每年的这顿年饭我们总落在后面，今年把那也争口气，我们家人手这么多，不能让人家笑话。"正叨唠着，宝贵起来了道："妈，你的这张嘴，初一儿都不能让人清静一下？"说是说，做是做，他主动把火笼里的火生着，把厅房、台子、院坝里都收拾整齐了。

这小凤村年年有个惯例，即是从正月初一早早开始，就上演家家户户的请客大戏。一家家做年饭请客，张家出来李家进去，你请我我请你就成了村里人过年的主题曲目。这大年初一打头炮请客的人家,就有说不出的荣幸。虽说不像考中秀才举人般荣光,可在村里的右客们心中这似乎就是一个不挂名的头彩了。好像谁家早些请客,对客人的心也格外实诚些。这是一场无言的比赛,一家比一家要赶早,因为越到后面,客人的肚子已经填饱,再没处吃了。落后的人家就有凑热闹之嫌,有人会说你接了个饱客,凑了个热碗。在这个大比拼中,右客们都使出浑身解数,拿出自己的看家本领,尽自己最大的本事做饭菜,生怕别人说味道不好。

村里由于有了先人的案子,今年村里人大年初一清早陆续来到老陈家,拿了香和纸点上,再跪在麦草包上说几句求告先人保佑一年顺当发财的话。小沟村也有人来到莲子家,上香烧纸祭拜两村共同的先人。

雪花把娃交给小张,自己也起来了。她快快洗了把脸,梳了头,穿着平常的旧衣裤走进了灶房帮母亲和宝贵媳妇红艳蒸扣肉。莲子在捞米饭。她用热水发了蕨菜、豆角,再放在凉水里漂了,准备烩肉汤装红扣的碗子;又炒了苞谷面,切了洋芋丁,准备填白扣的碗子。白扣的做法是:把事先煮成六成熟切好的肉片放入盆里,先放一个鸡蛋清把肉片全部拌匀了,再放入炒面、豆瓣酱、花椒、鲜姜、葱花等拌匀,一片片码放在碗底里,一般是肉皮朝底竖码六片,再在两面各横着码一片;再把填碗的洋芋等用炒面和调料拌匀,在码好的碗子上用拌了面粉的洋芋块或豆腐填碗子,填满后加入汤把碗放到笼里上蒸。红扣的做法是:把煮好用蜂蜜染成红色的肉块切成肉片,再放入调料拌匀,其码法和白扣相同;再把入了味的豆角、蕨菜等填满碗子,浇上汤上笼蒸熟即可。

等肉、米饭全部上了蒸笼,雪花可以轻松一下了。两个小兄弟起来了,刚洗漱毕,已经听到高处"大门口"上打家什的声音。所谓"打家什",即小凤村祖辈流传下来的,在过年时要打锣鼓家什,一来增加过大年的喜庆气氛,二来可鼓舞村里人新一年的劳动斗志。打家什的都是男人,它有一定的节奏和曲子。小凤村打家什有个固定的地点,在原来的大门口上;

还有固定的时间,即每年的大年初一至初五的白天里。这里所说的"打家什",是由大铜锣、牛皮鼓、马锣、钹等打击乐器合奏的一种形式。其合奏的曲目有《狗撵羊》《三点水》等,过春节所打奏的一般是喜庆的《狗撵羊》曲。演奏时一般需四个人,一个人先敲马锣"叭、叭、叭……",接着击鼓的人开始击鼓"嘣嘣嘣嘣,嘣嘣嘣嘣……",紧接着锣、钹、马锣、鼓齐奏"咚,咚,嗵嗵嘭嘭,嗵嗵嘭嘭,嗵嗵嘭嘭,嗵嗵嘭;咚,咚,嗵嗵嘭嘭嘭嘭,嗵嗵嘭嘭嘭嘭,嗵嗵嘭嘭,嗵嗵嘭嘭……"。这种明快的节奏配上那面大铜锣浑厚的大嗓门儿,使人听着仿佛看到了战场上一队队排列整齐的队伍凯旋一样,让人产生一种兴奋的情绪。这大铜锣直径有40厘米,其中心及边缘部分被多少代人用锣槌打击摩擦得金光闪亮。其声音十分浑厚、悠长,它亮开大嗓门常使这里的山峰回音袅袅、久久不绝。特别是对门子那座高耸奇崛、沉默不语的凤凰山刹那间也心驰神荡。

过年了,老远就能听到"咚,咚,嗵嗵嘭嘭,嗵嗵嘭嘭,嗵嗵嘭,嗵嗵嘭;咚,咚,嗵嗵嘭嘭,嗵嗵嘭嘭,嗵嗵嘭,嗵嗵嘭"。从锣鼓家什洪亮激越的声响中可以感受山村人简单的快乐。无论多么辛劳、多么贫穷,过年的快乐压倒了往日的一切辛酸,大人娃娃无论身上穿着光鲜鲜的新衣裳,还是穿着洗得发白的旧衣裤,一听见这震颤大山、穿透云层的锣鼓声,都心急火燎地来到大门口,站着看这山村里重量级的娱乐工具发出的振奋人心的声音,个个面露喜色。小娃娃奔走相告:"打锣了,打锣了,快走,到大门口去!"

听着打锣的声音,雪花除了高考那年初一没去看外,每年她总会放下手中的活,和弟妹们三步并作两步上气不接下气地奔到大门口打锣人面前,睁大眼睛痴痴地望着,要从打锣人那里发现什么秘密似的。打锣人的手里拿一个木制棒槌,用力敲击着已磨得金光闪闪的一面圆形的大铜锣。有些娃娃右客穿着整齐的新衣围着打锣人看,他们一边听着锣鼓家什声,一边啧啧赞赏着。

春明来宝贵家请人了，老陈、宝贵和小张被请去吃年饭，春明把莲子、红艳、雪花、小雪等也请了，这是礼节。照例莲子、雪花都借有事不去，因为从来过年请客，家家去当家的男人即可，这是规矩。临出门，莲子对宝贵嘱咐："你去，来快些，顺便把客请上。"宝贵"噢噢"答应着去了。蒸笼里的扣碗被蒸了半个多小时，莲子打发小雪快去请人："你去请人吧，你爸爸他们一去就掉进闷潭里沉底了，今天接的都是饱肚子客，张家出来，李家进去，能吃多少呢？只不过谁家也要走这个过场，尽这个礼节罢了。"她自己在家把碗筷洗净，桌椅板凳摆放好，板凳不够，去邻居黑猫家借了来放整齐，只等客人来。所谓客人即是全村子各家各户的主人及出外工作回家的人员。其中男人占多数，也有少数男人不在的女当家人或寡居的老人。总之，大年初一这顿年饭，要把村子一户不落地全请到。这顿饭，不在于吃多吃少，体现的是一种村子祖祖辈辈沿袭下来的平等、祥和的气氛；这顿饭，村子里的人家无论谁过的日子多么富裕，或多么寒碜，都有被邀请或被盛情款待的资格。

"过年、过年，富人家过年哩，穷人家是过岁哩。"莲子独自感叹道。

春明家照例做了大米饭，蒸了一碗红扣和一碗白扣，最有特色的是烩了林中采来的薇菜。老陈用筷子挑了两种扣肉尝了尝，仔细品着，感觉好像差了一样啥调料，比起自家做的要差些。他又多夹了几筷子薇菜吃了，薇菜吃起来很筋道，真乃山珍美味也。小张最吃不惯大块肥肉片，只夹了几口菜。宝贵站起来，准备把春明家的客全部请到自家去，突然半路里杀出来个程咬金，进云嚷嚷道："大家先到我家去坐会，爸妈把饭都端到桌子上了，宝贵你家在最底下，到我家出来了，再去你家不迟。""走吧，各位爷、爸爸们，还有哥们，都走吧。"她不由分说，把大家推推搡搡地往她家请，并搀起宗太爷的胳膊就走。老陈故意嗔道："你看看，这鬼妖精女子，把我们唬得一愣一愣的，真了不得。"他嘴里说是说，还是笑着跟着她的脚跟走去。

这样，老陈宝贵他们东家出来西家进去。准备充分的人家，会拿出沱牌头曲和天水纸烟招呼大家，再蒸上扣肉，炒上几碟子菜；准备差些的人家，就只是些散酒，炒两盘子回锅肉片，一碗烩豆角而已。老陈和宝贵每次都争不过女人娃娃，被推拉着随人去了别人家做客，并在每家都象征性地动一动筷子，扒拉一口米饭，夹一片回锅肉或一片扣肉。直到小雪赶来，宝贵已经吃得饱饱的，喝得走路摇摇晃晃，不觉酩酊大醉了。

直到正午时，莲子一家几个人才把村里人都请来，此时锣鼓声早已停止了。老陈扶着宗太爷于上首坐了，其余人等都按辈分、年龄大小的顺序坐了。宝贵首先拿了一包天水烟给大家发，又拿出一瓶沱牌二曲酒，老陈取出他家一对绿色小巧的高脚玻璃酒杯，给每人斟上酒。宗太爷赞道："老陈、宝贵，到底是吃下公家饭的人，不一样啊，看看你的这对酒杯子，有多讲究呀，我们村里再找不上第二个了。"老陈谦虚道："我现在成了病罐罐子，以后还得仰仗大家多帮衬。"宝贵、小张又来敬了一圈子酒，宗太爷喝得只是摇头，说道："宝贵，酒就行了，今天都喝多了，开始端饭吧。"饭端上来，耀宗、端公林、黑猫等齐齐赞了一阵子扣肉的味道："哎呀，我说莲子呀，你这扣肉咋做的，我就挖空心思也做不出你这味道来；这回锅肉炒蒜苗、红烧豆腐味道更是一绝，就是普通的肉炒洋芋片叫你们做出来，一下子就升格了。"莲子谦虚道："这回我没动手，娃娃大了，我就懒得动弹了，是红艳、雪花、小雪揎掇着做下的。"老陈和莲子脸上写满喜悦，毕竟有人夸她家菜的味道好，他们脸上也光彩么。在小凤村这个小圈圈里，老陈家虽然日子过得比不上耀宗、寿林家，可在做饭上长期被老陈调教得能做几道拿手的菜了。由于晚上要排灯戏，大家吃过饭坐了坐就散了。他们家赶紧收拾了碗筷，打扫了战场。

初一是小凤村过年气氛最浓的一天。到处是好酒好饭，到处充满着热情，家家捧出的是欢喜，人人献出的是快乐。能穿上新衣的娃娃自然高兴，穿不上新衣的娃娃也不会自卑到哪里去。"欢喜快乐"的情绪是会传染的，没有痛苦、没有不幸、没有对辛苦的抱怨,更没有婆媳的不和睦,无论谁都是高高兴兴的。连那些汪汪叫的狗儿,也是欢天喜地的;猪圈里就剩下替槽的小猪娃叫唤着,似乎在向人们撒娇;牛儿们关在圈里悠闲地咀嚼着草料,时而满足地哞哞两声。有的人家不忘给劳苦功高的牛驴取几个白面馍馍让它们过过年,反正莲子家年年就这样。

　　这种请客的气氛一直持续到正月十五。正月里走亲访友,只要走到哪个山村看亲戚,那个山村的人就会盛情请你到他家做客,即便是你并不认识主人,但人家会说:"这是我们的风俗,谁家来了亲戚,谁家的亲房都要招待的。"这样总让你体会到山村人的热情好客,感觉到一种浓浓的人情味,一种真诚厚道的民风,一种能驱散冰天雪地严寒的温暖。

　　村里那条青龙似的塄坎上长有几株毛桃,在每年的正月初几它们就迫不及待展苞露蕊开花了,桃红色艳丽的花骨朵给静谧的山村里,增添了几分早春的妩媚和新春的喜色。

第二十三章　唱灯戏

1

过年了，老陈是个爱热闹的人。现在小雪回家了，全家人都团圆了，他想好好放松一下。他给队长春明提议，说现在水也拉到门上了，大家一年四季在地里忙，也累了，为了给大家来年鼓劲加油，不如把老先人手里的花灯戏收拾起来，好好演几场子。没想到他的提议，马上就得到了老支书耀宗、端公林、春明等一大批老中青的支持和响应。什么搭戏台子、整理戏服、练台词、采买一些化妆用品等由老支书耀宗安排。为了节省时间，他们最后决定都演一些大家熟悉的段子，这样演员记台词进入角色都容易些。

小凤村地处阴山县东南部的半山上，在清朝年间，有的村民赌博成风，累及家人，有的甚至妻离子散、家破人亡。所以老先人发狠要铲除赌博，特从四川请来一个戏班，吃百家饭养活了三年，终于把"灯戏"教成了，共有八十多折戏。后来经历特殊历史时期，演员演戏的积极性遭到重创，再没有兴盛起来。"文革"结束后，戏班子又开唱了。村里腊月二十一过，耀宗和端公林及几个年轻人就吆喝着搭戏台子，大年初二就开唱，天天都唱新戏，绝对不唱重段子。今年，他们准备初二开始，初八结束。戏台搭在村里打晒粮食的大场里，红色的背景布挂在戏台后，两面挂了些彩色标语，一边写的是"包产到户就是好"，另一边写的是"敲锣打鼓过新年"。

拉弦子的、拉二胡的、吹箫的、打鼓的、打马锣的乐手已经就位。这些平时老实巴交的庄稼汉，一演开戏，个个精神十足。老先人手里定下的规矩不能破，演戏一律用男人，女人是不能上戏台的。这戏的名称也怪，不叫戏，叫"灯"，有正灯和花灯之分。正灯有正旦、老生、小生、杂角（如店家小二）等角色参演，曲子有《双干子》《王麻子打燕》《吕洞宾戏牡丹》《韩湘子度妻》《杀狗劝妻》《郑得荣下川》《张良卖布》《大王封山》等；花灯有八个曲，开台那晚唱的是《拜财门》，结束的晚上唱的是《送财门》《小十二花》《四主堂里一点红》《大妹子》《十个雀》等，一般在正戏末尾时才唱两句。往往开篇唱的是有名的"苦灯"《双干子》。以宝贵的理解这出戏大有忆苦思甜、劝人行善的味道。这出戏一开演，硬是要让心软的阿婆右客哭几鼻子。

　　晚饭后，人们陆续拿着小板凳、条凳集结到大场里了，大场里灯火通明，到处挂的是各家各户用彩纸糊的灯笼。每个人来时手里都拿了疙瘩柴，不一会儿，大场中点了几堆篝火，人们都围着火堆坐下，就不会感到太寒冷了。耀宗历来串演的是戏中的安子成，是做生意的大官人，恰好与自己的身份相符；其后妻刘氏由富生串演，这个角色很重要，戏份很多。春明演金盏，牦牛演银锭，黑猫演安来。开场这晚由老陈家管生活，宝贵跑前跑后安顿。宝贵本来想演安来那个角色的，因为他家要安排演员的生活及一些琐事，就没演成，心里遗憾得很。他们家晚上还要给演员准备夜宵，炒几盘子菜，把酒备上。

　　随着一阵子锣鼓震天价响起来，端公林又摇头晃脑地拉起了三弦子，三弦子也跟着吱扭扭地唱了起来。三弦子拉了一曲冷板过后，耀宗扮的安子成和黑猫扮的安来便上场了。他们到江南收账，住在客店里，当父亲的安子成刚上场就开始询问安来其大妻生前的情况，也就是安来大妈的死因。因为他这个生意人长年不在家，家中留一大一小两个老婆和三个娃娃过活，可不久他的大妻毛氏突然病故。他心生疑窦，就盘问小老婆生的儿子安来。

经过再三追问，善良的安来终于说出了真相，是他的母亲刘氏晚上趁毛氏感冒昏睡之时，将铁钉钉在了毛氏的头部，毛氏遂亡。安子成一听，柳眉倒竖，心提到了嗓子眼，他为自己屈死的大妻感到痛心，更担心毛氏生的一双儿女的安危。小老婆居然因妒生恨起了杀心，真是狠毒不过妇人心，这让他又惊又恼。为了阻止悲剧重演，他当即决定让安来先回家。

第二场，等安来马不停蹄地赶回家来一看，金盏和银锭两个弟妹已经被自己的母亲刘氏赶出了家门。由春明扮演的穿着大襟衣裳、系着花裙子的小姐模样的金盏正拉着长长的哭腔唱道：

麻雀叫唤怪怪哟，前娘的儿女遭后娘。
前娘打我用麻秆，后娘打我用猪棍。
前娘擀面留干面，后娘擀面留清汤。
清汤架在前娘的坟台上，对着我前娘哭一场。
前娘煮肉留肥肉，后娘煮肉光骨头。
骨头架在前娘的坟台上，对着我前娘哭一场。
前娘烧馍留中间，后娘烧馍留馍边。
馍边放在前娘的坟台上，对着我前娘哭一场……

春明唱到此，下面黑压压的人群鸦雀无声，渐渐地，人们擤鼻子的声音此起彼伏。这段《哭灯》最赚女人和娃娃的眼泪，也是大家每回必看的戏目，看一次哭一次。让大家没有想到的是，春明男扮女装还十分俊美。

最后一场剧情进展得合乎大家的心理，那个后娘终于被人抓到官府给毛氏抵命了。春明所扮的金盏用女声变了个悲愤的腔调继续唱道：

前娘有病吃啥药？拿上银钱买官药。
后娘有病吃啥药？捞上镢头挖草药。

前娘死了穿啥衣？出了银钱买绣衣。

后娘死了穿啥衣？门背后的烂羊皮。

前娘死了装啥板？出上银钱买大板。

后娘死了装啥板？棚茅厕的烂楼板。

前娘死了谁人哭？孝儿孝女都来哭。

后娘死了谁人哭？两个斑鸠咕咕咕。

前娘死了谁人抬？孝儿孝女都来抬。

后娘死了谁人抬？两条黄狗拉下崖。

这后一段唱词似乎一下子解了听者心胸中仇恨，大家终于擦干了那如断线珠一样的眼泪，心口子平了些。

夜慢慢深了，寒气阵阵袭来，像一团无形的冰罩，慢慢盖住了大场里所有人，人们前心烤得热乎乎的，后背却冷得透心凉，有人就转过身去烤烤背。剧情的发展终于如大家所愿，后娘遭到了应有的报应，大家终于舒了一口气。是的，戏剧的力量，大概就是激发出人对弱者心怀怜悯、对恶者产生强烈的憎恨，然后产生共鸣。

这出苦灯戏《双干子》让大家洒了不少清泪。接下来，当导演的耀宗又安排了热闹幽默、插科打诨的花灯戏《烟曲》和《茶曲》，端公林又扮了个三花脸上场了，春明男扮女装。一阵三弦子响过，三花脸跳着蹦子，扮着鬼脸上场了。到了场中就迫不及待道白："我有个妹妹哩，会唱烟曲又会茶曲，今晚我让她给大家唱一段子。"那三花脸把春明扮的妹妹叫了出去。一阵咚咚咚的锣鼓响起，女的出去把台上等着的男子出手从头上打了一下，男的趁机扮鬼脸道："甜棒棒，甜棒棒，打在我的屁股上。"女的则瞪眼回道："奴家打在你的脑壳上。"他们俩刚上场，三花脸那夸张的动作就惹来大家的一阵哄堂大笑。这笑声一下子驱除掉了场内的冷凝之气，引得篝火堆也发出嚯嚯嚯的笑声。男的说："花灯没话说，转过就撂起。"

女的又问:"干哥,你走得舌干口渴,想用袋烟吗?"男的道:"正想用袋烟。"女的把烟锅装了递去,男的问:"吃烟有《烟曲》吗?"女的答:"正好有个《烟曲》。"这下二胡、三弦、边鼓、马锣都响起来,男女合唱道:"烟儿长得三寸长,捞上锄头把草薅;薅了头茬薅二茬,连薅三次长长了。烟儿长得三尺三,先掐耳子后打尖;掐了头茬掐二茬,连掐三茬催花烟。好的拿到街上卖,差的留下自己吃。"

丝弦锣鼓声停下,女的又问:"你走得舌干口渴,喝茶吗?"男的答:"正好要杯茶。"女的把茶端来道:"哥哥,你喝茶。"男的把杯子端起又放下道:"喝茶有《茶曲》吗?"女的答:"有《茶曲》。"这下三弦子、二胡等丝弦响起,男女合唱道:"做茶的是庄稼汉,背茶的是阶州'杀刀把',烧茶的是女娃家,端茶的是学生娃,称茶的是小贩家,喝茶的是大客家……"

在过年浓浓的喜庆氛围中开场演苦灯戏,让村里人把一年来积在胸中的惆怅和辛酸都从滚烫的热泪中倾泻了出来。紧接着的花灯戏又让他们美美地笑了一回,又把一年的快乐种下去。回去的路上,他们手拿着板凳各自品评着哪个角色演得如何。春明因演的金盏戏份多、难度大,当晚博得了大家的好评,都说他演得很到位。雪花最是心软,小雪也偷偷淌了好些眼泪,想起她被拐卖的苦日子来,不由得泪流满面。可惜莲子因准备饭菜,没能饱这个眼福,老陈、宝贵和抱娃娃的雪花跑来看完那场苦灯戏就回去了,只有红艳、小张、小雪和两个弟弟看到了最后收场的喜剧。等演员卸了装,宝贵端来了酒菜碟子,他们吃饱喝足才意犹未尽地回去了。

2

山村的冬夜够长的,尤其是过年这几天,大家都闹腾着排练、演戏。初五日这晚,宗太爷转到乱石间来了。还没落座,他就开口笑道:"今晚我不想看戏,都是老套套,转到你这儿要酒喝来了。"老陈笑道:"你来我就高兴嘛，再穷也有你喝的酒么。"老陈本想去看戏的，但宗太爷找上门来了，他只好陪着。他赶紧笼起了大火，让宗太爷坐到火笼边烤着。他还把自己备下的兰花烟拿出来让宗太爷抽，说："爷，尝尝，这些烟抽起来挺有劲儿的。"说完他又忙着给宗太爷掺酒，把白酒倒进小白瓷缸子里，放进火笼里热上。宝平、贵平吃完晚饭早飞去看戏了，宝贵、红艳、小张也跟着去了，只有莲子、小雪和不喜凑热闹的雪花领着娃娃在家里。

小雪回到家里变多了，虽说她现在成了自由人，但逃婚的经历、被拐卖的痛苦使她的心伤痕累累，再也回不到原来天真烂漫少女的心境了。当姐姐的雪花只能安慰她、开导她，希望她忘记过去的磨难，珍惜当下的生活，好好处个对象成家过日子。

小雪笑道："太爷，您来得好呀，这几天我正想听你摆古经呢，过几天我们就走了，一时半会儿还听不上你的故事。"宗太爷摸了一把山羊胡子，笑哈哈地说："这小雪，一个女子家的，不跟着学针线茶饭啥的，偏爱听古经，找不到婆家可别怪我？"小雪笑道："这太爷，真会斗嘴，到那时我找不到婆家就偏要找你的麻烦哩。"没想到不怎么说话的小雪，一句话逗得宗太爷哈哈大笑起来，道："娃，只怕我等不到那时候了，早化成灰了。"小缸子里的酒已经冒起了蓝色的火焰，老陈赶紧取出来，放到火笼边，对宗太爷说："爷，酒好了，晾凉您就喝吧。"一股浓烈的酒香弥漫开来，宗太爷吸了吸鼻子道："这是苞谷酒吧，味道很正的。"老陈笑了："爷的鼻子还这么尖，能闻出是啥酒，这是我们自己烤的玉米酒。八十岁的人可不简单呀！您能活到九十九岁呢。"宗太爷笑着接过话头道："活那么长干啥？给人添麻烦不说，自己也难受。我天天求老天爷把我收了去，老天爷就是不收我，我也没办法。"宗太爷拿起缸子，也不让，小口呷了一口酒，慢慢咽了下去，咂巴着嘴，馥郁的酒香从他嘴角的咂巴声中散开来。他眼望着火，深深地吸了一口气，好像要把酒的醇香吸入五脏六腑一样。几口酒下肚，宗太爷黑瘦的脸上泛出一层亮光和生气，说道："哎呀，我肚子里的古经都让娃鬼们掏空了,今天再讲些啥呢?"雪花道:"再说说何道爷的故事吧。"宗太爷清了清嗓子道:"那我今天随便说说吧。老话说得好,'人不可貌相,海水不可斗量'。这话可不假。人都说上丹阳有个何瓜娃,何道爷小时候在阴山县城土地庙里念书,最老实,娃娃们都爱欺负他,天天让他扫地。谁想得到,就是那么个老实包包,念书攒劲得很,小小的就考了秀才,又考上举人,最后考上了进士,官场上平步青云,做完江南道爷,又做了大理寺左少卿。在我们这山沟沟里,出了这么大一个人物,真是了不得呀。他可是'堂屋里栽柏树,是有根之家人'。据说他老子就是个拔贡,好写点啥,好像写关公的故事。有天晚上,他爸在家正写关爷大意失荆州败走麦城之时,突然困倦得很,就趴到桌子上睡着了。迷迷糊糊中,他爸做了一梦,有一个披盔甲的红脸大汉进了门,对他正色说道:'何相公手下留情,我给你送一子,将来必成大器,光耀你何家门庭。'那人刚说完他爸就醒了,才知是一梦。他爸细细想来,越想越怕,放下笔再没敢写下去,就把此事放下了。后来他爸果然生了个儿子何宗韩,就是那个何瓜娃,那娃不但光耀了他何家的门庭,还给我们阴山县人都增光添彩了。"

宗太爷又接着说:"他为官清廉,不贪财,一心为老百姓办事,但因此得罪了一些投机钻营的人。据说,他在山西当考官和在江南当道爷期间,由于堵住了搞邪门歪道的人,也就是考生与考官之间暗地里搞的那些事,使一些没考上的考生和一些没发上财的官员都嫉恨他。这些人抱怨他出的考题太偏太难,耽误了江南才子的前程,最后他们发狠报复,跑几千里寻到丹阳来,到处乱挖,要破何道爷的龙脉。他们在何家后山即小龙山挖了一条长几十米、深十多米的沟,现在还能看到。这下子他们把何家的龙脉给斩断了,从此何家再不会出当官的人了。"老陈接着说道:"这事情全县的人都知道。何道爷从这样的小地方走出去做官,外地人都看不起,常给他出难题。据说,他在山西当考官离开时,当地官员给他送行,一个别有用心的人就给他出了一联：'黄河八百里波滚滚浪滔滔问公何地而济？'他早已看穿那人的用心，遂不慌不忙应道：'巫山十二峰云霭霭雾沉沉本院从天而来。'接着又一官员上前出一联说：'何大人，请教了：七鸭渡江数去三双一只。'当官的人没有两下子怎敢上路呀，何道爷诗词功夫很深，岂能容他们戏弄？他却很谦虚地说：'下官愚钝，一时难以奉和，待晚间推敲后再送来赐教。'假装要走，他却又回过头来说，'承蒙各位大人不辞劳顿为下官送行，不才还是勉强一对，以不辜负众位盛情：尺雉负郭量来九寸十分。'众人听了，大吃一惊，连说：'大人鸿才。'他的谦虚、他的文才、他为官清正，让在场官员无不佩服得五体投地。"宗太爷笑道："这些我还没听说过，就是听说了，诗词啥的也记不住，你到底是念过书的人，见多识广呀。"老陈道："我这还是听一中老师说的，当时就把诗抄下背下了。"

老陈在一中当工宣队长时，跟一帮老师在一起，耳濡目染，记了好多古经佳句。老陈又道："我们丹阳河里出了个何宗韩。由于他的引荐，丹阳的腊肉也出了名，据说当年雍正皇帝吃了都大加赞赏。说起我们的腊肉，我们只用没有污染的青草和粮食喂的黑猪，它的肉就是香。我们炒的蒜苗回锅肉片，不用说，老远就喷香，放在嘴里那个美味没法形容。有些地方的人，吃的是白猪肉，喂的是人工饲料，那猪肉吃起来像吃泥巴一样，没一点香味。本地人平常不觉得，到了外地，才知道自己出产的东西有多好。"雪花道："就是，那西城人的大肉就是饲料喂下的白猪肉，一点都不好吃。"

宗太爷和老陈各讲了一排子。沉默了片刻，老陈继续说道："这时候还早，再说说我们家的爷吧，这也是一种祭祖的方式。我的爷，名字叫背五子，人都称他飞鬼，因他好打猎，在山上跑得快，身板又结实，跑坡就如飞的一样，所以人们就给他起了个外号，叫'飞鬼'。那时候他只有三十多岁，正是血气方刚的年龄。有一天，他去吴家湾里，有一头牛正在吃草呢，他眼睛花了认成了狐狸。他就势蹲下，用枪瞄准欲射击。恰巧此时蒲子村一个人从吴家湾过,看见了就叫了一声,说:'那是头牛,你干啥呢?'他才住了手,站起一看真是头牛。第二天,爷和一帮人又约上去皇家沟打岩羊。他老远见一崖窝里有一个岩羊,两个角挑上,是个大骚胡羊,他的堂叔草要子便让飞鬼去崖窝里看看,撵出来好打。我们的爷听话,真就爬到崖窝里去看了,结果一个羊影子都没有。他当时返身出了崖窝,双手正抓住一丛葛梆笼往上爬。万万没想到,他堂叔立在高处崖顶上的远处,把他看成了一只岩羊。说时迟那时快,草要子抬起就是一枪,打了个准。那时候的火枪里放的是铁条子,那铁条子从他的眼睛里打进去了,飞鬼骂了一声:'我把你老死鬼,我今天就死在你手里了,这下完了。'人跑到跟前一看,他的天灵盖已经被揭过,脑髓倒了一地,人是不行了,但还没断气,手里仍紧紧地抓着葛梆笼不放,嘴里仍在说:'我把你老鬼,我死在你手里了。'那草要子当时想,这下把大祸闯下了,干脆来个金蝉脱壳。于是,他硬下心肠来,硬掰开飞鬼的手,把他从崖上推下去,滚到了崖底下。当时说好,同去的村里人不敢给我们的阿婆说。我的阿婆人都叫她麻包阿婆,人非常厉害,他们害怕缠不过,都不敢说实话。两天了,爷的尸体没人管,家人又不知道。后来还是小沟村一个好人出面对我们家阿婆说了,当作失脚掉到崖底下摔死了,村里人把人拉了回来,埋到了老坟上。没过多久,那草要子也病死了。我们家后来又找了个外姓爷,给婆填房,就是现在埫埫里跟婆合埋的那一个。"雪花、小雪听得目瞪口呆,半天没吭一声。最后她们问道:"难道他们把我们的太爷打死了,就白死了吗?"宗太爷道:"娃娃,当时没人告诉你们家,你太太以为是失脚滚到崖下的。后来时间长了,村子里慢慢才有了传言,才知道当时的真实情况。到那时双方当事人都死了,一还的一报么,能咋样?一口气硬吞了,也就算了。"

正说着,根全也来老陈家串门,宗太爷便告辞回去了。

根全来与老陈相对闲坐了一会儿,闲话了几句。上面演戏的锣鼓声渐渐稀了淡了下来,不一会儿,看戏的宝贵他们说着话都回来了。根全掏出小烟袋，用大指和食指抓了一撮烟叶装了一锅子旱烟吧嗒吧嗒抽了半天，完了在鞋帮上磕掉烟灰，便在寂静的山村夜气中缓步走了。

此时夜已深了，冬夜的山村里，没有蛐蛐叫，也没有萤火虫打着小小的灯笼飞跑，好似被盖在巨大的黑幕布中一样，没有一点声音，村里人都沉入湖底般酣睡了，只有个别迟睡的人在火笼子旁对着一堆火苗或抽烟或独坐。根全纵有多么重的心事，仍是那么平和，他没有那种冲天的火气与爆裂的性子，永远似一潭水，静静的，没有大喜和大悲。他跟老陈很要好，老陈却跟他相反，敢想敢干敢作敢为。也许正是这种相反的性格，才使他们俩的关系不同一般了。

3

小凤村人有了自来水后，他们着实畅快地度过了几年日子，春明在村中的威信因此大大提高了。他年轻有为，为人谦虚谨慎，村中老少对他一片赞扬，一下子引来不少媒人争相给他介绍对象。大家都说这是好事，筑巢引凤么，水引到了村里，自然会有好女子嫁到村子的。现在，他结婚成家已经有了一个儿子。下一步他打算争取国家扶持拉通电线，再把公路修通，那小凤村就实现了楼上楼下、电灯电话的愿望，成了名副其实的花果山，还愁没有女子嫁到村中来吗？

小雪春节回家一趟，给村里人带来许多惊喜的浪花。黑猫和牦牛、进云跑来老陈家打探，想跟小雪去改革开放的前沿城市——深圳打工挣钱。小雪也不好回绝，同意带他们去，只是一点，找工作的事情她尽量帮他们打听，可不敢保证能找上好工作，毕竟他们不懂技术。他们也说了，苦活累活不怕，只要能挣上钱就行。小雪跟李发生正式办了离婚手续，成了自由人，大家都替她高兴，村人还劝她再好好找个对象嫁了过日子。小雪，她已经跨上一条快车道，在深圳特区发展经济的浪潮中，自立自强，为彻底扭转自己的命运而奋斗。她的面前尽管有很多未知的艰辛,但是大山里长大的她一定会战胜一切艰难险阻,如一只从山梁上起飞的鸽子,在蓝天翱翔。小雪终于有了落脚的地方,老陈和莲子的愁眉也舒展了,心情好多了。只是老陈的身体不好,胃病折磨着他,最后雪花领老陈去西城做了胃切除手术,然后回家休养。宝贵呢,因工厂改革下岗了,跟郑红艳靠卖菜过日子。雪花呢,有了孩子,张子新又在农场当场长,日子过得很充实。他们很少回家,但常给老陈寄钱。宝平学习了理发,在丹阳街开了个理发店过日子。贵平到县一中上高中,最后考上了中等专业学校。

金明呢,他利用业余时间报考了专科自学考试,准备以后有机会转成公办老师。巧珍家日子过得很不错,美娥也处了个对象,巧珍和根全两口子很满意。进云最后没去成深圳,她父亲耀宗不让,招了个不错的女婿,是后河里刘家坪人。

莲子家的一切都步入了正轨,一切都是那么平和、那么顺人心意,小雪出走给他们家带来的阴影早已抹平了。莲子呢,她再也不用到庙背后背水了,一下子卸下了身上的一大重担。她现在情绪很高,似乎忘记了一切忧愁,脸上绽放着明媚的笑容。

尾 声

三十年后的小凤村，电也拉到了村子里，公路也修通了，水、电、路都解决好了，人口却锐减，最后只剩下了十户人。在这个小村落里，人们仍然过着日出而作日落而息的日子。老陈和莲子等老一辈已经安息在老坟院了。小雪在深圳成了家，成了深圳人。其间，宝贵的老婆心脏病突发去世了，宝贵打工供两孩子上学。现在宝贵、雪花已经当上了祖父母。宝平和贵平都有了自己的生活。金明最后转成了公办老师，春明也当上了爷爷。年轻人都走了，有的考学出去工作了，有的到外地打工去了，有的在县城做着买卖，村里只剩下老年人在看家。在城市化的浪潮中，小凤村也赶上了这股滚滚热浪。人往高处走，水往低处流，小凤村的变化正是改革开放政策的最好解读，是国家蒸蒸日上大发展的最好例证。

跋

　　《凤歌》长篇小说，从2006年开始动笔，直到2013年，我和女儿高丽莎历时8年，才共同完成了此书的写作。《凤歌》主要讲述了20世纪八九十年代，地处岷山北坡的一个小山村里，老陈一家人的故事。在鸟语花香的山村农家里，日出而作日落而息的生活虽说是平淡无奇的，同时也充满了紧张与辛苦，鼓荡着他们心中的一切喜乐和悲欢。

　　《凤歌》用朴素明丽的笔触，真实反映了一个小山村里包产到户后，在改革开放的春风沐浴下，山村人的奋斗历程。同时也表现了山村人思想的变化，如年轻一代人想走出去的强烈愿望，老一代人一心为公的高尚情怀及他们带领群众为集体谋福利的事情。

　　长篇小说《凤歌》，在U盘里沉睡了八九年了。现在经过多次修改，准备要出版了，我心里很激动，也很忐忑。它们就像我养在深闺中的女儿，终于要出嫁了。在积极准备嫁妆的同时，我心里总感到有什么没考虑周全的地方，有何纰漏还没有发现，思绪波动不已。我知道，我的"女儿"算不上有多美丽动人，但她是我经过十月怀胎、经过产前的阵痛生养的，并且又精心哺育抚养成人，着实不易。所以，这部小说，尽管没有多少吸引人眼球的情节，只是记录了一些山区农家琐碎的农事和生活小事，但是它是从我心里流出来的文字，一如山谷里长出的一丛山花，虽没有牡丹的雍容华贵，也没有玫瑰的艳丽芬芳，却散发出一种特有的馨香来，需要读者慢慢品味方能感受到它的美妙处。

文学写作一直是我少女时代的梦想和追求，我花了七年自考完成汉语言专科。但业余时间有限，自己的本职是林业，创作的基本功不够扎实。然而，热爱成为动力，我平时通过书写一些散文、小说、诗歌等作为练笔，直到中年后，我终于有了更广阔的创作时间和空间。我和文学有了更亲近的接触和互融。渐渐地，我有了在有生之年为家乡写一部书，把家乡人的一切美好、一切快乐、一切劳苦、一切的期盼都呈现在纸上的念头。这部书在我头脑中无数次地被构图、描画、填充，写家乡的什么呢？又怎么写呢？这些问题一直困扰着我。描画归描画，十多年过去了，还一直停留在初期构图阶段，里面没画上几条线条，更没有能力着上色彩。当时我对散文的练习走到了死胡同，就想到了用小说的形式来表现。此前，我也学着写了一些短篇小说，基本学会了用虚构的情节和人物写小说。

我在家乡生活了整整22年的时光，对生于斯长于斯的家乡父老的生活很熟悉。说个夸口的话，我就是闭着眼睛也能摸着在村里的乱石小径上走路，不会走错门的。

当时我这个不惑之年的老文学爱好者，如一块干渴的海绵，贪婪地学习吸纳着人家的营养。我通过读《红楼梦》《百年孤独》以及张爱玲、沈从文、肖红、莫言的作品，通过读俄国的托尔斯泰、土耳其的帕幕克等人的作品，我的思路更加明晰，写作能力也得到迅速提高。我曾预备写了几个中篇和短篇小说（已收入《深谷幽兰》），使我在如何写长篇小说上有了峰回路转和柳暗花明的契机和转折。我决心为处在大山深处的家乡写一部书，我对自己很有信心。

大话好说，可真写起来难。在这之前，我虽然构思过无数回，却一直停留在构思阶段。也曾想主要写我所熟悉的山区女孩子的生活及一些坎坷故事，我开始边想边写，想到哪就写到哪。可写出来的只是一些散乱的章节，简单的细节等。经过十多次修改，逐渐形成了以一个村庄的发展、两个家庭的喜怒哀乐为主要描写对象和内容，形成了现在的《凤歌》。

在写作的初期，我曾深入我的家乡采访过一些老者，记录过一些地方色彩的灯剧、民间传说及山歌曲词等。当然，我在写作过程中尽量观照山区原生状态的人文特点、世俗百态。但因这是我写的第一部长篇小说，不会编织一些吸引人眼球的故事，尽管我努力了，但还是不尽如人意。我尽量忠实于山区生活本身，所有情节安排着重反映一年四季中山里人家的生产生活，符合其生活逻辑。反映老陈及巧珍两家人在勤劳中播种希冀，在忧愁里描画快乐，在挣扎中填补空白的琐碎故事。我在女儿的指导下为了深刻描写人物的性格特点，在细节描写中也下了一些功夫，如老陈的洗脸、吃饭挑剔、小雪摆阵、莲子背水捆柴等。

小说以倒叙和插叙的手法，讲述了一个山村爱情故事。年轻人都是爱做梦的，而梦想与严酷的现实往往就会碰撞出绚丽的火花来。小说层层撕开老陈一家人紧张忙碌的山区生活真实的场景，现出小雪与春明之间爱情之花蕾的孕育及其枯萎的过程。女主人公小雪跟同村青年春明两小无猜，本来可以成就一桩好姻缘。可在父母及村中不成文的祖制干预下忍泪含悲嫁给了一个她不喜欢的人，她纯洁的爱情梦彻底破碎了。小雪这个人物，性格有刚烈倔强，也有顺从和吃苦耐劳的一面，开始由不屈从父母的安排，一步步到最后的含屈忍悲出嫁，悲愤至极的她在新婚夜喝醉酒放了一把火，想整个鱼死网破，结果又被大度的李家人和风细雨地化解了。她从此一病不起，躺在炕上过着没有希望没有梦想的日子。正在她心如死灰睡在床上等死的时候，在姐姐的点化下，她做出了出逃的计划。最后，她瞅准时机终于远走了。但她逃出了虎口，又进了狼窝。她又以绝食抗争，最后在公安人员的介入下才获新生，去工厂用自己的一技之长养活自己，后来又去了深圳，一步步搭上了中国改革开放的列车，为她彻底告别大山，到广阔的天地里飞翔打下了基础。小雪这个人物寄托了我对山村女孩自立自强、不向命运低头的艰难反思。

山村青年春明这个人物，是一个理想化的人物。他有头脑、有干劲、有魄力，也有理性。他身上的担子很重，可以说山村的希望和未来都寄托在他们这一代人的身上了。

书中老陈这个人物，是20世纪50年代伴随着新中国诞生的一个共产党人形象，他一心为公，做事认真细致，病退回乡后，仍带病坚持为集体做事，积极支持青年一代开渠引水，为改善贫穷落后的山村面貌献计出力。书稿反映了他不计个人得失的高尚情操及其被贫穷所累的心路历程。老陈这个人物，尽管性格中存在一定的缺点，但瑕不掩瑜，仍然是老一代人中的优秀分子。他宁可自己吃亏受苦，也不让国家和群众利益受损的高尚品德值得赞扬。

靠天吃饭的山区农家生活，尽管时刻存在这样那样的困扰，但不影响老陈这个病退回乡人积极进取的心态和偶尔的闲情逸致。他和朋友结伴去当地最有名的景点——天池散心游玩过；他与村里人结伴进老林中采过药，打过蛇，为读者打开了一面了解当地风土人情的镜子。

老陈一家人生动展示了山村人待人厚道、乐于助人、先集体后个人的高尚情操。老陈身体力行，为年轻一代人树立了很好的标杆。而莲子这位山村妇女，则传承发扬了中国妇女勤劳、勇敢、刚强、宽容、忍耐的优秀品德，身教胜于言教，她为现代女性做了很好的人生注解。她似一头老黄牛般忍辱负重，繁重的农活她担着，生活中老伴的挑剔她让着，娃娃们的抱怨她忍着。在痛苦和不幸面前，她多么需要一个人帮她。在她彷徨无奈之时，最后有了信仰，生命得到了一次大的升华。我们不要对她的信仰再论断什么，只为她默默祝福吧……

雪花和宝贵这两个人物，在老陈家是两个幸运儿。雪花通过考学完成了从山村女孩到城市居民身份的转换，宝贵通过顶班顺利到了城里上班。从宝贵、小雪身上，反映了农村青年进军城市的尴尬和艰难。宝贵这个人物性格是快乐的，但也有很顽强的一面，反映了山区青年吃苦耐劳、不怕命运捉弄的精神品质。

从金明这个民办老师的身上，可以看到民办教师在极端贫困中教学的状况，以及山村孩子乐于助人的淳朴情感。

另外，我还描写了山区当地的一些风土人情及民俗活动，如攮旱魃、蹲老爷、祭祖等场面，反映了山里人精神生活的方方面面。

山村生活尽管常常与艰辛和无奈相伴，但人与人之间又充满着关爱、同情与理解。因为有了这些，他们的生活里才时时泛出喜乐与幸福。而这些恰恰是当今社会所缺失的，也正是我要着墨极力表现的。我希望我手中不无朴拙的笔，给大家描绘出的山村生活应该是一幅鸟语花香、色彩柔和的图画，就如张爱玲所追求的艺术风格，是葱绿配桃红的参差对照，而不是充满强烈对比的大红配大绿。

本书写了几个山村年轻人的奋斗和命运，我作为其中的一分子，对他们抱有深深的理解和同情。对山里的年轻人来说，走出大山是他们向往的，同时也是艰难痛苦的一步。通过宝平和金明在煤矿上的矿难遭遇、小雪误入人贩子的火坑，反映了人生的沉重和悲情的一面，让人们在奋进中思索，在前行中警醒。

我构思写作《凤歌》的时间，十年有余，时间不算短了。我虽然尽力了，但我深深知道，这篇小说，还很粗糙单薄浅陋。因本人水平有限，加之年岁已不小，接受新的文学表现手法很不容易等因素的制约，所以我并没有把我所想的主旨淋漓尽致地表现出来，可谓心有余而力不足吧。

最后，如果说，我现在拥有一点点成绩的话，感谢党和政府的好政策，感谢甘肃省白水江自然保护局原书记李世仁给我提出过宝贵的修改意见，感谢帮助过我的亲朋好友，感谢父母用心血汗水培养了我，也感谢丈夫对我工作各方面的大力支持和帮助，他是我写作的坚强后盾。另一方面此篇小说与家乡的传统文化土壤分不开，同时与武威的文学氛围也大有关系。

以上所述，是我创作《凤歌》的轨迹，是为跋。

2022 年 3 月